Charles Dickens
DER SCHWARZE SCHLEIER

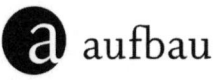

CHARLES DICKENS

Der schwarze Schleier

NEUENTDECKTE
MEISTERERZÄHLUNGEN

*Aus dem Englischen
von Ulrike Seeberger*

Ausgewählt von Marlies Juhnke
Mit einer Nachbemerkung von Anne Varty

ISBN 978-3-351-03368-2

Aufbau ist eine Marke
der Aufbau Verlag GmbH & Co. KG

1. Auflage 2011
© Aufbau Verlag GmbH & Co. KG, Berlin 2011
Einbandgestaltung hißmann, heilmann, hamburg
Druck und Binden CPI – Clausen & Bosse, Leck
Printed in Germany

www.aufbau-verlag.de

Inhalt

Der Mordprozess 7

In die Gesellschaft gehen 25

Die Geschichte des Kindes 42

Der arme Verwandte 49

Zur Strecke gebracht. 66

Der schwarze Schleier 101

Die Geschichte des Schuljungen 119

George Silvermans Erklärung 134

Geburten: Mrs. Meek, ein Sohn 177

Der Laternenanzünder 185

Der Signalwärter 212

Die sieben armen Reisenden 232

Doktor Marigold 272

Das Gepäck 315

Atemberaubende Fabulierkunst.
Nachbemerkung – von Anne Varty 395

Der Mordprozess

Ich habe immer festgestellt, dass es Personen höherer Intelligenz und Kultur deutlich an Mut mangelt, sobald es darum geht, von den eigenen psychologischen Erfahrungen zu berichten, wenn diese merkwürdiger Natur waren. Beinahe alle Menschen fürchten, dass das, was sie von solcher Art berichten könnten, keinen Widerhall oder keine Reaktion in den Seelen ihrer Zuhörer finden würde und dass man sie misstrauisch beäugen oder gar verlachen würde. Ein wahrheitsliebender Reisender, der ein so außergewöhnliches Geschöpf wie etwa eine Seeschlange gesehen hat, würde sich doch nicht fürchten, dies zu erwähnen; aber derselbe Reisende, sollte ihm eine einzigartige Vorahnung, ein unerklärlicher Impuls, eine Kaprice der Gedanken, eine (sogenannte) Vision, ein Traum oder ein sonstiger bemerkenswerter geistig-seelischer Eindruck widerfahren sein, würde erheblich zögern, ehe er dies zugäbe. Auf diese Zurückhaltung führe ich einen großen Teil der Unklarheit zurück, mit der diese Themen umgeben sind. Wir verbreiten uns gewöhnlich nicht so über unsere Erfahrungen mit diesen subjektiven Dingen, wie wir es tun, wenn es um unsere Erfahrungen mit der objektiven, materiellen Schöpfung geht. Die Folge ist, dass der allgemeine Erfahrungsschatz diesbezüglich recht außergewöhnlich erscheint und das auch wirklich ist, nämlich beklagenswert unvollkommen.

Mit dem, was ich nun erzählen will, verfolge ich nicht die

Absicht, irgendeine Theorie aufzustellen, zu widerlegen oder zu unterstützen. Ich kenne die Geschichte des Buchhändlers von Berlin, ich habe den Fall der Gattin des verstorbenen Königlichen Astronomen studiert, wie ihn Sir David Brewster berichtet, und ich habe einen sehr viel bemerkenswerteren Fall einer Geistererscheinung, der sich in meinem persönlichen Freundeskreis ereignet hat, bis in die kleinste Einzelheit untersucht. Zum Letzteren ist vielleicht die Anmerkung vonnöten, dass die Heimgesuchte (eine Dame) in keinem, auch nicht dem entferntesten Grad mit mir verwandt war. Eine irrtümliche Annahme diesbezüglich könnte eine teilweise – aber nur eine teilweise – Erklärung für meinen eigenen Fall geben, die allerdings völlig jeder Grundlage entbehren würde. Mein Fall lässt sich nicht darauf zurückführen, dass ich eine Eigenart geerbt hätte, noch hatte ich je zuvor überhaupt eine ähnliche Erfahrung gemacht, noch ist mir seither eine ähnliche Erfahrung widerfahren.

Es tut nichts zur Sache, vor wie vielen oder wie wenigen Jahren in England ein Mord begangen wurde, der große Aufmerksamkeit erregte. Wir hören ja mehr als genug über Mörder, wenn sie in der Öffentlichkeit grausige Berühmtheit erlangen, und ich würde, wenn ich könnte, die Erinnerung an diesen speziellen Unmenschen begraben, so wie man seinen Leichnam im Gefängnis von Newgate begraben hat. Ich sehe bewusst davon ab, irgendwelche unmittelbaren Hinweise auf die Identität dieses Verbrechers zu geben.

Als man den Mord entdeckte, fiel kein Verdacht – oder vielleicht sollte ich, weil ich hier mit den Tatsachen gar nicht sorgfältig genug umgehen kann, sagen, es wurde nirgendwo öffentlich angedeutet, dass ein Verdacht auf den Mann fiel, der danach vor Gericht gestellt wurde. Da man zu dieser Zeit in den Zeitungen keinerlei Bezug auf ihn nahm, ist es offensichtlich auch unmöglich, dass damals in den Zeitungen irgendeine Beschreibung von ihm gegeben wurde. Diese Tatsache muss man unbedingt in Erinnerung behalten.

Als ich beim Frühstück meine Morgenzeitung aufschlug, die den Bericht über jene erste Entdeckung des Mordes enthielt, fand ich ihn äußerst interessant und las ihn mit besonderer Aufmerksamkeit. Ich las ihn zweimal, wenn nicht gar dreimal. Man hatte die Entdeckung in einem Schlafzimmer gemacht, und als ich die Zeitung weglegte, wurde ich mir eines Blitzes gewahr – eines Ansturms – eines Rausches – ich weiß nicht, wie ich es nennen soll, denn kein Wort, das ich finden kann, vermag es befriedigend zu beschreiben –, in dem es mir so vorkam, als sähe ich dieses Schlafzimmer durch mein Zimmer hindurchschweben wie ein Bild, das, so unmöglich es scheinen mag, auf einen strömenden Fluss gemalt war. Obwohl es beinahe im gleichen Augenblick wieder verging, war es doch vollkommen klar; so klar, dass ich deutlich und mit einem Gefühl der Erleichterung feststellte, dass kein Leichnam auf dem Bett lag.

Dieses seltsame Gefühl überkam mich nicht an einem romantischen Ort, sondern in meiner Wohnung in Piccadilly, sehr nah an der Ecke zur St. James's Street. Das Gefühl war mir vollkommen neu. Ich saß da gerade in meinem Lehnsessel, und das Gefühl ging mit einem merkwürdigen Beben einher, das den Sessel aus seiner Position rückte. (Aber es sollte vermerkt werden, dass der Sessel leicht auf Rollen lief.) Ich ging zu einem der Fenster (es gibt in diesem Zimmer zwei, und das Zimmer liegt im zweiten Stock), um meine Augen mit dem Anblick der sich bewegenden Menschen und Gefährte unten in Piccadilly zu erfrischen. Es war ein heller Herbstmorgen, und die Straße glitzerte fröhlich. Es wehte ein starker Wind. Als ich herausschaute, trug er gerade vom Park eine Menge gefallenes Laub herbei, das eine Bö erfasste und zu einer spiralförmigen Säule aufwirbelte. Als die Säule in sich zusammenfiel und die Blätter sich verstreuten, sah ich auf der anderen Straßenseite zwei Männer, die von Osten nach Westen gingen. Einer ging hinter dem anderen. Der vordere Mann schaute oft über die Schulter zurück. Der zweite folgte ihm in einem Abstand von etwa dreißig Schritten und hatte die Rechte drohend erhoben. Als Erstes erregte die Eigentümlichkeit und Beharrlichkeit dieser Drohgebärde auf einer so öffentlichen Straße meine Aufmerksamkeit; und als Nächstes der bemerkenswerte Umstand, dass niemand ihr Beachtung schenkte. Beide Männer schlängelten sich zwischen den anderen Passanten mit einer Geschmeidigkeit hindurch, die kaum mit dem Gehen auf einem Bürgersteig vereinbar schien; und kein einziges Geschöpf, das ich sehen konnte, wich ihnen aus, berührte sie oder blickte ihnen nach. Als sie vor meinen Fenstern vorüberkamen, starrten beide zu mir herauf. Ich sah ihre Gesichter sehr deutlich, und mir war klar, dass ich sie überall wiedererkennen würde. Nicht, dass ich bewusst irgendetwas Bemerkenswertes in einem der Gesichter wahrgenommen hätte, außer dass der Mann, der als Erster ging, ungewöhnlich finster aussah, und dass das Gesicht des Mannes, der ihm folgte, die Farbe von ungeklärtem Wachs hatte.

Ich bin Junggeselle, und mein Diener und seine Frau bilden meinen gesamten Haushalt. Ich bin in einer gewissen Bankfiliale beschäftigt, und ich wünschte, meine Pflichten als Abteilungsleiter wären so einfach, wie das im Allgemeinen angenommen wird. Meine Arbeit hielt mich jedenfalls in jenem Herbst in der Stadt fest, obwohl ich eine Luftveränderung bitter nötig gehabt hätte. Ich war nicht krank, aber es ging mir nicht gut. Der Leser soll sich seinen eigenen Reim darauf machen, dass ich mich matt fühlte, dass mich mein monotones Leben bedrückte und ich an einem »leicht gereizten Magen« litt. Mein renommierter Arzt versicherte mir, dass mein tatsächlicher Gesundheitszustand zu diesem Zeitpunkt keine stärkere Diagnose verdient hätte, und ich zitiere dies aus seiner schriftlichen Antwort auf meine diesbezügliche Anfrage.

Als dann allmählich die Umstände des Mordes bekannt wurden und sich immer mehr ins öffentliche Bewusstsein drängten, hielt ich sie von meinen Gedanken fern, indem ich so wenig darüber in Erfahrung brachte, wie es inmitten der allgemeinen Aufregung möglich war. Aber ich wusste, dass man jemanden des vorsätzlichen Mordes verdächtigte und ihn bis zum Prozess nach Newgate überstellt hatte. Ich wusste auch, dass man seinen Prozess auf die übernächste Sitzung des Zentralen Strafgerichts verschoben hatte, und zwar wegen allgemeiner Voreingenommenheit und weil es seinen Anwälten sonst an Zeit für die Vorbereitung der Verteidigung gemangelt hätte. Vielleicht habe ich des Weiteren gewusst, wenn ich das auch nicht glaube, dass die Sitzung, auf die man diesen Prozess verschoben hatte, nun bald kommen sollte.

Mein Wohnzimmer, Schlafzimmer und Ankleidezimmer liegen alle auf einem Stockwerk. Letzteres ist nur über das Schlafzimmer zu erreichen. Es stimmt, es hat eine Tür, die Zugang zur Treppe gewährt; aber ein Teil der Armaturen meines Bades sind – und zwar schon einige Jahre – darüber befestigt. Zur selben Zeit – und als Teil derselben Umbauten – hatte man diese Tür vernagelt und mit Leinwand bespannt.

Ich stand eines Abends spät in meinem Schlafzimmer und erteilte meinem Diener einige Anweisungen, ehe er zu

Bett ging. Mein Gesicht war zu der einzigen zur Verfügung stehenden Verbindungstür mit dem Ankleidezimmer gewandt, und diese war geschlossen. Mein Diener stand mit dem Rücken zur Tür. Während ich mit ihm redete, bemerkte ich, wie die Tür aufging und ein Mann hereinschaute, der mich sehr ernst und geheimnisvoll zu sich winkte. Und dass der Mann derjenige war, der als Zweiter von den beiden über den Piccadilly gegangen war und dessen Gesicht die Farbe von ungeklärtem Wachs hatte. Die Gestalt, nachdem sie mich herbeigewinkt hatte, zog sich zurück und schloss die Tür. Mit kaum weniger Zwischenzeit, als nötig war, um das Schlafzimmer zu durchqueren, öffnete ich die Tür zum Ankleidezimmer und schaute hinein. Eine brennende Kerze hielt ich bereits in der Hand. Ich verspürte keine innere Erwartung, die Gestalt im Ankleidezimmer vorzufinden, und ich sah sie dort auch nicht.

In dem Bewusstsein, dass mein Diener staunend dastand, drehte ich mich zu ihm um und sagte: »Derrick, würden Sie es glauben, dass ich mit meinem kühlen Verstand mir eingebildet habe, ich hätte gesehen, wie ein ...« Als ich ihm meine Hand auf die Brust legte, zuckte er zusammen, zitterte furchtbar und rief: »O Gott, ja, Sir! Dass ein Toter Sie herbeigewinkt hat!«

Nun glaube ich nicht, dass dieser John Derrick, mein getreuer und ergebener Diener seit über zwanzig Jahren, den Eindruck gehabt hatte, eine derartige Gestalt gesehen zu haben, bis ich ihn berührte. Die Veränderung an ihm war so bestürzend, dass ich völlig überzeugt bin, dass er genau in diesem Augenblick seinen Eindruck auf irgendeinem geheimnisvollen Weg von mir empfangen hatte.

Ich bat John Derrick, den Brandy zu holen, und gab ihm ein Gläschen und war froh, selbst auch eines zu trinken. Von dem, was der Erscheinung jener Nacht vorausgegangen war, erzählte ich ihm kein einziges Wort. Als ich darüber nachdachte, war ich absolut sicher, dass ich das Gesicht niemals zuvor gesehen hatte, außer bei dieser einen Gelegenheit am Piccadilly. Indem ich einen Vergleich anstellte zwischen seinem Gesichtsausdruck, als er mich von der Tür herbeiwinkte, und dem Gesichtsausdruck, als er zu mir hochgestarrt hatte, während ich am Fenster stand, kam ich zu dem Schluss, dass er beim ersten Anlass beabsichtigt hatte, sich in mein Gedächtnis einzuprägen, und dass er beim zweiten sicherstellen wollte, dass ich mich sofort an ihn erinnern würde.

Mir war in jener Nacht nicht besonders wohl, wenn ich auch eine schwer zu erklärende Gewissheit verspürte, dass die Gestalt nicht wiederkehren würde. Bei Tagesanbruch fiel ich in einen tiefen Schlaf, aus dem mich John Derrick aufweckte, der an mein Bett trat und ein Blatt Papier in der Hand hielt.

Dieses Blatt Papier war anscheinend an der Haustür der Gegenstand einer Auseinandersetzung zwischen dem Überbringer und meinem Diener gewesen. Es war eine Vorladung, als Geschworener an einer Sitzung des Zentralen Strafgerichtshofes im Old Bailey teilzunehmen. Nie zuvor war ich als Geschworener vorgeladen worden, und das wusste John Derrick sehr wohl. Er glaubte – und ich bin mir zu dieser Stunde nicht sicher, ob mit oder ohne Grund –, dass die Geschworenen gewöhnlich aus niedrigeren Berufen als dem meinen ausgewählt wurden, und hatte sich daher zunächst geweigert, die Vorladung entgegenzunehmen. Der Mann, der sie überbracht hatte, ging die Angelegenheit sehr kühl an. Er meinte, meine Anwesenheit oder Abwesenheit hätte nichts mit ihm zu tun; hier wäre die Vorladung; ich sollte damit verfahren, wie ich wollte, aber auf meine eigene Gefahr und nicht auf seine.

Einen oder zwei Tage lang war ich unentschlossen, ob ich auf diese Aufforderung antworten oder sie gar nicht beachten sollte. Ich war mir nicht der geringsten Voreingenommenheit, Abneigung oder Anziehung in die eine oder andere Richtung bewusst. Darüber bin ich mir so sicher wie über jede andere Aussage, die ich hier mache. Schließlich entschied ich mich, hinzugehen, um die Monotonie meines Lebens zu unterbrechen.

Der verabredete Morgen war ein rauer Novembermorgen. Im Piccadilly hing dichter brauner Nebel, und östlich von Temple Bar wurde er geradezu schwarz und äußerst bedrückend. Ich erblickte die Gänge und Treppenhäuser des Gerichtsgebäudes mit Gas flackernd beleuchtet, und auch das Gericht selbst war so erhellt. Ich *glaube,* dass ich, ehe ich von den Beamten in den Old Court geführt wurde und die dicht gedrängte Menge sah, nicht wusste, dass an jenem Tag die Verhandlung gegen den Mörder geführt werden sollte. Ich *glaube,* dass ich, bis man mir mit erheblichen Schwierigkeiten einen Weg in den Old Court gebahnt hatte, nicht wusste, in welche der beiden Gerichtsverhandlungen mich meine Vorladung bringen würde. Aber das darf man nicht als positive Zusicherung verstehen, denn in beiden Punkten bin ich mir in meinen Gedanken nicht völlig sicher.

Ich nahm meinen Platz an dem für die wartenden Geschworenen reservierten Ort ein und sah mich im Gerichtssaal um, so gut es mir die schweren Schwaden des Nebels und der Atemluft erlaubten. Ich bemerkte, dass schwarzer Dunst wie ein trüber Vorhang draußen vor den großen Fenstern hing, und ich bemerkte das erstickte Geräusch von Rädern auf dem Stroh oder den Rinden, mit denen die Straße bestreut war; auch das summende Gemurmel der im Saal versammelten Menschen, das gelegentlich ein schriller Pfiff oder ein lauteres Lied oder ein den Rest übertönender Schrei zerschnitt. Schon bald darauf traten die Richter, zwei an der Zahl, ein und nahmen Platz. Das Gemurmel im Gerichtssaal war ehrfürchtig verstummt. Es wurde die Anweisung gegeben, den Mörder dem Gericht vorzuführen. Er erschien. Und im gleichen Augenblick erkannte ich ihn als den Ersten der beiden Männer, die den Piccadilly hinuntergegangen waren.

Hätte man dann gleich meinen Namen aufgerufen, so bezweifle ich, dass ich darauf hörbar hätte antworten können. Aber ich wurde als ungefähr Sechster oder Siebter aufgerufen, und zu diesem Zeitpunkt war ich schon wieder in der Lage, »Hier!« zu sagen. Nun, Leser, passe gut auf. Als ich in die Geschworenenbank trat, wurde der Gefangene, der aufmerksam zugesehen hatte, ungeheuer erregt und winkte seinen Anwalt herbei. Der Wunsch des Angeklagten, mich als Geschworenen abzulehnen, war so offenkundig, dass eine Pause eintrat, während welcher der Anwalt, die Hand auf der Anklagebank, mit seinem Mandanten flüsterte und den Kopf schüttelte. Ich habe anschließend von diesem Herrn erfahren, dass dessen erste erschreckte Worte an ihn waren: »Unter allen Umständen diesen Mann ablehnen!« Aber da er keinen Grund dafür angab und auch eingestand, dass er nicht einmal meinen Namen gekannt hatte, ehe der aufgerufen wurde und ich erschien, wurde dem nicht stattgegeben.

Sowohl aus dem bereits erklärten Grund, dass ich es vermeiden möchte, die unheilsame Erinnerung an jenen Mörder wiederzubeleben, als auch, weil ein in alle Einzelheiten gehender Bericht über diesen langen Prozess für meine Erzählung keineswegs unerlässlich ist, werde ich mich nun genau auf die Vorkommnisse in jenen zehn Tagen und Nächten beschränken, während derer man uns, die Geschworenen, zusammenhielt und die sich unmittelbar auf meine eigene merkwürdige, persönliche Erfahrung beziehen. Denn dafür und nicht für den Mörder möchte ich meine Leser interessieren. Darauf und nicht auf eine Seite aus dem Kalender von Newgate möchte ich ihre Aufmerksamkeit lenken.

Ich wurde zum Sprecher der Geschworenen gewählt. Am zweiten Morgen des Prozesses ließ ich nach zwei Stunden Beweisaufnahme (ich hörte die Kirchenuhren schlagen) zufällig die Augen über meine Mitgeschworenen schweifen und hatte eine unerklärliche Schwierigkeit, diese zu zählen. Ich zählte sie mehrfach, doch immer mit der gleichen Schwierigkeit. Kurz gesagt, ich fand, dass es einer zu viel war.

Ich berührte den Arm des Mitgeschworenen, dessen Platz neben mir war, und flüsterte ihm zu: »Tun Sie mir den Gefallen, uns zu zählen.« Er schaute mich ob meiner Bitte überrascht an, wandte dann aber den Kopf und zählte. »Nun«, sagte er plötzlich, »wir sind dreiz …; aber nein, das ist nicht möglich. Nein. Wir sind zwölf.«

Laut meiner Zählung an diesem Tag waren wir en détail stets korrekt, aber en gros immer einer zu viel. Es war keine Erscheinung – oder Gestalt – dafür verantwortlich zu machen; doch ich hatte nun eine innere Vorahnung von der Gestalt, die sicherlich auftauchen würde.

Die Geschworenen waren in der London Tavern untergebracht. Wir schliefen alle in einem großen Raum auf separaten Pritschen und waren ständig unter der Aufsicht des Beamten, den man verpflichtet hatte, uns in sicheren Gewahrsam zu nehmen. Ich sehe keinen Grund, warum ich den Namen dieses Beamten verschweigen sollte. Er war intelligent, außerordentlich höflich und zuvorkommend und genoss (was ich mit Freuden vernahm) in der Stadt höchsten Respekt. Er hatte eine angenehme Erscheinung, gute Augen, einen beneidenswerten schwarzen Schnurrbart und eine schöne, klingende Stimme. Sein Name war Mr. Harker.

Wenn wir abends in unsere zwölf Betten stiegen, wurde Mr. Harkers Bett quer vor die Tür geschoben. Am Abend des zweiten Tages, da ich nicht aufgelegt war, mich schon hinzulegen, und Mr. Harker auf seinem Bett sitzen sah, ging ich zu ihm, setzte mich neben ihn und bot ihm eine Prise Schnupftabak an. Als Mr. Harker die Prise aus meiner Dose nahm und dabei mit seiner Hand die meine berührte, überlief ihn ein seltsamer Schauer, und er fragte: »Wer ist das?«

Mr. Harkers Blick folgend, schaute ich durch das Zimmer und sah wieder die Gestalt, die ich erwartet hatte – den zweiten der beiden Männer, die den Piccadilly entlanggegangen waren. Ich erhob mich und trat einige Schritte vor; blieb dann stehen und schaute mich zu Mr. Harker um. Der war ganz unbekümmert, lachte und sagte freundlich: »Ich dachte schon einen Augenblick lang, wir hätten einen dreizehnten Geschworenen, für den wir kein Bett haben. Aber jetzt sehe ich, dass es das Mondlicht ist.«

Ich klärte Mr. Harker nicht auf, sondern bat ihn, mit mir bis zum Ende des Raumes zu gehen, und beobachtete, was die Gestalt machte. Sie stand einen Augenblick lang neben dem Bett eines jeden meiner elf Mitgeschworenen, nah beim Kopfkissen. Sie ging immer zur rechten Seite des Bettes weiter und um das Fußende herum zur rechten Seite des nächsten Bettes. Der Kopfbewegung nach zu schließen, schaute die Gestalt anscheinend nur gedankenverloren auf jeden der Schlafenden. Sie schenkte mir keine Beachtung, auch meinem Bett nicht, das dem von Mr. Harker am nächsten stand. Dann schien sie dort den Raum zu verlassen, wo das Mondlicht hereinkam, durch ein hohes Fenster zu schreiten, als sei es eine luftige Treppe.

Am nächsten Morgen beim Frühstück zeigte sich, dass alle Anwesenden in der Nacht zuvor von dem ermordeten Mann geträumt hatten, alle außer mir und Mr. Harker.

Ich war nun so sehr davon überzeugt, dass der zweite Mann, der den Piccadilly hinuntergegangen war, der ermordete Mann gewesen war (sozusagen), als hätte seine unmittelbare Aussage mir dieses Wissen vermittelt. Doch selbst diese unmittelbare Aussage fand noch statt, und zwar auf eine Art und Weise, auf die ich überhaupt nicht vorbereitet war.

Am fünften Tag des Prozesses, als die Beweisaufnahme des Anklägers ihrem Ende entgegenging, wurde eine Miniatur des Ermordeten als Beweisstück vorgelegt, die zum Zeitpunkt der Entdeckung der Untat in seinem Schlafzimmer gefehlt hatte und dann in einem Versteck gefunden wurde, wo man den Mörder hatte graben sehen. Nachdem sie vom Zeugen während seiner Befragung identifiziert worden war, reichte man sie zur Richterbank und von dort zu den Geschworenen, damit diese sie sich ansehen konnten. Während ein Beamter in einem schwarzen Talar sich mit dem Beweisstück in der Hand auf den Weg zu mir machte, sprang die Gestalt des zweiten Mannes, der den Piccadilly entlanggegangen war, aus der Menge auf, nahm dem Beamten die Miniatur ab und gab sie mir mit eigenen Händen, während sie gleichzeitig mit leiser, hohler Stimme sagte – ehe ich die Miniatur gesehen hatte, die sich in einem Amulett befand: »*Ich war damals jünger, und es war noch nicht alles Blut aus meinem Gesicht gewichen.*« Sie mischte sich gleichermaßen auch in die Übergabe der Miniatur von mir an den Mitgeschworenen ein, dem ich sie hätte reichen sollen, und in ihre Weitergabe an den Mitgeschworenen, dem er sie übergeben hätte, und so reichte die Gestalt die Miniatur uns allen in der Reihe nacheinander und brachte sie dann wieder mir. Nicht einer der anderen bemerkte dies jedoch.

Bei Tisch und im Allgemeinen, wenn wir miteinander unter der Obhut von Mr. Harker zusammengesperrt waren, hatten wir von Anfang an natürlich die Vorkommnisse des Tages recht ausgiebig besprochen. An jenem fünften Tag, nachdem die Staatsanwaltschaft ihren Klageantrag beendet hatte und wir diese Seite des Falls vollständig vorliegen hatten, war unsere Konversation lebhafter und ernster. Unter uns war ein Kirchenältester – der begriffsstutzigste Blödian, den ich je frei herumlaufen sah –, der stets die absurdesten Einwände gegen die offensichtlichsten Beweisstücke vorbrachte und der von zwei saft- und kraftlosen Schmarotzern aus seinem Kirchspiel flankiert wurde; alle drei waren aus einem Bezirk ernannt, der so völlig dem Fieber anheimgefallen war, dass man eigentlich *sie* für fünfhundert Morde hätte anklagen müssen. Als diese bösartigen Schafsköpfe am lautesten geworden waren, was gegen Mitternacht war, während einige von uns anderen sich bereits anschickten, zu Bett zu gehen, sah ich den Ermordeten wieder. Er stand mit grimmiger Miene hinter den dreien und winkte mich herbei. Sobald ich auf sie zuging und in ihre Konversation eingriff, zog er sich unverzüglich zurück. Dies war der Anfang einer gesonderten Reihe von Erscheinungen, die sich auf den langen Raum beschränkten, in dem wir zusammengesperrt waren. Wann immer eine Gruppe meiner Mitgeschworenen die Köpfe zusammensteckte, sah ich den Kopf des Ermordeten mitten unter ihnen. Wann immer ihr Vergleich der Aufzeichnungen sich gegen ihn zu wenden schien, winkte er mich, feierlich und keinen Widerspruch duldend, zu sich.

Man wird sich erinnern, dass ich bis zum Zeitpunkt der Vorlage der Miniatur am fünften Tag des Prozesses die Erscheinung niemals im Gerichtssaal wahrgenommen hatte. Nun traten drei Veränderungen ein, da die Verteidigung ihre Klageerwiderung vorbrachte. Zwei davon will ich als Erstes zusammen erwähnen. Ab jetzt weilte die Gestalt ständig im Gerichtssaal, und sie wandte sich niemals an mich, sondern stets an die Person, die gerade sprach. Zum Beispiel: Man hatte dem Ermordeten die Kehle in einer geraden Linie durchgeschnitten. Im Eröffnungsplädoyer der Verteidigung wurde angedeutet, der Ermordete könnte sich selbst diese Wunde beigebracht haben. In diesem Augenblick erhob sich die Gestalt, deren Hals sich in dem grausigen, vorher erwähnten Zustand befand (den sie bisher verborgen hatte), am Ellbogen des Sprechenden, fuhr sich mit heftigen Bewegungen kreuz und quer über die Gurgel, mal mit der rechten Hand, mal mit der linken, und gab so mit Vehemenz dem Sprechenden zu verstehen, wie unmöglich es war, sich diese Art der Wunde selbst beizubringen. Oder ein anderes Beispiel: Eine Leumundszeugin erklärte unter Eid, der Gefangene sei der freundlichste Mensch auf Erden. In diesem Augenblick baute sich die Gestalt vor ihr auf, schaute ihr geradewegs in die Augen und deutete mit gerecktem Arm und ausgestrecktem Finger auf die üblen Züge des Gefangenen.

Die dritte Veränderung, die nun hinzukam, beeindruckte mich als die deutlichste und auffälligste von allen. Ich will darüber nicht theoretisieren; ich will sie präzise benennen und es dabei belassen. Obwohl die Erscheinung selbst von denjenigen, an die sie sich wandte, nicht wahrgenommen wurde, war doch ihre Annäherung an diese Personen unweigerlich mit einiger Unruhe oder Verstörung auf deren Seite verbunden. Mir schien, als würde die Gestalt von Geboten, die sich mir nicht erschlossen, daran gehindert, sich anderen vollständig zu entdecken, und als könnte sie dennoch unsichtbar, stumm und finster deren Gedanken überschatten. Als der erste Anwalt der Verteidigung jene Selbstmordhypothese vorbrachte und die Gestalt am Ellbogen des gelehrten Herrn stand und sich mit so grausiger, sägender Geste über den durchtrennten Hals fuhr, ist unbestreitbar, dass der Verteidiger in seiner Rede ins Stocken kam, einige wenige Sekunden den Faden in seinem ausgeklügelten Plädoyer verlor, sich mit dem Taschentuch die Stirn wischte und außerordentlich bleich wurde. Als die Erscheinung der Leumundszeugin gegenüberstand, folgten deren Augen unzweifelhaft der Richtung des deutenden Fingers und ruhten dann mit großem Zögern und mit Besorgnis auf dem Gesicht des Gefangenen. Zwei weitere Beispiele mögen ausreichen. Am achten Tag des Prozesses kam ich nach der Pause, die jeden Tag früh am Nachmittag für wenige Minuten der Ruhe und einige Erfrischungen eingelegt wurde, mit den anderen Geschworenen ein wenig vor dem Erscheinen der Richter in den Gerichtssaal zurück. Während ich noch in der Geschworenenbank stand und mich umsah, meinte ich, die Gestalt wäre nicht anwesend, bis ich, als ich zufällig meine Augen zur Galerie erhob, bemerkte, wie sie sich dort vorbeugte und über eine sehr ehrbar wirkende Frau lehnte, als wollte sie nachsehen, ob die Richter bereits wieder auf ihren Plätzen säßen oder nicht. Unmittelbar darauf schrie die Frau auf, fiel in Ohnmacht und wurde herausgetragen. Ähnlich erging es auch dem ehrwürdigen, weisen und geduldigen Richter, der der Verhandlung vorsaß. Als die Plädoyers gehalten waren und er sich zurücklehnte und seine Papiere ordnete, um seine Zusammenfassung zu geben, trat der Ermordete durch die Tür der Richter ein, begab sich zum Tisch Seiner Lordschaft, schaute ihm erwartungsvoll über die Schulter und blickte auf die Seiten mit seinen Aufzeichnungen, die jener gerade durchblätterte. Da ging eine Veränderung mit dem Gesicht seiner Lordschaft vor; seine Hände hielten inne, und jenes seltsame Schaudern, das ich so gut kannte, überlief ihn; er zögerte: »Entschuldigen Sie mich einige Augenblicke, meine Herren. Ich fühle mich ein wenig bedrückt durch die schlechte Luft im Saal.« Und er erholte sich erst wieder, nachdem er ein Glas Wasser getrunken hatte.

In all der Gleichförmigkeit der zehn nicht enden wollenden Tage – dieselben Richter und Gerichtsdiener auf der Richterbank, derselbe Mörder auf der Anklagebank, dieselben Rechtsanwälte an ihren Tischen, dasselbe Gemurmel von Frage und Antwort, das zur Decke des Gerichtssaals hinaufschwebte, dasselbe Kratzen der Feder des Richters, dieselben Gerichtsdiener, die ein und aus gingen, dieselben Lichter, die zur selben Stunde angezündet wurden, wenn es überhaupt natürliches Tageslicht gegeben hatte, derselbe Nebelvorhang draußen vor den großen Fenstern, wenn es neblig war, derselbe Regen, der draußen platschte und tropfte, wenn es regnerisch war, dieselben Fußstapfen der Schließer und des Gefangenen in denselben Sägespänen, dieselben Schlüssel, die immer wieder dieselben schweren Türen auf- und wieder zusperrten –, in all dieser ermattenden Gleichförmigkeit, die mir das Gefühl gab, als sei ich bereits seit unermesslichen Zeiten Sprecher der Geschworenen und als hätte der Piccadilly gleichzeitig mit Babylon seine Blütezeit erlebt, verlor doch der Ermordete in meinen Augen niemals auch nur eine Spur seiner deutlichen Klarheit, noch war er zu irgendeiner Zeit weniger scharf gezeichnet als alle anderen. Ich darf nicht vergessen, als Tatsache zu erwähnen, dass ich niemals gesehen habe, wie die Erscheinung, die ich beim Namen des Ermordeten nenne, ein einziges Mal den Mörder anschaute. Wieder und wieder fragte ich mich: Warum machte er das nicht? Aber er tat es nie.

Auch mich schaute er nicht mehr an, nachdem man die Miniatur vorgelegt hatte, bis dann die letzten, abschließenden Augenblicke des Prozesses begannen. Wir zogen uns um sieben Minuten vor zehn Uhr nachts zur Beratung zurück. Der blödsinnige Kirchenälteste und seine beiden beschränkten Schmarotzer bereiteten uns so viele Schwierigkeiten, dass wir zweimal in den Gerichtssaal zurückgehen und darum bitten mussten, man möge uns bestimmte Auszüge aus den Aufzeichnungen des Richters erneut vorlesen. Neun von uns hegten nicht den geringsten Zweifel bezüglich dieser Seiten, genauso wenig, glaube ich, wie irgendjemand sonst im Gerichtssaal; das schwachköpfige Triumvirat, dem nichts außer Obstruktion einfiel, zweifelte sie aus eben diesem Grunde an. Schließlich setzten wir uns durch, und endlich kehrten die Geschworenen um zehn Minuten nach zwölf in den Gerichtssaal zurück.

Der Ermordete stand in jenem Augenblick unmittelbar gegenüber der Geschworenenbank auf der anderen Seite des Gerichtssaals. Als ich meinen Platz einnahm, ruhten seine Augen mit großer Aufmerksamkeit auf mir; er schien zufrieden zu sein und breitete langsam einen großen grauen Schleier, den er zum ersten Mal über dem Arm trug, über den Kopf und seine ganze Gestalt. Sobald ich unseren Spruch »Schuldig« verkündete, sackte der Schleier zusammen, und die Stelle war leer.

Als der Richter, wie es üblich ist, den Mörder fragte, ob er noch etwas zu sagen hätte, ehe das Todesurteil über ihn gefällt würde, murmelte er einige undeutliche Worte, die am nächsten Tag von den führenden Zeitungen als »einige weitschweifige, unzusammenhängende und nur halb hörbare Worte« beschrieben wurden, »mit denen er sich wohl beklagte, man hätte ihm kein faires Verfahren gewährt, weil der Sprecher der Geschworenen von vornherein gegen ihn voreingenommen gewesen sei.« Aber die bemerkenswerte Erklärung, die er wirklich abgegeben hatte, war folgende: »*My Lord, ich wusste, dass ich dem Tod geweiht war, als der Sprecher der Geschworenen auf der Bank Platz nahm. My Lord, ich wusste, dass er mich nicht davonkommen lassen würde, denn, ehe ich verhaftet wurde, erschien er irgendwie in der Nacht an meinem Bett, weckte mich und legte mir eine Schlinge um den Hals.*«

Erstmals erschienen 1865 als Teil von »Doctor Marigold's Prescriptions« in der Weihnachtsausgabe von »All the Year Round«.

In die Gesellschaft gehen

Zu einer bestimmten Zeit in seinen wechselhaften Geschicken geschah es dem Haus, dass es von einem Schausteller bewohnt wurde. Man fand ihn in den Gemeindebüchern aus der Zeit, als er das Haus mietete, als Bewohner eingetragen, und deswegen war es gar nicht nötig, weitere Hinweise auf seinen Namen zu suchen. Doch er selbst war dann weniger leicht zu finden, denn er hatte ein unstetes Wanderleben geführt, und die sesshaften Leute hatten ihn aus den Augen verloren, und die Leute, die sich brüsteten, achtbar zu sein, scheuten sich, zuzugeben, dass sie je etwas über ihn gewusst hatten. Endlich fand man in den Sumpfgebieten bei den Flussniederungen, die um Deptford und die benachbarten Gemüsefelder herum liegen, eine verhutzelte Person in Baumwollsammet und mit einem so von allerlei Wettern gefurchten Gesicht, dass es beinahe wie tätowiert aussah, und die Person schmauchte an der Tür eines Holzhauses auf Rädern ein Pfeifchen. Der Wohnkarren war bei der Mündung eines schlammigen Flüsschens für den Winter außer Dienst gestellt; und alles in der Nähe, der neblige Fluss, die dunstigen Marschen und die dampfenden Gemüsegärten, rauchte in trauter Eintracht mit dem verhutzelten Mann. Inmitten dieser rauchenden Gesellschaft war auch der Schornstein des Holzhauses auf Rädern nicht träge, sondern schmauchte sein Pfeifchen gesellig mit den anderen.

Gefragt, ob er es gewesen sei, der einmal das Haus angemietet hatte, schaute der verhutzelte Baumwollsamtige überrascht und sagte: »Ja.« Dann war sein Name also Magsman? Das stimmte, Toby Magsman – eigentlich gesetzmäßig Robert getauft, aber in der Branche Toby genannt, von Kindesbeinen an. Es lag doch nichts gegen Toby Magsman vor, hoffte er? Falls es da einen Verdacht gäbe – gleich raus damit!

Es lag keinerlei Verdacht vor, da konnte er beruhigt sein. Aber es wurden Erkundigungen über das Haus eingezogen, und hätte er etwas dagegen, zu erzählen, warum er es verlassen hatte?

Keineswegs. Warum sollte er? Er verließ es damals wegen einem Zwerg.

Wegen einem Zwerg?

Mr. Magsman wiederholte, bedachtsam und nachdrücklich: »Wegen einem Zwerg.«

Hätte Mr. Magsman die Freundlichkeit und Zuvorkommenheit, dem Fragenden den großen Gefallen zu erweisen, in einige Einzelheiten zu gehen?

Mr. Magsman ging in die folgenden Einzelheiten.

Es war zunächst einmal vor langer Zeit – bevor man die Lotterien und vieles andere abschaffte. Mr. Magsman sah sich gerade nach einem guten Veranstaltungsort um, sieht er da nicht das Haus und sagt still zu sich: »Dich nehm ich, wenn du zu haben bist. Wenn man dich mit Geld kriegen kann, dann nehm ich dich.«

Die Nachbarn wurden sehr böse und beschwerten sich; aber Mr. Magsman hatte keinen Schimmer, was sie denn wollten. Es war eine herrliche Sache. Zunächst einmal war da die Leinwand, mit dem Bild eines Riesen in spanischen Hosen und mit Halskrause, der selbst beinahe halb so hoch war wie das Haus und der mit einem Seil und Flaschenzug zum Dach hinaufgezogen wurde, bis sein Kopf auf gleicher Höhe mit der Brüstung war. Und dann war da die Leinwand mit dem Bild der Albino-Dame, die der Armee und Marine in korrekter Uniform ihr weißes Haar vorführte. Und dann die Leinwand mit dem Bild des wilden Indianers, der einen Angehörigen einer ausländischen Nation skalpierte. Und dann war da das Bild von dem Kind eines britischen Pflanzers, das von zwei Boa Constrictor-Schlangen gepackt wurde – nicht dass *wir* jemals ein Kind gehabt hätten, auch keine Boa Constrictor-Schlangen. In ähnlicher Weise war dann noch das Bild von dem wilden Esel aus der Prärie – nicht dass wir jemals wilde Esel gehabt hätten, nicht geschenkt hätten wir die haben wollen. Zu guter Letzt war da noch die Leinwand mit dem Bild eines Zwergs, ihm selbst sehr ähnlich (wenn man es recht bedachte), und mit König Georg dem Vierten in einem solchen Zustand des Erstaunens über ihn, wie ihn Seine Majestät in all Seiner äußersten Höflichkeit und Stämmigkeit wohl nie zum Ausdruck zu bringen vermochte. Die Vorderfront des Hauses war derart mit Leinwänden bedeckt, dass auf dieser Seite kaum je ein Funken Tageslicht hereindrang. »MAGSMANS AMÜSEMENTS« – fünfzehn Fuß lang und zwei Fuß hoch, stand quer über die Vordertür und die Wohnzimmerfenster geschrieben. Der Durchgang war in einen Hain aus grünem Fries und Gartenzeug verwandelt. Dort spielte unablässig eine Drehorgel. Und was die Achtbarkeit angeht – wenn Threepence Eintritt nicht achtbar ist, was dann?

Aber gegenwärtig ist ja hier der Zwerg der Hauptgegenstand, und er war sein Geld wert. Angekündigt wurde er als Major Tpschoffki von der Kaiserlichen Bulgradarischen Brigade. Den Namen konnte niemand aussprechen, und es war auch nicht beabsichtigt, dass das jemand tun sollte. Das Publikum machte in der Regel Chopski daraus. In der Branche nannte man ihn Chops; teilweise deswegen und teilweise, weil sein richtiger Name, wenn er je einen hatte (was durchaus im Dunkeln lag), Stakes * war.

Er war ein ungewöhnlich kleiner Mann, wirklich wahr. Sicher, nicht so klein, wie behauptet wurde, aber wo findet man schon mal einen richtigen Zwerg? Er war ein ungewöhnlich kleiner Mann mit einem ungewöhnlich großen Kopf, und was er in dem Kopf hatte, das wusste niemand außer ihm persönlich; und auch wenn man mal annahm, dass er je nachgeschaut hat, was selbst für ihn eine reichlich heftige Aufgabe gewesen wäre.

Der freundlichste kleine Mann, der je herangewachsen ist! Munter, aber nicht stolz. Wenn er mit der Nummer mit dem getüpfelten Säugling unterwegs war – obwohl er ja wusste, dass er selbst ein echter natürlicher Zwerg war und dass die Tupfen auf den Säugling künstlich draufgemalt wurden –, da hat er sich um den Säugling gekümmert wie eine Mutter. Nie hat man gehört, dass er einen Riesen irgendwie mit Schimpfnamen beleidigt hätte. Gegenüber der Fetten Dame aus Norfolk allerdings hat er sich wirklich zu unflätigen Worten hinreißen lassen, aber das war ja eine Herzensangelegenheit; und wenn eine Dame mit dem Herzen eines Mannes getändelt hat und dann einem Indianer den Vorzug gibt, dann ist er einfach nicht mehr Herr seiner Sinne.

Natürlich war er immer verliebt, jede außergewöhnliche menschliche Naturerscheinung ist das. Und er war immer in eine dicke Frau verliebt; ich habe nie gehört, dass Zwerge sich überhaupt in eine Kleine verlieben können. Das führt natürlich dazu, dass sie die Kuriositäten bleiben, die sie sind.

Eine seltsame Idee hatte er sich in den Kopf gesetzt, die schon was bedeutet haben muss, denn sonst wäre sie wohl

---

* Wortspiel mit Chop (Kotelett) und Stakes oder Steaks. Diese wie alle folgenden Anmerkungen stammen von der Übersetzerin.

nicht da drin gewesen. Er war immer der Meinung, ihm stünde ein Vermögen zu. Nie hat er seinen Namen unter irgendein Schriftstück gesetzt. Er hatte schreiben gelernt, und zwar von dem jungen Mann ohne Arme, der sich seinen Lebensunterhalt mit den Zehen verdiente (und was für ein meisterlicher Schreiber *der* war, hat Dutzende in der Branche unterrichtet), aber Chops wäre lieber verhungert, als sich eine Kruste Brot zu verdienen, indem er seinen Namen unter ein Blatt Papier setzte. Das ist umso seltsamer, wenn man bedenkt, dass er keinen Besitz hatte und auch keinerlei Aussichten auf einen Besitz, außer seinem Haus und einer Untertasse. Wenn ich »sein Haus« sage, dann meine ich damit die Kiste, die außen bemalt war, als sei sie innen ein normales Haus mit sechs Zimmern, und in die er mit einem Diamantring (oder etwas, das beinahe so aussah) am Zeigefinger hereinkrabbelte und dann aus dem, was das Publikum für sein Wohnzimmerfenster hielt, ein Glöckchen klingeln ließ. Und wenn ich »Untertasse« sage, dann meine ich damit einen Porzellanteller, mit dem er nach dem Ende jeder Darbietung für sich Geld sammeln ging. Sein Stichwort bekam er dafür von mir: »Damen und Herren, der kleine Mann wird nun dreimal um den Wagen laufen und sich dann hinter den Vorhang zurückziehen.« Wenn er im privaten Leben etwas sagte, schloss er es gewöhnlich mit Worten dieser Art ab, und das war im Allgemeinen auch das Letzte, was er zu mir sagte, ehe er nachts zu Bett ging.

Er hatte das, was ich einen feinen Geist nennen würde – einen poetischen Geist. Seine Gedanken bezüglich seines Vermögens überkamen ihn am stärksten, wenn er auf der Drehorgel saß und jemand die Kurbel drehte. Wenn ihm dann die Schwingungen eine Weile durch und durch gegangen waren, kreischte er: »Toby, ich spüre, wie mein Vermögen kommt! Dreh weiter! Ich zähle die Guineen zu Tausenden, Toby – dreh weiter! Toby, ich werde ein wohlhabender Mann sein! Ich spüre die Münzen schon in mir klimpern, Toby, ich werde so groß wie die Bank von England!« Solcher Art ist der Einfluss der Musik auf den poetischen Geist. Nicht dass er eine besondere Vorliebe für irgendeine andere Art von Musik außer für die Drehorgel gehabt hätte, im Gegenteil, er hasste sie.

Er hegte eine Art ewigen Groll gegen das Publikum, was eine Sache ist, die man bei vielen Kuriositäten beobachten kann, die sich ihren Lebensunterhalt mit ihrem kuriosen Aussehen verdienen. Was ihn an seiner Beschäftigung am meisten aufbrachte, war, dass sie ihn von der Gesellschaft fernhielt. Er sagte unablässig: »Toby, mein Ehrgeiz ist es, in die Gesellschaft zu gehen. Der Fluch meiner Stellung beim Publikum ist, dass sie mich aus der Gesellschaft fernhält. Das bedeutet einem minderen Wesen wie dem Indianer nichts, der ist nicht für die Gesellschaft geschaffen. Das bedeutet einem getüpfelten Säugling nichts, der ist nicht für die Gesellschaft geschaffen. Ich schon.«

Niemand konnte herausfinden, was Chops mit seinem Geld machte. Er bekam ein gutes Gehalt, jeden Samstag pünktlich auf die Trommel gezählt, außerdem Essen nach Herzenslust – und er aß wie ein Scheunendrescher – aber das tun alle Zwerge. Die Untertasse brachte ihm ein zusätzliches kleines Einkommen, so viele Halfpenny-Stücke, dass er sie die Woche über, in ein Sacktuch geknotet, mit sich herumtrug. Und doch hatte er nie Geld. Und es konnte nicht die Fette Dame aus Norfolk sein, wie mal vermutet wurde; denn es ist doch nur billig, dass man, wenn man eine solche Feindseligkeit gegen einen Indianer verspürt, die einen dazu bringt, ihm mit den Zähnen ins Gesicht zu knirschen, und die einen kaum davon abhält, ihn hörbar niederzuzischen, wenn er seinen Kriegstanz aufführt – dann ist es doch nur billig, dass man unter diesen Umständen sich nicht selbst beraubt, um genau diesem Indianer ein Leben in Saus und Braus zu ermöglichen.

Völlig unerwartet wurde eines Tages beim Pferderennen von Egham das Geheimnis gelüftet. Das Publikum ließ sich damals lange bitten, und Chops läutete sein Glöckchen aus dem Wohnzimmerfenster und knurrte mir über die Schulter hinweg zu, während er kniete und seine Beine zur Hintertür herausragten – denn er konnte sich nicht in sein kleines Haus quetschen, ohne sich niederzuknien, und die Unterkunft hatte auch keinen Raum für seine Beine –, also er knurrte: »Da hast du mal ein prächtiges Publikum! Warum zum Teufel kommen sie nicht herbeigestürzt?«, als ein Mann aus der Menge aufspringt und eine Brieftaube hochhält und ausruft: »Wenn hier jemand ist, der ein Los hat, die Lotterie ist gerade gezogen worden, und die Nummer für den großen Preis ist drei sieben zweiundvierzig!« Ich war höllisch wütend auf den Mann, weil er die Aufmerksamkeit des Publikums abgelenkt hatte – denn das Publikum wendet sich ja jederzeit ab, um irgendetwas anderes anzuschauen als das, was man ihm zeigen will; und wenn Sie das anzweifeln, dann rufen Sie es für irgendeinen Zweck auf der Welt zusammen und schicken nur zwei Leute zu spät rein, und dann schaun Sie mal, ob sich nicht die gesamte Gesellschaft weit mehr dafür interessiert, mit besonderer Aufmerksamkeit diese beiden anzusehen, als für Sie – also, ich sage, ich war nicht gerade erfreut über den Mann, dass er so laut gerufen hatte, und habe ihn in Gedanken nicht eben gesegnet, sehe ich da nicht Chops' kleine Glocke aus dem Fenster geradewegs auf eine alte Dame zufliegen, und steht er nicht auf und stößt die Kiste um und gibt damit das ganze Geheimnis preis und packt mich bei den Waden und sagt zu mir: »Trag mich in den Wagen und schütte mir einen Eimer Wasser über den Kopf, sonst bin ich ein toter Mann, denn ich habe mein Vermögen bekommen!«

Zwölftausend und ein paar Hundert Pfund, das war Chops' Gewinn. Er hatte ein halbes Los für den Gewinn von fünfundzwanzigtausend gekauft, und es war gezogen worden. Als Erstes benutzte er sein Vermögen zu dem Angebot, einen Kampf gegen den wilden Indianer auszufechten, mit fünfhundert Pfund Einsatz auf beiden Seiten, er mit einer vergifteten Stopfnadel bewaffnet, der Indianer mit einem Knüppel; aber da den Indianer für diese Summe niemand unterstützen wollte, wurde nichts weiter daraus.

Nachdem er eine Woche lang völlig von Sinnen gewesen war – in einem Seelenzustand, in dem er, wenn ich ihn auch nur zwei Minuten auf der Drehorgel hätte sitzen lassen, sicherlich geplatzt wäre – aber wir hielten ihn von der Orgel fern –, erholte sich Mr. Chops wieder und benahm sich gegenüber jedermann sehr freizügig und wunderbar. Er ließ dann nach einem jungen Mann schicken, den er kannte, und der war eine sehr vornehme Erscheinung und war Täuscher an einer Glücksspielbude (sehr achtbar aufgewachsen, da sein Vater eine herausragende Erscheinung in der Pferdebranche war, aber in einer geschäftlichen Krise Pech gehabt hatte, weil er einen alten Grauen gelbbraun angestrichen und mit Gewinn als Rassepferd mit Stammbaum verkauft hatte), und Mr. Chops sagte zu dem Täuscher, der behauptete, sein Name sei Normandy, was natürlich nicht stimmte: »Normandy, ich gehe in die Gesellschaft. Gehst du mit?«

Sagte Normandy: »Verstehe ich das recht, Mr. Chops, dass Sie mir mitteilen wollen, dass die gesamten Kosten dieses Gesellschaftsgangs von Ihnen getragen würden?«

»Stimmt«, sagte da Mr. Chops. »Und eine fürstliche Apanage sollst du auch bekommen.«

Da hob der Täuscher Mr. Chops auf einen Stuhl, schüttelte ihm die Hand und erwiderte mit Poesie, die Augen anscheinend voller Tränen:

»Mein Boot ist jetzt am Strand,
Die Barke auf dem Meer,
Was brauch ich in der Hand,
Nur mit dir ich geh umher.«

Und sie gingen in die Gesellschaft, in einer Kutsche mit vier Grauen und mit Seidenjacketts. Sie nahmen sich ein Logis in Pall Mall, London, und sie lebten prächtig drauflos.

Auf eine Nachricht hin, die im nächsten Herbst von einem Bediensteten, der höchst wunderbar in milchweißem Zwirn und Hut gewandet war, zum Bartholomäus-Jahrmarkt* gebracht wurde, putzte ich mich heraus und ging am verabredeten Abend nach Pall Mall. Die Herren genossen gerade ihren Wein nach dem Abendessen, und Mr. Chops' Augen blickten starrer aus seinem Kopf, als gut für ihn war, dachte ich bei mir. Sie waren zu dritt (ich meine, in dieser Gesellschaft), und den Dritten kannte ich gut. Bei unserem letzten Zusammentreffen hatte er ein weißes Römerhemd an und eine mit Leopardenfell bezogene Bischofsmitra auf dem Kopf und spielte in einer Kapelle bei einer Raubtierschau sehr falsch Klarinette.

Dieser Herr tat, als würde er mich nicht kennen, und Mr. Chops sagte: »Meine Herren, das ist ein alter Freund aus früheren Zeiten.« Und Normandy blickte mich durch ein Monokel an und meinte: »Magsman, ich freue mich, Sie zu

---

* Bartholomew Fair, der einzige Jahrmarkt in der City of London.

sehen«, und ich könnte schwören, das tat er nicht. Mr. Chops hatte, damit er bequem den Tisch erreichen konnte, seinen Stuhl auf einem Thron stehen (in der Form ziemlich ähnlich dem von Georg dem Vierten auf der Leinwand), schien mir aber in keiner anderen Hinsicht in diesem Hause der König zu sein, denn die beiden Herren kommandierten wie die Kaiser. Sie waren herausgeputzt wie für den höchsten Feiertag – glanzvoll! –, und was den Wein betraf, so schwammen sie buchstäblich in allen Sorten.

Ich machte ebenfalls die Runde durch alle Flaschen, erst getrennt (um sagen zu können, ich hätte es geschafft), dann mischte ich sie alle durcheinander (um sagen zu können, ich hätte es geschafft), und dann kostete ich zwei davon halb und halb und dann die anderen beiden. Insgesamt verbrachte ich einen sehr angenehmen Abend, wenn ich auch gewisse Anzeichen dafür verspürte, dass ich leicht benebelt war, bis ich es schließlich für höflich und wohlerzogen hielt, aufzustehen und zu sagen: »Mr. Chops, selbst die besten Freunde müssen einmal voneinander scheiden, und ich danke Ihnen für die Vielfalt an welschen Trünken, die Sie mir so freundlich spendiert haben, ich blicke durch den roten Wein zu Ihnen hin, und ich verabschiede mich.« Worauf Mr. Chops erwiderte: »Wenn Sie mich nur mit Ihrem rechten Arm hier herausheben, Magsman, und mich die Treppe heruntertragen, dann begleite ich Sie nach unten.« Ich meinte, ich könnte mir nicht vorstellen, so etwas zu tun, doch er wollte es unbedingt, und so hob ich ihn von seinem Thron. Er roch stark nach Madeira, und mir schoss, während ich ihn heruntertrug, der Gedanke durch den Kopf, dass es wäre, als trüge man eine große Flasche Wein mit einem ziemlich hässlichen Korken und recht seltsamen Proportionen.

Als ich ihn in der Eingangshalle auf der Fußmatte absetzte, hielt er mich nah bei sich, indem er sich an meinen Mantelkragen klammerte, und flüsterte: »Ich bin nicht glücklich, Magsman.«

»Was bedrückt Sie, Mr. Chops?«

»Die behandeln mich schlecht. Die sind mir nicht dankbar. Die setzen mich auf das Kaminsims, wenn ich keinen Champagnerwein mehr trinken will, und die sperren mich in die Kredenz ein, wenn ich mein Vermögen nicht hergeben will.«

»Jagen Sie sie aus dem Haus, Mr. Chops.«

»Kann ich nicht. Wir sind zusammen in der Gesellschaft, und was würde die Gesellschaft sagen?«

»Dann kommen Sie aus der Gesellschaft wieder heraus!«, sagte ich.

»Kann ich nicht. Sie wissen nicht, wovon Sie reden. Wenn man einmal in die Gesellschaft gegangen ist, darf man nie wieder heraus.«

»Dann, Mr. Chops, wenn ich mir die Freiheit erlauben darf«, war meine Anmerkung, »dann denke ich, dass es eine Schande ist, dass Sie je hineingegangen sind.«

Mr. Chops schüttelte seinen schweren Kopf in überraschendem Maße und klatschte sich ein halbes Dutzend Male mit der Hand dagegen, und zwar mit mehr Kraft, als ich in ihm vermutet hätte. Dann sagte er: »Sie sind ein braver Bursche, aber Sie verstehen nichts. Gute Nacht, und nun fort. Magsmann, der kleine Mann wird nun dreimal um den Wagen laufen und sich dann hinter den Vorhang zurückziehen.« Das Letzte, was ich bei diesem Anlass von ihm sah, war, wie er versuchte, am äußersten Abgrund zur Bewusstlosigkeit die Treppe eine Stufe nach der anderen auf Händen und Füßen hochzukrabbeln. Sie wäre ohnehin viel zu steil für ihn gewesen, selbst wenn er nüchtern gewesen wäre; aber er wollte sich nicht helfen lassen.

Nicht lange darauf las ich in der Zeitung, dass Mr. Chops bei Hofe vorgestellt worden war. Es stand gedruckt: »Man wird sich erinnern« – und ich habe in meinem Leben oft bemerkt, dass sicherlich immer dann gedruckt steht, dass man sich erinnern wird, wenn das bestimmt nicht der Fall ist –, »dass Mr. Chops jene Person von geringer Körpergröße ist, deren brillanter Erfolg in der Lotterie so viel Aufmerksamkeit erregt hat.« Nun, sag ich da für mich hin, so ist das Leben! Jetzt hat er es wirklich allen Ernstes geschafft. Er hat Georg den Vierten in Erstaunen versetzt!

(Worauf ich dann die Leinwand neu malen ließ, ihn mit einem Sack voll Geld, den er Georg dem Vierten überreicht, und eine Dame in Straußenfedern, die sich in ihn verliebt, wie er dasteht, korrekt mit Mozartzopf, Schwert und allen Schnallen.)

Ich nahm das Haus, das der Gegenstand der gegenwärtigen Erkundigungen ist – wenn ich auch nicht die Ehre habe, Sie zu kennen –, und ich betrieb darin wohl dreizehn Monate Magsmans Amüsements – manchmal das eine, manchmal das andere, manchmal nichts Besonderes, aber immer mit allen Leinwänden draußen an der Fassade. Eines Abends, als wir gerade vor der letzten Gesellschaft fertiggespielt hatten, die sehr zurückhaltend war, weil es aus allen Wolken schüttete, schmauchte ich gerade im Hinterzimmer im ersten Stock mein Pfeifchen mit dem jungen Mann mit den Zehen, den ich für einen Monat unter Vertrag genommen hatte (obwohl er beim Publikum niemals so richtig zog), und da hörte ich, wie jemand gegen die Straßentür trat. »Hallo!«, sagte ich zu dem jungen Mann, »was ist denn da los?« Der kratzte sich mit den Zehen an der Braue und antwortete: »Kann ich mir nicht vorstellen, Mr. Magsman« – und der konnte sich wirklich nie was vorstellen und war eine sehr monotone Gesellschaft.

Weil das Getöse nicht aufhören wollte, legte ich meine Pfeife hin, nahm eine Kerze zur Hand, ging hinunter und öffnete die Tür. Ich blickte auf die Straße hinaus; aber ich konnte nichts sehen, und ich bemerkte nichts, bis ich mich abrupt umwandte, weil mir ein kleines Geschöpf zwischen den Beinen hindurchgewuselt und in den Flur gerannt war. Das war Mr. Chops!

»Magsman«, sagte der, »nehmen Sie mich zu den alten Konditionen, und Sie kriegen mich; wenn es abgemacht ist, sagen Sie abgemacht!«

Ich war ganz verdattert, aber ich sagte: »Abgemacht, Sir!«

»Abgemacht auf Ihr Abgemacht, und doppelt abgemacht«, erwiderte er da. »Haben Sie ein wenig Abendbrot im Haus?«

Da ich mich an das prickelnde Allerlei welscher Getränke erinnerte, die wir in Pall Mall geschlürft hatten, schämte ich mich, ihm kalte Würste und Gin mit Wasser anzubieten, aber er genoss beides und von beidem reichlich; und er nahm einen Stuhl als Tisch und setzte sich auf einen Schemel davor, wie in alten Zeiten. Ich war immer noch verdattert.

Nachdem er mit den Würsten reinen Tisch gemacht hatte (Rindswürste, zwei und ein Viertel Pfund ungefähr, schätze ich), begann die Weisheit, die in diesem kleinen Mann steckte, wie Schweiß aus ihm hervorzubrechen.

»Magsman«, sagte er, »sehen Sie mich an! Sie sehen vor sich einen, der sowohl in die Gesellschaft gegangen als auch wieder aus ihr herausgekommen ist.«

»Oh! Sie sind wirklich heraus, Mr. Chops? Wie sind Sie herausgekommen, Sir?«

»Herausgekauft!«, erwiderte er. Nie haben Sie eine solche Weisheit gesehen, wie sein Kopf sie zum Ausdruck brachte, als er dieses Wort sprach.

»Mein Freund Magsman, ich teile mit Ihnen eine Entdeckung, die ich gemacht habe. Die ist wertvoll, denn sie hat mich zwölftausend fünfhundert Pfund gekostet, sie wird Ihnen im Leben von gutem Nutzen sein. Das Geheimnis der Sache ist, dass es nicht so sehr darum geht, dass eine Person in die Gesellschaft hineingeht, sondern vielmehr geht die Gesellschaft in die Person hinein.«

Da ich seiner Erläuterung nicht ganz folgen konnte, schüttelte ich den Kopf, setzte einen tiefsinnigen Blick auf und sagte: »Da haben Sie recht, Mr. Chops.«

»Magsman«, sagte er und zwickte mich ins Bein, »die Gesellschaft hat mich überfallen und mir den letzten Penny meines Vermögens geraubt.«

Ich spürte, dass ich erbleichte, und obwohl ich von Natur aus ein kühner Redner bin, konnte ich kaum hervorbringen: »Wo ist Normandy?«

»Durchgebrannt. Mit dem Tafelsilber«, antwortete Mr. Chops.

»Und der andere?«, womit ich den meinte, der früher die Bischofsmitra getragen hatte.

»Durchgebrannt. Mit dem Schmuck«, sagte Mr. Chops.

Ich setzte mich hin und schaute ihn an, und er stand auf und schaute mich an.

»Magsman«, sagte er da und schien mir immer weiser zu werden, je heiserer er wurde, »die Gesellschaft, als Ganzes genommen, besteht aus Zwergen. Am Hof von St. James, da betrieb ich wieder mein altes Geschäft – dreimal um den Wagen herum, in den alten höfischen Gewändern und Requisiten. Auch anderswo läuten die meisten ihre Glöckchen aus vorgetäuschten Pappkulissen. Überall geht der Teller rund. Magsman, der Teller ist eine universelle Einrichtung!«

Ich begriff, müssen Sie verstehen, dass ihn sein Unglück

bitter gemacht hatte, und ich verspürte Mitgefühl mit Mr. Chops.

»Und was die Fetten Damen betrifft«, sagte er und donnerte seinen Kopf gewaltig gegen die Wand, »von *denen* gibt es in der Gesellschaft viele, und schlimmer als das Original. *Sie* litt nur unter spektakulär schlechtem Geschmack – einfach spektakulär schlechtem Geschmack – den man nur verachten kann – und der seine eigene Strafe in Form eines Indianers nach sich zieht.« Hier donnerte er den Kopf noch einmal gewaltig gegen die Wand. »Aber die da, Magsman, die sind spektakulär käuflich. Man häufe nur Kaschmirschals an, kaufe Armreifen, streue das alles und einen Haufen schöne Fächer und Sachen in seinen Räumen aus und verbreite die Kunde, dass man sie so freigebig wie Wasser an alle verteilt, die sie bewundern kommen, und die Fetten Damen, die sich nicht für so und so viel auf dem Jahrmarkt zeigen würden, strömen aus allen Himmelsrichtungen herbei und sammeln sich um einen, wer immer man auch sein mag! Sie durchlöchern dir das Herz, Magsman, wie ein Sieb. Und wenn du nichts mehr zu geben hast, dann lachen sie dir ins Gesicht und lassen dich liegen, dass die Geier kommen und noch deine Knochen abnagen können, genauso wie bei dem toten wilden Esel auf der Prärie, der ich zu sein verdiene!« Hier schlug er den Kopf noch viel gewaltiger gegen die Wand und fiel um.

Ich dachte, er wäre hinüber. Sein Kopf war so schwer, und er hatte ihn so hart gegen die Wand geschlagen und war wie ein Stein gefallen, und die wurstbedingte Turbulenz in ihm muss so ungeheuerlich gewesen sein, dass ich meinte, er wäre hinüber. Aber er kam nach einiger Pflege bald wieder zu Bewusstsein und setzte sich auf dem Boden aufrecht hin und sagte zu mir, wobei ihm die Weisheit aus den Augen strömte, wie ich es kaum je gesehen habe: »Magsman! Der

Hauptunterschied zwischen den beiden Lebensumständen, die Ihr unglückseliger Freund durchschritten hat« – und er streckte seine arme kleine Hand aus, und die Tränen rollten ihm über den Schnauzbart, den er sich zu seiner Ehre unter viel Mühen hatte wachsen lassen, aber wir Sterblichen können den Erfolg ja nicht erzwingen –, »der Unterschied ist folgender. Als ich noch außerhalb der Gesellschaft war, hat man mir sehr wenig dafür gezahlt, dass man mich ansah. Als ich in die Gesellschaft ging, habe *ich* schwer dafür bezahlt, dass man mich ansah. Ich ziehe das Erstere vor, selbst wenn ich nicht dazu gezwungen wäre. Kündigen Sie mich morgen nach der alten Manier mit der Trompete an!«

Danach schlüpfte er so leicht wieder ins Geschäft hinein, so leicht, wie geölt. Aber von der Drehorgel hielten wir ihn fern, und es wurde auch niemals, wenn wir Gesellschaft hatten, auf sein Vermögen angespielt. Er wurde täglich weiser; seine Ansichten zur Gesellschaft und zum Publikum waren erleuchtet, verwirrend, ehrfurchtgebietend; und sein Kopf wurde groß und größer, als seine Weisheit selbigen immer weiter ausdehnte.

Er kam gut an und zog die Leute neun Monate lang hervorragend in die Vorstellungen. Am Ende dieses Zeitraums – sein Kopf sah furchtbar aus – äußerte er eines Abends, nachdem wir die letzten Zuschauer herausgelassen und die Tür verschlossen hatten, den Wunsch nach ein wenig Musik.

»Mr. Chops«, antwortete ich (ich habe nie das »Mr.« fallenlassen, wenn ich ihn ansprach; alle Welt mochte es tun, aber ich nicht), »Mr. Chops, sind Sie sicher, dass Sie geistig und seelisch in der Lage sind, auf der Drehorgel zu sitzen?«

Seine Antwort war folgende: »Toby, wenn ich sie das nächste Mal auf der Walz treffe, vergebe ich ihr und dem Indianer. Und ja, ich bin dazu in der Lage.«

Mit Angst und Beben begann ich die Kurbel zu drehen; aber er saß da wie ein Lämmchen. Bis zu meinem Todestag werde ich der Überzeugung bleiben, dass ich gesehen habe, wie sein Kopf sich ausdehnte, während er da saß; daran können Sie ablesen, wie großartig seine Gedanken waren. Es saß während aller Melodien da, und dann stieg er herunter.

»Toby«, sagte er mit einem leisen Lächeln, »der kleine Mann wird nun dreimal um den Wagen laufen und sich dann hinter den Vorhang zurückziehen.«

Als wir ihn am nächsten Morgen holen wollten, stellten wir fest, dass er in eine viel bessere Gesellschaft gegangen war als in die meine oder die der Pall Mall. Ich gab Mr. Chops ein so komfortables Begräbnis, wie es in meiner Macht stand, ging selbst als Haupttrauernder hinter dem Sarg und ließ die Leinwand mit Georg dem Vierten wie ein Banner voraustragen. Aber das Haus war danach so trostlos, dass ich es aufgab und mich wieder auf den Wagen verlegte.

Erstmals erschienen 1858 in »A House to Let«, der Weihnachtsausgabe von »Household Words«.

Die Geschichte des Kindes

Es war einmal vor reichlich vielen Jahren ein Reisender, und der begab sich auf eine Reise. Es war eine Zauberreise, die ihm sehr lang erschien, als er sich aufmachte, und sehr kurz, als er sie halb hinter sich hatte.

Er reiste eine kleine Weile einen ziemlich finsteren Weg entlang, ohne irgendjemanden oder irgendetwas zu treffen, bis er schließlich zu einem wunderschönen Kind kam. Also sprach er zu dem Kind: »Was machst du hier?« Und das Kind antwortete: »Ich spiele immerzu. Komm und spiele mit mir.«

Also spielte er den lieben langen Tag mit dem Kind, und sie waren sehr fröhlich. Der Himmel war so blau, die Sonne schien so hell, das Wasser glitzerte so strahlend, die Blätter waren so grün, und sie hörten so viele Singvögel und sahen so viele Schmetterlinge, dass alles wunderschön war. Das war bei gutem Wetter. Wenn es regnete, liebten sie es, die fallenden Tropfen zu beobachten und die frischen Düfte einzuatmen. Wenn es stürmte, war es ihnen ein Entzücken, dem Wind zu lauschen und sich auszumalen, was er sagte, wenn er von seinem Zuhause herbeigesaust kam – wo das wohl war, überlegten sie! – und pfiff und heulte, die Wolken vor sich hertrieb, die Bäume niederbog, das Haus erzittern ließ und das Meer zu wütendem Brüllen aufpeitschte. Aber wenn es schneite, war es am allerbesten; denn sie mochten nichts lieber, als zu den weißen Flocken hinaufzuschauen, die dicht und rasch fielen wie Daunenfedern von den Brüsten Millionen weißer Vögel, und zu sehen, wie glatt und tief die Schneewehen waren, und der Stille auf allen Pfaden und Straßen zu lauschen.

Sie hatten reichlich von den schönsten Spielzeugen der Welt und von den erstaunlichsten Bilderbüchern: von Krummsäbeln und Pantoffeln und Turbanen und von Zwergen und Riesen und Flaschengeistern und Elfen und von Blaubärten und Zauberbohnen* und Schätzen und Höhlen und Wäldern und Valentins und Orsons** – und alle waren sie neu und alle wahr.

Aber eines Tages kam dem Reisenden plötzlich das Kind abhanden. Er rief immer und immer wieder nach ihm, erhielt aber keine Antwort. Also machte er sich wieder auf den Weg und ging eine kleine Weile, ohne irgendjemanden oder irgendetwas zu treffen, bis er schließlich zu einem hübschen Jungen kam. Also sagte er zu dem Jungen: »Was machst du hier?« Und der Junge antwortete: »Ich lerne immerzu. Komm und lerne mit mir.«

Also lernte er mit diesem Jungen über Jupiter und Juno und die Griechen und die Römer und was weiß ich nicht alles, und er lernte mehr, als ich zu sagen vermag – oder er, denn er vergaß das meiste schon bald wieder. Aber sie lernten nicht immer; sie ergötzten sich auch an den fröhlichsten Spielen, die je gespielt wurden. Im Sommer ruderten sie auf dem Fluss, und im Winter liefen sie auf dem Eis Schlittschuh; sie wanderten und sie ritten; sie spielten Kricket und allerlei Ballspiele; spielten Fangen, Schnitzeljagd, Nach-

---

* Anspielung auf »Jack and the Beanstalk« (Hans und die Bohnenranke), ein englisches Märchen.
** Valentin und Orson ist eine Geschichte aus dem 15. Jahrhundert über Zwillingsbrüder, die im Wald ausgesetzt werden und von denen der eine Ritter, der andere ein wilder Mann im Wald wird.

ahmen und mehr Kurzweiliges, als mir jetzt einfällt; niemand konnte sie besiegen. Es gab auch Feiertage und Dreikönigskuchen und Gesellschaften, bei denen sie bis Mitternacht tanzten, und echte Theater, in denen sie zuschauten, wie sich Paläste aus echtem Gold und Silber aus der echten Erde erhoben, und wo sie alle Wunder der Welt gleichzeitig sahen. Und Freunde, sie hatten so liebe Freunde und so viele, dass mir die Zeit fehlt, sie alle aufzuzählen. Sie waren alle jung wie der hübsche Bursche und wollten einander ihr ganzes Leben lang nicht fremd werden.

Und doch kam eines Tages mitten unter all diesen Vergnügungen dem Reisenden der Bursche abhanden, wie ihm das Kind abhandengekommen war, und nachdem er vergeblich nach ihm gerufen hatte, machte er sich wieder auf den Weg. Er ging wieder eine kleine Weile, ohne irgendjemanden oder irgendetwas zu treffen, bis er schließlich zu einem jungen Mann kam. Also sagte er zu dem jungen Mann: »Was machst du hier?« Und der junge Mann antwortete: »Ich bin immerzu verliebt. Komm und sei mit mir verliebt.«

Und so ging er mit dem jungen Mann fort, und sogleich trafen sie eines der hübschesten jungen Mädchen, das man je gesehen hat – geradeso wie Fanny da drüben an der Ecke –, und sie hatte Augen wie Fanny und Haar genau wie Fanny und Grübchen wie Fanny und sie lachte und errötete genau wie Fanny, wenn ich jetzt über sie spreche. Also verliebte sich der junge Mann unverzüglich – genauso, wie es einem Jemand, dessen Namen ich nicht erwähnen will, mit Fanny geschah, als er zum ersten Mal hierherkam. Nun! Er wurde ab und zu geneckt – genauso wie dieser Jemand von Fanny; und sie stritten manchmal – genau wie dieser Jemand und Fanny sich manchmal zu streiten pflegten; und sie vertrugen sich wieder und saßen im Dunkeln und schrieben einander jeden Tag Briefe und waren nie glücklich, wenn sie voneinander getrennt waren, und hielten ständig Ausschau einer nach dem anderen und gaben vor, das nicht zu tun, und saßen dicht nebeneinander vor dem Kaminfeuer und haben sich zu Weihnachten verlobt und wollten sehr bald heiraten – genau wie der Jemand, dessen Namen ich nicht erwähnen will, und Fanny!

Aber eines Tages kamen sie dem Reisenden abhanden, genau wie ihm auch seine übrigen Freunde abhandengekommen waren, und nachdem er sie zurückgerufen hatte und sie nicht erschienen waren, machte er sich wieder auf den Weg. Also ging er wieder eine Weile, ohne irgendjemanden oder irgendetwas zu treffen, bis er schließlich zu einem Herrn mittleren Alters kam. Also sagte er zu dem Herrn: »Was macht Ihr da?« Und seine Antwort war: »Ich bin immerzu sehr geschäftig. Kommt und seid mit mir geschäftig!«

Also hub er an, mit dem Herrn sehr geschäftig zu sein, und sie gingen miteinander durch den Wald. Die ganze Reise führte durch einen Wald, nur war der zunächst offen und grün gewesen wie ein Wald im Frühjahr; und nun wurde er allmählich dicht und dunkel wie ein Wald im Sommer; einige der kleinen Bäume, die als Erste emporgeschossen waren, begannen sich bereits braun zu verfärben. Der Herr war nicht allein, sondern wurde von einer Dame etwa gleichen Alters begleitet, die seine Frau war; und sie hatten Kinder, die auch bei ihnen waren. Also gingen sie alle miteinander durch den Wald, fällten Bäume und bahnten sich einen Weg durch die Äste und das gefallene Laub und trugen Lasten und arbeiteten schwer.

Manchmal gelangten sie an einen langen grünen Pfad, der in noch tiefere Wälder führte. Dann hörten sie eine ganz leise, ferne Stimme rufen: »Vater, Vater, ich bin noch ein Kind! Bleibt stehen und wartet auf mich.« Und schon bald sahen sie eine sehr kleine Gestalt, die immer größer wurde, je näher sie zu ihnen kam, herbeirennen und sich zu ihnen gesellen. Sobald sie die anderen erreicht hatte, herzten und küssten sie alle und hießen sie willkommen; und dann zogen sie zusammen weiter.

Manchmal kamen sie an mehrere Straßen gleichzeitig, und dann hielten sie alle still inne, und eines der Kinder sagte: »Vater, ich fahre zur See«, und ein anderes sagte: »Vater, ich fahre nach Indien«, und ein anderes: »Vater, ich suche mein Glück, wo immer ich es finden kann«, und wieder ein anderes: »Vater, ich gehe in den Himmel.« Und so wanderten sie nach vielen Abschiedstränen einsam und allein diese Straßen entlang, jedes Kind die seine; und das Kind, das in den Himmel ging, erhob sich in die goldene Luft und verschwand.

Immer wenn dies geschah, schaute der Reisende zu dem Herrn und bemerkte, dass dieser zum Himmel über den Bäumen hinaufblickte, wo der Tag sich zu neigen begann und der Sonnenuntergang nahte. Er bemerkte auch, dass das Haar des Herrn ergraute. Aber sie konnten nie lange ausruhen, denn sie hatten eine Reise hinter sich zu bringen, und sie mussten immerzu geschäftig sein.

Endlich hatte es so viele Abschiede gegeben, dass keine Kinder mehr übrig waren und nur der Reisende, der Herr und die Dame sich gemeinsam weiter auf den Weg machten. Inzwischen war der Wald aber gelb geworden und jetzt braun, und die Blätter begannen von den Bäumen des Waldes zu fallen.

So kamen sie denn an einen Weg, der finsterer als alle anderen war, und wollten auf ihrer Reise voranschreiten, ohne dort hineinzuschauen, als die Dame innehielt.

»Mein lieber Mann«, sagte die Dame. »Man ruft mich.«

Sie lauschten und hörten weit hinten auf dem Weg eine Stimme: »Mutter! Mutter!«

Es war die Stimme des ersten Kindes, das gesagt hatte: »Ich gehe in den Himmel!«, und der Vater sagte: »Ich bitte dich, noch nicht jetzt. Der Sonnenuntergang ist sehr nah. Doch ich bitte dich, noch nicht jetzt.«

Aber die Stimme rief weiter: »Mutter! Mutter!«, ohne auf ihn zu hören, obwohl sein Haar inzwischen ganz weiß war und ihm die Tränen über die Wangen strömten.

Da küsste ihn die Mutter, die bereits in den Schatten des finsteren Wegs gezogen wurde und sich entfernte, während sie noch die Arme um seinen Nacken geschlungen hatte und sagte: »Mein Liebster, ich werde gerufen, und ich gehe.« Und sie war fort. Und der Reisende und er blieben allein zurück.

Und sie gingen miteinander weiter und weiter, bis sie sehr nah an den Waldrand kamen: so nah, dass sie vor sich den roten Schein des Sonnenuntergangs durch die Bäume sehen konnten.

Doch wiederum kam dem Reisenden, während er sich einen Weg durch die Zweige bahnte, sein Freund abhanden. Er rief und rief, aber er erhielt keine Antwort, und als er aus dem Wald trat und die friedliche Sonne sah, wie sie über einem violetten Horizont unterging, traf er einen alten Mann, der auf einem umgestürzten Baum saß. Also sagte er zu dem alten Mann: »Was macht Ihr hier?« Und der alte Mann antwortete mit ruhigem Lächeln: »Ich erinnere mich immerzu. Komm und erinnere dich mit mir!«

Also setzte sich der Reisende im Angesicht des Sonnenuntergangs neben den alten Mann; und leise kamen all seine Freunde zurück und standen um ihn herum. Das wunderschöne Kind, der hübsche Bursche, der verliebte junge Mann, der Vater, die Mutter und die Kinder: Alle waren sie da, und es war ihm niemand abhandengekommen. Also liebte er sie alle und war freundlich und duldsam mit ihnen und stets erfreut, sie alle zu beobachten, und sie ehrten und liebten ihn alle. Und ich denke, der Reisende, das musst du selbst sein, lieber Großvater, denn so bist du zu uns und so sind wir zu dir.

Erstmals erschienen 1852 in »A Round of Stories by the Christmas Fire«, der Weihnachtsausgabe von »Household Words«.

Der arme Verwandte

Er zögerte sehr, den Vorrang vor so vielen respektierten Mitgliedern der Familie einzunehmen und die Runde der Geschichten anzuführen, die sie einander erzählen würden, während sie im trauten Kreise um das weihnachtliche Kaminfeuer saßen, und er schlug bescheiden vor, es wäre ziemlicher, wenn »John, unser geschätzter Gastgeber« (auf dessen Wohl trinken zu dürfen er sich erbat), die Freundlichkeit besäße anzufangen. Denn was ihn beträfe, sagte er, so wäre er so wenig daran gewohnt, den Anfang zu machen, dass er wirklich ... Aber als sie alle riefen, er müsse anfangen und sich wie mit einer Stimme einig waren, dass er beginnen dürfte, könnte und sollte, hörte er auf, sich die Hände zu reiben, zog die Füße unter dem Ohrensessel hervor und begann tatsächlich.

»Ich hege keinen Zweifel (sagte der arme Verwandte), dass ich die versammelten Mitglieder unserer Familie und insbesondere John, unseren geschätzten Gastgeber, dem wir alle für die herausragende Gastfreundschaft zu so großem Dank verpflichtet sind, mit der er uns heute bewirtet hat, mit dem Geständnis überraschen werde, das ich nun machen werde. Aber wenn ihr mir die Ehre erweist, euch von irgendetwas überraschen zu lassen, das aus dem Mund einer Person kommt, die in der Familie so unbedeutend ist wie ich, dann kann ich nur versichern, dass ich in allem, was ich erzähle, peinlich genau berichten werde.

Ich bin nicht, was man von mir annimmt. Ich bin ganz

etwas anderes. Vielleicht sollte ich, ehe ich fortfahre, besser einen Blick darauf werfen, was man *wirklich* von mir annimmt.

Man nimmt an, wenn ich mich nicht irre – und die versammelten Mitglieder unserer Familie werden mich verbessern, falls ich mich irre, was wahrscheinlich ist (hier blickte sich der arme Verwandte in Erwartung eines Widerspruchs freundlich um) –, dass ich niemandes Feind bin, nur mein eigener. Dass ich niemals in irgendeiner Sache besonderen Erfolg hatte. Dass ich im Geschäft versagt habe, weil ich nicht geschäftstüchtig und zu leichtgläubig bin – da ich nicht auf die selbstsüchtigen Interessen meines Partners vorbereitet war. Dass ich in der Liebe versagt habe, weil ich lächerlich vertrauensselig war – da ich es für unmöglich hielt, dass Christiana mich hintergehen könnte. Dass ich die Erwartungen meines Onkels Chill enttäuscht habe, weil ich in weltlichen Angelegenheiten nicht so scharfsinnig war, wie er es sich gewünscht hätte. Dass ich im ganzen Leben im Allgemeinen eher ausgenutzt und enttäuscht wurde. Dass ich im Augenblick ein Junggeselle zwischen neunundfünfzig und sechzig Jahren bin, von einem beschränkten Einkommen in Form einer vierteljährlichen Zuwendung lebe, auf die, das habe ich begriffen, ich auf den Wunsch Johns, unseres geschätzten Gastgebers, nicht weiter eingehen werde.

Die Annahmen bezüglich meiner gegenwärtigen Unternehmungen und Gewohnheiten sind folgende:

Ich bewohne eine Unterkunft in der Clapham Road – ein sehr reinliches Hinterzimmer in einem sehr ehrbaren Haus –, wo man von mir erwartet, dass ich tagsüber nicht zu Hause bin, es sei denn, ich bin krank, und die ich gewöhnlich am Morgen um neun Uhr unter der Vorgabe verlasse, ins Geschäft zu gehen. Ich nehme mein Frühstück – mein Brötchen mit Butter und meinen Viertelliter Kaffee – in dem alteingesessenen Café bei der Westminster Bridge ein; und dann gehe ich in die City – ich weiß nicht, warum – und sitze in Garraways's Coffee House und bei der Börse und spaziere herum und schaue in einigen Kanzleien und Kontoren vorbei, in denen einige meiner Verwandten oder Bekannten die Güte haben, meine Anwesenheit zu dulden, und wo ich am Kaminfeuer stehe, falls das Wetter zufällig kalt ist. So vertreibe ich mir den Tag bis fünf Uhr, und dann esse ich zu Abend: im Durchschnitt zum Preis von einem Shilling und Threepence. Da mir dann noch ein wenig Geld für die abendliche Unterhaltung bleibt, schaue ich auf dem Heimweg erneut in dem alteingesessenen Café vorbei und nehme eine Tasse Tee und vielleicht ein Stückchen Toast zu mir. Und dann mache ich mich, wenn der große Zeiger der Uhr sich auf die Morgenstunde zubewegt, wieder auf den Weg zur Clapham Road, wo ich unverzüglich zu Bett gehe, sobald ich meine Unterkunft erreicht habe – da ein Kaminfeuer teuer ist und von der Familie wegen der damit verbundenen Mühe und dem erzeugten Schmutz nicht gern gesehen wird.

Manchmal hat einer meiner Verwandten oder Bekannten die Güte, mich zum Abendessen einzuladen. Das sind festliche Anlässe, und dann gehe ich im Allgemeinen im Park spazieren. Ich bin ein Einzelgänger und gehe selten mit jemandem spazieren. Nicht, dass man mich meidet, weil ich schäbig aussehe; denn ich sehe überhaupt nicht schäbig aus, da ich immer einen sehr guten schwarzen Anzug trage (oder vielmehr einen Anzug in Pfeffer und Salz, was schwarz wirkt, sich aber viel besser trägt); aber ich habe mir angewöhnt, leise zu sprechen, und ich bin ohnehin recht still, und mein Temperament ist nicht sehr übermütig, und ich bin mir bewusst, dass ich keine sonderlich anziehende Gesellschaft bin.

Die einzige Ausnahme von dieser allgemeinen Regel ist das Kind meines ersten Vetters, der kleine Frank. Ich hege eine besondere Zuneigung zu diesem Kind, und der Bub mag mich auch gern. Er ist von Natur aus ein zurückhaltender Junge; in einer Menschenmenge wird er leicht niedergeredet, wenn ich das so sagen darf, und gleich vergessen. Er und ich kommen jedoch außerordentlich gut miteinander aus. Ich hege den Gedanken, dass das arme Kind mir irgendwann in meiner seltsamen Stellung in der Familie nachfolgen wird. Wir reden nur wenig; und doch verstehen wir einander. Wir spazieren Hand in Hand umher; und ohne viele Worte weiß er, was ich meine, und ich weiß, was er meint. Als er noch sehr klein war, habe ich ihn zu den Fenstern der Spielwarenläden mitgenommen und ihm die Spielzeuge da drinnen gezeigt. Es ist überraschend, wie schnell er herausfand, dass ich ihm ungeheuer viele Geschenke gemacht hätte, wenn meine Umstände dies erlaubt hätten.

Der kleine Frank und ich gehen und schauen uns das Monument* von außen an – er liebt das Monument sehr – und die Brücken und all die kostenlosen Sehenswürdigkeiten. An zweien meiner Geburtstage haben wir Boeuf à la mode** gespeist und sind zum halben Preis in ein Theaterstück gegangen und haben uns außerordentlich dafür interessiert. Ich bin eines Tages mit ihm die Lombard Street*** entlanggegangen, die wir oft besuchen, weil ich ihm gegenüber einmal erwähnt habe, dass dort große Reichtümer zu

---

*   Das von Christopher Wren 1677 zur Erinnerung an die große Londoner Feuersbrunst von 1666 errichtete Denkmal.
**   Rinderschmorbraten.
*** Straße, in der bis in die 1980er Jahre die meisten britischen Banken ihren Hauptsitz hatten.

finden sind – und er liebt die Lombard Street sehr –, als ein Herr im Vorübergehen sagte: »Sir, Ihr kleiner Sohn hat seinen Handschuh fallen lassen.« Ich versichere euch, wenn ihr mir gestattet, eine so triviale Begebenheit zu kommentieren, dass diese zufällige Bemerkung, das Kind sei meines, mein Herz sehr berührt und mir törichte Tränen in die Augen getrieben hat.

Wenn man den kleinen Frank aufs Land in die Schule schickt, werde ich kaum wissen, was ich mit mir anfangen soll, aber ich hege die Absicht, einmal im Monat dorthin zu wandern und ihn an einem halben freien Tag zu besuchen. Man sagt mir, dass er dann immer auf der Heide spielen wird; und wenn man Einwände gegen meine Besuche haben sollte, weil sie das Kind verstören, kann ich ihn dort aus der Ferne sehen, ohne dass er mich sieht, und anschließend wieder zurückwandern. Seine Mutter kommt aus einer sehr vornehmen Familie und hat, dessen bin ich mir bewusst, einiges dagegen, dass wir so viel zusammen sind. Ich weiß, dass man mir nicht zutraut, ich könnte seine zurückhaltende Art verbessern; aber ich glaube, dass er mich weit über alle gegenwärtigen Gefühle hinaus vermissen würde, wenn man uns ganz trennte.

Wenn ich in der Clapham Road sterbe, werde ich auf der Welt nicht viel mehr hinterlassen, als ich von ihr mitnehme; aber ich habe noch die Miniatur eines Jungen mit strahlendem Gesicht und Lockenkopf und offenstehendem Hemdkragen und gerüschter Knopfleiste auf der Brust (meine Mutter hatte sie von mir anfertigen lassen, doch ich kann nicht glauben, dass sie je Ähnlichkeit mit mir hatte), die wahrscheinlich im Verkauf nichts bringen würde, die ich aber bitten möchte, Frank zu geben. Ich habe meinem lieben Jungen einen kleinen Brief dazu geschrieben, in dem ich ihm erkläre, dass ich sehr betrübt bin, mich von ihm zu trennen, wenn ich auch zugeben muss, dass ich keinen Grund sehen könne, warum ich hierbleiben sollte. Ich habe ihm einige wenige kurze Ratschläge erteilt, die besten, die in meinen Kräften stehen, er möge sich warnen lassen, was die Folgen wären, wenn man niemandes Feind ist, nur sein eigener; und ich habe versucht, ihn in dem zu trösten, was er, fürchte ich, wohl als Verlust betrachten wird, indem ich ihn darauf hinweise, dass ich für alle außer ihm nur ein recht überflüssiges Wesen war und dass ich, da es mir irgendwie nicht gelungen ist, einen Platz in dieser großen Welt zu finden, sie besser verlasse.

Das (sagte der arme Verwandte, räusperte sich und begann, ein wenig lauter zu sprechen) ist der allgemeine Eindruck, den man von mir hat. Nun ist es aber ein bemerkenswerter Umstand und der Sinn und Zweck meiner Geschichte, dass dies alles falsch ist. Dies ist nicht mein Leben, und dies sind nicht meine Gewohnheiten. Ich lebe nicht einmal in der Clapham Road. Ich bin verhältnismäßig selten dort. Ich residiere meistens in einem – ich schäme mich beinahe, das Wort auszusprechen, es klingt so überheblich – in einem Schloss. Ich meine nicht, dass es ein altes Herrenhaus ist, aber jedenfalls ein Gebäude, das alle immer ein Schloss genannt haben. Darin bewahre ich die Einzelheiten meiner Geschichte auf; und die sind so:

Es war zu der Zeit, als ich mit John Spatter (der mein Schreiber gewesen war) eine Partnerschaft einging und als ich noch ein junger Mann von nicht mehr als fünfundzwanzig Jahren war und im Hause meines Onkels Chill wohnte, dass ich mir erlaubte, Christiana einen Heiratsantrag zu machen. Sie war sehr schön und in jeder Beziehung höchst einnehmend. Ich misstraute ihrer verwitweten Mutter gehörig, von der ich die Befürchtung hegte, sie sei von sehr intriganter und gewinnsüchtiger Denkungsart;

aber ich hatte um Christianas willen von ihr eine so gute Meinung, wie ich es nur vermochte. Ich hatte niemals jemanden außer Christiana geliebt, und sie war die Welt für mich, und, oh, weit mehr als die Welt, und das schon seit unserer Kindheit!

Christiana nahm meinen Antrag mit Zustimmung ihrer Mutter an, und dies machte mich überaus glücklich. Mein Leben bei meinem Onkel Chill war von sparsamer, stumpfsinniger Art, und meine Dachkammer war so öde und kahl und kalt wie eine hochgelegene Gefängniszelle in einer strengen nördlichen Festung. Aber da ich Christianas Liebe besaß, fehlte es mir an nichts auf Erden. Ich hätte mein Los mit keinem Menschen tauschen mögen.

Habsucht war unglücklicherweise das Hauptlaster meines Onkels Chill. Obwohl er reich war, knauserte und sparte und geizte er und lebte elendiglich. Da Christiana kein Vermögen besaß, fürchtete ich mich eine Weile ein wenig, ihm unser Verlöbnis einzugestehen; aber schließlich schrieb ich ihm einen Brief, in dem ich sagte, wie es alles wirklich war. Ich übergab ihm den eines Abends, als ich zu Bett ging.

Als ich am nächsten Morgen die Treppe hinunterkam und in der kalten Dezemberluft fröstelte – es war im ungeheizten Haus meines Onkels kälter als auf der Straße, wohin wenigstens manchmal die Wintersonne schien und die zumindest von fröhlichen Gesichtern und Stimmen belebt war, die vorbeikamen –, ging ich schweren Herzens auf das lange, niedrige Frühstückszimmer zu, in dem mein Onkel saß. Es war ein großer Raum mit einem kleinen Kaminfeuer, und er hatte ein großes Erkerfenster, das der Regen in der Nacht wie mit den Tränen obdachloser Menschen gezeichnet hatte. Man schaute von dort auf einen ungepflegten Hof mit zerborstenen Steinplatten und einigen halb ausgerissenen Eisengittern, auf die von der anderen Seite ein hässliches separates Nebengebäude, das einmal ein Sezierraum gewesen war (zu Zeiten des großen Chirurgen, der meinem Onkel das Haus verpfändet hatte), zurückstarrte.

Wir standen stets so früh auf, dass wir zu allen Jahreszeiten bei Kerzenschein frühstückten. Als ich in das Zimmer trat, kauerte mein Onkel derart von der Kälte zusammengesunken hinter einer trüben Kerze auf seinem Stuhl, dass ich ihn erst sah, als ich schon nah beim Tisch war.

Ich streckte ihm meine Hand hin, und da nahm er seinen Stock (da er gebrechlich war, ging er im Haus stets mit einem Stock umher), schlug nach mir und rief: »Du Narr!«

»Onkel«, erwiderte ich, »ich hatte nicht erwartet, Euch darüber so erzürnt zu sehen.« Ich hatte es auch wirklich nicht erwartet, obwohl er ein hartherziger und aufbrausender alter Mann war.

»Du hattest es nicht erwartet!«, versetzte er. »Wann hast du je etwas erwartet? Wann hast du je etwas berechnet oder vorausgeplant, du verachtenswerter Hund?«

»Das sind harte Worte, Onkel!«

»Harte Worte? Immer noch weich wie Federn, viel zu weich, denn man sollte einen törichten Dummkopf wie dich prügeln«, antwortete er. »Hier, Betsy Snap, schau ihn dir an!«

Betsy Snap war eine verhutzelte, streng blickende, missgünstige alte Frau – unsere einzige Bedienstete –, die stets zu dieser Morgenstunde damit beschäftigt war, meinem Onkel die Beine einzureiben. Während mein Onkel sie beschwor, mich anzusehen, packte er mit seinen mageren Händen ihren Scheitel, da sie neben ihm kniete, und drehte ihr Gesicht zu mir hin. Inmitten all meiner Ängste schoss mir ein unwillkürlicher Gedanke durch den Kopf, dass ich die beiden Alten schon tot und im Sezierraum sah, wie es wohl oft in den Zeiten des Chirurgen gewesen sein musste.

»Schau dir nur dieses heulende Milchgesicht an!«, rief mein Onkel. »Sieh dir das Kleinkind an! Das ist der Herr, von dem die Leute sagen, dass er niemandes Feind ist, nur sein eigener. Das ist der Herr, der bei seinen Geschäften so große Gewinne macht, dass er sich neulich einen Partner nehmen musste. Das ist der Herr, der eine Frau ohne einen einzigen Penny heiraten wird und der in die Hände schamloser Weiber fällt, die nur auf meinen Tod spekulieren!«

Nun wusste ich, wie groß der Zorn meines Onkels war; denn nur ein Zustand, in dem er beinahe außer sich war, konnte ihn dazu veranlassen, jenes vorletzte Wort in den Mund zu nehmen, vor dem er einen solchen Abscheu hegte, dass er es sonst unter gar keinen Umständen aussprach oder auch nur andeutete.

»Auf meinen Tod«, wiederholte er, als wolle er mir trotzen, indem er seinem eigenen Abscheu vor dem Wort trotzte. »Auf meinen Tod – Tod – Tod! Aber diese Pläne werde ich durchkreuzen. Iss deine letzte Mahlzeit unter diesem Dach, du schwacher Wicht, und möge sie dir im Halse steckenbleiben!«

Ihr könnt getrost annehmen, dass ich keinen sonderlichen Appetit auf das Frühstück verspürte, zu dem ich mit diesen Worten gebeten wurde; aber ich nahm meinen angestammten Platz ein. Ich begriff, dass mich mein Onkel hinfort verstoßen hatte; und doch konnte ich das alles sehr gut ertragen, besaß ich doch Christianas Herz.

Mein Onkel löffelte seine Schale mit Milch und Brot wie immer, nur dass er sie auf den Knien hielt und seinen Stuhl vom Tisch weggeschoben hatte, an dem ich saß. Als er fertig war, löschte er sorgfältig die Kerze; und der kalte, schiefergraue, trübselige Tag schaute zu uns herein.

»Nun, Herr Michael«, sagte er, »ehe sich unsere Wege trennen, würde ich gern in deiner Anwesenheit einige Worte an diese Damen richten.«

»Wie Ihr wünscht, Sir«, erwiderte ich, »aber Ihr täuscht Euch und tut uns ein grausames Unrecht, wenn Ihr annehmt, dass es in dieser Verbindung um irgendwelche anderen Gefühle geht als nur um reine, uneigennützige und treue Liebe.«

Darauf sprach er nur: »Du lügst!« und kein weiteres Wort mehr.

Wir gingen durch halb getauten Schnee und halb gefrorenen Regen zu dem Haus, in dem Christiana und ihre Mutter wohnten. Mein Onkel kannte sie sehr gut. Sie saßen beim Frühstück und waren überrascht, uns zu dieser frühen Stunde zu sehen.

»Euer Diener, Madam«, sagte mein Onkel zur Mutter. »Ihr ahnt den Zweck meines Besuches, darf ich wohl annehmen, Madam. Ich habe mir sagen lassen, dass dieses Haus eine Welt der reinen, uneigennützigen und treuen Liebe beherbergt. Ich freue mich, Euch alles zu bringen, was dieser Welt noch fehlt, um sie vollkommen zu machen. Ich bringe Euch einen Schwiegersohn, Madam, und Euch einen Ehemann, Miss. Der Herr ist für mich ein Fremder, aber ich wünsche ihm mit seinen klugen Geschäften alles Glück.«

Er knurrte mich beim Hinausgehen noch einmal an, und ich habe ihn nie wiedergesehen.

Es ist ein kapitaler Irrtum (fuhr der arme Verwandte fort), wenn die Leute annehmen, dass meine liebe Christiana, von ihrer Mutter überredet und beeinflusst, einen reichen Mann geheiratet hat, dessen Kutschenräder in diesen veränderten Zeiten oft ihren Unrat auf mich schleudern, wenn Christiana an mir vorüberfährt. Nein, nein. Sie hat mich geheiratet.

Und dass wir viel früher geheiratet haben, als es unsere Absicht gewesen war, geschah so. Ich nahm mir eine bescheidene Unterkunft und sparte und plante um Christianas willen, als sie mich eines Tages mit großem Ernst ansprach und sagte: »Mein lieber Michael, ich habe dir mein Herz geschenkt. Ich habe gesagt, dass ich dich liebe, und habe dir versprochen, deine Frau zu werden. Ich bin so sehr die Deine in allen guten und schlechten Zeiten, als hätten wir an dem Tag, als wir einander dieses Wort gaben, geheiratet. Ich kenne dich gut und weiß, wenn wir getrennt würden oder unser Bund zerbräche, so würde dein ganzes Leben davon verdüstert werden, und all deine Wesenszüge, die dich jetzt für den Kampf mit der Welt stärken, würden zu einem bloßen Schatten ihrer selbst verblassen!«

»Gott steh mir bei, Christiana!«, sagte ich. »Du sprichst die Wahrheit!«

»Michael!«, sagte sie und legte ihre Hand mit aller jungfräulichen Zuneigung in die meine, »wir wollen nicht mehr länger getrennt sein. Ich muss dir nur versichern, dass ich mit den Geldmitteln, die du hast, zufrieden leben kann, und ich weiß, das macht dich vollends glücklich. Ich versichere dies aus ganzem Herzen. Plage dich nicht mehr allein; wir wollen uns gemeinsam plagen. Mein lieber Michael, es ist nicht recht, dass ich dir ein Geheimnis vorenthalte, von dem du nichts ahnst, das aber mein ganzes Leben peinigt. Meine Mutter, ohne zu bedenken, was du verloren hast und dass du es nur für mich und auf meine Treueschwüre hin verloren hast, hat ihr Herz an irdische Reichtümer gehängt und drängt mich zu meinem großen Elend, die Werbung eines anderen zu erhören. Ich kann dies nicht ertragen, denn ertrüge ich es, so wäre ich dir untreu. Lieber würde ich deine Plagen mit dir teilen, als mir das länger mit anzusehen. Ich möchte kein besseres Heim als das, das du mir geben kannst. Ich weiß, dass du mit größerem Mut streben und arbeiten wirst, wenn ich erst ganz die Deine bin, und so soll es sein, wann immer du willst!«

Ich ward an jenem Tag wahrhaftig gesegnet, und es tat sich mir eine neue Welt auf. Wir heirateten nach einer kleinen Weile, und ich nahm meine Frau in unser glückliches Zuhause auf. Das war der Beginn der Residenz, von der ich anfänglich gesprochen habe; das Schloss, das wir seither bewohnt haben, stammt aus dieser Zeit. Alle unsere Kinder sind in ihm geboren. Unser erstes Kind – inzwischen verheiratet – war ein kleines Mädchen, das wir Christiana genannt haben. Ihr Sohn ähnelt so sehr dem kleinen Frank, dass ich kaum weiß, wer der eine ist und wer der andere.

Der landläufige Eindruck, was den Umgang meines Partners mit mir betrifft, beruht auch auf einem Irrtum. Er hat mich nicht kalt und wie einen armen Einfaltspinsel behandelt, nachdem mein Onkel und ich unseren fatalen Streit hatten, noch hat er sich später nach und nach meines Geschäftes bemächtigt und mich verdrängt. Im Gegenteil, er verhielt sich mir gegenüber stets äußerst treu und ehrlich.

Die Dinge zwischen uns nahmen folgende Wendung: Am Tag meiner Trennung von meinem Onkel und sogar bevor meine Koffer in unserem Kontor eintrafen (die dieser mir nachgeschickt hatte, unfrei, mit *nicht* bezahlter Fracht), ging ich in unsere Geschäftsräume auf unserer kleinen Werft, von wo man einen Blick auf den Fluss hat; und dort erzählte ich John Spatter, was geschehen war. John Spatter sagte keineswegs, reiche alte Verwandte wären handfeste Tatsachen, Liebe und Gefühle dagegen Schall und Rauch. Vielmehr sprach er folgendermaßen zu mir: »Michael«, sagte John, »wir sind zusammen in die Schule gegangen, und ich habe es immer geschafft, besser voranzukommen und mir einen größeren Ruf zu erwerben.«

»Das hast du, John«, erwiderte ich.

»Obwohl«, fuhr John fort, »ich mir deine Bücher ausgeliehen und sie verloren habe, dein Taschengeld geborgt und dir nie zurückgezahlt habe, ich dich dazu gebracht habe, meine beschädigten Messer zu einem höheren Preis zu kaufen, als ich selbst neu dafür gezahlt hatte, und die Fenster, die ich zerbrochen hatte, auf deine Kappe zu nehmen.«

»Alles nicht der Rede wert, John Spatter«, sagte ich, »aber gewisslich wahr.«

»Als du dich hier in diesem aufstrebenden Geschäft etabliert hast, das so prächtig zu gedeihen verspricht«, setzte John seine Rede fort, »kam ich zu dir auf meiner verzweifelten Suche nach beinahe jeder Beschäftigung, und du hast mich zu deinem Schreiber gemacht.«

»Immer noch nicht der Rede wert, mein lieber John Spatter«, sagte ich, »doch immer noch gleich wahr.«

»Und als du herausfandest, dass ich einen guten Geschäftssinn habe und dem Geschäft sehr nützlich war, wolltest du mich nicht in dieser Eigenschaft weiterbeschäftigen, sondern hieltest es nur für gerecht, mich bald zu deinem Partner zu machen.«

»Noch weniger der Rede wert, als all die anderen kleinen Umstände, die du mir in Erinnerung gebracht hast, John Spatter«, sagte ich, »denn ich war und bin mir deiner Verdienste und meiner Unzulänglichkeiten bewusst.«

»Nun, mein guter Freund«, sagte John und hakte sich bei mir unter, wie er das bereits in der Schule getan hatte, während zwei Schiffe draußen vor den Fenstern unseres Kontors – die die Form der Achterfenster eines Schiffes hatten – mit den Gezeiten leicht den Fluss hinuntersegelten, so wie John und ich gemeinsam und in allem Vertrauen und aller Gewissheit auf unsere Reise durchs Leben aufbrechen könnten, »lass uns unter diesen freundlichen Umständen eine Abmachung treffen. Du bist zu leichtgläubig, Michael. Du bist niemandes Feind, nur dein eigener. Wenn ich dich nun mit einem Schulterzucken und einem Kopfschütteln und einem Seufzer bei unserer gesamten Kundschaft in ein schlechtes Licht rückte und wenn ich darüber hinaus das Vertrauen missbrauchte, das du in mich setztest...«

»Aber du wirst es niemals missbrauchen, John«, bemerkte ich.

»Niemals!«, erwiderte er, »aber gesetzt den Fall – sage ich, und wenn ich darüber hinaus dieses Vertrauen missbrauchte, indem ich hier einen Teil unseres gemeinsamen Geschäftes im Dunklen lasse und dort einen anderen Teil im Licht und wiederum diesen nächsten im Zwielicht und so weiter, dann würde ich meine Stärken noch weiter stärken und deine Schwächen weiter schwächen, Tag um Tag, bis ich mich schließlich auf der Straße zu Ruhm und Vermögen befände und dich auf einer kargen Wiese zurückließe, hoffnungslos zurückgefallen und Meilen im Abseits.«

»Genau«, antwortete ich.

»Um dies zu verhindern, Michael«, sagte John Spatter, »oder um auch nur die entfernteste Möglichkeit dazu auszuräumen, muss zwischen uns völlige Offenheit herrschen. Nichts darf verborgen bleiben, und wir dürfen nur ein einziges gemeinsames Interesse haben.«

»Mein lieber John Spatter«, versicherte ich ihm, »genau das meine ich.«

»Und wenn du zu leichtgläubig bist«, fuhr John fort, und auf seinem Gesicht leuchtete die Freundschaft, »dann musst du mir erlauben, dafür zu sorgen, dass niemand diese Unvollkommenheit deiner Natur ausnutzen kann; du darfst von mir nicht erwarten, sie mit Geduld zu ertragen...«

»Mein lieber John Spatter«, unterbrach ich ihn, »ich erwarte nicht, dass du sie mit Geduld erträgst. Ich will mich ändern.«

»Und ich auch«, sagte John.

»Genau!«, rief ich. »Wir haben beide das gleiche Ziel vor Augen, und wenn wir es ehrenhaft verfolgen und einander völlig vertrauen und nur ein einziges gemeinsames Interesse haben, wird unsere Partnerschaft eine blühende und glückliche sein.«

»Dessen bin ich sicher!«, erwiderte John Spatter. Und wir schüttelten einander höchst liebevoll die Hand.

Ich nahm John mit nach Hause auf mein Schloss, und wir verlebten einen sehr glücklichen Tag. Unsere Partnerschaft gedieh gut. Mein Freund und Partner lieferte, was ich wollte, wie ich es vorausgesehen hatte, und entschädigte mich, indem er sowohl meine Geschäfte als auch mich verbesserte, reichlich für all die kleinen Vorteile, zu denen ich ihm in seinem Leben verholfen hatte.

Ich bin nicht (sagte der arme Verwandte und schaute ins Feuer, während er sich langsam die Hände rieb) sehr reich, denn daran war mir nie gelegen; aber ich habe genug, und ich bin über alle bescheidenen Bedürfnisse und Ängste erhaben. Mein Schloss ist kein herrlicher Ort, aber es ist sehr bequem, und es herrscht dort eine warme und fröhliche Stimmung, und es ist ein wahres Bild von einem Heim.

Unsere älteste Tochter, die ihrer Mutter sehr ähnelt, hat John Spatters ältesten Sohn geheiratet. Unsere beiden Familien sind auch in anderer Hinsicht eng verbunden. Es ist sehr angenehm, wenn wir des Abends alle versammelt sind

– was häufig geschieht – und wenn John und ich von alten Zeiten reden und von dem einen Interesse, das zwischen uns immer geherrscht hat.

Ich weiß in meinem Schloss wirklich nicht, was Einsamkeit ist. Einige unserer Kinder und Enkel sind immer dort, und die jungen Stimmen meiner Nachkommen sind meinen Ohren ein Entzücken – oh, was für ein Entzücken! Meine liebste und äußerst liebevolle Frau, stets treu, stets hilfreich und stützend und tröstend, ist der unschätzbar kostbare Segen meines Hauses, von dem alle anderen Segnungen ausgehen. Wir sind eine recht musikalische Familie, und wenn Christiana mich irgendwann einmal ein wenig matt und trübselig sieht, stiehlt sie sich zum Pianoforte und singt mir eine kleine Melodie, die sie einst sang, als wir gerade frisch verlobt waren. Und ich bin ein so schwacher Mann, dass ich es nicht ertragen kann, sie von jemand anderem gesungen zu hören. Sie spielten sie einmal im Theater, als ich mit dem kleinen Frank dort war, und das Kind fragte verwundert: »Vetter Michael, wessen heiße Tränen sind es, die da auf meine Hand gefallen sind?«

So ist mein Schloss, und so sind die wirklichen Umstände meines Lebens darin verwahrt. Ich nehme den kleinen Frank oft mit dorthin zu mir nach Hause. Er ist meinen Enkeln stets sehr willkommen, und sie spielen zusammen. Um diese Jahreszeit – um Weihnachten und Neujahr – verlasse ich mein Schloss kaum. Denn die mit der Jahreszeit einhergehenden Geselligkeiten scheinen mich dort festzuhalten, und die Regeln und Traditionen dieser Jahreszeit scheinen mich zu lehren, dass ich gut daran tue, dort zu bleiben.«

»Und das Schloss ist ...«, merkte eine ernste, freundliche Stimme aus der Gesellschaft an.

»Ja. Mein Schloss«, sagte der arme Verwandte, schüttelte

den Kopf und schaute immer noch ins Feuer, »ist in der Luft. John, unser geschätzter Gastgeber, vermutet seinen Standort richtig. Mein Schloss ist in der Luft! Ich bin fertig. Wärt ihr so gut und würdet die nächste Geschichte erzählen?«

Erstmals erschienen 1852 in »A Round of Stories by the Christmas Fire«, der Weihnachtsausgabe von »Household Words«.

Zur Strecke gebracht

I.

Die meisten von uns erleben irgendwann im Leben einen Roman. Ich glaube, dass ich in meiner Eigenschaft als Kontorvorsteher einer Lebensversicherung in den letzten dreißig Jahren Zeuge von mehr Romanen geworden bin, als man das allgemeinhin wird, wie wenig verheißungsvoll diesbezüglich eine solche Beschäftigung auf den ersten Blick auch erscheinen mag.

Da ich inzwischen pensioniert bin und ein zufriedenes Leben führe, habe ich nun die Mittel, die ich immer haben wollte, um alles, dessen ich ansichtig geworden bin, mit Muße zu überdenken. Meine Erfahrungen verfügen, so betrachtet, über noch einen bemerkenswerteren Aspekt als zu der Zeit, als die Dinge sich zugetragen haben. Ich bin gewissermaßen von einem Schauspiel nach Hause zurückgekehrt und kann mich ohne das gleißende Licht, die allgemeine Verwirrung und Geschäftigkeit des Theaters an die Szenen des Dramas erinnern, vor dem der Vorhang gefallen ist.

Lassen Sie mich Ihnen eine Erinnerung an einen dieser Romane des wirklichen Lebens vorlegen.

Es gibt nichts Wahrhaftigeres als die Physiognomie eines Menschen, in Einheit mit seinem Gebaren betrachtet. In diesem Buch zu lesen, zu dem jedes menschliche Geschöpf auf Befehl der Ewigen Weisheit seine Seite beitragen muss, auf der sein individueller Charakter beschrieben steht, ist vielleicht eine schwierige Kunst und wird nur selten studiert. Sie mag eine natürliche Begabung voraussetzen und muss (wie alles) einige Geduld und einige Bemühung verlangen. Dass man ihr diese normalerweise nicht zukommen lässt, dass viele Leute einige wenige banale Gesichtsausdrücke als das ganze Spektrum menschlicher Eigentümlichkeiten akzeptieren und die wahrhaftigsten Verfeinerungen weder suchen noch kennen, dass Sie zum Beispiel viel Zeit und Mühe darauf verwenden, Noten, Griechisch, Lateinisch, Französisch, Italienisch, Hebräisch, was Ihnen auch immer einfällt, lesen zu lernen, und nicht die Fähigkeit erwerben, das Gesicht der Lehrer oder Lehrerinnen zu lesen, die Ihnen über die Schulter schauen und Ihnen das beibringen – das halte ich für fünfhundert Mal mehr wahrscheinlich als unwahrscheinlich. Vielleicht liegt dem ein wenig Selbstgenügsamkeit zu Grunde; Gesichtsausdrücke verlangen keine genaueren Studien von Ihnen, denken Sie; es fällt Ihnen von Natur aus zu, dass Sie genug darüber wissen, und Sie lassen sich schon nicht täuschen.

Ich gestehe meinerseits ein, dass ich mich durchaus habe täuschen lassen, immer und immer wieder. Ich wurde von Bekannten getäuscht, und ich wurde (natürlich) von Freunden getäuscht; weit öfter von Freunden als von jeder anderen Personengruppe. Wie kam es, dass ich so hinters Licht geführt wurde? Hatte ich ihren Gesichtsausdruck völlig falsch gelesen?

Nein. Glauben Sie mir, mein erster Eindruck von diesen Menschen, der sich nur auf ihr Gesicht und ihr Gebaren stützte, war unweigerlich richtig. Mein Fehler war, dass ich sie näher an mich herankommen ließ und ihnen erlaubte, mir diesen ersten Eindruck auszureden.

II.

Die Trennwand, die in der City mein Büro von unserem allgemeinen äußeren Kontor trennte, bestand aus einer dicken Glasscheibe. Ich konnte durch sie hindurch alles sehen, was sich im äußeren Kontor abspielte, ohne ein Wort zu hören. Ich hatte sie anstelle einer Wand einbauen lassen, die dort jahrelang gestanden hatte – seit man das Haus gebaut hatte. Es tut nichts zur Sache, ob ich diese Veränderung vornehmen ließ, weil ich mir den ersten Eindruck von Fremden, die in Geschäften zu uns kamen, allein aufgrund ihres Gesichts machen wollte, ohne mich von ihren Worten beeinflussen zu lassen, oder ob ich es aus einem anderen Grund tat. Hier möge die Anmerkung genügen, dass ich meine Glastrennwand jedenfalls zu diesem Zwecke benutzte und dass das Kontor einer Lebensversicherung zu allen Zeiten mit den Betrugsversuchen der ausgefuchstesten und übelsten Angehörigen der menschlichen Rasse zu kämpfen hat.

Es war diese Glastrennwand, durch die ich zum ersten Mal den Herrn sah, dessen Geschichte ich nun erzählen werde.

Er war eingetreten, ohne dass ich es wahrgenommen hatte, hatte Hut und Regenschirm auf den breiten Schaltertisch gelegt und beugte sich nun darüber, um von einem der Schreiber einige Papiere entgegenzunehmen. Er war etwa vierzig Jahre alt, dunkel, außerordentlich gut in Schwarz gekleidet – denn er trug Trauer –, und die Hand, die er höflich ausstreckte, war mit einem besonders gut sitzenden schwarzen Glacéhandschuh bedeckt. Sein Haar, das sorgfältig gebürstet und eingeölt war, teilte ein Mittelscheitel; und er zeigte diesen Scheitel dem Schreiber (meiner Meinung nach), als wollte er ihm wortlos zu verstehen geben: ›Sie müssen mich, wenn es recht ist, so nehmen, wie ich mich Ihnen zeige. Immer geradeaus, folgen Sie dem Kiesweg, betreten Sie nicht den Rasen, ich erlaube keine Überschreitungen.‹

Ich fasste eine sehr große Abneigung gegen den Mann, sobald ich ihn so erblickte.

Er hatte um einige unserer vorgedruckten Formulare gebeten, und der Schreiber reichte sie ihm und erklärte sie. Der Mann trug ein höfliches und freundliches Lächeln auf dem Gesicht, und seine Augen blickten lebhaft in die des Schreibers. (Ich habe schon sehr viel Unsinn darüber gehört, dass schlechte Menschen einem nicht in die Augen schauen. Vertrauen Sie dieser althergebrachten Idee nicht. Unehrlichkeit würde es jederzeit schaffen, die Ehrlichkeit in Grund und Boden zu starren, wenn sich dadurch irgendetwas erreichen ließe.)

Ich sah, dass er aus dem Augenwinkel bemerkt hatte, dass ich ihn anschaute. Sofort wandte er nun den Haarscheitel der Glastrennwand zu, als hätte er mit süßlichem Lächeln jetzt auch zu mir gesagt: ›Immer geradeaus, wenn's recht ist. Weg vom Rasen!‹

Wenige Augenblicke später hatte er schon seinen Hut aufgesetzt und den Schirm genommen und war fort.

Ich rief den Schreiber zu mir ins Zimmer und fragte: »Wer war das?«

Er hatte die Visitenkarte des Herrn in der Hand: »Mr. Julius Slinkton, Middle Temple*.«

»Ein Barrister**, Mr. Adams?«

»Ich glaube nicht, Sir.«

---

* Die Honourable Society of Middle Temple ist eine der vier Anwaltskammern in England.
** Vor Gericht plädierender Rechtsanwalt.

»Ich hätte ihn für einen Geistlichen gehalten, wenn nicht das ›Reverend‹* vor seinem Namen fehlte«, sagte ich.

»Wahrscheinlich hat sein Aussehen das bewirkt«, erwiderte Mr. Adams, »denn er studiert Theologie und will Priester werden.«

Ich hätte erwähnen sollen, dass er ein feines weißes Halstuch und überhaupt feine Leinenwäsche trug.

»Was wollte er, Mr. Adams?«

»Nur ein Antragsformular, Sir, und ein Referenz-Formular.«

»Hat ihn jemand hierher empfohlen? Hat er das gesagt?«

»Ja, er hat gesagt, dass einer Ihrer Freunde ihn an uns empfohlen hat. Er hat Sie erkannt, aber er meinte, da er nicht das Vergnügen Ihrer persönlichen Bekanntschaft hätte, wollte er Sie nicht belästigen.«

»Kannte er meinen Namen?«

»O ja, Sir! Er sagte: ›Da ist ja Mr. Sampson, sehe ich!‹«

»Offensichtlich ein beredter Herr?«

»Bemerkenswert, ja wahrhaftig, Sir.«

»Einnehmende Manieren, offensichtlich?«

»Sehr, wahrhaftig, Sir.«

»Ha!«, sagte ich. »Das wäre im Augenblick alles, vielen Dank, Mr. Adams.«

Keine zwei Wochen nach diesem Tag ging ich zu einem meiner Freunde zum Abendessen, einem Kaufmann und Gentleman von gutem Geschmack, der Bilder und Bücher kauft, und der Erste, den ich dort in der Gesellschaft wahrnahm, war Mr. Julius Slinkton. Da stand er vor dem Kamin, mit guten, großen Augen und einem offenen Gesichtsausdruck; aber immer noch (dachte ich) erwartete er, dass jeder

---

* (The) Reverend (Hochwürden) ist der Titel, den christliche Geistliche im englischsprachigen Raum vor ihrem Namen führen.

auf dem von ihm angebotenen Weg zu ihm kam und auf keinem anderen.

Ich bemerkte, dass er meinen Freund bat, ihn Mr. Sampson vorzustellen, und das tat mein Freund auch. Mr. Slinkton war sehr erfreut, mich zu sehen. Nicht übermäßig erfreut – er übertrieb die Angelegenheit nicht –, erfreut auf durch und durch wohlerzogene, vollkommen nichtssagende Weise.

»Ich dachte, Sie wären einander bereits begegnet«, bemerkte unser Gastgeber.

»Nein«, erwiderte Mr. Slinkton. »Ich habe in Mr. Sampsons Kontor vorbeigeschaut, wie Sie es empfohlen haben; aber ich hielt es nicht für gerechtfertigt, Mr. Sampson selbst mit einer alltäglichen Frage zu behelligen, einer Routineangelegenheit für einen gewöhnlichen Schreiber.«

Ich versetzte, ich hätte ihm auf die Empfehlung unseres Freundes sehr gern jede Aufmerksamkeit erwiesen.

»Dessen bin ich mir gewiss«, sagte er, »und ich bin Ihnen sehr dankbar. Ein anderes Mal bin ich vielleicht weniger rücksichtsvoll. Nur dann jedoch, wenn ich ein wirkliches Anliegen habe; denn ich weiß, Mr. Sampson, wie kostbar Geschäftszeit ist und was für eine ungeheure Anzahl impertinenter Menschen es auf der Welt gibt.«

Ich quittierte seine Rücksichtnahme mit einer leichten Verbeugung. »Sie haben überlegt«, sagte ich, »eine Versicherungspolice auf Ihr Leben abzuschließen?«

»O je, nein! Ich fürchte, ich bin nicht so umsichtig wie Sie es von mir annehmen; dieses Kompliment muss ich zurückweisen, Mr. Sampson. Ich habe nur Erkundigungen für einen Freund eingezogen. Aber Sie wissen ja, wie Freunde in solchen Angelegenheiten sind. Es wird vielleicht nie etwas daraus. Ich zögere sehr, ehe ich Geschäftsleute mit Nachfragen für Freunde belästige, da ich doch weiß, dass die Wahrscheinlichkeit eins zu tausend ist, dass die Freunde jemals diesen Nachfragen entsprechen. Die Leute sind so wankelmütig, so selbstsüchtig, so rücksichtslos. Stellen Sie das in Ihrer Branche nicht auch jeden Tag fest, Mr. Sampson?«

Ich wollte gerade eine profunde Antwort geben, aber er wandte mir seinen glatten weißen Scheitel mit dem ›Hier geradeaus, wenn's recht ist!‹ zu, und ich erwiderte nur: »Ja.«

»Ich höre, Mr. Sampson«, fuhr er dann fort, weil unser Freund eine neue Köchin hatte und das Abendessen nicht so pünktlich wie gewöhnlich serviert wurde, »dass Ihr Berufsstand kürzlich einen großen Verlust erlitten hat.«

»An Geld?«, fragte ich.

Er lachte über meine bereitwillige Verknüpfung von Verlust und Geld und erwiderte: »Nein, an Talent und Tatkraft.«

Ich vermochte seiner Anspielung nicht wirklich zu folgen und überlegte einen Augenblick. »Hat er tatsächlich einen derartigen Verlust erlitten?«, fragte ich. »Ich war mir dessen nicht bewusst.«

»Verstehen Sie mich recht, Mr. Sampson. Ich meinte nicht etwa, dass Sie in den Ruhestand gegangen sind. So schlimm ist es wieder nicht. Aber Mr. Meltham ...«

»O sicher!«, sagte ich. »Ja! Mr. Meltham, der junge Versicherungsmathematiker der ›Inestimable‹.«

»Genau«, erwiderte er mit tröstender Stimme.

»Er ist wirklich ein großer Verlust. Er war der scharfsinnigste, originellste und tatkräftigste Mann, den ich je im Zusammenhang mit Lebensversicherungen kennengelernt habe.«

Ich verwendete starke Worte, denn ich hegte große Wertschätzung und Bewunderung für Meltham, und der Herr hatte mir auf unbestimmte Weise das Gefühl vermittelt, dass er ihn verhöhnen wollte. Er erinnerte mich wieder an meine Vorsicht, als er mir erneut diesen adretten Pfad auf seinem Kopf zuwandte, mit seinem innerlichen »Weg vom Rasen, wenn's recht ist – immer schön auf dem Kiesweg bleiben«.

»Sie kannten ihn, Mr. Slinkton?«

»Nur dem Namen nach. Ihn als Bekannten oder Freund gekannt zu haben ist eine Ehre, um die ich mich bemüht hätte, wenn er die Gesellschaft nun nicht meiden würde, selbst wenn ich auch vielleicht niemals das Glück gehabt hätte, dies zu erreichen, da ich doch ein Mann von weit geringerem Rang bin. Er war gerade einmal dreißig, nehme ich an?«

»Etwa dreißig.«

»Ah«, seufzte er auf die gleiche tröstende Art wie zuvor. »Was für Geschöpfe wir sind! Seinen Beruf aufzugeben, Mr. Sampson, und in diesem Lebensalter seinen Geschäften nicht mehr nachgehen zu können! Gibt es eigentlich einen Grund, dem man diese traurige Tatsache zuschreibt?«

(Hm!, dachte ich, während ich ihn ansah. Aber ich gehe diesen Pfad nicht entlang, und ich betrete den Rasen.)

»Welchen Grund haben Sie denn dafür gehört, Mr. Slinkton?«, fragte ich ihn unverhohlen.

»Höchstwahrscheinlich einen falschen. Sie wissen doch, wie es mit Gerüchten ist, Mr. Sampson. Ich wiederhole nie etwas, das mir zu Ohren kommt; das ist die einzige Art und Weise, wie man Gerüchten die Spitze brechen kann. Aber wenn *Sie* mich fragen, welchen Grund ich dafür gehört habe, dass Mr. Meltham die Gesellschaft der Menschen meidet, dann ist das etwas anderes. Dann befriedige ich nicht die Sucht nach eitlem Klatsch und Tratsch. Mir wurde gesagt, Mr. Sampson, dass Mr. Meltham all seine Anwaltschaften und alle seine Aussichten aufgab, weil man ihm das Herz gebrochen hatte. Eine enttäuschte Liebe, habe ich mir sagen lassen – wenn das auch im Falle eines so vornehmen und gutaussehenden Mannes kaum wahrscheinlich ist.«

»Gutes Aussehen und Vornehmheit sind keine Rüstung gegen den Tod«, sagte ich.

»Oh, sie ist gestorben? Bitte entschuldigen Sie. Das hatte ich nicht gehört. Das macht die Angelegenheit natürlich sehr, sehr traurig. Der arme Mr. Meltham! Sie ist gestorben? Ah, du liebe Güte! Beklagenswert, beklagenswert!«

Ich war noch immer der Meinung, dass sein Mitgefühl nicht ganz echt war, und ich vermutete dahinter immer noch einen unerklärlichen Hohn, bis er, als wir, wie alle anderen, die in Gruppen zusammenstanden und sich unterhielten, von der Ankündigung des Abendessens getrennt wurden, zu mir sagte: »Mr. Sampson, Sie sind sicherlich überrascht, mich wegen eines Mannes, den ich nie kennengelernt habe, derart bewegt zu sehen. Ich bin nicht so unbeteiligt, wie Sie vielleicht meinen würden. Auch ich habe, und zwar ebenfalls kürzlich, unter einem Todesfall gelitten. Ich habe eine von zwei bezaubernden Nichten verloren, die mir ständig Gesellschaft leisteten. Sie starb jung – mit kaum dreiundzwanzig, und ihre hinterbliebene Schwester ist alles andere als kräftig. Die Welt ist ein Grab!«

Er sagte dies mit tiefem Gefühl, und ich spürte, dass er mir für mein kühles Gebaren einen Vorwurf machen wollte. Kälte und Misstrauen waren in mir, das wusste ich, durch meine schlechten Erfahrungen erzeugt worden, sie lagen nicht in meiner Natur; und ich dachte oft daran, wie viel ich im Leben verloren hatte, als ich das Vertrauen verlor, und wie wenig ich gewonnen hatte, als ich harte Vorsicht gewann. Da mir dieser Gemüts- und Geisteszustand zur Gewohnheit geworden war, machte ich mir mehr Sorgen über dieses Gespräch, als ich mir Sorgen über eine gewichtigere Angelegenheit gemacht hätte. Ich lauschte beim Essen seinen Worten und beobachtete, wie bereitwillig andere Männer darauf eingingen und mit welch elegantem Instinkt er seine Themen an das Wissen und die Gewohnheiten derjenigen anpasste, mit denen er sprach. So wie er, als er mit mir redete, mit Leichtigkeit das Thema angesprochen hatte, von dem man annehmen konnte, dass ich es am besten verstand, und für das ich mich am meisten interessieren würde, so ließ er sich im Gespräch mit anderen von der gleichen Regel leiten. Die Gesellschaft war gemischt; aber er kam, das konnte ich entdecken, bei keinem Anwesenden in Verlegenheit. Er wusste gerade genug über die Beschäftigung jedes Mannes, um sich diesem dadurch angenehm zu machen, dass er Bezug darauf nahm, und gerade so wenig, dass es für ihn natürlich war, bescheiden um Informationen zu bitten, wenn ein Thema angeschnitten wurde.

Während er redete und redete – aber wirklich nicht zu viel, denn wir anderen schienen ihm die Gespräche geradezu aufzudrängen –, wurde ich ziemlich wütend auf mich. Ich zerlegte im Geiste sein Gesicht in Einzelteile wie eine Uhr und untersuchte es in allen Details. Ich konnte nicht viel gegen jeden Wesenszug für sich sagen, noch viel weniger konnte ich gegen sie alle sagen, nachdem ich sie wieder zusammengesetzt hatte. »Ist es dann aber nicht ungeheuerlich«, fragte ich mich, »dass ich mir, nur weil dieser Mann zufällig einen schnurgeraden Mittelscheitel trägt, erlaube, ihn zu verdächtigen, ja, sogar zu verabscheuen?«

(Lassen Sie mich hier innehalten, um anzumerken, dass dies nicht etwa ein Beweis für meinen Verstand war. Ein Menschenbeobachter, der feststellt, dass ihn ein anscheinend lächerliches Detail an einem Fremden dauerhaft abstößt, tut gut daran, diesem Detail großes Gewicht beizumessen. Denn es könnte der Hinweis auf das ganze Mysterium sein. Ein, zwei Haare können einem zeigen, wo der Löwe versteckt ist. Ein sehr kleiner Schlüssel kann eine sehr schwere Tür öffnen.)

Nach einer Weile übernahm ich meinen Part im Gespräch mit ihm, und wir kamen bemerkenswert gut miteinander aus. Im Salon fragte ich den Gastgeber, wie lange er Mr. Slinkton bereits kannte. Er antwortete, noch nicht viele Monate. Er hatte ihn im Haus eines gefeierten, damals hier ansässigen Malers kennengelernt, der ihn gut gekannt hatte, als er mit seinen Nichten der Gesundheit wegen durch Italien reiste. Nachdem der Tod einer der Nichten seine Lebenspläne durchkreuzt hatte, besuchte er nun Vorlesungen, in der Absicht, an die Universität zurückzukehren, seinen Abschluss zu machen und Geistlicher zu werden.

Ich kam nicht umhin, mir selbst gegenüber das Argument ins Feld zu führen, dass dies wohl die wahre Erklärung für sein Interesse am armen Meltham war und dass ich in meinem Misstrauen gegen diesen schlichten Mann beinahe zu hart gewesen war.

III.

Am übernächsten Tag saß ich wie immer hinter meiner Glastrennwand, als er wie zuvor ins äußere Kontor kam. In dem Augenblick, als ich ihn erneut sah, ohne ihn zu hören, hasste ich ihn mehr denn je zuvor.

Ich hatte die Gelegenheit dazu nur einen Augenblick lang; denn noch in der gleichen Sekunde, als ich ihn anblickte, winkte er mir mit seinem eng sitzenden schwarzen Handschuh und kam geradewegs herein.

»Mr. Sampson, guten Tag! Ich erkühne mich, wie Sie sehen, auf Ihre freundliche Aufforderung zurückzukommen, Sie zu stören. Ich halte allerdings nicht darin Wort, dass mein Geschäft dieses Eindringen rechtfertigt, denn mein Geschäft hier – wenn ich das Wort so missbrauchen darf – ist von höchst geringer Art.«

Ich fragte, ob es etwas wäre, bei dem ich ihm behilflich sein könnte?

»Ich danke Ihnen, nein.«

Ich fragte ihn, ob ich ihm irgendwie beistehen könnte?

»Ich danke Ihnen, nein. Ich bin nur vorbeigekommen, um mich draußen zu erkundigen, ob mein saumseliger Freund seine Natur so weit überwunden hat, dass er tatsächlich einmal praktisch und vernünftig gedacht hat. Aber er hat natürlich nichts dergleichen getan. Ich habe ihm Ihre Unterlagen selbst überreicht, und er beteuerte mir lautstark seine Absicht, aber natürlich hat er nichts getan. Abgesehen von der allgemeinen menschlichen Abneigung dagegen, Dinge zu tun, die getan werden müssen, fürchte ich, dass das wohl ganz besonders für eine Lebensversicherung gelten muss. Es ist doch zu sehr, als schriebe man sein Testament. Die Leute sind so abergläubisch und beinahe überzeugt, dass sie schon bald danach sterben müssen.«

»Bitte hier hinauf, einfach geradeaus hierher, Mr. Sampson. Weder nach rechts noch nach links.« Ich bildete mir beinahe ein, ich könnte ihn diese Worte sprechen hören, während er dasaß und mich anlächelte und mir diesen unerträglichen Scheitel haargenau vor die Nase hielt.

»Dieses Gefühl beschleicht die Leute manchmal, zweifellos«, erwiderte ich. »Aber ich glaube nicht, dass es sich über längere Zeit hält.«

»Nun«, sagte er mit einem Achselzucken und einem Lächeln, »ich wünschte, ein guter Engel könnte meinen

Freund in die richtige Richtung schieben. Ich habe unvorsichtigerweise seiner Mutter und Schwester in Norfolk versprochen, ich würde mich darum kümmern, und er hat ihnen auch versprochen, die Versicherung abzuschließen. Aber ich denke, nun wird er es niemals tun.«

Er plauderte noch ein, zwei Minuten über neutrale Themen und ging fort.

Am nächsten Morgen hatte ich kaum die Schubladen meines Schreibtisches aufgeschlossen, als er wieder auftauchte. Ich bemerkte, dass er gleich zu meiner Tür in der Glaswand kam und keinen einzigen Augenblick draußen verharrte.

»Können Sie zwei Minuten für mich erübrigen, mein lieber Mr. Sampson?«

»Aber natürlich.«

»Ich bin Ihnen sehr dankbar«, erwiderte er und legte Hut und Regenschirm auf den Tisch. »Ich bin eigens so früh gekommen, um Sie nicht zu unterbrechen. Tatsächlich hat mich dieser Antrag, den mein Freund gestellt hat, sehr überrascht.«

»Er hat einen gestellt?«, erkundigte ich mich.

»Ja-a«, antwortete er und blickte mich vielsagend an; und dann schien ihm ein Geistesblitz zu kommen, »oder er sagt mir nur, dass er es gemacht hat. Vielleicht hat er nur eine neue Methode entdeckt, um die Sache zu umgehen. Beim Jupiter, das hatte ich nie bedacht.«

Mr. Adams öffnete gerade im Kontor draußen die Morgenpost. »Wie heißt er, Mr. Slinkton?«, fragte ich.

»Beckwith.«

Ich schaute zur Tür heraus und bat Mr. Adams, falls ein Antrag unter diesem Namen eingegangen sei, diesen hereinzubringen. Er hatte ihn bereits auf den Schaltertisch gelegt. Er war leicht aus den anderen herauszufinden, und

er reichte mir das Blatt. Alfred Beckwith. Antrag auf eine Police für zweitausend Pfund. Mit gestrigem Datum.
»Vom Middle Temple, sehe ich, Mr. Slinkton.«
»Ja. Er lebt im gleichen Haus wie ich, seine Tür ist mir gegenüber. Ich hätte jedoch nie gedacht, dass er mich als Referenz angeben würde.«
»Das scheint mir nur natürlich.«
»Ja, wirklich, Mr. Sampson, aber ich hätte es nie gedacht. Ich will es mir einmal ansehen.«
Er zog das gedruckte Blatt aus der Tasche. »Wie soll ich nur all diese Fragen beantworten?«
»Natürlich wahrheitsgemäß«, antwortete ich.
»Oh, natürlich!«, erwiderte er und schaute mit einem Lächeln zu mir auf. »Ich meinte nur, dass es so viele sind. Aber Sie haben recht, wenn Sie es hier sehr genau nehmen. Es ist ja nur vernünftig, dass Sie es genau nehmen. Würden Sie mir gestatten, Ihre Tinte und Feder zu benutzen?«
»Sicherlich.«
»Und Ihren Schreibtisch?«
»Gewiss.«
Er hatte zwischen seinem Hut und Regenschirm gezögert, um einen Platz zum Schreiben zu finden. Nun saß er auf meinem Stuhl, vor meinem Löschpapier und Tintenfass, und mit dem langen Pfad über seinen Kopf in akkurater Perspektive vor mir stand ich mit dem Rücken zum Kamin.
Ehe er die Fragen beantwortete, las er sie jeweils laut und besprach sie. Wie lange kannte er Mr. Alfred Beckwith? Dazu musste er die Jahre an den Fingern abzählen. Was waren seine Lebensgewohnheiten? Keine Schwierigkeit damit; er führte ein äußerst gemäßigtes Leben, verschaffte sich, wenn überhaupt, ein wenig zu viel Bewegung. Sämtliche Antworten waren zufriedenstellend. Als er sie alle aufgeschrieben hatte, schaute er sie noch einmal durch und

unterzeichnete das Formular schließlich mit sehr schöner Handschrift. Er nahm an, damit wäre die Angelegenheit nun abgeschlossen. Ich sagte ihm, er würde wahrscheinlich nie wieder etwas damit zu tun bekommen. Sollte er die Papiere gleich hierlassen? Wenn es recht wäre. Aber gern. Guten Morgen.

Ich hatte am heutigen Tage vor ihm schon einen anderen Besucher gehabt; allerdings nicht im Büro, sondern bei mir zu Hause. Dieser Besucher war an mein Bett getreten, als der Tag noch nicht gedämmert hatte, und außer meinem treuen, verschwiegenen Diener hatte ihn niemand gesehen.

Ein zweites Referenz-Formular (denn wir verlangten stets zwei Referenzen) wurde nach Norfolk geschickt und kam ordnungsgemäß per Post zurück. Auch hier waren sämtliche Fragen zufriedenstellend beantwortet. Alle Formalitäten waren eingehalten worden; wir nahmen den Antrag an, und die Prämie für ein Jahr wurde eingezahlt.

IV.

Sechs oder sieben Monate lang sah ich Mr. Slinkton nicht wieder. Er sprach einmal bei mir zu Hause vor, aber ich war abwesend; er bat mich einmal zum Abendessen im Temple, aber ich hatte eine andere Verabredung. Im März wurde die Versicherung seines Freundes abgeschlossen. Ende September oder Anfang Oktober war ich in Scarborough, um ein wenig Seeluft zu atmen, wo ich ihn am Strand traf. Es war ein warmer Abend, er kam mit dem Hut in der Hand auf mich zu, und da war wieder der schnurgerade Gartenpfad, gegen den ich sofort eine so tiefe Abneigung gefasst hatte, vollkommen ordentlich und genau vor meiner Nase.

Er war nicht allein, sondern führte eine junge Dame am Arm.

Sie war in Trauer, und ich betrachtete sie mit großem Interesse. Sie schien außerordentlich zart und zerbrechlich, und ihr Gesicht war bemerkenswert blass und melancholisch, aber sie war sehr hübsch. Er stellte sie mir als seine Nichte, Miss Niner, vor.

»Sie gehen spazieren, Mr. Sampson? Ist es möglich, dass Sie der Muße pflegen?«

Ja, es war möglich, und ja, ich ging spazieren.

»Sollen wir ein wenig zusammen umherschlendern?«

»Mit Vergnügen.«

Die junge Dame ging zwischen uns, und wir liefen weiter auf dem kühlen Meeressand in Richtung Filey.

»Hier waren Räder«, bemerkte Mr. Slinkton. »Und jetzt, da ich es genauer betrachte, die Räder eines Handkarrens! Margaret, meine Liebe, das ist sicherlich dein Schatten!«

»Miss Niners Schatten?«, wiederholte ich und blickte zum Sand herunter.

»Nicht *der* Schatten«, warf Mr. Slinkton lachend ein. »Margaret, meine Liebe, erzähle es Mr. Sampson.«

»Wirklich«, sagte die junge Dame und wandte sich mir zu, »da gibt es nichts zu erzählen – außer dass ich immer wieder denselben kränklichen alten Herren sehe, immer und überall, wo ich auch hingehe. Ich habe es meinem Onkel gegenüber erwähnt, und er nennt den Herren meinen Schatten.«

»Lebt er hier in Scarborough?«, fragte ich.

»Er hält sich hier auf.«

»Leben Sie in Scarborough?«

»Nein, ich bin hier nur zu Besuch. Mein Onkel hat mich bei einer Familie im Ort untergebracht, wegen meiner Gesundheit.«

»Und Ihr Schatten?«, erkundigte ich mich lächelnd.

»Mein Schatten«, antwortete sie, ebenfalls lächelnd, »ist – wie ich – nicht sonderlich robust, fürchte ich, denn manchmal verliere ich meinen Schatten, wie er manchmal mich verliert. Wir scheinen beide ab und zu das Haus nicht verlassen zu können. Ich habe jetzt meinen Schatten schon tagelang nicht mehr gesehen, aber es geschieht seltsamerweise gelegentlich, dass dieser Herr viele Tage lang überall da auftaucht, wo ich hingehe. Wir haben einander schon an den abgelegensten Ecken dieses Strandes getroffen.«

»Ist er das da?«, fragte ich und deutete vor uns.

Die Räder hatten einen Bogen zum Saum des Wassers gemacht und beim Umdrehen eine große Schleife in den Sand gemalt. Wieder eine Schleife hinter uns schlagend und vollendend, kam ein Handkarren, der von einem Mann gezogen wurde.

»Ja«, sagte Miss Niner, »das ist wirklich mein Schatten, Onkel.«

Als der Karren sich uns näherte und wir uns dem Karren näherten, sah ich darin einen alten Mann sitzen, dessen Kopf auf die Brust gesunken war und der in eine Vielzahl von Decken eingehüllt war. Er wurde von einem sehr ruhigen, aber sehr sportlich aussehenden Mann mit eisengrauem Haar gezogen, der leicht hinkte. Sie waren an uns vorbeigefahren, als der Karren stehen blieb und der alte Herr den Arm ausstreckte und mich mit Namen anrief. Ich ging zurück und war etwa fünf Minuten von Mr. Slinkton und seiner Nichte getrennt.

Als ich mich wieder zu ihnen gesellte, richtete Mr. Slinkton als Erster das Wort an mich. Tatsächlich sagte er bereits, bevor ich sie erreicht hatte, mit erhobener Stimme: »Es ist gut, dass Sie nicht noch länger fort waren, sonst wäre meine Nichte vor Neugierde gestorben, endlich herauszufinden, wer ihr Schatten ist, Mr. Sampson.«

»Ein alter Direktor der East India Company*«, antwortete ich. »Ein vertrauter Freund unseres Freundes, in dessen Haus ich zuerst das Vergnügen Ihrer Bekanntschaft hatte. Ein gewisser Major Banks. Haben Sie schon von ihm gehört?«

»Nie.«

»Sehr reich, Miss Niner, aber sehr alt und sehr kränklich. Ein liebenswerter Mann, vernünftig – und sehr an Ihnen interessiert. Er hat sich gerade ausführlich darüber ausgelassen, welche Zuneigung er zwischen Ihnen und Ihrem Onkel hat beobachten können.«

Mr. Slinkton hielt seinen Hut wieder in der Hand und fuhr mit der Hand über den schnurgeraden Gartenpfad, als spazierte auch er selbst heiter dort hinauf, immer mir nach.

»Mr. Sampson«, sagte er und drückte zärtlich den Arm seiner Nichte, die sich bei ihm untergehakt hatte, »unsere Zuneigung ist stets stark gewesen, denn wir haben nur wenige enge Bindungen. Jetzt sind es noch weniger geworden. Uns vereinen Beziehungen, die nicht von dieser Welt sind, Margaret.«

»Lieber Onkel!«, murmelte die junge Dame und wandte ihr Gesicht ab, um ihre Tränen zu verbergen.

»Meine Nichte und ich haben so viele Erinnerungen und solchen Kummer gemeinsam, Mr. Sampson«, fuhr er voller Gefühl fort, »dass es wirklich sehr seltsam wäre, wenn die Beziehung zwischen uns kalt oder gleichgültig wäre. Wenn ich mich an ein Gespräch erinnere, das wir einmal führten, so werden Sie verstehen, worauf ich anspiele. Nur Mut,

---

* Britische Ostindien-Kompanie, durch Freibrief von Elizabeth I. entstandener Zusammenschluss von Kaufleuten, denen das Recht zugestanden wurde, den gesamten Handel zwischen dem Kap der Guten Hoffnung und der Magellanstraße abzuwickeln.

liebe Margaret! Lass den Kopf nicht hängen, lass den Kopf nicht hängen. Meine Margaret! Ich kann es nicht ertragen, wenn du den Kopf so hängenlässt!«

Die arme junge Dame wirkte sehr mitgenommen, hielt sich aber tapfer. Auch seine Gefühle waren stark aufgewühlt. Mit einem Wort, er stellte fest, dass er so dringend eine Erfrischung benötigte, dass er unverzüglich fortging, um im Seewasser zu baden, und mich und die junge Dame allein bei einem Felsen sitzen ließ, wahrscheinlich mit der Absicht – und das war ja bei einer jungen Dame ein verzeihlicher Luxus –, dass sie ihn von ganzem Herzen preisen konnte.

Und das tat sie, die Ärmste! Mit dem ganzen Zutrauen ihres Herzens pries sie ihn mir dafür, wie gut er sich um ihre tote Schwester gekümmert hatte, und für seine unermüdliche Hingabe während ihrer letzten Krankheit. Die Schwester war langsam dahingesiecht, und gegen Ende ihres Lebens waren alle möglichen wilden und schrecklichen Hirngespinste über sie hereingebrochen, aber er war niemals ungeduldig mit ihr geworden oder gar verzweifelt; er war stets sanft, aufmerksam und selbstbeherrscht gewesen. Die Schwester hatte gewusst, genau wie sie es schon immer wusste, dass er der beste und freundlichste unter den Männern war, und doch ein Mann von so bewundernswerter Charakterstärke, ein wahrer Fels in der Brandung, an den sich ihre schwachen Naturen ein Leben lang anlehnen konnten.

»Ich werde von ihm gehen, Mr. Sampson, schon sehr bald«, vertraute die junge Dame mir an. »Ich weiß, dass mein Leben seinem Ende entgegengeht; und wenn ich gehe, dann hoffe ich, dass er heiratet und glücklich wird. Ich bin sicher, er hat nur um meinetwillen so lange als Junggeselle gelebt und wegen meiner armen, armen Schwester.«

Der kleine Handkarren vollführte eine weitere große Schleife im feuchten Sand und kam schon wieder zurück, beschrieb langsam eine Acht, die wohl eine halbe Meile lang war.

»Meine liebe junge Dame«, sagte ich und blickte mich um, während ich ihr die Hand auf den Arm legte und leise sprach, »die Zeit drängt. Hören Sie das sanfte Murmeln der See?«

Sie schaute mich voller höchster Verwunderung und Erschrecken an und meinte: »Ja.«

»Und Sie wissen, wie ihre Stimme klingt, wenn ein Sturm heraufzieht?«

»Ja!«

»Sie können sehen, wie ruhig und friedlich das Meer jetzt vor uns liegt, und Sie wissen, was für ein schrecklicher Anblick erbarmungsloser Gewalt es noch heute Nacht sein könnte!«

»Ja!«

»Aber wenn Sie es noch nie gehört oder gesehen hätten, wenn Sie noch nie von seiner Grausamkeit gehört hätten, könnten Sie dann glauben, dass es jedes tote Ding, das sich ihm in den Weg stellt, in Stücke zerschellen lässt und ohne jegliche Reue Leben zerstört?«

»Sie versetzen mich mit diesen Fragen in Angst und Schrecken, Sir!«

»Um Sie zu retten, junge Dame, um Sie zu retten! Um Gottes willen, nehmen Sie all Ihre Kräfte zusammen und sammeln Sie all Ihre Stärke! Wenn Sie allein hier wären, ringsum von der hereinkommenden Flut umgeben, die bis auf fünfzig Fuß über Ihren Kopf ansteigen wird, so könnten Sie nicht in größerer Gefahr sein als in der, vor der Sie nun gerettet werden.«

Die Schleife im Sand wurde weiter gezeichnet und lief in

einem krummen kleinen Schlenker aus, der an einer Klippe sehr nah bei uns lag.

»So wahr ich hier sitze, vor dem Himmel und dem Richter aller Menschen, als Ihr Freund und der Freund Ihrer toten Schwester, flehe ich Sie feierlich an, Miss Niner, ohne jeglichen Aufschubs mit mir zu jenem Herren da drüben zu kommen.«

Wäre der kleine Karren weniger nah bei uns gewesen, so bezweifele ich, ob es mir gelungen wäre, sie vom Fleck zu bewegen; aber er war so nah, dass wir dort waren, ehe sie sich von unserem eiligen Aufbruch vom Felsen erholt hatte. Ich blieb kaum zwei Minuten mit ihr dort stehen. Sicherlich hatte ich innerhalb von fünf Minuten die unaussprechliche Befriedigung, zu sehen – von dem Platz aus, an dem wir gesessen hatten und zu dem ich zurückgekehrt war –, wie sie, halb gestützt und halb getragen, von einer sportlichen Männergestalt einige grob herausgehauene Stufen hinaufgeführt wurde. Mit dieser Gestalt neben sich, das wusste ich, würde sie an jedem Ort der Welt in Sicherheit sein.

Ich saß allein auf dem Felsen und erwartete Mr. Slinktons Rückkehr. Die Dämmerung brach herein, und die Schatten waren schon schwer, als er um die Landzunge herumkam, den Hut an einen Knopf gehängt, sich das nasse Haar mit einer seiner Hände glattstrich und mit der anderen Hand und einem Taschenkamm wieder den alten Pfad herstellte.

»Meine Nichte ist nicht hier, Mr. Sampson?«, fragte er und blickte sich um.

»Miss Niner schien nach Sonnenuntergang die kühle Seeluft etwas zu spüren und ist nach Hause gegangen.«

Er schaute überrascht, als wäre es nicht ihre Art, irgendetwas ohne ihn zu machen, selbst eine so geringe Handlung von sich aus zu tun.

»Ich habe Miss Niner überredet«, erklärte ich.

»Ah!«, sagte er. »Sie lässt sich leicht überreden – zu ihrem eigenen Besten. Vielen Dank, Mr. Sampson, es ist sicher besser, wenn sie drinnen ist. Der Badeplatz war weiter weg, als ich dachte, ehrlich gesagt.«

»Miss Niner ist sehr zart«, bemerkte ich.

Er schüttelte den Kopf und seufzte tief. »Sehr, sehr, sehr zart. Sie werden sich erinnern, dass ich das auch erwähnt habe. Die Zeit, die seither verstrichen ist, hat sie nicht gekräftigt. Der finstere Schatten, der in so zarten Jahren auf ihre Schwester fiel, scheint sich vor meinen besorgten Augen nun auch auf sie zu legen, nur noch dunkler, noch dunkler. Die liebe, liebe Margaret! Aber wir müssen weiter hoffen.«

Vor uns fuhr der Handkarren mit einer für das Gefährt eines Kranken höchst unziemlichen Geschwindigkeit und zeichnete äußerst unregelmäßige Schlangenlinien in den Sand. Mr. Slinkton, der dies bemerkte, nachdem er seine Augen mit den Taschentuch betupft hatte, sagte: »Wenn mich nicht alles täuscht, wird Ihr Freund bald umstürzen, Mr. Sampson.«

»Das sieht recht wahrscheinlich aus«, antwortete ich.

»Der Bedienstete muss betrunken sein.«

»Die Bediensteten alter Herren betrinken sich manchmal«, versetzte ich ihm.

»Der Major lässt sich heute anscheinend sehr mühelos ziehen, Mr. Sampson.«

»Der Major lässt sich mühelos ziehen«, bestätigte ich.

Zu diesem Zeitpunkt war der Karren, sehr zu meiner Erleichterung, bereits in der Dunkelheit verschwunden. Wir gingen noch ein wenig weiter Seite an Seite schweigend über den Sand. Nach einer kleinen Weile sagte er, mit einer Stimme, die immer noch von den Gefühlen, die der Gesundheitszustand seiner Nichte in ihm hervorgerufen hatte, angegriffen war: »Wollen Sie lange hierbleiben, Mr. Sampson?«

»Nun, eigentlich nicht. Ich fahre heute Abend wieder zurück.«

»So bald schon? Aber Ihre Geschäfte verlangen wohl ständig Ihre Aufmerksamkeit. Männer wie Mr. Sampson sind für andere zu wichtig, als dass man ihnen die Muße schenkte, ihrem Bedürfnis nach Entspannung und Freude nachzukommen.«

»Da bin ich mir nicht so sicher«, antwortete ich. »Jedenfalls fahre ich zurück.«

»Nach London?«

»Nach London.«

»Ich werde schon bald nach Ihnen dort eintreffen.«

Ich wusste das so gut wie er. Aber ich sagte es ihm nicht. Genauso wenig, wie ich ihm erzählte, auf welcher Verteidigungswaffe die rechte Hand in meiner Tasche ruhte, während ich neben ihm herging. Genauso wenig, wie ich ihm erzählte, warum ich bei Einbruch der Nacht nicht auf der Seite neben ihm ging, die zum Meer hin lag.

Wir verließen den Strand, und unsere Wege trennten sich. Wir wünschten einander eine gute Nacht und hatten uns schon verabschiedet, als er sich noch einmal umdrehte und sagte: »Mr. Sampson. Wenn ich Ihnen eine Frage stellen dürfte? Der arme Meltham, von dem wir seinerzeit sprachen, ist der – bereits tot?«

»Nicht, als ich das letzte Mal von ihm hörte; aber zu sehr gebrochen, dass er noch lange leben wird, und hoffnungslos verloren für seinen alten Beruf.«

»O je, o je, o je!«, sagte er voller Gefühl. »Traurig, traurig, traurig! Die Welt ist ein Grab!« Und dann ging er seines Weges.

An ihm lag es gewiss nicht, wenn die Welt kein Grab

war; aber ich rief ihm diese Beobachtung nicht nach, genauso wenig, wie ich die anderen gerade aufgelisteten Beobachtungen erwähnte. Er ging seines Weges, und ich ging in aller Eile meines Weges. Das alles geschah, wie ich bereits sagte, entweder Ende September oder Anfang Oktober. Das nächste und letzte Mal sah ich ihn spät im November.

V.

Ich hatte eine ganz besondere Frühstücksverabredung im Temple. Es war ein bitter kalter Morgen mit Nordostwinden, und auf den Straßen lagen knöcheltief Graupeln und Schneematsch. Ich konnte keine Droschke bekommen und war schon bald nass bis zu den Knien; aber ich musste diese Verabredung einhalten, und wenn ich bis zum Hals durch diese Unbill hätte waten müssen.

Die Verabredung führte mich in einige Räume im Temple. Sie befanden sich im obersten Stockwerk eines einsamen Eckhauses mit Blick auf den Fluss. Auf der äußeren Tür war der Name Mr. Alfred Beckwith aufgemalt. Auf der Tür gegenüber auf dem gleichen Treppenabsatz stand der Name Mr. Julius Slinkton. Die Türen beider Wohnungen standen offen, sodass alles, was man in der einen sprach, in der anderen zu hören war.

Ich war noch niemals in diesen Räumlichkeiten gewesen. Sie waren elend, stickig, ungesund und bedrückend; das Mobiliar, ursprünglich gut und noch nicht alt, war abgenutzt und schmutzig, es herrschte große Unordnung und roch stark und durchdringend nach Opium, Brandy und Tabak, der Feuerrost und die Schüreisen waren über und über mit unansehnlichen Rostflecken übersät, und auf einem Sofa beim Kamin in dem Zimmer, wo man das Frühstück zubereitet hatte, lag der Gastgeber, Mr. Beckwith, ein Mann, der alle Merkmale des schlimmsten Säufers zeigte, weit fortgeschritten auf seinem unrühmlichen Weg zum Tod.

»Slinkton ist noch nicht da«, sagte dieses Wesen und rappelte sich mühselig hoch, als ich hereinkam. »Ich rufe ihn. Hallo! Julius Caesar! Komm und trink mit!« Während er das mit heiserer Stimme hervorbrüllte, schlug er wie verrückt das Schüreisen und die Schaufel gegeneinander, als wäre dies die übliche Art, seinen Kompagnon zu sich zu rufen.

Durch das Getöse hindurch war vom anderen Ende des Treppenabsatzes die Stimme von Mr. Slinkton zu hören, und dann trat er ein. Er hatte das Vergnügen, mich dort zu erblicken, nicht vorhergeahnt. Ich habe schon einige listige Männer unerwartet ins Stocken geraten sehen, aber noch nie habe ich einen Mann so bestürzt gesehen wie ihn, als seine Augen auf mich fielen.

»Julius Caesar«, rief Beckwith, der zwischen uns getaumelt kam. »Misser Sampson! Misser Sampson, Julius Caesar! Julius, Misser Sampson, ist mein Seelenfreund. Julius versorgt mich morgens, mittags und abends mit Schnaps. Julius ist ein echter Wohltäter. Julius hat allen Tee und Kaffee aus dem Fenster geworfen, als ich noch welchen hatte. Julius kippt alle meine Wasserkrüge aus und füllt sie mit Schnaps. Julius zieht mich auf wie eine Uhr und hält mich am Ticken. Mach den Brandy warm, Julius!«

In der Asche im Kamin stand ein rostiger und mit einer dicken Staubschicht überzogener Topf – und Beckwith, der zwischen uns hin und her torkelte und taumelte, als wollte er sich kopfüber ins Feuer stürzen, zog den Topf heraus und versuchte, ihn Slinkton in die Hand zu drücken.

»Mach den Brandy warm, Julius Caesar! Komm! Versieh dein übliches Amt! Mach den Brandy warm!«

Dabei fuchtelte er so wild mit dem Topf herum, dass ich schon erwartete, dass er Slinkton damit den Schädel spalten würde. Deswegen streckte ich meine Hand aus, um ihn zurückzuhalten. Er schwankte zum Sofa zurück und saß dann keuchend, zitternd und rotäugig in seinem zerlumpten Morgenmantel da und schaute uns beide an. Ich bemerkte, dass außer Brandy nichts zu trinken auf dem Tisch stand und nichts zu essen außer Salzheringen und einem heißen, widerlichen, sehr stark gepfefferten Stew.

»Jedenfalls, Mr. Sampson«, sagte Slinkton, der mir zum letzten Mal den Anblick seines glatten Kieswegs bot, »danke ich Ihnen sehr dafür, dass Sie eingeschritten sind und mich vor der Gewalttätigkeit dieses Unglückseligen geschützt haben. Wie immer Sie auch hergekommen sind, Mr. Sampson, oder mit welchem Motiv Sie auch gekommen sind, zumindest danke ich Ihnen *dafür*.«

»Mach den Brandy warm«, murmelte Beckwith.

Ohne seinem Wunsch zu entsprechen und ihm zu erklären, warum ich hergekommen war, fragte ich leise: »Wie geht es Ihrer Nichte, Mr. Slinkton?«

Er schaute mich durchdringend an, und ich schaute ihn durchdringend an.

»Es tut mir leid, sagen zu müssen, Mr. Sampson, dass sich meine Nichte mir, ihrem besten Freund, gegenüber als verräterisch und undankbar erwiesen hat. Sie hat mich ohne Vorankündigung oder ein Wort der Erklärung verlassen. Sie wurde zweifelsfrei von irgendeinem hinterlistigen Schurken in die Irre geführt. Vielleicht haben Sie davon gehört?«

»Ja, ich habe davon gehört, dass sie von einem hinterlistigen Schurken in die Irre geführt wurde. Ich habe sogar Beweise dafür.«

»Sind Sie da sicher?«, fragte er.

»Sehr sicher.«

»Mach den Brandy warm«, murmelte Beckwith. »Gesellschaft zum Frühstück, Julius Caesar. Versieh dein übliches Amt – gib mir mein übliches Frühstück, Mittagessen, Abendessen. Mach den Brandy warm!«

Slinktons Augen wanderten von ihm zu mir, und nach einem kurzen Augenblick des Überlegens sagte er: »Mr. Sampson, Sie sind ein Mann von Welt, und das bin ich auch. Ich werde ganz offen und ehrlich zu Ihnen sprechen.«

»O nein, das werden Sie nicht«, erwiderte ich und schüttelte den Kopf.

»Ich sage Ihnen, Sir, ich werde ganz offen und ehrlich zu Ihnen sprechen.«

»Und ich sage Ihnen, dass Sie das nicht tun werden«, antwortete ich. »Ich weiß alles über Sie. Sie wollen offen und ehrlich mit irgendjemandem sprechen? Unsinn! Unsinn!«

»Ich sage Ihnen ganz ehrlich, Mr. Sampson«, fuhr er beinahe gefasst fort, »dass ich Ihre Absichten verstehe. Sie wollen Ihre Gelder sparen und sich Ihrer Verantwortung entziehen; das sind alte Schliche von solchen Kontorherren wie Ihnen. Aber das werden Sie nicht tun, Sir; es wird Ihnen nicht gelingen. Sie haben es mit keinem leichten Gegner zu tun, wenn Sie sich mit mir anlegen. Wir werden dann genau untersuchen müssen, wann und wie sich Mr. Beckwith seine gegenwärtigen Angewohnheiten zugelegt hat. Damit will ich dieses armselige Geschöpf und seine unzusammenhängenden Äußerungen nicht weiter erwähnen, und ich wünsche Ihnen einen guten Morgen und beim nächsten Mal mehr Glück.«

Während er das gesagt hatte, hatte Beckwith ein Halbliterglas mit Brandy gefüllt. In diesem Augenblick schleuderte er Slinkton den Brandy ins Gesicht und warf das Glas noch hinterher. Slinkton hob, halb vom Schnaps geblendet, die Hände zur Abwehr, und das Glas zerschnitt ihm die Stirn. Kaum klirrten die Scherben, da trat eine vierte Person in den Raum, schloss die Tür und blieb in der Nähe stehen; es war ein sehr ruhiger, aber sehr sportlich aussehender Mann mit eisengrauem Haar, der leicht hinkte.

Slinkton zog sein Taschentuch hervor, stillte den Schmerz in seinen brennenden Augen und tupfte sich das Blut von der Stirn. Er ließ sich reichlich Zeit damit, und ich sah, dass, während er so damit beschäftigt war, eine ungeheure Veränderung über ihn kam, hervorgerufen durch die Veränderung in Beckwith – der aufgehört hatte, zu keuchen und zu zittern, nun aufrecht dasaß und ihn keine Sekunde aus den Augen ließ. Nie in meinem Leben habe ich ein Gesicht gesehen, in dem sich Abscheu und Entschlossenheit so kraftvoll spiegelten wie damals in Beckwiths Zügen.

»Sieh mich an, du Schuft«, sagte Beckwith, »und sieh mich, wie ich wirklich bin. Ich habe diese Räume angemietet, um dir eine Falle zu stellen. Ich bin als Säufer hierhergekommen, um der Köder in dieser Falle zu sein. Du bist hineingetappt, und du wirst sie nicht mehr lebend verlassen. An dem Morgen, als du zum letzten Mal in Mr. Sampsons Büro gegangen bist, hatte ich ihn bereits vor dir besucht. Dein Plan war uns beiden die ganze Zeit über bekannt, und wir haben einen Gegenplan geschmiedet. Was? Nachdem du mich überredet hattest, den Preis von zweitausend Pfund unter deine Verfügungsgewalt zu stellen, sollte ich mit Brandy umgebracht werden, und da der Brandy es nicht rasch genug erledigte, mit etwas Schnellerem? Habe ich dich nie gesehen, als du glaubtest, ich sei nicht mehr Herr meiner Sinne, wie du etwas aus einem Fläschchen in mein Glas träufeltest? Nun, du Mörder und Fälscher, wenn ich wie so oft mitten in der Nacht mit dir allein hier war, da hatte ich wohl zwanzigmal den Finger am Abzug einer Pistole, um dir das Hirn wegzupusten!«

Dieser plötzliche Wandel des Gegenstands, den er für sein schwachsinniges Opfer gehalten hatte, zu einem entschiedenen Mann, der fest entschlossen war, ihn zu hetzen und zu jagen und zur Strecke zu bringen, wie er es erbarmungslos von Kopf bis Fuß zeigte, war zu viel für Slinkton. Ohne ein weiteres Wort brach er zusammen. Aber man kann keinen größeren Fehler begehen, als anzunehmen, dass ein Mann, der ein berechnender Verbrecher ist, in irgendeinem Stadium seiner Schuld nicht sich selbst und seinem Charakter treu bleibt. Ein solcher Mann begeht einen Mord, und der Mord ist der natürliche Gipfel seiner Laufbahn; ein solcher Mann muss trotzig über dem Mord stehen, und er tut es mit Unerschrockenheit und Unverschämtheit. Es ist eine Art Mode geworden, sich überrascht zu zeigen, wenn ein berüchtigter Krimineller, der ein solches Verbrechen auf dem Gewissen hat, solcherart die Stirn zeigt. Glauben Sie denn, dass er, wenn er überhaupt ein Gewissen hätte, auf dem er ein Verbrechen haben kann, dieses Verbrechen je begangen hätte?

Völlig seinem Charakter treu, wie das meiner Meinung nach alle diese Ungeheuer sind, erholte sich Slinkton und zeigte eine trotzige Verachtung, die ziemlich kalt und ruhig war. Er war bleich, seine Züge waren eingefallen, er war sehr verändert, aber nur wie ein Schwindler, der um einen großen Einsatz Karten gespielt hat, überlistet wurde und ein Spiel verloren hat.

»Hör mir gut zu, du Schurke«, sagte Beckwith, »und lass dich von jedem Wort, das ich spreche, tief in deinem bösen Herzen treffen. Als ich diese Räume anmietete, um mich dir in den Weg zu stellen und dich zu dem Plan zu verlocken, den mein Aussehen und vorgeblicher Charakter und meine Gewohnheiten einem solchen Teufel wie dir einflüstern würde, woher habe ich das damals gewusst? Weil du kein Fremder für mich warst. Ich kannte dich gut. Und ich wusste, dass du ein grausamer Schuft bist, der du für eine Summe Geldes ein unschuldiges Mädchen ermordet hattest, das dir von ganzem Herzen vertraute, und der drauf und dran war, ein anderes zu töten.«

Slinkton zog eine Schnupftabaksdose hervor, nahm eine Prise und lachte.

»Aber sieh nur«, sagte Beckwith, wandte nie den Blick von ihm, erhob nie die Stimme, entspannte nie die Züge, lockerte nie die geballte Faust. »Sieh nur, was für ein dummer Wolf du schließlich doch gewesen bist! Der verliebte Säufer, der nie auch nur den fünften Teil des Schnapses trank, mit dem du ihn ständig versorgtest, sondern ihn hier, da und überall hinschüttete, beinahe unter deinen Augen, der den Kerl, den du beauftragt hattest, ihn zu beobachten, kaufte, indem er ihn mit einer größeren Summe bestach, ehe er auch nur drei Tage seine Arbeit verrichtet hatte; mit dem du keinerlei Vorsicht walten ließest und der doch so begierig war, dich vom Angesicht der Erde zu tilgen, als wärst du eine wilde Bestie, so begierig, dass er dich auch besiegt hätte, wenn du vorsichtig gewesen wärst – dieser Säufer, den du viele Male auf dem Boden dieses Raums liegen ließest und der dich sogar, lebendig und nicht eines Besseren belehrt, aus dem Raum gehen ließ, nachdem du ihn mit dem Fuß umgedreht hattest, der hat dich beinahe genauso oft noch in derselben Nacht, innerhalb der nächsten Stunde, ja nach wenigen Minuten wach beobachtet, hatte seine Hand an deinem Kopfkissen, während du schliefst, hat deine Papiere durchwühlt, hat Proben aus deinen Fläschchen und Pulvertütchen genommen, hat ihren Inhalt verändert, hat jedes Geheimnis deines Lebens aufgestöbert!«

Slinkton hielt eine weitere Prise Schnupftabak in der Hand, ließ sie aber nun langsam zwischen den Fingern zu Boden rinnen, wo er sie mit dem Fuß verstrich und eine Weile betrachtete.

»Dieser Säufer«, sagte Beckwith, »der jederzeit freien Zugang zu all deinen Räumen hatte, damit er die starken Getränke trinken konnte, die du ihm dort in den Weg gestellt hattest, auf dass er ein früheres Ende fände, der wollte mit dir genauso wenig zu tun haben, wie er mit einem Tiger zu tun haben wollte, der hatte seinen Generalschlüssel für all deine Schlösser, sein Reagens für alle deine Gifte, seinen Code für all deine Chiffren. Er kann dir genauso gut, wie du es ihm sagen könntest, berichten, wie lange es gedauert hat, die üble Tat zu vollbringen, wie viele Dosen in welchen Abständen an die junge Frau verabreicht wurden, welche Anzeichen für den allmählichen Verfall des Geistes und des Körpers zu sehen waren; welche zerrüttenden Phantasien heraufbeschworen wurden, welche beobachtbaren Veränderungen, welche körperlichen Schmerzen. Er kann dir genauso gut, wie du es ihm sagen könntest, berichten, dass all dies Tag für Tag aufgezeichnet wurde als eine Lektion und Erfahrung für die Zukunft. Und er kann dir, besser als du es ihm sagen könntest, berichten, wo dieses Tagebuch sich im Augenblick befindet.«

Slinkton hielt in der Bewegung seines Fußes inne und schaute Beckwith an.

»Nein«, sagte der, als beantwortete er eine Frage. »Nicht in der Schublade deines Schreibtisches, die sich mit einer Feder öffnen lässt; da ist es nicht, und dort wird es auch nie wieder sein.«

»Dann bist du ein Dieb!«, sagte Slinkton.

Ohne irgendeine Veränderung in seiner unbeugsamen Entschlossenheit, die selbst für mich furchterregend anzusehen war und von der ich immer überzeugt gewesen war, dass der Schurke ihrer Gewalt unmöglich entkommen konnte, erwiderte Beckwith: »Und der Schatten deiner Nichte bin ich auch.«

Mit einem Fluch griff sich Slinkton an den Kopf, riss sich ein Büschel Haare aus und schleuderte es zu Boden. Das war das Ende des glatten Pfades; mit dieser Handlung zerstörte er ihn, und man wird bald sehen, dass er nun Vergangenheit war.

Beckwith fuhr fort: »Wann immer du hier fortgegangen bist, bin ich auch gegangen. Obwohl ich verstanden hatte, dass du es für nötig befandest, vor dem Ende deiner Unternehmungen eine Pause einzulegen, um keinen Verdacht zu erregen, habe ich dich doch ständig überwacht, wenn du mit dem armen, vertrauensseligen Mädchen zusammen warst. Als ich das Tagebuch gefunden hatte und alles Wort für Wort lesen konnte – das war erst am Abend vor deinem letzten Besuch in Scarborough –, du erinnerst dich an jene Nacht? Du schliefst mit einem kleinen flachen Fläschchen, das du dir ans Handgelenk gebunden hattest. Da schickte ich nach Mr. Sampson, der nicht in Erscheinung trat. Das hier ist Mr. Sampsons getreuer Bediensteter, der bei der Tür steht. Wir drei haben miteinander deine Nichte gerettet.«

Slinkton schaute uns an, machte ein, zwei unsichere Schritte von der Stelle, an der er gestanden hatte, kehrte dorthin zurück und schaute sich sehr merkwürdig um – wie eines der geringeren Reptilien es vielleicht machen würde, wenn es sich nach einem Schlupfloch umsieht, in dem es sich verstecken kann. Gleichzeitig bemerkte ich, dass eine einzigartige Veränderung mit der Gestalt des Mannes vor sich gegangen war – es war, als sei sie in seinen Kleidern zusammengesackt, sodass sie nun formlos und schlecht sitzend an ihm herunterhingen.

»Du sollst wissen«, sagte Beckwith, »denn ich hoffe, dass dieses Wissen bitter und schmerzlich für dich ist, warum dich ein Mann so verfolgt hat und warum, wenn schon die Interessen des Unternehmens, das Mr. Sampson repräsentiert, jede Summe gerechtfertigt hätten, um dich zur Strecke zu bringen, warum du dann von einer einzigen Person so zu Tode gehetzt wurdest. Ich habe mir sagen lassen, du hast ab und zu den Namen Meltham auf den Lippen geführt?«

Ich sah nun, dass zusätzlich zu all den anderen Veränderungen plötzlich Slinktons Atem zu stocken schien.

»Als du das liebenswerte Mädchen, das du ermordet hast (und du weißt, unter welchen kunstvoll erfundenen Umständen und Wahrscheinlichkeiten du sie geschickt hast) in Melthams Kontor schicktest, ehe du mit ihr ins Ausland fuhrst, um dort das in die Wege zu leiten, was sie ins Grab brachte, da war es Meltham beschieden, sie zu empfangen und mir ihr zu sprechen. Es war ihm jedoch nicht beschieden, sie zu retten, wenn ich auch weiß, dass er sein Leben darum gegeben hätte, es getan zu haben. Er bewunderte sie – ich würde sogar sagen, er liebte sie von ganzem Herzen, wenn ich es für möglich hielte, dass du dieses Wort verstehst. Als sie geopfert wurde, war er völlig von deiner Schuld überzeugt. Nachdem er sie verloren hatte, gab es für ihn nur noch ein Ziel im Leben, und das war, sie zu rächen und dich zu zerstören.«

Ich bemerkte, wie die Nasenflügel des Schurken sich krampfhaft aufblähten und wieder zusammenfielen, aber ich sah keine Mundbewegung.

»Dieser Meltham«, fuhr Beckwith unbeirrt fort, »war sich so absolut sicher, dass du ihm auf dieser Welt nicht entkommen könntest, wenn er sich nur mit äußerster

Treue und Ernsthaftigkeit deiner Zerstörung widmete und wenn er außer dieser heiligen Pflicht keine andere Aufgabe mehr wahrnahm, wie er sich sicher war, dass er, wenn er dies erreichte, nur ein armseliges Instrument der Vorsehung wäre und es dem Himmel gefallen würde, wenn er dich aus dem Reich der Lebenden tilgte. Ich bin dieser Mann, und ich danke Gott, dass ich meine Arbeit vollendet habe!«

Wäre Slinkton ein Dutzend Meilen vor leichtfüßigen Wilden um sein Leben gerannt, so hätte er keine deutlicheren Anzeichen für ein bedrängt pochendes Herz und ein Ringen nach Atem vorweisen können, als er dies jetzt tat, während er zu seinem Jäger schaute, der ihn so erbarmungslos gehetzt hatte.

»Du hast mich vorher nie unter meinem richtigen Namen gekannt, jetzt siehst du mich unter meinem richtigen Namen. Und du wirst mich noch einmal körperlich vor dir sehen, wenn dir der Prozess um dein Leben gemacht wird. Und dann siehst du mich noch einmal im Geiste, wenn du den Strick um den Hals hast und die Menge dich lauthals beschimpft!«

Als Meltham diese letzten Worte gesprochen hatte, wandte der Übeltäter plötzlich das Gesicht ab und schien sich mit der flachen Hand auf den Mund zu schlagen. Im gleichen Augenblick erfüllte ein neuer, durchdringender Geruch den Raum, und beinahe gleichzeitig brach er in einen Hakenlauf, Sprung, Ruck – ich weiß nicht, wie ich sonst diesen Krampf beschreiben soll – aus und fiel mit einem dumpfen Aufprall, der die schweren alten Türen und Fenster in den Rahmen erschütterte, zu Boden.

Das war sein wohlverdientes Ende.

Als wir sahen, dass er tot war, verließen wir den Raum, und Meltham schüttelte mir die Hand und sagte mit müder

Miene: »Ich habe auf Erden keine Aufgabe mehr, mein Freund. Aber ich werde sie bald andernorts sehen.«

Vergeblich versuchte ich, ihn aufzurichten. Er hätte sie retten können, sagte er, und er hätte sie nicht gerettet, und er machte sich Vorwürfe, er hatte sie verloren, und sein Herz war darüber gebrochen.

»Der Zweck, der mich aufrecht gehalten hat, ist erfüllt, Sampson, und nun hält mich nichts mehr im Leben. Ich bin nicht mehr lebenstauglich, ich bin schwach und mutlos, ich habe keine Hoffnung und kein Ziel, meine Tage sind vorüber.«

Wirklich hätte ich kaum glauben mögen, dass der gebrochene Mann, der so zu mir sprach, derselbe Mann war, der mich so stark und so ganz anders beeindruckt hatte, als er noch sein Ziel vor Augen gehabt hatte. Ich brachte alle flehentlichen Bitten vor, die ich konnte, aber immer noch sagte er und sagte es stets geduldig und zurückhaltend: Nichts könne ihn mehr retten – sein Herz sei gebrochen.

Er starb Anfang des nächsten Frühjahrs. Er wurde neben der armen jungen Dame begraben, für die er diese zärtlichen und unglücklichen Gefühle des Kummers gehegt hatte, und er hinterließ alles, was er hatte, ihrer Schwester. Die führte ein glückliches Leben als Ehefrau und Mutter; sie heiratete den Sohn meiner Schwester, der dem armen Meltham im Amt nachfolgte, sie lebt heute noch, und ihre Kinder reiten auf meinem Spazierstock durch den Garten, wenn ich sie besuchen gehe.

Erstmals erschienen in Fortsetzungen im August und September 1859 in »The New York Ledger«.

Der schwarze Schleier

Eines Winterabends gegen Ende des Jahres 1800, vielleicht auch ein Jahr oder zwei früher oder später, saß ein junger Arzt, der sich gerade in diesem Geschäft niedergelassen hatte, in seinem kleinen Wohnzimmer bei einem fröhlich prasselnden Kaminfeuer und lauschte auf den Wind, der den Regen in platschenden Tropfen an die Fensterscheiben schlagen ließ oder grässlich im Schornstein heulte. Es war eine kalte, nasse Nacht; er war den ganzen Tag durch Schlamm und Wasser gewatet, und nun ruhte er sich aus, ganz gemütlich in Schlafrock und Pantoffeln, mehr als zur Hälfte eingeschlafen und weniger als halb wach, und es tanzten ihm Tausende von Gedanken durch den Kopf.

Zunächst überlegte er, wie wild der Wind wehte und wie ihm der kalte, scharfe Regen jetzt ins Gesicht peitschen würde, säße er nicht geborgen zu Hause. Dann wanderten seine Gedanken wieder zu dem alljährlichen weihnachtlichen Besuch in seinem Geburtsort und bei seinen liebsten Freunden; er überlegte, wie froh sie alle sein würden, ihn zu sehen, und wie glücklich Rose sein würde, könnte er ihr nur berichten, dass er endlich einen Patienten gefunden hatte und auf weitere hoffen durfte und dass er in wenigen Monaten wiederkommen und sie heiraten würde und sie dann mit sich in sein Zuhause zurücknehmen würde, auf dass sie ihm sein einsames Heim mit Freude erfülle und ihn zu neuen Anstrengungen beflügle.

Dann begann er sich zu fragen, wann endlich dieser erste

Patient auftauchen würde oder ob ihn ein besonderes Schicksal dazu bestimmt hatte, niemals Patienten zu haben; und dann dachte er wieder an Rose und schlief ein und träumte von ihr, bis er den Klang ihrer süßen, fröhlichen Stimme in seinen Ohren hörte und ihre weiche, kleine Hand auf der Schulter spürte.

Es lag auch wirklich eine Hand auf seiner Schulter, aber sie war weder weich noch klein; sie gehörte einem stämmigen, mondgesichtigen Jungen, der ihm von der Gemeinde für die Summe von einem Shilling in der Woche und Verpflegung für Botengänge zur Verfügung gestellt wurde, um Arzneimittel und Nachrichten auszutragen. Da jedoch im Augenblick kein Bedarf an Arzneien bestand und es auch keine Notwendigkeit für Nachrichten gab, verbrachte der Bengel gewöhnlich seine Mußestunden – im Mittel etwa vierzehn am Tag – damit, Pfefferminzdragees zu stibitzen, ungeheuer viel zu essen und einzuschlafen.

»Eine Dame, Sir, eine Dame!«, flüsterte der Junge und rüttelte seinen Herrn wach.

»Was für eine Dame?«, rief unser Freund, gerade aus dem Schlaf hochgefahren, nicht sicher, ob sein Traum ein Hirngespinst war, und halb erwartend, dass es Rose persönlich sein könnte. »Was für eine Dame? Wo?«

»Da, Sir!«, erwiderte der Junge und deutete auf die Glastür, die in die Praxisräume führte, mit einem Ausdruck höchsten Erschreckens, den wohl das unerwartete Erscheinen einer Patientin hervorgerufen haben mochte.

Der Arzt blickte zur Tür und zuckte selbst einen Augenblick zusammen, als er die Erscheinung seiner unbekannten Besucherin wahrnahm.

Sie war eine außerordentlich große Frau, die in tiefe Trauer gekleidet war und so nah bei der Tür verweilte, dass ihr Gesicht beinahe die Glasscheibe berührte. Der obere Teil ihrer Gestalt war sorgfältig in einen schwarzen Schal gehüllt, als wolle sie ihn verbergen; und ihr Gesicht war durch einen dichten schwarzen Schleier verdeckt. Sie hielt sich vollkommen gerade und hatte sich zu ihrer vollen Größe aufgerichtet, und obwohl der Arzt spürte, dass die Augen unter dem Schleier starr auf ihn blickten, stand sie völlig reglos da und verriet mit keiner einzigen Geste, dass ihr auch nur im Geringsten bewusst geworden war, dass er sich ihr zugewendet hatte.

»Wünschen Sie mich zu konsultieren?«, erkundigte er sich mit einigem Zögern und hielt ihr die Tür auf. Die ging nach innen auf, und daher veränderte diese Handlung nichts an der Position der Besucherin, die weiterhin reglos am gleichen Fleck verharrte.

Sie neigte als Zeichen ihrer Zustimmung leicht den Kopf.

»Bitte treten Sie doch ein«, sagte der Arzt.

Die Gestalt machte einen Schritt auf ihn zu; und dann schien sie, während sie den Kopf wieder – zu dessen unendlichem Schrecken – dem Jungen zuwandte, leicht zu zögern. »Verlasse den Raum, Tom«, sagte der junge Mann zu dem Burschen, der die großen runden Augen während dieser kurzen Unterredung so weit aufgerissen hatte, wie es nur ging.

»Schließe den Vorhang, und mache die Tür zu.«

Der Junge zog einen grünen Vorhang vor den Glasteil der Tür, ging dann in die Praxis, schloss die Tür hinter sich und drückte sogleich auf der anderen Seite eines seiner großen Augen an das Schlüsselloch.

Der Arzt schob einen Stuhl näher an den Kamin und lud seine Besucherin mit einer Handbewegung ein, sich zu setzen. Die geheimnisvolle Gestalt bewegte sich langsam darauf zu. Als der Feuerschein auf ihr schwarzes Gewand fiel, nahm der Arzt wahr, dass der Saum von Schlamm und Regenwasser durchtränkt war.

»Sie sind sehr nass«, sagte er.

»Das bin ich«, erwiderte die Fremde mit leiser, tiefer Stimme.

»Und Sie sind krank?«, fügte der Arzt mitleidig hinzu, denn ihr Tonfall war der eines Menschen, der an Schmerzen leidet.

»Ja«, war die Antwort, »sehr krank; nicht körperlich, sondern seelisch. Ich bin nicht um meinetwillen oder in meinem Namen zu Ihnen gekommen«, fuhr die Fremde fort. »Wenn ich an einer körperlichen Krankheit litte, wäre ich nicht allein, nicht zu dieser Stunde oder in einer Nacht wie der heutigen unterwegs; und wenn ich von dergleichen betroffen würde, innerhalb der nächsten vierundzwanzig Stunden, wie gern würde ich mich dann hinlegen und um den Tod beten. Nein, ich flehe Sie um eines anderen willen um Ihre Hilfe an, Sir. Ich mag von Sinnen sein, für ihn darum zu bitten – bin es wohl wirklich; aber Nacht für Nacht stand mir während der vielen langen, trostlosen Stunden des Beobachtens und Weinens dieser Gedanke stets vor Augen; und obwohl sogar ich einsehe, wie hoffnungslos die Vorstellung ist, Menschenhand könnte ihm noch helfen, so gerinnt mir doch das Blut in den Adern, wenn ich nur daran denke, dass ich ihn ohne einen Versuch der Hilfe ins Grab legen sollte!« Ein Schauder erschütterte die Gestalt der Sprechenden, wie ihn, das wusste der Arzt wohl, keine Schauspielkunst hervorzubringen vermochte.

Es lag ein verzweifelter Ernst im Gebaren dieser Frau, der dem jungen Mann zu Herzen ging. Er übte seinen Beruf noch nicht lange aus und hatte noch nicht genug Elend erlebt, wie es täglich den Mitgliedern des Ärztestandes vor Augen geführt wird, und so hatte er sich noch nicht gegen das menschliche Leiden verhärtet.

»Wenn«, erwiderte er, sich eilends erhebend, »die Person, von der Sie sprechen, in einem so hoffnungslosen Zustand ist, wie Sie es beschreiben, ist kein Augenblick zu verlieren. Ich werde unverzüglich mit Ihnen kommen. Warum haben Sie nicht schon früher medizinischen Rat gesucht?«

»Weil es bis jetzt nutzlos gewesen wäre – weil es sogar jetzt nutzlos ist«, antwortete die Frau und rang verzweifelt die Hände.

Der Arzt starrte einen Augenblick lang auf den schwarzen Schleier, als wolle er sich des Ausdrucks auf den Gesichtszügen darunter versichern; doch der Stoff war so dicht, dass ihm dies unmöglich war.

»Sie sind krank«, sagte er sanft, »auch wenn Sie es nicht wissen. Das Fieber, das Sie in die Lage versetzt hat, die Übermüdung, an der Sie offensichtlich seit einiger Zeit leiden, zu ertragen, ohne sie zu spüren, brennt nun in Ihnen. Führen Sie dies an die Lippen«, sprach er weiter und schenkte ihr ein Glas Wasser ein, »und sammeln Sie sich einige Augenblicke, und dann berichten Sie mir, so ruhig Sie können, was die Krankheit des Patienten ist und wie lange er schon darunter leidet. Wenn ich alles weiß, was ich wissen muss, damit mein Besuch für ihn von Nutzen sein kann, bin ich bereit, Sie zu ihm zu begleiten.«

Die Fremde führte das Wasserglas an den Mund, ohne den Schleier zu lüften; sie setzte es wieder ab, ohne davon gekostet zu haben, und brach in Tränen aus.

»Ich weiß«, begann sie laut schluchzend, »das, was ich Ihnen jetzt erzähle, mag Ihnen wie eine Fieberphantasie vorkommen. Das hat man mir schon früher bedeutet, wenn auch in weniger freundlichen Worten als Sie. Ich bin keine junge Frau mehr; und man sagt, dass einem, wenn sich das

Leben schleichend auf seinen Abschluss zubewegt, der letzte kurze Rest, wie wertlos er auch allen anderen erscheinen mag, wertvoller ist als all die Jahre, die davor vergangen sind, so sehr sie auch mit der Erinnerung an alte, längst verstorbene Freunde verknüpft sind oder an junge – vielleicht Kinder –, die sich von einem abgewandt und einen so vollkommen vergessen haben, als wären auch sie bereits gestorben. Meine Jahre sind gezählt, und sie sollten mir deswegen lieb und teuer sein; aber ich würde sie ohne einen Seufzer – fröhlich – voller Freude – eintauschen, wenn das, was ich Ihnen jetzt berichte, nur falsch oder eingebildet wäre. Morgen früh wird er, von dem ich Ihnen gerade spreche, jenseits aller menschlichen Hilfe sein, das weiß ich, wenn ich auch gern wünschte, dem wäre nicht so; und doch dürfen Sie ihn, selbst wenn er in tödlicher Gefahr schwebte, heute Nacht nicht sehen und könnten ihm auch keine Dienste erweisen.«

»Ich erhöhe Ihre Bedrängnis nur ungern«, erwiderte der Arzt nach einer kurzen Pause, »indem ich meine Anmerkungen zu dem mache, was Sie mir gerade gesagt haben, oder indem ich den Anschein erwecke, etwas, das Sie so ängstlich zu verbergen suchen, näher erkunden zu wollen; aber in Ihren Worten gibt es eine Ungereimtheit, die ich nicht mit irgendeiner wahrscheinlichen Wirklichkeit in Übereinstimmung zu bringen vermag. Dieser Mensch ist heute Nacht dem Tode nah, und ich darf ihn nicht sehen, obwohl mein Eingreifen möglicherweise Abhilfe schaffen könnte; Sie vermuten, dass es vielleicht auch morgen vergebens sein könnte, und doch möchten Sie, dass ich ihn dann untersuche! Wenn er Ihnen nun tatsächlich so sehr am Herzen liegt, wie das Ihre Worte und Ihr Verhalten andeuten, warum versuchen Sie nicht, sein Leben zu retten, ehe weiterer Aufschub und der Fortschritt seiner Krankheit dies unmöglich machen?«

»Gott steh mir bei!«, rief die Frau, bitterlich weinend, »wie kann ich hoffen, dass Fremde mir glauben, was doch unglaublich scheint, sogar mir? Sie werden ihn also morgen nicht untersuchen, Sir?«, fügte sie hinzu und erhob sich unvermittelt.

»Ich habe nicht gesagt, dass ich mich weigere, ihn zu untersuchen«, erwiderte der Arzt, »aber ich warne Sie, dass eine furchtbare Verantwortung auf Ihnen lastet, wenn Sie mit Ihrer außerordentlichen Zögerlichkeit fortfahren und dieser Mensch sterben sollte.«

»Irgendwo lastet die Verantwortung immer schwer«, antwortete die Fremde bitter. »Was an Verantwortung auf mir liegt, trage ich gern, und ich bin bereit, mich dafür zu rechtfertigen.«

»Da ich keine Verantwortung übernehme«, fuhr der Arzt fort, »wenn ich Ihrem Wunsch entspreche, werde ich ihn mir am Morgen ansehen, falls Sie mir die Adresse hinterlassen. Zu welcher Stunde ist dies möglich?«

»Um neun«, erwiderte die Fremde.

»Sie müssen entschuldigen, dass ich Sie weiter mit meinen Fragen bedränge«, sagte der Arzt, »aber ist er im Augenblick in Ihrer Obhut?«

»Nein, das ist er nicht«, war die Erwiderung.

»Dann könnten Sie ihm, wenn ich Ihnen Anweisungen für seine Behandlung während der Nacht gäbe, nicht helfen?«

Die Frau weinte bitterlich, als sie antwortete: »Das könnte ich nicht.«

Da er feststellen musste, dass nur wenig Aussicht darauf bestand, durch eine Verlängerung der Befragung mehr zu erfahren, und weil er bedacht darauf war, die Gefühle der Frau zu schonen, die diese zunächst mit gewaltiger Willensanstrengung unterdrückt hatte, die aber nun unbezähmbar schienen und äußerst schmerzlich mit anzusehen waren, wiederholte der Arzt sein Versprechen, am nächsten Morgen zur verabredeten Stunde vorbeizukommen. Nachdem ihm seine Besucherin eine Wegbeschreibung in einen finstern Teil von Walworth gegeben hatte, verließ sie das Haus auf die gleiche geheimnisvolle Weise, wie sie eingetreten war. Man wird nur zu bereitwillig glauben, dass ein derart außergewöhnlicher Besuch einen erheblichen Eindruck auf den Geist des jungen Arztes machte und dass er sehr viel und mit sehr geringem Erfolg über die möglichen Umstände dieses Falles nachgrübelte.

Wie die Mehrzahl aller Menschen hatte er oft von einzigartigen Umständen gehört und gelesen, in denen jemand einen Tod für einen bestimmten Tag, ja sogar eine bestimmte Minute vorausgeahnt und diese Vorahnung sich bewahrheitet hatte. Im einen Augenblick neigte er zu dem Gedanken, der gegenwärtige Fall könnte ein solches Vorkommnis sein, aber dann wiederum fiel ihm ein, dass alle Anekdoten dieser Art, die er je gehört hatte, von Personen gehandelt hatten, die eine Vorahnung ihres eigenen Todes gequält hatte. Diese Frau jedoch sprach von einer anderen Person, einem Mann; und er konnte unmöglich annehmen, dass ein bloßer Traum oder ein Hirngespinst sie dazu bewegt haben mochte, mit einer so schrecklichen Sicherheit von seinem näherrückenden Dahinscheiden zu sprechen, wie sie es getan hatte. Es konnte doch nicht etwa sein, dass der Mann am Morgen ermordet werden sollte und dass die Frau, die ursprünglich zugestimmt hatte und durch einen Eid zum Schweigen verurteilt war, Mitleid verspürt hatte und nun zwar nicht mehr in der Lage war, diese Gewalttat gegen das Opfer zu verhindern, aber doch entschlossen war, nach Möglichkeit seinen Tod zu verhindern, indem sie ihm rechtzeitig medizinischen Beistand verschaffte? Die bloße Vorstellung, dass derlei Dinge in einem Umkreis von zwei Meilen um die Metropole geschahen, schien ihm zu abwegig und zu grotesk, als dass er sie länger als nur einen Augenblick gehegt hätte. Dann drängte sich wieder sein ursprünglicher Eindruck in den Vordergrund, dass der Geist der Frau verwirrt war; und da dies die einzige Art war, dieses schwierige Rätsel überhaupt zu seiner Zufriedenheit zu lösen, war er hartnäckig entschlossen, sie für verrückt zu halten. Doch es stahlen sich ständig gewisse Zweifel an dieser Erklärung in seine Gedanken, und sie drangen immer und immer wieder vor während dieser langen, trübseligen und schlaflosen Nacht, in deren Verlauf er trotz aller Bemühungen nicht in der Lage war, den schwarzen Schleier aus seiner verstörten Phantasie zu verdrängen.

Der hinterste Teil von Walworth, der am weitesten von der Stadtmitte entfernt liegt, ist auch heute noch ein spärlich besiedelter, jämmerlicher Bezirk; aber vor fünfunddreißig Jahren war der größte Teil kaum mehr als eine trostlose Ödnis, die von wenigen, weit verstreut lebenden Menschen von höchst zweifelhaftem Charakter bewohnt wurde, deren Armut verhinderte, dass sie in einer besseren Gegend Quartier genommen hatten, oder deren Beschäftigung und Lebensweise die Abgeschiedenheit dieses Stadtteils für wünschenswert erscheinen ließen.

Viele der Häuser, die seither hier allerorten aus dem Boden geschossen sind, wurden erst einige Jahre später errichtet; und selbst die meisten der in unregelmäßigen Abständen verstreut liegenden Behausungen waren von gröbster und armseligster Bauart.

Der Anblick der Gegend, durch die der junge Arzt am Morgen schritt, war also nicht geeignet, seine Stimmung zu heben oder die Angst und Niedergeschlagenheit zu vertreiben, die der außergewöhnliche Besuch, der vor ihm lag, in ihm geweckt hatte. Sobald er von der Hauptstraße abgebogen war, führte sein Weg über einen versumpften Anger, durch verwinkelte Gassen, an denen hier und da eine baufällige oder halb abgerissene Kate stand, die durch Verfall und Vernachlässigung rasch dem Ruin anheimfiel. Ein verkrüppelter Baum oder ein Tümpel abgestandenen Wassers, durch die heftigen Regenfälle der Nacht in schwerfällige Bewegung versetzt, säumten den Pfad; und ab und an zeugte ein elendes kleines Gartengrundstück, wo man ein paar alte Bretter zu einer Art Sommerhaus zusammengenagelt hatte und dessen alter Zaun nur unvollkommen mit Latten ausgebessert war, die aus Nachbarzäunen stibitzt waren, gleichzeitig von der Armut der Bewohner und den geringen Skrupeln, die sie hatten, wenn es darum ging, das Eigentum anderer zu ihrem eigenen Nutzen zu verwenden. Gelegentlich erschien eine schmuddelig aussehende Frau in der Tür eines schmutzigen Hauses, um den Inhalt eines Kochgeschirrs in die Gosse zu schütten oder einem zerlumpten kleinen Mädchen etwas hinterherzukreischen, das es geschafft hatte, unter dem Gewicht eines blässlichen Säuglings, der beinahe so groß war wie es selbst, einige wenige Meter von der Tür fortzutaumeln; doch sonst regte sich kaum etwas: Und was er durch den kalten, feuchten Dunst kaum ausmachen konnte, der schwer über allem hing, wirkte einsam und trostlos, in vollkommenem Einklang mit den hier beschriebenen Umständen.

Nachdem er matt und müde durch Schlamm und Unrat gestapft war, sich unzählige Male nach dem Ort erkundigt hatte, zu dem man ihn gebeten hatte, und darauf genauso viele widersprüchliche und wenig zufriedenstellende Auskünfte erhalten hatte, kam der junge Mann vor dem Haus an, das man ihm als sein Ziel ausgewiesen hatte. Es war ein kleines, niedriges Gebäude, nur ein Stockwerk über dem Erdboden, und es bot einen noch desolateren und weniger verheißungsvollen Anblick als alle anderen, an denen er bisher vorübergekommen war. Ein alter gelber Vorhang war dicht vor das Fenster im Obergeschoss gezogen, und die Fensterläden des Wohnzimmers waren geschlossen, wenn auch nicht fest verriegelt. Das Haus stand allein, und da es schräg in eine schmale Gasse ragte, war von hier keinerlei andere Behausung zu sehen.

Wenn wir sagen, dass der Arzt zögerte und einige Schritte am Haus vorbeiging, ehe er sich überwinden konnte, den Türklopfer anzuheben, so sagen wir nichts, das selbst dem kühnsten Leser ein mildes Lächeln auf die Lippen bringen sollte. Die Polizei von London war zu dieser Zeit eine völlig andere, als sie es heute ist; die abgeschiedene Lage der Vororte machte damals, als die Bauwut und der Fortschrittseifer noch nicht begonnen hatten, sie mit dem Zentrum der Stadt und mit ihrer Umgebung zu verbinden, viele von ihnen (und diesen insbesondere) zu Orten, in die sich die schlimmsten und verruchtesten Naturen zurückzogen. Selbst die Straßen in den belebtesten Vierteln Londons waren nur unvollkommen beleuchtet; und Orte wie dieser waren gänzlich auf Mond und Sterne angewiesen. So waren die Möglichkeiten, verwegene Gestalten zu entdecken oder sie bis zu ihren Schlupfwinkeln zu verfolgen, außerordentlich rar, und natürlich wurden diese immer kühner in ihren Missetaten, weil die tägliche Erfahrung ihnen den Eindruck vermittelte, dass sie sich hier in verhältnismäßiger Sicherheit wiegen konnten.

Zusätzlich zu all diesen Erwägungen sollte man sich auch daran erinnern, dass der junge Mann einige Zeit in den öffentlichen Krankenhäusern der Metropole verbracht hatte; und obwohl weder Burke noch Bishop* damals bereits ihre schreckliche Berühmtheit erlangt hatten, hätten ihm doch seine eigenen Beobachtungen nahelegen können, wie leicht es wäre, die Schreckenstaten zu begehen, denen der Erstere inzwischen seinen Namen geliehen hat**. Welche Überlegung ihn auch immer zum Zögern bewegte, er zögerte jedenfalls: Aber da er ein junger Mann von starkem Willen und großem persönlichem Mut war, währte dies nur einen Augenblick; dann schritt er rasch zum Haus zurück und klopfte artig an die Tür.

Sogleich war ein leises Flüstern zu vernehmen, als unterhielte sich am Ende des Flures jemand heimlich mit einer anderen Person, die oben am Treppengeländer stand. Darauf folgte das Geräusch von schweren Stiefeln auf dem nackten Fußboden. Die Türkette wurde leise entfernt; die Tür ging auf, und es erschien ein großer hässlicher Mann mit schwarzem Haar und einem Gesicht, das, wie der Arzt später oft versicherte, so bleich und ausgezehrt wirkte wie das einer jeden Leiche, die er je zu Augen bekommen hatte.

»Treten Sie ein, Sir«, sagte der Mann mit leiser Stimme.

Das tat der Arzt, und nachdem der Mann die Tür wieder mit der Kette gesichert hatte, schritt er voran in ein kleines Hinterzimmer am äußersten anderen Ende des Korridors.

»Bin ich rechtzeitig gekommen?«

»Zu früh!«, erwiderte der Mann. Der Arzt wandte sich hastig und mit einer Geste des Erstaunens um, die nicht

---

* Burke war ein berüchtigter Mörder, der zusammen mit seinem Komplizen Hare 1827/28 die Leichen seiner Opfer an Edinburgher Anatomen verkaufte. Bishop und seine Bande raubten ab 1830 in London Gräber aus und begingen Morde, um die Leichen an die Anatomie zu verkaufen.
** Mit »Burking« bezeichnete man Morde zum Verkauf der Leichen an die Anatomie.

ohne Schrecken war, den er zu unterdrücken außerstande war.

»Wenn Sie hier eintreten wollen, Sir«, sagte der Mann, der diese Bewegung offensichtlich bemerkt hatte. »Wenn Sie hier eintreten wollen, Sir. Sie werden keine fünf Minuten warten müssen, das versichere ich Ihnen.«

Der Arzt ging unverzüglich in das Zimmer. Der Mann schloss die Tür und ließ ihn allein zurück.

Es war ein kleiner kalter Raum, in dem außer zwei Holzstühlen und einem Tisch aus dem gleichen Material keine anderen Möbel standen. Ein Feuer aus einer bloßen Handvoll Scheite brannte, ungeschützt durch einen Ofenschirm, im Kamin und betonte eher die Feuchtigkeit, als einem angenehmeren Zwecke zu dienen, denn die ungesunde Feuchtigkeit kroch in langen, schneckengleichen Bahnen die Wände herab. Das Fenster, das an vielen Stellen zerbrochen und geflickt war, gab den Blick auf ein kleines, von Mauern umschlossenes Stück Erde frei, das beinahe völlig mit Wasser bedeckt war. Kein Geräusch war zu vernehmen, weder im Haus noch draußen.

Der junge Mann setzte sich neben den Kamin, um das Ergebnis seines ersten offiziellen Arztbesuchs abzuwarten. Er hatte noch nicht viele Minuten in dieser Haltung verharrt, als ihm das Geräusch eines sich nähernden Gefährts an die Ohren drang. Der Wagen blieb stehen; die Tür zur Straße wurde geöffnet; ein leises Gespräch folgte, begleitet vom Geräusch schlurfender Schritte, den Flur entlang und die Treppe hinauf, als wären zwei oder drei Männer damit beschäftigt, irgendetwas Schweres in das Zimmer oben zu schleppen. Das Knarren der Treppe verkündete wenige Sekunden später, dass die Neuankömmlinge ihre Aufgabe, worin immer sie bestanden haben mochte, erledigt hatten und nun das Haus verließen. Die Tür wurde erneut verschlossen, und die vormalige Stille war wieder hergestellt.

Weitere fünf Minuten waren verstrichen, und der Arzt hatte gerade den Entschluss gefasst, sich im Haus nach jemandem umzusehen, dem er seinen Auftrag erklären könnte, als die Zimmertür aufging und seine Besucherin vom Vorabend, genauso gekleidet, den Schleier wie zuvor über das Gesicht gezogen, ihn mit einer Handbewegung aufforderte, sich ihr anzuschließen. Die außergewöhnliche Größe ihrer Gestalt, gepaart mit der Tatsache, dass sie nicht sprach, ließ ihm einen Augenblick lang die Vermutung durch den Kopf schießen, sie könnte ein Mann in Frauenkleidern sein. Das hysterische Schluchzen, das unter dem Schleier hervor zu hören war, und die verkrampfte Körperhaltung größten Schmerzes, der die ganze Gestalt ergriffen hatte, enthüllten ihm sofort, wie absurd dieser Verdacht gewesen war, und er folgte ihr eilends.

Die Frau führte ihn die Treppe hinauf und ins Vorderzimmer, blieb dann an der Tür stehen, um ihn zuerst eintreten zu lassen. Der Raum war spärlich eingerichtet, mit einer alten Holztruhe, einigen wenigen Stühlen und einem Himmelbett, das jedoch keinerlei Vorhänge oder Querstreben hatte und mit einem aus Flicken zusammengenähten Bettüberwurf bedeckt war. Das trübe Licht, das durch den Vorhang drang, den er von draußen bemerkt hatte, ließ die Gegenstände im Zimmer so undeutlich erscheinen und gab ihnen allen einen so gleichmäßigen Farbton, dass er zunächst den Gegenstand nicht wahrnahm, auf den seine Augen sofort fielen, als die Frau wie wahnsinnig an ihm vorübereilte und sich neben dem Bett auf die Knie warf.

Auf dem Bett ausgestreckt, eng in ein leinenes Tuch eingeschlagen und mit Decken umhüllt, lag da eine menschliche Gestalt, steif und reglos. Kopf und Gesicht, die eines

Mannes, waren bis auf einen Verband, der über den Kopf und unter dem Kinn hindurch verlief, unbedeckt. Die Augen waren geschlossen. Der linke Arm lag schwer auf dem Bett, und die Frau hielt die reglose Hand.

Sanft drängte der Arzt die Frau zur Seite und nahm die Hand in die seine.

»Mein Gott!«, rief er aus und ließ sie unwillkürlich sinken, »der Mann ist tot!«

Die Frau sprang auf und schlug die Hände zusammen. »Oh! Sagen Sie das nicht, Sir!«, rief sie in einem Ausbruch von Leidenschaft, der beinahe an Wahnsinn grenzte. »Oh! Sagen Sie das nicht, Sir! Ich kann es nicht ertragen. Es sind doch schon Menschen wieder zum Leben erweckt worden, nachdem ungeschickte Leute sie aufgegeben hatten; und Männer sind gestorben, die vielleicht wiederhergestellt worden wären, wenn man die richtigen Mittel eingesetzt hätte. Lassen Sie ihn nicht dort liegen, Sir, ohne zumindest eine Anstrengung unternommen zu haben, um ihn zu retten! Gerade jetzt, in diesem Augenblick schwinden vielleicht seine Lebensgeister. Versuchen Sie es bitte, Sir! Bitte, um des lieben Himmels willen!« Und während sie so sprach, rieb sie vergeblich erst über die Stirn, dann über die Brust der leblosen Gestalt; und schließlich schlug sie wild auf die kalten Hände ein, die, sobald sie sie nicht mehr festhielt, schlapp und schwer auf die Bettdecke zurückfielen.

»Es hat keinen Sinn, meine gute Frau«, sagte der Arzt besänftigend, als er seine Hand von der Brust des Mannes nahm. »Bleiben Sie noch. Ziehen Sie den Vorhang auf!«

»Warum?«, fragte die Frau und fuhr hoch.

»Ziehen Sie den Vorhang auf!«, wiederholte der Arzt in erregtem Ton.

»Ich habe das Zimmer absichtlich verdunkelt«, sagte die Frau und warf sich ihm in den Weg, als er aufstand, um den

Vorhang aufzuziehen. »Oh! Sir, haben Sie Erbarmen mit mir! Wenn alles nichts nützt und er wirklich tot ist, dann enthüllen Sie seine Gestalt keinen Augen außer den meinen!«

»Dieser Mann ist keines natürlichen und keines leichten Todes gestorben«, sagte der Arzt. »Ich *muss* mir die Leiche anschauen!« Mit einer Bewegung, die so abrupt war, dass die Frau kaum wusste, dass er von ihrer Seite gewichen war, riss er den Vorhang auf, ließ das volle Tageslicht herein und kehrte zum Bett zurück.

»Hier war Gewalt im Spiel«, konstatierte er, deutete auf den Leichnam und starrte unverwandt auf das Gesicht, von dem nun zum ersten Mal der schwarze Schleier gelüftet war. In der Erregung des vergangenen Augenblicks hatte die Unbekannte Haube und Schleier abgeworfen und stand nun mit fest auf ihn gerichteten Augen da. Ihre Züge waren die einer Frau von etwa fünfzig Jahren, die einst schön gewesen war. Kummer und Tränen hatten Spuren auf ihnen hinterlassen, die nicht einmal die Zeit ohne deren Hilfe hätte eingraben können; ihr Gesicht war totenblass; die Lippen waren von Erregung verzerrt, und in den Augen blitzte ein unnatürliches Feuer, das nur zu deutlich zeigte, dass ihre körperlichen und seelischen Kräfte beinahe unter einer Anhäufung größten Leids vergangen waren.

»Hier war Gewalt im Spiel«, wiederholte der Arzt und wandte seinen forschenden Blick nicht ab.

»Das stimmt«, erwiderte die Frau.

»Dieser Mann ist ermordet worden.«

»So wahr Gott mein Zeuge ist, so ist es gewesen«, sagte die Frau leidenschaftlich, »erbarmungslos und unmenschlich ermordet!«

»Von wem?«, fragte der Arzt und packte die Frau beim Arm.

»Sehen Sie sich die Zeichen des Schlächters an, und dann fragen Sie mich!«, erwiderte sie.

Der Arzt wandte sein Gesicht zum Bett und beugte sich über den Leichnam, der nun voll im Licht des Fensters lag.

Der Hals war geschwollen, und ein fahlblaues Mal umringte ihn. Plötzlich leuchtete dem jungen Arzt die Wahrheit auf.

»Dies ist einer der Männer, die heute Morgen gehenkt wurden!«, rief er aus und drehte sich mit einem Schaudern weg.

»Ja«, erwiderte die Frau mit kaltem, leerem Blick.

»Wer war er?«, wollte der Arzt wissen.

»Mein Sohn«, antwortete die Frau und sank ihm bewusstlos vor die Füße.

Es stimmte. Einen Komplizen, der genauso schuldig war wie er selbst, hatte man aus Mangel an Beweisen freigesprochen; und dieser Mann war zum Tode verurteilt und hingerichtet worden. In unserer fernen Zeit die näheren Umstände des Falles zu erläutern scheint mir unnötig und könnte zudem einigen noch lebenden Personen Kummer bereiten.

Es war eine alltägliche Geschichte. Die Mutter war eine Witwe ohne Freunde und ohne Mittel, und sie hatte sich alles vom Munde abgespart, um es ihrem Waisenjungen zugutekommen zu lassen. Dieser Junge hatte, keinerlei Rücksicht auf ihre Gebete nehmend und die Leiden, die sie seinetwegen erduldet hatte – ständige Unruhe der Gedanken und freiwilliges Aushungern des Körpers –, aus seinem Gedächtnis verdrängend, den Weg der Ausschweifung und des Verbrechens eingeschlagen.

Und dies hier war das Ergebnis: sein Tod von der Hand des Henkers und die Schande und der unheilbare Wahnsinn seiner Mutter.

Viele Jahre nach diesem Vorfall, wenn einträgliche und beschwerliche andere Tätigkeiten manch anderen Mann hätten vergessen lassen, dass solche Jammergestalten existieren, war der junge Arzt noch täglich zu Besuch bei der harmlosen Wahnsinnigen; er tröstete sie nicht nur durch seine Gegenwart und Freundlichkeit, sondern linderte auch die Härte ihres Lebens durch Geldspenden, die ihrer Bequemlichkeit und ihrer Unterstützung zugutekamen und die er mit großzügiger Hand gab. In dem flüchtigen Aufflackern der Erinnerung und des Bewusstseins, das ihrem Tode voranging, entrang sich den Lippen dieses unglückseligen, verlassenen Wesens ein Gebet um sein Wohlergehen und seinen Schutz, das so inbrünstig war, wie es je eine sterbliche Seele geflüstert hat. Dieses Gebet schwebte gen Himmel und wurde erhört. Die Segnungen, die er ihr erwiesen hat, sind ihm seither tausendfach vergolten worden. Doch inmitten all der Ehrungen durch Rang und Titel, mit denen er seither überhäuft wurde und die er so sehr verdient hat, wärmte doch keine Erinnerung sein Herz mehr als die an den »Schwarzen Schleier«.

Erstmals erschienen im Februar 1836 in »The First Series of Sketches by Boz«.

Die Geschichte des Schuljungen

Da ich gegenwärtig noch recht jung bin – die Anzahl meiner Jahre nimmt zwar zu, aber ich bin immer noch recht jung –, kann ich nicht auf herausragende persönliche Abenteuer zurückgreifen. Es würde auch niemanden hier sonderlich interessieren, denke ich, was für ein Leuteschinder Hochwürden ist oder was für ein Ungeheuer *sie* ist oder wie sie die Eltern übers Ohr hauen – besonders für Haareschneiden und ärztliche Versorgung. Einem unserer Schüler haben sie in seiner Halbjahresabrechnung zwölf Shilling und Sixpence für Pillen aufgeschrieben – und er hat sie nicht mal genommen, sondern in seinem Jackenärmel verschwinden lassen.

Und was das Rindfleisch betrifft, das ist eine Schande. Es ist *kein* Rindfleisch. Normales Rindfleisch besteht nicht aus Sehnen. Normales Rindfleisch kann man kauen. Und außerdem gibt es zu normalem Rindfleisch Bratensoße, und wir bekommen zu unserem niemals auch nur ein Tröpfchen davon zu sehen. Einer von den Schülern hier ist krank nach Hause gekommen und hat gehört, wie der Arzt der Familie seinem Vater gesagt hat, er könnte sich keinen Grund für seine Beschwerden denken, es sei denn das Bier. Natürlich war es das Bier, und das wundert niemanden!

Allerdings ist Rindfleisch etwas ganz anderes als Old Cheeseman. Bier auch. Und ich wollte Ihnen ja von Old Cheeseman erzählen und nicht davon, wie man hier unseren Schülern wegen des Profits die Gesundheit ruiniert.

Nun, man muss sich nur mal den Pastetenteig ansehen. Von mürbe keine Rede. Er ist steinhart – wie feuchtes Blei. Und dann bekommen unsere Schüler natürlich Albträume und werden vertrimmt, weil sie laut schreien und andere wecken. Wen wundert's!

Old Cheeseman ist eines Nachts im Schlaf umhergegangen, hat sich den Hut über die Nachtmütze gestülpt, sich eine Angelrute und einen Kricketschläger geschnappt und ist hinunter in den Salon gestiegen, wo man natürlich aus seiner Erscheinung schloss, er sei ein Gespenst. Nun, das hätte er niemals gemacht, wenn seine Mahlzeiten gesund gewesen wären. Wenn wir alle schlafwandeln, wird es ihnen noch leidtun, denke ich.

Damals war Old Cheeseman noch nicht zweiter Lateinlehrer; er war noch selbst Schüler. Er wurde am Anfang, als er noch sehr klein war, in einer Postkutsche hierhergebracht, von einer Frau, die immer Schnupftabak nahm und ihn schüttelte – und das war alles, woran er sich erinnerte. Er fuhr in den Ferien nie nach Hause. Seine Abrechnungen (er nahm nie irgendwelche Sonderstunden) wurden stets an eine Bank geschickt, und die Bank bezahlte sie; und er bekam zweimal im Jahr einen braunen Anzug und mit zwölf Jahren Stiefel. Die waren ihm zudem immer zu groß.

In den Sommerferien kamen einige unserer Schüler, die in der Nähe wohnten, manchmal hierher zurück und kletterten auf die Bäume außerhalb der Mauer um den Spielplatz, nur um sich Old Cheeseman anzuschauen, der da allein saß und las. Er war immer so schwach wie dünner Tee – und *der* ist ja ziemlich schwach, denke ich mal! –, und wenn sie ihm nachpfiffen, schaute er nur auf und nickte; und wenn sie riefen: »Hallo, Cheeseman, was hast du zum Abendessen bekommen?«, antwortete er: »Gekochtes Hammelfleisch«, und wenn sie riefen: »Ist es nicht einsam,

Old Cheeseman?«, sagte er: »Es ist manchmal ein bisschen langweilig«, und dann riefen sie: »Nun, auf Wiedersehen, Old Cheeseman!«, und kletterten wieder herunter. Natürlich war es eine Zumutung für Old Cheeseman, ihm die ganzen Ferien hindurch nichts als gekochtes Hammelfleisch vorzusetzen, aber so war es eben festgelegt. Und wenn sie ihm kein gekochtes Hammelfleisch gaben, dann setzten sie ihm Milchreis vor und behaupteten, es sei eine Leckerei. Und sparten sich die Fleischerrechnung.

Und so ging es weiter mit Old Cheeseman. Die Ferien brachten ihm außer der Einsamkeit noch andere Schwierigkeiten, denn wenn die Schüler zurückkamen, was sie nur widerwillig taten, war er stets froh, sie wiederzusehen; das war natürlich ausgesprochen ärgerlich, denn sie waren überhaupt nicht froh, ihn wiederzusehen, und so schlug man ihn mit dem Kopf an die Wand, und davon blutete seine Nase. Aber im Allgemeinen war er beliebt. Einmal wurde eine Sammlung für ihn veranstaltet und, damit er den Mut nicht sinken ließ, wurden ihm vor den Ferien zwei weiße Mäuse, ein Kaninchen, eine Taube und ein wunderschöner Welpe überreicht. Old Cheeseman weinte darüber sehr – besonders kurz darauf, als sie sich alle gegenseitig auffraßen.

Natürlich belegte man Old Cheeseman mit den Namen aller möglichen Käsesorten – Double Glo'sterman, Family Cheshireman, Dutchman, North Wiltshireman und so weiter. Aber das störte ihn nie. Und ich will ja damit auch nicht sagen, dass er alt an Jahren war – er hieß einfach von Anfang an Old Cheeseman.

Schließlich machte man Old Cheeseman zum zweiten Lateinlehrer. Eines Morgens am Anfang eines neuen Halbjahres wurde er hereingeführt und der Schule in jener Funktion als »Mr. Cheeseman« vorgestellt. Da waren sich alle unsere Schüler einig, dass Old Cheeseman ein Spion und Verräter wäre, der ins feindliche Lager übergelaufen war und sie für schnöden Mammon verkauft hatte. Es war keine Entschuldigung, dass er sich für sehr wenig schnöden Mammon verkauft hatte – zwei Pfund zehn Shilling im Vierteljahr und seine Wäsche, so wurde berichtet. Ein Parlament, das darüber zu Gericht saß, beschloss, dass man nur die gewinnsüchtigen Beweggründe von Old Cheeseman in Betracht ziehen könne und dass er folglich »unser Blut für Drachmen prägte«*. Das Parlament hatte diesen Ausdruck aus der Streitszene zwischen Brutus und Cassius entlehnt.

Nachdem nun auf so zwingende Weise festgestellt war, dass Old Cheeseman ein furchtbarer Verräter wäre, der sich in die Geheimnisse unserer Schüler eingeschlichen hatte, um sich in die Gunst von Hochwürden einzuschmeicheln, indem er alles verriet, was er wusste, wurden alle mutigen Schüler aufgefordert, sich zu melden und sich in einen Verein einzuschreiben, der über ihn herfallen sollte. Der Präsident dieses Vereins war der Primus, ein Junge namens Bob Tarter. Sein Vater war in Westindien, und er gab selbst zu, dass sein Vater Millionen besaß. Er hatte großen Einfluss unter unseren Schülern und schrieb ein Spottgedicht, das folgendermaßen begann:

»Wer stellte sich als mild und freundlich dar,
dass er kaum je zu hören war,
und war Verräter ganz und gar?
Old Cheeseman.«

– und so weiter und so fort, mehr als ein Dutzend Verse, die er jeden Morgen in der Nähe des Pults unseres neuen

---

* Sehr frei nach Shakespeare, Julius Caesar: »Lieber präg ich ja mein Herz und tröpfelte mein Blut für Drachmen aus« (IV. Akt, 3. Szene, Zeile 75–76).

Lehrers zu singen pflegte. Er flüsterte es auch einem der Jungen aus den unteren Klassen ein, einem frechen Knirps mit rosigen Wangen, dem es einerlei war, was er machte, eines Morgens mit seiner lateinischen Grammatik zu ihm zu gehen und Folgendes zu sagen: *nominativus pronomium* – Old Cheeseman, *raro exprimitur* – wurde niemals verdächtigt, *nisi distinctionis* – ein Verräter zu sein, *aut emphasis gratia* – bis er sich als einer erwies. *Ut* – zum Beispiel, *vos damnastis* – als er die Jungen gegen Mammon verriet. *Quasi* – als ob, *dicat* – er sagte, *praetaerea nemo* – ich bin ein Judas! All dies hatte eine große Wirkung auf Old Cheeseman. Er hatte nie viel Haar gehabt, aber das wenige begann nun täglich schütterer und schütterer zu werden. Er wurde bleich und ausgemergelt; und manchmal sah man ihn abends an seinem Pult sitzen mit einem unbändig langen Docht an der Kerze, die Hände vors Gesicht geschlagen und weinend. Aber keinem Schüler im Verein tat er leid, selbst wenn es diesen danach verlangt hätte, denn der Präsident erklärte, das sei nur das schlechte Gewissen von Old Cheeseman.

Und so ging es weiter mit Old Cheeseman, und führte er nicht ein jämmerliches Leben! Natürlich rümpfte Hochwürden die Nase über ihn, und natürlich *sie* auch – denn das machten die beiden mit allen Lehrern –, aber am meisten hatte er von den Schülern zu leiden, und er litt ständig unter ihnen. Er sprach nie darüber, soweit der Verein wusste; aber das rechnete man ihm keineswegs hoch an, denn der Präsident meinte, das sei nur der Feigheit von Old Cheeseman zuzuschreiben.

Er hatte nur eine einzige Freundin auf der ganzen Welt und die war beinahe so machtlos wie er selbst, denn es war nur Jane. Jane war eine Art Kleiderfrau für unsere Schüler, und sie kümmerte sich um die Schrankkoffer. Sie war, glaube ich, zunächst als so etwas wie ein Lehrling hierhergekommen – einige unserer Schüler meinen, von einer wohltätigen Einrichtung, aber das weiß ich nicht –, und nach ihrer Lehrzeit war sie einfach dageblieben, für so und so viel pro Jahr. So wenig pro Jahr, sollte ich vielleicht sagen, denn das ist viel wahrscheinlicher. Sie hatte jedoch ein paar Pfund in die Sparkasse eingezahlt, und sie war eine sehr nette junge Frau. Sie war nicht eigentlich hübsch; aber sie hatte ein offenes, ehrliches und kluges Gesicht, und alle unsere Schüler mochten sie gern. Sie war außergewöhnlich adrett und fröhlich, und außergewöhnlich trostreich und freundlich. Und wenn irgendetwas mit der Mutter eines Schülers nicht stimmte, dann ging er zu Jane und zeigte ihr den Brief.

Jane war Old Cheeseman eine gute Freundin. Je mehr sich der Verein gegen ihn wandte, desto mehr stand Jane zu ihm. Sie warf ihm manchmal aus dem Fenster ihrer Vorratskammer einen wohlmeinenden Blick zu, der ihm den ganzen Tag vergoldete. Sie ging gewöhnlich aus dem Obsthain und dem Küchengarten (die stets verschlossen waren, das könnt ihr mir glauben!) durch den Spielhof zurück, obwohl sie doch einen anderen Weg hätte einschlagen können, einzig um Old Cheeseman mit einer Kopfbewegung anzudeuten: »Nur den Mut nicht verlieren!« Sein winziges Zimmer war stets so frisch und ordentlich, dass es wohlbekannt war, wer sich darum kümmerte, während er an seinem Pult saß; und wenn unsere Schüler beim Abendessen einen dampfend heißen Kloß auf seinem Teller gewahrten, wussten sie voller Empörung, wer ihm den serviert hatte.

Unter diesen Umständen beschloss der Verein nach einer ganzen Reihe von Zusammenkünften und Debatten, dass Jane aufgefordert werden sollte, Old Cheeseman zu schneiden, und dass sie, sollte sie sich weigern, ebenfalls links liegen gelassen werden sollte. Also wurde eine Delegation unter der Führung des Präsidenten damit beauftragt, auf Jane zu warten und sie von der Entscheidung in Kenntnis zu setzen, die der Verein für schmerzlich notwendig befunden hatte. Sie genoss wegen all ihrer guten Eigenschaften unseren höchsten Respekt, und man erzählte sich die Geschichte, dass ihr mitleidiges Herz sie einmal dazu gedrängt hatte, Hochwürden in seinem Arbeitszimmer aufzulauern, und sie es zuwege gebracht hatte, dass einem Schüler eine schwere Bestrafung erlassen wurde. Die Delegation war also nicht sehr erfreut über ihre Aufgabe. Sie ging jedoch hinauf, und der Präsident erzählte Jane alles. Worauf sie sehr rot anlief, in Tränen ausbrach und dem Präsidenten und der Delegation in einer Manier, die ihrer üblichen Art in keiner Weise entsprach, mitteilte, sie seien ein Haufen boshafter junger Lümmel, worauf sie die ganze ehrenwerte Gesellschaft aus dem Zimmer warf. Folglich wurde in das Vereinsbuch (das aus Furcht vor Entdeckung in astronomischer Chiffre verfasst war) eingetragen, dass ab jetzt jeglicher Umgang mit Jane verboten sei; und der Präsident hielt den Vereinsmitgliedern eine Rede darüber, dass dies ein überzeugendes Beispiel dafür sei, wie Old Cheeseman die Schule zugrunde richtete.

Aber Jane hielt so getreu zu Old Cheeseman, wie Old Cheeseman unsere Schüler verraten hatte – zumindest ihrer Meinung nach –, und blieb treu und standfest seine einzige Freundin. Das war für die Vereinsmitglieder sehr bitter, denn Jane war für sie ein ebenso großer Verlust, wie sie für ihn ein Gewinn war; und da sie nur noch hartnäckiger gegen ihn verschworen waren, behandelten sie ihn schlechter als je zuvor. Endlich blieb eines Morgens sein Pult leer, und man schaute vorsichtig in sein Zimmer und fand es verlassen, und es ging ein Raunen unter den bleichen Gesichtern unserer Schüler um, Old Cheeseman habe es nicht mehr länger ertragen können, sei früh aufgestanden und hätte sich ertränkt.

Die geheimnisvollen Mienen der anderen Lehrer nach dem Frühstück und die offensichtliche Tatsache, dass man Old Cheeseman nicht erwartete, bestätigten den Verein in dieser Meinung. Einige begannen zu erörtern, ob der Präsident nun gehängt oder nur lebenslänglich in die Verbannung geschickt würde, und auf dem Gesicht des Präsidenten zeichnete sich ein großes ängstliches Verlangen nach Gewissheit über die mögliche Strafe ab. Jedoch meinte er, die Geschworenen seines Landes würden feststellen, dass er auf alles vorbereitet sei, und in seinem Plädoyer würde er sie beschwören, die Hand aufs Herz zu legen und zu sagen, ob sie als Briten etwas für Verräter übrig hätten und wie ihnen derlei selbst gefallen würde. Einige Vereinsmitglieder überlegten, dass er besser wegliefe, bis er einen Wald fand, in dem er mit einem Holzfäller die Kleidung tauschen und sein Gesicht mit Blaubeersaft färben könnte; aber die Mehrzahl war der Ansicht, dass, wenn er nur standfest bliebe, sein Vater – da er doch in Westindien lebte und Millionen besaß – ihn sicher loskaufen könnte.

Die Herzen aller unserer Schüler klopften schneller, als Hochwürden hereinkam und sich mit dem Lineal zu einer Art Römer oder Feldmarschall machte, wie er es immer tat, ehe er eine Rede hielt. Aber ihre Furcht war kaum mit ihrem Erstaunen zu vergleichen, als er schließlich die Geschichte erzählte, dass Old Cheeseman, »unser seit so langer Zeit höchst respektierter Freund und Mitpilger auf den angenehmen Ebenen des Wissens«, so nannte er ihn – o ja! ich schwöre! –, das verwaiste Kind einer enterbten jungen Dame war, die gegen den Wunsch ihres Vaters geheiratet hatte und deren junger Gatte gestorben war und die selbst vor Gram gestorben war und deren unglückseliger Säugling (Old Cheeseman) auf Kosten eines Großvaters erzogen worden war, der ihn nie hatte sehen wollen, nicht als Säugling, nicht als Jungen und nicht als Mann; dass dieser Großvater nun tot sei – und recht geschieht ihm, füge ich hinzu – und in Ermangelung eines Testamentes dessen großes Vermögen nun plötzlich und für immer Old Cheeseman zugefallen war! Unser seit so langer Zeit höchst respektierter Freund und Mitpilger auf den angenehmen Ebenen des Wissens, schloss Hochwürden nach einer endlosen Reihe umständlicher Zitate, würde heute in vierzehn Tagen »noch einmal in unserer Mitte weilen«, und dann wünschte er sich von uns persönlich und auf besondere Weise zu verabschieden. Mit diesen Worten blickte er streng in die Runde unserer Schüler und ging feierlichen Schrittes hinaus.

Nun herrschte unter den Mitgliedern des Vereins eine schöne Verwirrung. Viele wollten austreten, und noch mehr begannen zu behaupten, sie hätten überhaupt nie dazugehört. Doch der Präsident blieb standfest und meinte, sie müssten gemeinsam stehen oder fallen, und sollte der Verein auseinanderbrechen, so würde dies nur über seine Leiche geschehen – was eigentlich dem Verein Mut machen sollte, es aber keineswegs tat. Des Weiteren sagte der Präsident, er würde die Lage, in der sie sich befänden, ernsthaft überdenken und ihnen in wenigen Tagen seine beste Meinung und guten Rat zur Verfügung stellen. Dies wurde heiß ersehnt, weil er ja recht viel über den Lauf der Welt wusste, da doch sein Vater in Westindien war.

Nachdem er Tag für Tag heftig nachgedacht und ganze Armeen über seine Schiefertafel hatte marschieren lassen, rief der Präsident unsere Schüler zusammen und stellte die Sache klar. Es meinte, es sei offensichtlich, dass, sobald Old Cheeseman am verabredeten Tag käme, seine erste Rache sein würde, den Verein anzuklagen und sie alle der Reihe nach verprügeln zu lassen. Nachdem er dann voller Freude die Folter seiner Feinde beobachtet und sich an den Schreien ergötzt hätte, die der Schmerz ihnen entlocken würde, würde er aller Wahrscheinlichkeit nach Hochwürden unter dem Vorwand eines Gesprächs in einen abgeschiedenen Raum – sagen wir einmal, in den Salon, in den man die Eltern führte und in dem zwei nie benutzte große Globen standen – locken und ihm dort die verschiedenen Betrügereien und die Unterdrückung zum Vorwurf machen, die er von ihm hatte erleiden müssen. Nach seinen abschließenden Bemerkungen würde er einem Preisringer, der im Flur verborgen stand, ein Zeichen geben, der auftauchen und sich Hochwürden so lange vornehmen würde, bis der das Bewusstsein verlor. Dann würde Old Cheeseman Jane fünf oder zehn Pfund als Geschenk überreichen und die Anstalt in teuflischem Triumph verlassen.

Der Präsident erklärte, dass er gegen die Teile dieser Vorhaben, die mit dem Salon oder mit Jane zu tun hatten, nichts einzuwenden hätte; aber für den Verein hätte er nur den Rat bereit, tödlichen Widerstand zu leisten. Zu diesem Zwecke empfahl er, sämtliche verfügbaren Pulte mit Steinen zu füllen und dass alle Schüler beim ersten Wort einer Beschwerde diese Steine auf Old Cheeseman schleudern sollten. Dieser kühne Rat verbesserte die Laune des Vereins erheblich und wurde einstimmig angenommen. Auf dem Spielhof wurde ein Pfosten errichtet, der etwa die Größe von Old Cheeseman hatte, und alle unsere Schüler übten daran, bis er über und über mit Dellen übersät war.

Als der Tag kam und alle an ihren Platz beordert wurden, setzten sich die Schüler bebend hin. Es hatte viele Diskussionen und Debatten gegeben, wie Old Cheeseman kommen würde; aber es herrschte die allgemeine Meinung, er würde in einem von vier Rössern gezogenen Triumphwagen vorfahren, mit zwei livrierten Dienern vorne und dem vermummten Preisringer hinten. Also saßen alle unsere Schüler da und lauschten auf das Geräusch rollender Räder. Aber es waren keine zu hören, denn in Wirklichkeit ging Old Cheeseman zu Fuß und kam völlig ohne Vorankündigung in die Schule. Beinahe so, wie er gewöhnlich gekommen war, nur heute schwarz gekleidet.

»Meine Herren«, sagte Hochwürden und stellte ihn vor, »unser seit so langer Zeit höchst respektierter Freund und Mitpilger auf den angenehmen Ebenen des Wissens wünscht ein, zwei Worte an euch zu richten. Aufgepasst, meine Herren, alle miteinander!«

Die Hände aller Schüler stahlen sich in die Pulte, und alle schauten den Präsidenten an. Der Präsident war bereit und zielte mit den Augen bereits auf Old Cheeseman.

Und was machte Old Cheeseman? Der ging doch tatsächlich zu seinem alten Pult und schaute sich mit einem seltsamen Lächeln um, als hätte er eine Träne im Auge, und begann mit bebender, sanfter Stimme: »Meine lieben Gefährten und alten Freunde!«

Die Hände aller Schüler tauchten aus den Pulten wieder auf, und der Präsident fing plötzlich zu weinen an.

»Meine lieben Gefährten und alten Freunde«, sagte Old Cheeseman, »ihr habt alle von meinem Glück gehört. Ich habe so viele Jahre unter diesem Dach verbracht – mein ganzes bisheriges Leben, kann ich sagen –, dass ich hoffe, ihr seid um meinetwillen froh gewesen, davon zu erfahren. Ich könnte es niemals genießen, wenn ich nicht auch eure Glückwünsche dazu bekäme. Wenn wir einander je missverstanden haben, dann bitte ich, meine lieben Jungen, lasst uns vergeben und vergessen. Ihr liegt mir sehr am Herzen, und ich bin sicher, euch geht es umgekehrt genauso. Ich möchte aus vollem, dankbarem Herzen einem jeden von euch die Hand schütteln. Darum bin ich hergekommen, wenn es recht ist, meine lieben Jungen.«

Seit der Präsident zu weinen begonnen hatte, waren auch einige andere hier und da in Tränen ausgebrochen; aber nun, da Old Cheeseman bei ihm als Erstem anfing und ihm liebevoll die linke Hand auf die Schulter legte und ihm die rechte gab, und als dann der Präsident sagte: »Wahrhaftig, ich verdiene das nicht, Sir, bei meiner Ehre, das verdiene ich nicht«, da erscholl Schluchzen und Weinen in der ganzen Schule. Jeder andere Schüler beteuerte in ziemlich gleicher Weise, er verdiene das nicht; aber Old Cheeseman, dem das nicht das Geringste ausmachte, ging fröhlich die Runde von einem Jungen zum anderen und schließlich zu allen Lehrern und zuletzt zu Hochwürden.

Da stieß ein schniefender Knirps in einer Ecke, der stets wegen irgendetwas bestraft wurde, einen schrillen Schrei aus: »Erfolg für Old Cheeseman! Hurra!« Hochwürden funkelte ihn wütend an und meinte »Mr. Cheeseman, Sir.« Aber nachdem Old Cheeseman versichert hatte, ihm gefiele sein alter Name viel besser als sein neuer, nahmen all unsere Schüler den Schrei auf; und ich weiß nicht, wie viele Minuten lang man ein solches Donnern von Füßen und Händen und ein solches Gebrüll von »Old Cheeseman« hören konnte, wie es noch nie jemandem zu Ohren gekommen war.

Anschließend gab es im Speisezimmer ein Festmahl der köstlichsten Art. Geflügel, Zunge, Eingewecktes, Obst, Konfekt, Gelee, Punsch, ganze Tempel aus Gerstenzucker, Trifle*, Kekse – so viel man nur essen und nach Herzenslust einpacken konnte –, und alles auf Kosten von Old Cheese-

---

* Nachspeise aus mit Sherry getränktem Biscuit, Obst, Vanillecreme und Schlagsahne.

man. Danach Reden, ein ganzer schulfreier Tag, doppelte und dreifache Mengen von allen möglichen Dingen für Spiele, Esel, Ponywagen und Wagen zum Selbstfahren, Abendessen für alle Lehrer im »Seven Bells« (für zwanzig Pfund pro Kopf, schätzten unsere Schüler), und es wurde ein alljährlicher Festtag mit einem solchen Festgelage für diesen Tag festgelegt und ein weiterer am Geburtstag von Old Cheeseman – Hochwürden wurde vor allen Schülern dazu verpflichtet, sodass er sein Wort nicht zurücknehmen konnte –, und alles auf Kosten von Old Cheeseman.

Und sind nicht unsere Schüler wie ein Mann zum »Seven Bells« gegangen und haben ihn bejubelt? O nein.

Aber da ist noch etwas. Haltet noch nicht Ausschau nach dem nächsten Geschichtenerzähler, denn es gibt noch mehr zu berichten. Am nächsten Tag wurde beschlossen, dass der Verein sich mit Jane versöhnen und sich dann auflösen sollte. Doch was denkt ihr, Jane war verschwunden! »Was? Für immer weggegangen?«, fragten unsere Schüler mit langen Gesichtern. »Ja, gewiss«, war die einzige Antwort, die sie bekommen konnten. Keiner von den Leuten im Haus wollte mehr sagen. Schließlich nahm es der Primus auf sich, Hochwürden zu fragen, wohin unsere alte Freundin Jane wirklich gegangen war. Hochwürden (er hat eine Tochter, hochnäsig, rot im Gesicht) erwiderte streng: »Ja, Sir, Miss Pitt ist fortgegangen.« Was für ein Gedanke, Jane Miss Pitt zu nennen! Manche behaupteten, man hätte sie in Schimpf und Schande weggeschickt, weil sie Geld von Old Cheeseman angenommen hatte; andere meinten, sie wäre in die Dienste von Old Cheeseman getreten, für eine Gehaltserhöhung von zehn Pfund im Jahr. Alles, was unsere Schüler wussten, war, dass sie fort war.

Erst zwei oder drei Monate danach hielt eines Nachmittags eine offene Kutsche am Kricketfeld, knapp außerhalb des Spielfeldes, in der eine Dame und ein Herr saßen, die sich das Spiel lange ansahen und wohl auch aufstanden, um es besser verfolgen zu können. Niemand dachte sich viel dabei, bis derselbe schniefende Knirps gegen alle Regeln von seinem Posten, wo er hatte Ausschau halten sollen, aufs Spielfeld rannte und rief: »Es ist Jane!« Beide Mannschaften vergaßen sofort ihr Spiel, liefen hin und umringten die Kutsche. Es war tatsächlich Jane! Mit einer solchen Haube! Und ob ihr's glaubt oder nicht, Jane hatte Old Cheeseman geheiratet.

Bald schon kam es ziemlich häufig vor, wenn unsere Schüler auf dem Spielfeld tüchtig bei der Sache waren, dass sie eine Kutsche am niedrigen Teil der Mauer entdeckten, da wo sie an den höheren Teil anstößt, und dass darin eine Dame und ein Herr standen und hinüberschauten. Der Herr war immer Old Cheeseman, und die Dame war immer Jane.

Als ich sie das erste Mal erblickte, sah ich sie dort stehen. Damals hatte sich bei unseren Schülern einiges verändert, und es hatte sich herausgestellt, dass Bob Tarters Vater keine Millionen hatte! Er hatte gar nichts. Bob war zu den Soldaten gegangen, und Old Cheeseman hatte ihn dort freigekauft. Aber das hatte nichts mit der Kutsche zu tun. Die Kutsche hielt, und alle unsere Schüler hielten inne, sobald man sie erblickte.

»Also habt ihr mich schließlich doch nicht links liegen lassen«, sagte die Dame lachend, als unsere Schüler über die Mauer kletterten, um ihr die Hand zu schütteln. »Und werdet ihr das jemals tun?«

»Niemals! Niemals! Niemals«, kam es von allen Seiten.

Ich verstand damals nicht, was sie meinte, aber jetzt verstehe ich es natürlich schon. Ihr Gesicht gefiel mir jedoch sehr und auch ihre nette Art, und ich musste sie einfach anschauen – und ihn ebenfalls –, da alle unsere Schüler sich so freudig um sie drängten.

Bald bemerkten sie mich, den neuen Jungen, und so dachte ich mir, dass ich genauso gut auch selbst über die Mauer klettern könnte und ihnen die Hand schütteln wie alle anderen. Ich war genauso froh wie alle anderen, sie zu sehen, und schon einen Augenblick später genauso vertraut mit ihnen.

»Jetzt sind es nur noch vierzehn Tage«, sagte Old Cheeseman, »bis zu den Ferien. Bleibt jemand hier? Wer?«

Eine ganze Reihe von Fingern deuteten auf mich, und eine ganze Reihe von Stimmen riefen: »Er bleibt hier!« Denn es war das Jahr, in dem ihr alle weggefahren seid, und ich war ziemlich niedergeschlagen deshalb, das kann ich euch sagen.

»Oh«, meinte Old Cheeseman. »Aber hier ist es in den Ferien so einsam. Dann kommt er besser zu uns.«

Also fuhr ich zu ihrem herrlichen Haus und war so glücklich, wie ich es nur sein konnte. Sie wissen wirklich, wie man mit Jungen umgeht, *die* schon. Wenn sie einen Jungen ins Theater mitnehmen, dann machen sie das richtig. Sie gehen nicht erst hin, nachdem das Stück schon begonnen hat, oder verschwinden wieder, ehe es zu Ende ist. Sie wissen auch, wie man einen Jungen aufzieht. Seht euch nur ihren eigenen an! Er ist zwar noch sehr klein, aber was für ein famoser Junge ist das! Ja, nach Mrs. Cheeseman und Old Cheeseman ist mir der junge Cheeseman der liebste Mensch.

So, jetzt habe ich euch alles erzählt, was ich von Old Cheeseman weiß. Und es war leider doch nicht so viel, oder doch?

Erstmals erschienen 1853 in »Another Round of Stories by the Christmas Fire«, der Weihnachtsausgabe von »Household Words«.

George Silvermans Erklärung

Kapitel 1

Es geschah folgendermaßen ...

Doch da ich jetzt hier sitze, die Feder in der Hand, und diese Worte noch einmal betrachte, ohne in ihnen auch nur die Spur einer Andeutung von den Worten zu entdecken, die nun folgen sollen, fällt mir auf, dass sie recht abrupt wirken. Sie könnten jedoch, wenn ich sie stehenlasse, zumindest andeuten, wie schwer ich es finde, meine Erklärung zu erklären. Auch ein ungeschickter Ausdruck, gewiss, und doch will mir einfach kein besserer einfallen.

Kapitel 2

Es geschah folgendermaßen ...

Jetzt, da ich mir diese Worte ansehe und sie mit meinem vorherigen Anfang vergleiche, stelle ich fest, dass sie eine Wiederholung derselben Worte sind. Das ist für mich umso überraschender, als ich sie in einem völlig neuen Zusammenhang verwende. Denn ich muss erklären, dass es meine Absicht war, den Beginn zu verwerfen, den ich ursprünglich im Kopf hatte, und einem Anfang völlig anderer Art den Vorzug zu geben, der meine Erklärung auf einen früheren Teil meines Lebens datiert. Ich werde einen dritten Versuch machen, ohne diesen zweiten Fehlschlag zu vernichten, und beteuern, dass ich nicht die Absicht hege, meine Schwächen zu verhehlen, seien es solche des Denkens oder des Herzens.

Kapitel 3

Da ich noch nicht unmittelbar darauf hinleite, wie es denn geschah, werde ich mich dem allmählich nähern. Das ist schließlich der natürliche Verlauf, denn Gott weiß, wie es mir geschehen ist.

Meine Eltern führten ein kärgliches Leben, und das Zuhause meiner Kinderjahre war ein Keller in Preston. Ich erinnere mich daran, dass das Klappern von Vaters Lancashire-Holzschuhen oben auf dem Gehsteig in meinen jungen Ohren anders klang als das aller anderen Holzschuhe, und ich besinne mich, dass ich, wenn Mutter die Kellertreppe herunterkam, stets furchtsam überlegte, ob ihre Füße gut oder schlecht gelaunt wirkten, und ihre Knie, ihre Taille, bis schließlich ihr Gesicht in meinem Blickfeld erschien und die Frage entschied. Daraus lässt sich ersehen, wie ängstlich ich war, wie steil die Kellertreppe und wie niedrig die Tür.

Die Pein und der harte Klammergriff der Armut fanden ihren Ausdruck in Mutters Gesicht, in ihrer Körperhaltung und nicht zuletzt in ihrer Stimme. Als drückten knochige Finger einen Lederbeutel zusammen, wurden die scharfen, schrillen Worte aus ihr herausgequetscht, und die Art, wie sie sich beim Schimpfen mit wild rollenden Augen überall im Keller umblickte, hatte etwas Schauerliches und Gieriges. Vater hockte mit hängenden Schultern still auf einem dreibeinigen Schemel und starrte auf den leeren Kaminrost, bis sie den Schemel unter ihm wegzog und ihn anwies, loszuziehen und Geld ins Haus zu schaffen. Dann stieg er niedergeschlagen die Treppe hinauf, und ich, mein zerlumptes Hemd und die Hose mit einer Hand (meinen einzigen Hosenträgern) zusammenhaltend, schlug Haken und duckte mich vor der Verfolgung meiner Mutter, die mich bei den Haaren packen wollte.

Einen selbstsüchtigen kleinen Teufel nannte Mutter mich gewöhnlich. Ob ich heulte, weil es dunkel um mich war oder weil mir kalt war oder weil ich Hunger hatte, oder ob ich mich in eine warme Ecke drückte, wenn ein Feuer im Kamin brannte, oder gierig alles herunterschlang, wenn es einmal etwas zu essen gab, immer sagte sie: »Oh, du selbstsüchtiger kleiner Teufel!« Und das Schreckliche daran war, dass ich selbst sehr gut wusste, dass ich ein selbstsüchtiger kleiner Teufel war. Selbstsüchtig, weil ich ein Dach über dem Kopf und Wärme haben wollte, selbstsüchtig, weil ich etwas zu essen haben wollte, selbstsüchtig wegen der Gier, mit der ich insgeheim verglich, wie viel ich von all den guten Sachen bekam und wie viel Vater und Mutter bekamen, wenn gute Dinge zu haben waren, was selten genug geschah.

Manchmal gingen sie beide aus dem Haus, um Arbeit zu suchen, und ich wurde ein, zwei Tage lang im Keller eingesperrt. Dann war ich am allerselbstsüchtigsten. Allein gelassen, gab ich mich ganz dem selbstsüchtigen Verlangen nach genug von allem (außer Elend) hin und dachte daran, dass ich Mutter einmal hatte sagen hören, nach dem Tod ihres Vaters, der Maschinenbauer in Birmingham war, würde sie einen ganzen Häuserblock erben, »wenn man sie nicht ihres Rechtes beraubte«. Ich, der selbstsüchtige kleine Teufel, stand da und bohrte meine kalten nackten Füße nachdenklich in die zerborstenen Ziegelsteine und Spalten des feuchten Kellerbodens – spazierte sozusagen schon vor seinem Tode über den Leichnam meines Großvaters in den ganzen Häuserblock und verkaufte alles für Fleisch und Getränke und Kleider zum Anziehen.

Schließlich hielt eine Veränderung Einzug in unseren Keller. Die allgemeine Veränderung stieg so tief herunter – genau wie sie sich auch hinaufbegibt auf eine Höhe, wo sich ein menschliches Wesen gerade noch halten kann – und brachte andere Veränderungen mit sich.

In der finstersten Ecke hatten wir einen Haufen von was weiß ich welchem übelriechenden Unrat, den wir »das Bett« nannten. Drei Tage lang lag Mutter dort, ohne aufzustehen, und dann fing sie an, gelegentlich zu lachen. Wenn ich sie überhaupt je hatte lachen hören, so war das doch so selten gewesen, dass mich der merkwürdige Laut erschreckte. Vater erschreckte er ebenso, und wir reichten ihr abwechselnd Wasser. Dann warf sie den Kopf von einer Seite zur anderen und sang. Als es ihr trotzdem nicht besser ging, begann auch Vater zu lachen und zu singen; und dann war nur noch ich da, um ihnen Wasser zu reichen, und sie starben beide.

Kapitel 4

Als mich zwei Männer aus dem Keller holten, nachdem erst einer gekommen war, vorsichtig hereingeschaut hatte, dann weggelaufen war und den anderen mitgebracht hatte, konnte ich das helle Licht auf der Straße kaum ertragen. Ich saß auf dem Bordstein und blinzelte, und Menschen umringten mich, kamen mir aber nicht näher, als ich, meiner Natur als selbstsüchtiger kleiner Teufel entsprechend, das Schweigen brach, indem ich sagte: »Ich habe Hunger und Durst!«

»Weiß er, dass sie tot sind?«, fragte einer den anderen.

»Weißt du, dass dein Vater und deine Mutter beide am Fieber gestorben sind?«, fragte mich ein Dritter streng.

»Ich weiß nicht, was es bedeutet, tot zu sein. Ich denke, das war, als ihnen die Tasse gegen die Zähne stieß und das Wasser herunterlief. Ich habe Hunger und Durst.« Das war alles, was ich dazu zu sagen hatte.

Der Kreis der Menschen weitete sich von innen nach außen, während ich mich umschaute, und ich roch Essig und etwas, von dem ich heute weiß, dass es Kampfer war, das man dorthin streute, wo ich saß. Wahrscheinlich hatte jemand in meiner Nähe einen großen Topf mit dampfendem Essig hingestellt, und dann schauten sie mich alle in stummem Entsetzen an, als ich aß und trank, was man mir brachte. Ich wusste schon damals, dass sie sich vor mir grausten, aber ich konnte nichts daran ändern.

Ich aß und trank immer noch, und ein murmelndes Streitgespräch hatte sich erhoben, was man denn jetzt mit mir machen sollte, als ich eine heisere Stimme irgendwo in dem Menschenring hörte, die sagte: »Ich heiße Hawkyard, Mr. Verity Hawkyard aus West Bromwich.« Dann teilte sich der Ring an einer Stelle, und ein gelbgesichtiger, spitznasiger Herr, der bis zu den Gamaschen ganz in Eisengrau gekleidet war, drängte sich zusammen mit einem Polizisten und irgendeinem anderen Beamten nach vorn. Er ging vor bis nahe zu dem Gefäß mit dem dampfenden Essig und besprengte sich vorsichtig und mich reichlich damit.

»Er hatte einen Großvater in Birmingham, dieser kleine Junge, und der ist auch gerade erst gestorben«, sagte Mr. Hawkyard.

Ich wandte dem Sprecher meine Augen zu und fragte habgierig: »Wo sind seine Häuser?«

»Ha! Welche schreckliche Selbstsucht im Angesicht des Grabes«, meinte Mr. Hawkyard und schüttete noch mehr

Essig über mich, als wollte er mir damit meinen Teufel austreiben. »Ich habe eine kleine – eine sehr kleine – Pflicht diesem Jungen gegenüber auf mich genommen, eine freiwillige Pflicht, eine Ehrenpflicht, möglicherweise die Folge eines sentimentalen Gefühls; und doch habe ich sie auf mich genommen, und ihr soll (jawohl, das soll es!) Genüge getan werden.«

Die Umstehenden schienen sich von dem Herrn eine günstigere Meinung zu bilden als von mir.

»Er wird Unterricht erhalten«, meinte Mr. Hawkyard, »(o ja, das wird er!), aber was sollen wir jetzt im Augenblick mit ihm machen? Er hat sich vielleicht angesteckt. Er könnte die Krankheit weitergeben.« Hier weitete sich der Menschenring beträchtlich. »Was sollen wir nur mit ihm machen?«

Er beriet sich eine Weile mit den beiden Beamten. Ich konnte kein Wort außer »Bauernhof« verstehen. Ein anderes wurde mehrmals wiederholt, das meinen Ohren damals aber rein gar nichts bedeutete und das ich später im Nachhinein als »Hoghton Towers« erkannte.

»Ja«, sagte Mr. Hawkyard. »Ich glaube, das klingt vielversprechend. Ja, ich glaube, das klingt hoffnungsvoll. Und er kann ein, zwei Nächte allein in einer Zelle untergebracht werden, meinen Sie?«

Es schien der Polizist zu sein, der das vorgeschlagen hatte, denn er antwortete: »Ja.« Er war es auch, der mich schließlich beim Arm nahm und mich vor sich her durch die Straßen schob bis in einen weiß getünchten Raum in einem kahlen Gebäude, wo ich einen Stuhl hatte, auf dem ich sitzen konnte, einen Tisch, an dem ich sitzen konnte, ein eisernes Bettgestell und eine gute Matratze, worauf ich liegen konnte, und eine Decke und ein Laken, womit ich mich zudecken konnte. Wo ich auch genug Essen hatte und wo man mir zeigte, wie ich den Blechnapf, in dem man es mir brachte, polieren konnte, bis er spiegelblank war. Man steckte mich hier auch in eine Badewanne und brachte mir neue Kleider, und meine alten Lumpen wurden verbrannt, und ich wurde auf verschiedene Weise gekampfert und geessigt und desinfiziert.

Als all das geschehen war – ich weiß nicht, wie viele oder wie wenige Tagen damit vergingen, aber das spielt keine Rolle –, kam Mr. Hawkyard zur Tür herein, rührte sich kaum von ihr fort und sagte: »Geh und stell dich an die gegenüberliegende Wand, George Silverman. So weit weg, wie du nur kannst. Das ist gut. Wie fühlst du dich?«

Ich sagte ihm, dass mir nicht kalt wäre und dass ich keinen Hunger und keinen Durst hätte. Das war alles, was man als Mensch, soweit ich wusste, fühlen konnte, mal abgesehen von den Schmerzen, wenn man geschlagen wird.

»Nun«, sagte er, »du gehst jetzt, George, in ein gesundes Bauernhaus, wo du ganz gereinigt wirst. Halte dich dort so viel an der frischen Luft auf, wie du kannst. Führe ein Leben in der freien Natur, bis man dich wieder abholt. Am besten sagst du nicht viel – eigentlich solltest du darauf achten, dass du überhaupt nicht sagst, woran deine Eltern gestorben sind, sonst lassen sie dich dort vielleicht gar nicht ins Haus. Benimm dich ordentlich, dann schicke ich dich in die Schule; o ja, ich schicke dich in die Schule, George, obwohl ich nicht dazu verpflichtet bin. Ich bin ein Diener des Herren, und ich bin ihm ein treuer Diener gewesen, diese ganzen fünfundzwanzig Jahre lang, jawohl. Der Herr hat an mir einen treuen Diener, und er weiß es.«

Ich habe keine Ahnung, was ich mir damals darunter vorgestellt habe. Genauso wenig weiß ich, wann ich allmählich begriff, dass er ein herausragendes Mitglied irgendeiner obskuren Sekte oder religiösen Vereinigung war, wo jeder allen anderen predigte, wenn er den Drang dazu verspürte, und wo man ihn Bruder Hawkyard nannte. Mir reichte es an jenem Tag in der Zelle, dass ich wusste, dass an der Straßenecke der Karren des Bauern auf mich wartete; denn das war die erste Fahrt meines Lebens.

Die Reise machte mich schläfrig, also schlief ich. Zuerst starrte ich noch auf die Straßen von Preston, solange sie zu sehen waren; und dabei habe ich mich in meinem Inneren vielleicht stumm gefragt, wo dort wohl unser Keller gewesen sein mochte, aber vielleicht auch nicht. Ich war so ein selbstsüchtiger kleiner Teufel, dass ich keinen Gedanken darauf verschwendete, wer Vater und Mutter begraben würde und wo sie begraben würden und wann. Die Frage, ob das Essen und Trinken bei Tag und das Zudecken bei Nacht im Bauernhaus so gut sein würden wie in der Zelle, verdrängte all diese Fragen.

Das Ruckeln des Karrens auf einer mit losen Steinen befestigten Straße weckte mich auf, und ich stellte fest, dass wir einen steilen Hügel hinauffuhren, wo die Straße in eine zerfurchte Nebenstraße durch ein Feld überging. Und so kamen wir, vorüber an Überbleibseln einer alten Terrasse und einigen verfallenen Nebengebäuden, die einmal befestigt gewesen waren, unter den Überresten eines alten Eingangstores hindurch zum alten Bauernhaus neben der dicken Steinmauer des alten Burghofs von Hoghton Towers, das ich anschaute wie ein dummer Wilder: Ich sah darin nichts Besonderes; ich sah darin nichts Altehrwürdiges; ich nahm an, alle Bauernhäuser sähen so ähnlich aus; und ich schrieb den Verfall, den ich bemerkte, der einzigen mir bekannten mächtigen Ursache allen Ruins zu – der Armut; ich beäugte die Tauben bei ihrem Flug, das Vieh in den Ställen, die Enten auf dem Teich und die Hühner, die auf dem Hof pickten, mit der hungrigen Hoffnung, recht viele von ihnen würden fürs Abendessen getötet werden, während ich mich dort aufhielt; ich fragte mich, ob die blank geputzten Gefäße aus der Molkerei, die in der Sonne trockneten, wohl vornehme Essnäpfe sein könnten, aus denen der Herr seine magenfüllenden Speisen zu sich nahm und die er, gemäß meiner Erfahrung in der Zelle, polierte, wenn er damit fertig war; während mir angstvolle Zweifel kamen, ob die Schatten, die an dem strahlenden Frühlingstag ab und zu über die luftige Höhe strichen, nicht eine Art Stirnrunzeln wären – schmutzig, furchtsam und keineswegs zu bewundern wie ich war, ein kleines Scheusal, das einen schaudern machte.

Zu dieser Zeit hatte ich auch nicht die entfernteste Vorstellung von Pflicht. Ich hatte keine Ahnung, dass es in diesem Leben irgendetwas Schönes und Angenehmes geben könnte. Wenn ich mich gelegentlich die Kellertreppe hinauf und auf die Straße geschlichen und in die Schaufenster geschaut hatte, hatte ich dies mit keinem hehreren Gefühl getan, als man es in der Brust eines räudigen Welpen oder Wolfsjungen vermuten kann. Außerdem war ich nie allein gewesen, in dem Sinne, dass ich müßig angenehmen Gedanken nachgehangen hätte. Allein und verlassen, das war ich oft genug gewesen, aber sonst nichts.

Das war mein Gemütszustand, als ich mich an jenem Tag in der Küche des alten Bauernhauses zum Essen an den Tisch setzte. Das war mein Gemütszustand, als ich mich an jenem Abend in dem alten Bauernhaus zu Bett legte, als ich mich gegenüber dem schmalen Fenster mit seinen Steinpfosten im kalten Mondlicht ausstreckte wie ein junger Vampir.

Kapitel 5

Was weiß ich über Hoghton Towers? Ziemlich wenig, denn ich war voller Dankbarkeit und nicht bereit, meinen ersten Eindruck zu zerstören. Ein jahrhundertealtes Haus auf einer Anhöhe, etwa eine Meile von der Straße zwischen Preston und Blackburn entfernt, wo Jakob I. von England in seiner Hast, Geld zu verdienen, indem er Baronets einsetzte, vielleicht einige dieser einträglichen Würdenträger ernannt hat. Ein jahrhundertealtes Haus, verlassen und zerfallen, die Wälder und Gärten längst zu Weiden oder gepflügten Feldern geworden, an dem die Flüsse Ribble und Darwen unten vorbeifließen, und ein undeutlicher Rauchschleier, gegen den nicht einmal die übernatürliche Voraussicht des ersten Stuart-Königs einen Gegenwind vorhersehen konnte, indem er die Dampfkraft vorausahnte, die aus zwei Richtungen mächtig wirkte.

Was wusste ich damals von Hoghton Towers? Als ich das erste Mal durch das Tor auf den menschenleeren Innenhof blickte und zusammenfuhr, weil ich die zerbröckelnde Statue sah, die mir wie ein Wächtergespenst erschien; als ich mich hinter das Bauernhaus schlich und in die alten Räume gelangte, deren Böden und Decken einfielen, deren Balken und Sparren gefährlich herunterhingen, deren Verputz herabrieselte, während ich hindurchschritt, deren Eichentäfelung längst herausgerissen war, deren Fenster halb zugemauert, halb zerbrochen waren; als ich eine Galerie entdeckte, von der man die alte Küche überblicken konnte, und zwischen den Pfeilern der Balustrade einen soliden alten Tisch und Bänke erspähte und mich fürchtete, dass wer weiß was für halbtote Wesen hereinkommen und sich dort niedersetzen und mich mit was weiß ich für schrecklichen Augen oder leeren Augenhöhlen anschauen würden;

als ich überall im Haus überwältigt war von den Ritzen und Spalten, durch die mich der Himmel traurig anstarrte, durch die Vögel hindurchflogen und der Efeu raschelte und wo die Flecken des Winterwetters die morschen Böden verunzierten; als unten am Fuß der dunklen Treppenhöhlen, in die die Stufen herabgesunken waren, grüne Blätter zitterten, Schmetterlinge flatterten und Bienen durch die verfallenen Torbögen summten; als die ganze Ruine von süßen Düften umgeben war, vom Anblick frischen Grüns und sich ständig erneuernden Lebens, von dem ich niemals geträumt hätte – ja, als sich in mir eine so getrübte Wahrnehmung all dieser Dinge entwickelte, wie sie meine finstere Seele begreifen konnte, was wusste ich da über Hoghton Towers?

Ich habe geschrieben, dass mich der Himmel traurig anstarrte. Darin habe ich schon die Antwort vorweggenommen. Ich wusste, dass all diese Dinge mich traurig anschauten; dass sie, nicht ohne Mitleid für mich zu empfinden, zu seufzen oder zu flüstern schienen: »Ach! Der arme selbstsüchtige kleine Teufel!«

Am Boden einer der kleineren eingestürzten Treppenhöhlen waren zwei oder drei Ratten, als ich mich über den Rand beugte und hinunterschaute. Sie rauften da unten um eine Beute, und als sie aufschraken und sich im Dunklen, eng aneinandergeschmiegt, versteckten, dachte ich an mein altes (es war inzwischen schon alt geworden) Leben im Keller.

Wie konnte ich dort zu etwas anderem als diesem selbstsüchtigen kleinen Teufel geworden sein? Wie konnte ich keinen Widerwillen gegen mich empfinden, wie ich ihn gegen die Ratten empfand? Ich verkroch mich ängstlich und weinend vor mir selbst (es war das erste Mal, dass ich nicht aus einem rein körperlichen Grund weinte) in der

Ecke eines der kleineren Räume und versuchte darüber nachzudenken. Einer der Pflüger vom Bauernhof kam just in diesem Augenblick in Sicht, und es schien mir zu helfen, wie er da mit seinen zwei Pferden so friedlich und ruhig das Feld auf und ab schritt.

In der Bauernfamilie gab es ein Mädchen etwa meines Alters, und es saß mir bei den Mahlzeiten an dem schmalen Tisch gegenüber. Bei unserem ersten Abendessen war mir durch den Kopf geschossen, dass es vielleicht das Fieber von mir bekommen könnte. Damals hatte mich der Gedanke nicht beunruhigt. Ich hatte mir nur überlegt, wie das Mädchen unter diesen veränderten Umständen wohl aussehen und ob es daran sterben würde. Aber nun kam mir in den Sinn, dass ich versuchen könnte, zu verhindern, dass es sich mit dem Fieber ansteckte, indem ich mich von ihm fernhielt. Ich wusste, dass ich dann nur zu essen bekommen würde, was ich an Resten zusammensuchen konnte, doch umso selbstloser und unteuflischer würde diese Tat sein, überlegte ich.

Von dieser Stunde an zog ich mich am frühen Morgen in die geheimen Winkel der Burgruine zurück und hielt mich dort versteckt, bis das Mädchen zu Bett gegangen war. Zunächst hörte ich noch, wie sie nach mir riefen, wenn die Mahlzeiten bereit waren, dann geriet mein Entschluss ins Wanken. Aber ich bestärkte ihn wieder, indem ich mich in der Ruine weiter vom Haus entfernte, sodass ich außer Hörweite war. Ich hielt an den trüben Fenstern oft nach dem Mädchen Ausschau, und wenn ich sah, dass es frisch und rosig war, war ich viel glücklicher.

Dadurch, dass ich das Mädchen in meinen Gedanken hielt und so zu einem menschlichen Wesen wurde, nehme ich an, ist eine Art kindlicher Liebe in mir gewachsen. Ich fühlte mich in gewisser Weise nobler und war stolz darauf, dass ich das Mädchen beschützte – stolz, dass ich dieses Opfer für sie brachte. Während mein Herz mit diesem neuen Gefühl anschwoll, wurde es kaum merklich auch milder gegen Mutter und Vater gestimmt. Zuvor schien es zu Eis erstarrt gewesen zu sein, und nun taute es auf. Die alte Ruine und all die wunderschönen Dinge, die es heimsuchten, waren nicht nur meinetwegen betrübt, sondern um meiner Mutter und meines Vaters willen. Deswegen weinte ich wieder, und zwar oft.

Die Bauernfamilie hielt mich für einen mürrischen Burschen und behandelte mich sehr barsch, obwohl sie mit den Essensbrocken, die ich außerhalb der Mahlzeiten bekommen konnte, nie knausrig war. Eines Abends, als ich zur gewohnten Zeit den Riegel der Küchentür anhob, war Sylvia (das war der hübsche Name des Mädchens) gerade eben erst aus dem Raum gegangen. Als ich sie die Treppe gegenüber hinaufsteigen sah, blieb ich stockstill neben der Tür stehen. Sie hatte aber das Geräusch des Riegels gehört und schaute sich um.

»George«, rief sie mir mit erfreuter Stimme zu, »morgen ist mein Geburtstag, und es wird ein Fiedler spielen, und eine Gruppe von Jungen und Mädchen kommt in einem Wagen, und wir werden tanzen. Ich lade dich ein. Sei doch ausnahmsweise einmal gesellig, George.«

»Es tut mir sehr leid, Miss«, antwortete ich, »aber ich – aber nein, ich kann nicht kommen.«

»Du bist ein unangenehmer, schlecht gelaunter Bursche«, erwiderte sie verächtlich, »und ich hätte dich gar nicht fragen sollen. Ich werde nie wieder mit dir sprechen.«

Als ich da stand und aufs Feuer starrte, nachdem sie verschwunden war, merkte ich, dass mich der Bauer stirnrunzelnd anblickte.

»Eh, Bürschchen!«, rief er. »Sylvy hat recht. Du bist der

launischste und mürrischste Bursche, den ich je zu Gesicht bekommen habe.«

Ich versuchte ihm zu versichern, dass ich es nicht böse meinte, aber er sagte nur kühl: »Vielleicht nicht, vielleicht nicht. Da, hol dir dein Abendessen, hol dir dein Abendessen, und dann kannst du wieder nach Herzenslust schmollen.«

Ah, wenn sie mich nur am nächsten Tag in der Ruine hätten sehen können, wie ich nach der Ankunft des Wagens voller fröhlicher junger Gäste Ausschau hielt; wenn sie mich am Abend hätten sehen können, wie ich hinter der gespenstischen Statue hervorkroch und der Musik und dem Trappeln tanzender Füße lauschte und die hell erleuchteten Fenster des Bauernhauses beobachtete, als es überall in der Ruine schon finster war; wenn sie in meinem Herzen hätten lesen können, als ich mich die Hintertreppe hinaufstahl und mich mit dem Gedanken tröstete: Sie werden von mir nichts Schlimmes bekommen – dann hätten sie mich nicht für eine mürrische und ungesellige Natur gehalten.

Auf diese Weise begann ich ein schüchterner Mensch zu werden, eine ängstliche, stille Natur, die leicht missverstanden wurde; ich begann eine unerklärliche, vielleicht krankhafte Furcht zu entwickeln, mich jemals niederträchtig oder selbstsüchtig zu verhalten. So formte sich mein Wesen, noch bevor die Einflüsse eines fleißigen und zurückgezogenen Lebens als armer Schüler und Gelehrter darauf zu wirken anfingen.

Kapitel 6

Bruder Hawkyard (wie ich ihn auf seinen ausdrücklichen Wunsch nennen musste) schickte mich in eine Schule und sagte mir, ich müsste meinen Unterhalt verdienen. »Dir geht es gut, George«, sagte er. »Ich bin der beste Diener, den der Herr nun seit fünfundzwanzig Jahren hat (o ja, das bin ich!), und er weiß um den Wert eines solchen Dieners, wie ich ihm einer gewesen bin (o ja, das weiß er), und er wird dir bei deiner Bildung Erfolg bescheren, als Teil meiner Belohnung. Das wird er tun, George. Er wird es für mich tun.«

Von Anfang an wollte mir dieses vertraute Wissen nicht gefallen, das Bruder Hawkyard über die Wege des Allerhöchsten, unergründlichen Allmächtigen zu besitzen behauptete. Als ich ein bisschen klüger und dann noch ein bisschen klüger geworden war, gefiel es mir noch weniger. Auch seine Angewohnheit, sich ständig in Parenthesen zu bestätigen – als hätte er, da er sich gut kannte, Zweifel an seinen eigenen Worten bekommen –, fand ich abscheulich. Ich kann gar nicht sagen, wie sehr mich diese Abneigungen mitnahmen, denn ich fürchtete, dass sie selbstsüchtig waren.

Nach einiger Zeit wurde ich Stipendiat einer guten Stiftung und kostete Bruder Hawkyard keinen Penny. Als ich mich so weit durchgekämpft hatte, arbeitete ich noch härter, immer in der Hoffnung, auf einem College zugelassen zu werden und auch dort ein Stipendium zu bekommen. Meine Gesundheit war nie sonderlich robust (irgendein Dunst aus dem Keller von Preston hängt mir noch immer an, glaube ich), und wegen meiner vielen Arbeit und einer gewissen Schwäche wurde ich wiederum – diesmal von meinen Mitschülern – als ungesellig betrachtet.

Während meiner gesamten Zeit als Stipendiat in der Schule lebte ich nur wenige Meilen von Bruder Hawkyards Gemeinde entfernt; und wenn ich an einem Sonntag Ausgang hatte (wie wir es nannten), begab ich mich auf seinen Wunsch dorthin. Ehe mir das Wissen aufgezwungen wurde, dass diese Brüder und Schwestern außerhalb ihrer Versammlungsstätte keinen Deut besser waren als der Rest der menschlichen Familie, sondern insgesamt, vorsichtig ausgedrückt, so schlecht wie die meisten, wenn es darum ging, in ihren Läden beim Wiegen zu betrügen und nicht die Wahrheit zu sagen – ich betone, ehe mir dieses Wissen aufgezwungen wurde, war ich bereits außerordentlich schockiert über ihre weitschweifigen Reden, ihre außerordentliche Eitelkeit, ihre unverschämte Ignoranz, die Tatsache, dass sie dem höchsten Herrn des Himmels und der Erde ihre eigenen elenden Gemeinheiten und Kleinlichkeiten zuschrieben. Und doch litt ich, da sie jeden, der nicht merkte, dass sie sich in einem gesteigerten Gnadenzustand befanden, »selbstsüchtig« nannten, eine Weile schlimme Qualen, weil ich mich fragte, ob unter meinem mangelnden Verständnis für diesen Gnadenzustand vielleicht noch immer mein junger selbstsüchtig-teuflischer Geist lauerte.

Bruder Hawkyard war der beliebte Schriftenausleger bei diesen Zusammenkünften und nahm an den Sonntagnachmittagen im Allgemeinen die Plattform (es gab anstatt einer Kanzel eine kleine Plattform mit einem Tisch darauf) als Erster in Beschlag. Er betrieb das Gewerbe eines Farbwarenhändlers. Bruder Gimblet, ein älterer Mann mit einem mürrischen Gesicht und einem großen Hemdkragen mit schlaffen Kragenspitzen und einem blauen Halstuch mit Tupfen, das er bis zum Hinterkopf hochzog, war ebenfalls ein Farbwarenhändler und Schriftenausleger. Bruder Gimblet beteuerte, die größte Bewunderung für

Bruder Hawkyard zu empfinden, hegte aber (hatte ich mir mehr als einmal gedacht) insgeheim einen neidischen Groll gegen ihn.

Der geneigte Leser dieser Zeilen möge sich der Mühe unterziehen, meine feierliche Beteuerung zweimal zu überfliegen, dass ich das, was ich über die Sprache und die Gepflogenheiten der besagten Gemeinde schreibe, sorgfältig, buchstäblich und genau nach dem Leben und der Wahrheit schreibe.

Am ersten Sonntag, nachdem ich das errungen hatte, worum ich mich so lange bemüht hatte, und als endlich sicher war, dass ich das College besuchen würde, beendete Bruder Hawkyard eine lange Ausführung folgendermaßen: »Nun, meine lieben Freunde und Mitsünder, ich habe euch, als ich anhub, erklärt, dass ich noch kein Wort von dem wusste, was ich euch sagen würde (und, nein ich wusste es nicht!), dass mir das aber ganz einerlei sei, weil ich wusste, dass der Herr mir die Worte, die mir fehlten, in den Mund legen würde.«

(»Genau!«, kam von Bruder Gimblet.)

»Und er hat mir die Worte in den Mund gelegt, die mir fehlten.«

(»Das hat er!«, kam von Bruder Gimblet.)

»Und warum?«

(»Ah, sagt es uns!«, kam von Bruder Gimblet.)

»Weil ich nun schon fünfunddreißig Jahre sein treuer Diener bin und weil er das weiß. Fünfunddreißig Jahre! Und er weiß es, das kann ich euch sagen! Ich habe diese Worte, die mir fehlten, als meinen Lohn bekommen. Ich habe sie vom Herrn bekommen, meine lieben Mitsünder. ›Herab!‹, sagte ich, ›da ist ein Haufen Lohn fällig; schickt uns etwas herab, als Anzahlung.‹ Und ich habe diese Worte bekommen und ich habe sie an euch weitergezahlt, und ihr wickelt sie nicht in eine Serviette, nicht in ein Handtuch, nicht einmal in ein Taschentuch ein, nein, ihr werdet sie mit guten Zinsen weitergeben. Sehr gut. Nun, meine Brüder und Schwestern und Mitsünder, werde ich mit einer Frage schließen, und ich werde sie so einfach stellen (mit der Hilfe des Herrn, sollte ich hoffen, nach den fünfunddreißig Jahren!), dass selbst der Teufel sie nicht in euren Köpfen verdrehen kann – was er sicher mit größtem Vergnügen täte.«

(»Ganz bestimmt täte er das, der schlaue alte Schurke!«, kam von Bruder Gimblet.)

»Und die Frage ist die: Sind die Engel gebildet und klug?«

(»Die doch nicht! Kein bisschen!«, kam mit größter Sicherheit von Bruder Gimblet.)

»Die nicht! Und was ist der Beweis? Der wurde uns fix und fertig vom gütigen Herrn hergeschickt. Nun, unter uns ist heute jemand, der alle Bildung besitzt, die man nur in ihn hineinstopfen konnte. Ich habe ihm all die Bildung verschafft, die man nur in ihn hineinstopfen konnte. Sein Großvater« – das hatte ich noch nie zuvor gehört – »war einer unserer Brüder. Er war Bruder Parksop. Der war er. Parksop. Bruder Parksop. Sein weltlicher Name war Parksop, und er war ein Bruder unserer Bruderschaft. War er also nicht Bruder Parksop?«

(»Musste er sein. Konnte er nichts dran ändern!«, kam von Bruder Gimblet.)

»Nun, er hinterließ den hier jetzt unter uns Anwesenden in der Obhut eines Brudersünders (und dieser Brudersünder, müsst ihr wissen, war zu seiner Zeit ein größerer Sünder als irgendwer sonst unter euch, der Herr sei gepriesen!), Bruder Hawkyard. In meiner Obhut. Ich habe ihn ohne Lohn oder Belohnung bekommen – ohne ein Krümelchen Myrrhe oder Weihrauch, schon gar nicht Gold, noch viel weniger Honigwaben – und ihm all die Bildung verschafft, die man in ihn hineinstopfen konnte. Aber hat ihn das im Geiste in unseren Tempel gebracht? Nein. Haben wir nicht inzwischen unwissende Brüder und Schwestern in unsere Mitte aufgenommen, die ein rundes O nicht von einem krummen S unterscheiden können? Viele. Dann folgt daraus, dass die Engel *nicht* gebildet und klug sind, dass sie nicht einmal das Alphabet kennen. Und nun, meine Freunde und Mitsünder, nachdem ich es so weit erklärt habe, ist einer der anwesenden Brüder – vielleicht Ihr, Bruder Gimblet – bereit, ein wenig für uns zu beten?«

Bruder Gimblet übernahm dieses heilige Amt, nachdem er sich mit dem Ärmel über den Mund gewischt und gemurmelt hatte: »Na gut! Ich weiß ja auch nicht, ob ich jemand von euch an der richtigen Stelle treffen werde.« Das sagte er mit einem finsteren Lächeln und begann zu brüllen. Wovor wir besonders errettet werden sollten, laut seinen Anrufungen, war das Berauben von Waisen, die Unterdrückung testamentarischer Bestimmungen vonseiten eines Vaters oder (sagen wir mal) Großvaters, die betrügerische Aneignung des Hausbesitzes dieses Waisenknaben, die Täuschung, dass wir vorgaben, aus christlicher Nächstenliebe dem Beraubten Gutes zu tun, dem wir sein Erbe vorenthalten hatten, und andere Sünden dieser Art. Er endete mit dem Anruf: »Gib uns Frieden!«, was, zumindest meiner Meinung nach, nach zwanzig Minuten seines Gebrülls bitter nötig war.

Obwohl ich nicht gesehen hatte, wie er, als er sich, vor Schweiß triefend, von den Knien erhob, Bruder Hawkyard anschaute, und obwohl ich den Ton in Bruder Hawkyards Stimme nicht gehört hatte, als er ihm zur Macht seines Gebrülls gratulierte, hätte ich doch aus diesem Gebet eine boshafte Absicht heraushören müssen. Es war mir manchmal in meinen ersten Zeiten in der Schule vage ein Verdacht ähnlicher Art durch den Kopf gegangen und hatte mir stets großen Kummer bereitet, denn dieser Verdacht war ja gänzlich selbstsüchtiger Art und weit, weit von jener Geisteshaltung entfernt, die mich von Sylvia ferngehalten hatte. Es war ein hässlicher Verdacht ohne auch nur den Hauch eines Beweises. Er war es wert, in dem grausigen Keller entstanden zu sein. Es mangelte ihm nicht nur an jedem Beweis, sondern er widersprach jedem Beweis, denn war ich selbst nicht der lebendige Beweis für alles, was Bruder Hawkyard getan hatte? Und ohne ihn, wie hätte ich je in Hoghton Towers den Himmel traurig auf den unglücklichen Jungen herabblicken sehen?

Obwohl die Furcht, in den Zustand wilder Selbstsucht zurückzufallen, in mir nicht mehr so stark war, als ich mich dem Mannesalter näherte, und obwohl ich zunehmend für mich selbst einstehen konnte, war ich doch stets auf der Hut gegen jede Neigung zu einem solchen Rückfall. Nachdem man mir diesen Verdacht wieder vor die Füße geworfen hatte, hatte es mich sehr bekümmert, dass es mir nicht gelang, Bruder Hawkyards Gebaren oder die Religion, zu der er sich bekannte, zu mögen. Und so kam es, dass ich mir, als ich an jenem Sonntagabend zurückwanderte, überlegte, es wäre doch eine Abbitte für jegliches Unrecht, das meine irregeleiteten Gedanken ihm unwillentlich getan hatten, wenn ich ihm schriebe und, ehe ich ins College ging, in einem Brief seine Güte mir gegenüber vollständig bezeugte und meinen umfassenden Dank aussprach. Dieses Schreiben könnte ihm auch als Ehrenrettung gegen jegliche dunkle Schmach vonseiten eines Mitbruders und Schriftauslegers oder von anderer Seite dienen.

Also setzte ich mit großer Sorgfalt dieses Dokument auf. Ich darf hinzufügen: auch mit viel Gefühl, denn es berührte mich doch sehr, während ich schrieb. Da mir in der kurzen Zeitspanne zwischen dem Abschluss der Schule und Cambridge keine bestimmten Studien aufgegeben waren, beschloss ich, Bruder Hawkyard in seinen Geschäftsräumen aufzusuchen und ihm das Schriftstück eigenhändig zu überreichen.

Es war ein Winternachmittag, als ich an die Tür seines kleinen Kontors klopfte, das sich am hinteren Ende seines langen, niedrigen Ladens befand. Als ich das machte (nachdem ich über den Hinterhof eingetreten war, wo Fässer und Kisten angeliefert wurden und wo ein Schild »Privateingang zum Kontor« hing), rief mir ein Ladengehilfe zu, dass er Besuch hätte.

»Bruder Gimblet«, sagte der Ladendiener, der auch zur Bruderschaft gehörte, »ist bei ihm.«

Ich überlegte, dass dies für meine Zwecke nur umso besser wäre, und klopfte beherzt noch einmal an. Sie redeten leise, und Geld wechselte den Besitzer, denn ich hörte, wie es auf den Tisch gezählt wurde.

»Wer ist da?«, fragte Bruder Hawkyard mit schneidender Stimme.

»George Silverman«, antwortete ich und hielt die Tür auf. »Darf ich hereinkommen?«

Die beiden Brüder schienen so erstaunt, mich zu sehen, dass ich mich noch gehemmter als gewöhnlich fühlte. Sie wirkten in dem frühen Gaslicht recht leichenhaft, vielleicht hatte auch das zufällige Zusammentreffen mit mir den Ausdruck auf ihren Gesichtern überhöht.

»Was ist los?«, fragte Bruder Hawkyard.

»Ja, was ist los?«, fragte Bruder Gimblet.

»Gar nichts«, antwortete ich und zog schüchtern mein Schriftstück hervor. »Ich bringe nur einen Brief von mir.«

»Von dir, George?«, rief Bruder Hawkyard.

»Und an Sie«, sagte ich.

»Und an mich, George?«

Er wurde noch blasser und öffnete ihn eilig; aber nachdem er ihn überflogen und in groben Zügen gesehen hatte, was darin stand, hatte er es nicht mehr so eilig, bekam wieder etwas Farbe im Gesicht und sagte: »Gepriesen sei der Herr!«

»Genau!«, bestätigte Bruder Gimblet. »Gut gesprochen! Amen.«

Dann fuhr Bruder Hawkyard etwas lebhafter fort: »Du musst wissen, George, dass Bruder Gimblet und ich unsere Geschäfte zusammenlegen. Wir schließen eine Partnerschaft. Wir besiegeln sie gerade eben. Bruder Gimblet bekommt eine Hälfte der Einkünfte ohne Abzüge (o ja, die soll er bekommen; er soll sie bis zum letzten Viertelpenny bekommen).«

»So Gott will«, meinte Bruder Gimblet und schlug sich mit der rechten geballten Faust auf das rechte Bein.

»Es gibt keine Einwände dagegen«, fuhr Bruder Hawkyard fort, »dies hier laut vorzulesen, George?«

Da genau dies nach dem gestrigen Gebet meine ausdrückliche Absicht gewesen war, gestattete ich ihm nur zu gern, es laut vorzulesen. Das machte er, und Bruder Gimblet lauschte mit säuerlichem Lächeln.

»Es war eine gute Stunde, als ich hierhergekommen bin«, sagte Bruder Gimblet und kniff die Augen zusammen. »Und es war eine gute Stunde, als ich mich gestern bewegt fühlte, zum Schrecken aller Bösewichte eine Person auszumalen, deren Natur so genau das Gegenteil von der Bruder Hawkyards ist. Aber das alles hat der Herr bewirkt: Ich habe gemerkt, wie er seine Wunder wirkte, als ich schwitzte.«

Danach schlugen beide vor, dass ich vor meiner endgültigen Abreise noch einmal zu einer Zusammenkunft kommen sollte. Ich wusste schon im Voraus, wie ich in meiner schüchternen Zurückhaltung leiden würde, wenn man so ausdrücklich auf mich hin predigte und auf mich hin betete. Aber ich überlegte, dass es ja das letzte Mal sein und meinem Brief zusätzliches Gewicht verleihen würde. Den Brüdern und Schwestern war wohlbekannt, dass in *ihrem* Paradies für mich kein Platz reserviert war, und wenn ich Bruder Hawkyard noch dieses letzte Mal nachgab, allgemein sichtbar, trotz meiner sündigen Neigungen, dann würde das vielleicht ein wenig dazu beitragen, meine Aussage zu unterstreichen, dass er gut zu mir gewesen war und dass ich ihm dankbar war. Nachdem ich es lediglich zur Bedingung gemacht hatte, dass keine ausdrücklichen Versuche zu meiner Bekehrung unternommen werden sollten – welche stets damit verbunden waren, dass diverse Brüder und Schwestern sich auf dem Boden wälzten und beteuerten, sie könnten geradezu spüren, wie all ihre Sünden zu ihrer Linken in einem Haufen auf dem Boden lägen und so und so viele Pfunde wögen, wie ich nur zu genau aus meinen Erfahrungen mit diesen widerlichen geheimnisvollen Veranstaltungen wusste –, versprach ich das.

Seit dem Verlesen meines Briefes hatte Bruder Gimblet sich ab und zu mit einem Eckchen seines gepunkteten blauen Halstuchs ein Auge getupft und widerlich vor sich hin gegrinst. Dieser Bruder hatte jedoch die Angewohnheit, widerlich vor sich hin zu grinsen, selbst wenn er predigte. Ich erinnere mich an das entzückte Knurren, mit dem er von der Plattform herab die Höllenqualen bis in die letzte Einzelheit erläuterte, die Bösewichter (das heißt: alle Menschen außer der Bruderschaft) zu erwarten hatten und die ganz besonders grässlich waren.

Ich ließ die beiden ihren Partnerschaftsvertrag abschließen und ihr Geld zählen, und ich sah sie nur am darauffolgenden Sonntag noch einmal. Bruder Hawkyard starb ein, zwei Jahre später und hinterließ all seine Habe Bruder Gimblet, in einem Testament, das (wie man mir gesagt hat) das Datum genau dieses Tages trug.

Nun war ich, als dieser Sonntag kam, in dem Wissen, dass ich mein Misstrauen überwunden hatte und Bruder Hawkyard gegen die neidischen Verdächtigungen eines Rivalen in Schutz genommen hatte, so sehr mit mir im Reinen, dass ich sogar diese raue Kirche in einem weniger empfindlichen Geisteszustand als gewöhnlich betrat. Wie hätte ich vorausahnen können, dass man vorhatte, jenen zarten, vielleicht kränklichen Winkel meiner Gedanken, in den ich mich zurückzog und den man nicht berühren durfte, dem man sich nicht einmal nähern durfte, ohne dass ich zusammenzuckte und zurückfuhr, zum Thema der Versammlung zu machen?

An jenem Tag war Bruder Hawkyard die Aufgabe des Betens zugefallen und Bruder Gimblet die des Predigens. Das Gebet sollte die Zeremonie eröffnen; danach sollte die Ansprache folgen. Die Brüder Hawkyard und Gimblet befanden sich beide auf der Plattform; Bruder Hawkyard auf den Knien beim Tisch, misstönend bereit zum Gebet; Bruder Gimblet bei der Wand sitzend, grinsend und bereit zur Predigt.

»Lasst uns dieses Gebet als Opfer darbringen, meine Brüder und Schwestern und Mitsünder.« Ja, aber in diesem Falle war ich das Opfer. Es ging um unseren hier anwesenden armen, sündigen, selbstsüchtigen Bruder, um den gerungen wurde. Die Laufbahn dieses unseres noch nicht erweckten Bruders, die sich nun abzeichnete, könnte dazu führen, dass er vielleicht ein Pfarrer in jener Einrichtung wurde, die man »die Amtskirche« nannte. Darauf richtet *er* seine Augen. Auf die Amtskirche. Nicht auf unsere, o Herr. Auf die Amtskirche. In unserer Gemeinde gibt es keine Oberpfarrer, keine Unterpfarrer, keine Erzdiakone, keine Bischöfe, keine Erzbischöfe, aber, o Herr, in der Amtskirche gibt es sehr viele davon. Schütze unseren sündigen Bruder vor seiner Liebe zum schnöden Mammon. Reinige die Brust unseres noch nicht erweckten Bruders von der Verfehlung der Selbstsucht Das Gebet drückte noch unendlich viel mehr in Worten aus, aber nichts weiter, das verständlich gewesen wäre.

Dann trat Bruder Gimblet vor und nahm sich (wie ich vorher gewusst hatte) den Text »Mein Reich ist nicht von dieser Welt« vor. »Ah, aber wessen Reich ist dann von dieser Welt, meine lieben Mitsünder? Wessen Reich? Nun, das von unserem hier anwesenden Bruder. Das einzige Reich, von dem er eine Vorstellung hat, ist von dieser Welt (»Genau!«, ertönte es von einigen Mitgliedern der Versammlung.). Was machte die Frau, die das Geldstück verloren hatte? Sie ging es suchen. Was sollte unser Bruder tun, der den rechten Weg aus den Augen verloren hat? (»Ihn suchen gehen!«, rief eine Schwester.) Ihn suchen gehen, gewiss. Aber muss er ihn in der richtigen oder in der falschen Richtung suchen gehen? (»In der richtigen«, tönte ein Bruder.) Da sprachen die Propheten! Er muss ihn in der richtigen Richtung suchen gehen, sonst kann er ihn nicht finden. Nun, meine lieben Mitsünder, um euch den Unterschied zu zeigen, den Unterschied zwischen jemandem, der von dieser Welt ist, und jemandem, der nicht von dieser Welt ist, zwischen den Reichen, die von dieser Welt sind, und denen, die nicht von dieser Welt sind, habe ich hier einen Brief, den genau dieser unser Bruder, der von dieser Welt ist, unserem Bruder Hawkyard geschrieben hat. Urteilt selbst, wenn ihr ihn jetzt vorgelesen bekommt, ob

Bruder Hawkyard ein getreuer Verwalter war, den der Herr kürzlich meinte, als er euch genau hier an dieser Stelle das Bild vom Gegenteil, das Bild eines ungetreuen Verwalters zeichnete; denn das hat der Herr getan, nicht ich. Daran dürft ihr nicht zweifeln!«

Bruder Gimblet stöhnte und brüllte sich durch mein Schriftstück und anschließend durch eine ganze weitere Stunde. Der Gottesdienst endete mit einem Lied, in dem die Brüder mich wie mit einer Stimme anblökten und die Schwestern mich wie mit einer Stimme ankreischten, »dass ich durch schnöden Gewinn verführt, sie aber vom süßen Wasser der Liebe gerührt; dass ich mit Mammon kämpfte im finsteren Tal, sie jedoch auf der Arche gerettet waren allzumal«.

Ich verließ diese Versammlung mit schmerzendem Herzen und erschöpftem Geist, nicht weil ich so schwach war, diese engstirnigen Geschöpfe für Ausleger der göttlichen Majestät und Weisheit zu halten, sondern weil ich schwach genug war, mich so zu fühlen, als wäre es eben mein hartes Schicksal, stets falsch verstanden und gedeutet zu werden, wenn ich mich am meisten bemühte, jegliches Aufwallen der Selbstsucht in mir zu unterdrücken, und wenn ich am meisten hoffte, es wäre mir in meinem ernsthaften Bemühen gelungen.

Kapitel 7

Meine Schüchternheit und Zurückgezogenheit führten dazu, dass ich auch im College ein sehr abgeschiedenes Leben führte und wenig bekannt war. Kein Verwandter kam mich je besuchen, denn ich katte keine Verwandten. Keine vertrauten Freunde störten mich bei meinen Studien, denn ich hatte keine vertrauten Freunde gewonnen. Ich bestritt meinen Unterhalt von meinem Stipendium und las viel. Meine Zeit im College unterschied sich ansonsten nicht so sehr von meiner Zeit in Hoghton Towers.

In dem Wissen, dass ich für die lärmende Geschäftigkeit des geselligen Lebens nicht geeignet war, aber in dem Glauben, dass ich durchaus in der Lage wäre, meine Pflichten auf gemäßigte, ernsthafte Weise zu erfüllen, falls ich eine kleine Stelle in der Kirche bekommen konnte, richtete ich meine Studien auf den geistlichen Stand aus. In der üblichen Reihenfolge empfing ich die Weihen, wurde ordiniert und begann mich nach einer Anstellung umzuschauen. Ich muss noch anmerken, dass ich einen guten Abschluss gemacht hatte, dass es mir gelungen war, ein hervorragendes Stipendium zu erringen, und dass meine Mittel für meinen zurückgezogenen Lebenswandel mehr als ausreichend waren. Inzwischen hatte ich auch verschiedene junge Männer auf ihre Prüfungen vorbereitet, und diese Beschäftigung trug zu meinem Einkommen bei, während sie mich gleichzeitig sehr interessierte. Ich hörte einmal zufällig zu meiner unendlichen Freude unseren größten Don sagen, er »hätte vernommen, dass Silvermans Gabe der ruhigen Erklärung, seine Geduld, seine liebenswürdige Natur und seine Gewissenhaftigkeit ihn zu einem der besten Nachhilfelehrer machten«. Möge mir meine »Gabe der ruhigen Erklärung« bei der hier vorliegenden Erklärung gelegen kommen und mich kräftiger unterstützen, als ich glaube, dass sie es tun könnte!

In gewisser Weise könnte es auf die Lage meiner Räume im College zurückzuführen sein (sie befanden sich in einer Ecke, in der das Tageslicht abgeschwächt war), aber in höherem Maße ist es wohl meinem Geisteszustand geschuldet, dass es mir, wenn ich auf diese Zeit meines Lebens zurückblicke, vorkommt, als hätte ich mich stets in einem friedvollen Schatten befunden. Andere kann ich im Sonnenlicht sehen; ich kann unsere Bootsmannschaften und unsere athletischen jungen Männer auf dem glitzernden Wasser sehen oder im wechselnden Licht der sonnenbeschienenen Blätter; aber mich selbst sehe ich immer als Zuschauer im Schatten. Keineswegs ohne Anteil zu nehmen – aber als einsamen Zuschauer, ganz so wie ich aus den Schatten der Burgruine auf Sylvia oder auf das rotschimmernde Licht im Fenster des Bauernhauses geschaut und dem Trappeln der tanzenden Füße gelauscht hatte, als damals abends der Innenhof der Ruine schon ganz finster war.

Nun komme ich zu dem Grund, aus dem ich vorhin dieses Lob meiner Person zitiert habe. Ohne einen solchen Grund wäre es schiere Prahlerei gewesen, es hier zu wiederholen.

Unter denen, die mit mir für die Prüfungen gelernt hatten, war Mr. Fareway, der zweite Sohn von Lady Fareway, der Witwe des Baronets Sir Gaston Fareway. Die Begabung dieses jungen Mannes war überdurchschnittlich, aber er kam aus einer reichen Familie und war faul und dem Luxus verfallen. Er stellte sich mir zu spät vor und kam danach auch zu unregelmäßig zu mir, als dass ich ihm viel hätte helfen können. Schließlich hielt ich es für meine Pflicht, ihn davon abzubringen, eine Prüfung abzulegen, die er niemals bestehen würde, und er verließ das College ohne Abschluss. Nach seinem Fortgang schrieb mir Lady Fareway und verlangte von mir der Gerechtigkeit halber, ich sollte mein halbes Honorar zurückgeben, da ich doch für ihren Sohn von so geringem Nutzen gewesen war. Meines Wissens war noch in keinem anderen Fall je eine solche Forderung gestellt worden, und ich gestehe offen, dass mir die Gerechtigkeit dieser Überlegung nicht in den Kopf gekommen war, ehe man mich deutlich darauf hinwies. Aber ich sah das sofort ein, kam dieser Forderung nach und schickte das Geld zurück.

Mr. Fareway war zwei oder mehr Jahre fort, und ich hatte ihn ganz vergessen, als er eines Tages in meine Räume kam und mich über meinen Büchern sitzend fand.

Nach den üblichen Begrüßungen sagte er: »Mr. Silverman, meine Mutter ist in einem Hotel in der Stadt und möchte, dass ich Sie ihr vorstelle.«

Ich fühle mich in der Gesellschaft von Fremden nicht wohl und nehme an, ich habe es mir vielleicht anmerken lassen, dass ich ein wenig nervös oder unwillig war. »Denn«, fuhr er fort, ohne dass ich etwas gesagt hatte, »ich glaube, dass diese Unterredung sehr förderlich für Ihre weiteren Aussichten sein könnte.«

Es trieb mir die Röte ins Gesicht, dass ich mich von einem so selbstsüchtigen Grund in Versuchung führen lassen sollte, und ich erhob mich unverzüglich.

Da fragte Mr. Fareway, während wir unseres Weges gingen: »Haben Sie eine gute Hand mit Geschäften?«

»Ich glaube nicht«, antwortete ich.

Darauf Mr. Fareway: »Meine Mutter hat eine.«

»Wirklich?«, hakte ich nach.

»Ja, meine Mutter ist, was man gewöhnlich als eine wirtschaftlich denkende Frau bezeichnet. Das ist nicht unbedingt schlecht, wenn man mal den verschwenderischen Lebensstil meines Bruders im Ausland betrachtet. Kurz gesagt, eine wirtschaftlich denkende Frau. Das nur unter uns im Vertrauen.«

Er hatte noch nie vorher im Vertrauen mit mir gesprochen, und ich war überrascht, dass er es jetzt tat. Ich erwiderte, ich würde sein Vertrauen nicht missbrauchen, und ging sonst nicht weiter auf dieses heikle Thema ein.

Wir hatten nur eine kleine Strecke zurückzulegen, und schon bald befand ich mich in der Gesellschaft seiner Mutter. Er stellte mich vor, schüttelte mir die Hand und überließ uns (wie er sagte) dem Geschäftlichen.

Ich erblickte in Mylady Fareway eine attraktive, gut erhaltene Dame von recht üppiger Statur mit einem steten Starren in ihren großen, runden dunklen Augen, das mich verlegen machte.

Mylady sagte: »Ich habe von meinem Sohn gehört, Mr. Silverman, dass Sie sich freuen würden, wenn Sie eine Stellung in einer Kirchengemeinde bekommen könnten.« Ich gab Mylady zu verstehen, dass dem so war.

»Ich weiß nicht, ob Ihnen bewusst ist«, fuhr Mylady fort, »dass wir eine Pfründe zu vergeben haben? Ich sagte wir, aber eigentlich habe *ich* sie zu vergeben.«

Ich erklärte Mylady, dass mir das nicht bewusst gewesen war.

Darauf Mylady: »So ist es. Tatsächlich habe ich zwei Pfründen zu vergeben, eine für zweihundert im Jahr, die andere für sechshundert. Beide liegen in unserer Grafschaft – North Devonshire, wie Sie vielleicht wissen. Die erste ist unbesetzt. Möchten Sie sie haben?«

Myladys Augen und die Plötzlichkeit dieses Vorschlags verwirrten mich sehr.

»Es tut mir leid, dass es nicht die größere Pfründe ist«, sagte Mylady ziemlich kühl, »wenn ich Ihnen, Mr. Silverman, auch nicht das zweifelhafte Kompliment machen möchte, anzunehmen, dass es auch *Ihnen* leidtut, denn das wäre ja gewinnsüchtig – und dass Sie nicht gewinnsüchtig sind, davon bin ich überzeugt.«

Darauf ich mit äußerstem Ernst: »Danke, Lady Fareway, danke, danke! Ich wäre zutiefst verletzt, wenn ich glaubte, von solcher Natur zu sein.«

»Natürlich«, erwiderte Mylady. »Das ist immer verabscheuenswert, aber besonders bei einem Geistlichen. Sie haben noch nicht gesagt, ob Sie die Pfründe haben möchten?«

Mit Entschuldigungen für meine Nachlässigkeit oder Vagheit versicherte ich Mylady, dass ich ihr Angebot sehr bereitwillig und dankbar annehme. Ich fügte hinzu, ich hoffe, dass sie meine Wertschätzung ihrer großzügigen Wahl nicht am Fluss meiner Worte messen würde; denn ich sei kein sehr beredter Mann, wenn man mich überraschte oder mein Herz rührte.

»Die Sache ist beschlossen«, sagte Mylady, »beschlossen. Sie werden feststellen, dass Ihre Pflichten sehr gering sind, Mr. Silverman. Zauberhaftes Haus, zauberhafter kleiner Garten, Obstwiese und alles. Sie werden auch Schüler aufnehmen können. Übrigens! Nein, darauf werde ich später zurückkommen. Was wollte ich gerade erwähnen, ehe mich dieser Gedanke ablenkte?«

Mylady starrte mich an, als wüsste ich es. Aber ich wusste es nicht. Das verwirrte mich erneut.

Dann sagte Mylady nach einigem Überlegen: »Ach, natürlich, wie dumm von mir. Dem letzten Inhaber der Pfründe – dem am wenigsten gewinnsüchtigen Mann, den ich je kennengelernt habe – ließ es keine Ruhe, dass seine Pflichten so gering waren, es sei denn, sagte er, ich erlaubte ihm, mir bei meiner Korrespondenz, der Buchhaltung und verschiedenen Kleinigkeiten dieser Art zu helfen; an sich nichts, aber doch Dinge, die einer Dame Schwierigkeiten bereiten. Würde Mr. Silverman das auch …? Oder soll ich …?«

Hastig beteuerte ich ihr, meine geringe Hilfe würde Mylady stets zu Diensten sein.

»Ich fühle mich gesegnet«, sagte Mylady und drehte ihre Augen zum Himmel (wandte sie endlich wenigstens einen

Augenblick von mir ab), »dass ich mit Herren zu tun habe, die nicht einmal die Andeutung aushalten, dass man sie für gewinnsüchtig halten könnte!« Sie schauderte bei dem Wort. »Und nun zu der Schülerin.«

»Der …?« Ich war völlig ratlos.

»Mr. Silverman, Sie haben ja keine Vorstellung, wie sie ist. Sie ist«, sagte Mylady und legte zart ihre Hand auf meinen Jackenärmel, »ich glaube wirklich, dass sie das außergewöhnlichste Mädchen auf Erden ist. Sie kann schon jetzt mehr Griechisch und Latein als Lady Jane Grey*. Und sie hat sich alles selbst beigebracht! Sie ist noch nicht, vergessen Sie das nicht, auch nur einen Augenblick lang in den Genuss von Mr. Silvermans Kenntnissen in den klassischen Fächern gekommen. Ganz zu schweigen von der Mathematik, in der sie unbedingt Hervorragendes erreichen und in der (wie ich von meinem Sohn und anderen gehört habe) Mr. Silverman so zu Recht einen glänzenden Ruf genießt!«

Unter dem Blick von Mylady, davon bin ich überzeugt, muss ich völlig die Sprache verloren haben, doch weiß ich nicht, wann das geschehen ist.

»Adelina«, sagte Mylady, »ist meine einzige Tochter. Wenn ich nicht vollkommen davon überzeugt wäre, dass mich hier nicht die Voreingenommenheit einer Mutter blind gemacht hat, und wenn ich nicht vollkommen sicher wäre, dass Sie, sobald Sie sie einmal kennen, Mr. Silverman, es für ein großes und ungewöhnliches Privileg halten werden, sie bei ihren Studien anzuleiten, dann würde ich jetzt ein finanzielles Argument ins Gespräch bringen und Sie fragen, zu welchen Konditionen Sie …«

---

* Lady Jane Grey (1537–1554), die neun Tage lang Königin von England war, verfügte über eine außerordentlich gute humanistische Bildung und galt als die gelehrteste Frau ihrer Zeit.

Ich flehte Mylady an, nicht weiterzureden. Mylady sah, dass ich bestürzt war, und machte mir die Ehre, meine Bitte zu erfüllen.

Kapitel 8

All das, was ihr Bruder auf geistigem Gebiet hätte erreichen können, wenn er gewollt hätte, gepaart mit all dem liebenswürdigen Charme und den bewundernswerten Eigenschaften, über die nur sie allein verfügen konnte – all das war Adelina.

Ich werde mich hier nicht lange über ihre Schönheit auslassen, und ich will mich nicht über ihre Intelligenz, ihre rasche Auffassungsgabe, ihr Gedächtnis und die freundliche Rücksicht auslassen, die sie vom ersten Augenblick an für ihren schwerfälligen Hauslehrer zeigte, der sich ihrer wunderbaren Begabungen annahm. Ich war damals dreißig, jetzt bin ich über sechzig; und noch heute steht sie mir in diesen Stunden so gegenwärtig vor Augen, wie sie damals war, strahlend und schön, klug und phantasievoll und gut.

Wann ich entdeckt habe, dass ich sie liebte, wie kann ich das sagen? Am ersten Tag? In der ersten Woche? Im ersten Monat? Unmöglich, dem nachzuspüren. Wenn ich (was der Fall ist) nicht in der Lage bin, irgendeinen vorherigen Zeitraum meines Lebens von ihrer Anziehungskraft ganz und gar zu trennen, wie kann ich mich dann in dieser einen Einzelheit entscheiden?

Wann immer ich diese Entdeckung machte, sie erlegte mir eine schwere Bürde auf. Doch wenn ich sie mit der wesentlich schwereren Bürde vergleiche, die ich mir danach selbst auflud, scheint sie mir im Nachhinein nicht sehr schwer zu tragen gewesen zu sein.

In dem Wissen, dass ich sie liebte und wohl mein Leben lang lieben würde und dass ich mein Geheimnis stets tief in meiner Brust verbergen musste und sie es nie herausfinden durfte, lag für mich eine Art Stütze und Freude oder Stolz oder Trost, gemischt mit meinem Schmerz.

Aber später – sagen wir, ein Jahr später, als ich eine andere Entdeckung machte – wurden Leiden und Kampf erst wirklich schwer. Diese andere Entdeckung war …

Diese Worte werden das Licht des Tages, wenn überhaupt jemals, erst erblicken, wenn mein Herz zu Staub zerfallen ist, wenn auch ihr strahlender Geist in jene Regionen zurückgekehrt ist, von denen er, als er sich hier in irdischer Gefangenschaft befand, sicherlich eine ungewöhnliche Erinnerung bewahrt hat, bis alle Pulsschläge, die rings um uns pochen, längst verstummt sind, wenn die Früchte all der kleinen Siege und Niederlagen, die in unserer Brust errungen wurden, bereits vergangen sind. Diese Entdeckung war, dass auch sie mich liebte.

Adelina hat vielleicht mein Wissen überschätzt und mich dafür geliebt; sie hat vielleicht meine Pflichterfüllung ihr gegenüber zu hoch bewertet und mich dafür geliebt; oder sie hat ein spielerisches Mitleid in sich wachsen lassen, das sie manchmal für meinen, wie sie es sagte, Mangel an Weisheit im Licht der dunklen Laternen der Welt empfand und mich dafür geliebt; sie hat vielleicht – nein, bestimmt! – das geborgte Licht dessen, was ich nur gelernt hatte, mit der gleißenden Helle seiner reinen, ursprünglichen Strahlen verwechselt; aber sie liebte mich damals und ließ es mich wissen.

Der Stolz der Familie und der Stolz des Reichtums entfernten mich in Myladys Augen so weit von ihr, als wäre ich ein handzahm gemachtes Wesen einer völlig anderen Art. Aber sie konnten mich nicht weiter von ihr entfernen, als ich selbst es tat, wenn ich meine Verdienste mit den ihren verglich. Mehr als das. Sie konnten mich, um Millionen von Klaftern, nicht halb so tief unter sie stellen, wie ich selbst es tat, wenn ich in Gedanken ihr edles Vertrauen ausnutzte und das Vermögen nahm, von dem ich wusste, dass es ihr von Rechts wegen zustand, sodass sie sich auf dem Gipfel ihrer Schönheit und ihres Geistes an einen rostigen, schwerfälligen Kerl wie mich gebunden sah.

Nein! Selbstsucht sollte hier auf gar keinen Fall ins Spiel kommen. Wenn ich versucht hatte, diese Untugend in anderen Gefilden meines Lebens zu meiden, wie viel mehr musste ich nun versuchen, sie von diesem geheiligten Ort fernzuhalten!

Aber in ihrer offenen, großzügigen Art war etwas Wagemutiges, das man in einer so heiklen Krise mit viel Feingefühl und Geduld behandeln musste. Und in mancher bitteren Nacht (oh, ich stellte in dieser Lebensphase erneut fest, dass ich nicht nur aus ausschließlich körperlichen Gründen weinen konnte!) plante ich meinen Weg.

Mylady hatte mir bei unserer ersten Unterredung wohl unbewusst die Räumlichkeiten in meinem hübschen Haus etwas übertrieben dargestellt. Es war dort nur für einen einzigen Schüler Platz. Dies war ein junger Herr, der beinahe volljährig war und ausgezeichnete Verbindungen hatte, allerdings ein sogenannter armer Verwandter war. Seine Eltern waren tot. Die Kosten für sein Logis und seinen Unterricht wurden von einem Onkel bestritten; mir war aufgetragen, dass er und ich drei Jahre lang alles in unseren Kräften Stehende tun sollten, um ihn zu befähigen, sich seinen Lebensunterhalt selbst zu verdienen. Damals hatte er gerade sein zweites Jahr bei mir angefangen. Er sah gut aus, war gescheit, energiegeladen, begeistert, kühn, im besten Sinne des Wortes ein echter junger Angelsachse.

Ich beschloss, diese beiden zusammenzubringen.

Kapitel 9

Da sagte ich eines Abends, nachdem ich mich dazu überwunden hatte: »Mr. Granville« – er hieß Mr. Granville –, »ich frage mich, ob Sie Miss Fareway schon einmal gesehen haben?«

»Nun, Sir«, erwiderte er lachend, »Sie sehen sie selbst so oft, dass Sie einem anderen Burschen kaum eine Gelegenheit dazu lassen.«

»Ich bin ja auch ihr Hauslehrer, wissen Sie«, sagte ich.

Und damit ließen wir dieses Thema vorläufig fallen. Aber ich sorgte dafür, dass sie einander kurz darauf trafen. Bisher hatte ich dafür gesorgt, dass sie einander fernblieben; denn während ich sie liebte – ich meine, bevor ich mich zu meinem Opfer entschlossen hatte –, lauerte in meiner unwürdigen Brust die Eifersucht auf Mr. Granville.

Es war ein recht gewöhnliches Zusammentreffen im Fareway Park, aber sie redeten einige Zeit lang ungezwungen miteinander: Gleich und gleich gesellt sich gern, und sie ähnelten einander in vielen Dingen. So sagte Mr. Granville zu mir, als er und ich uns an jenem Abend zum Essen niedersetzten: »Miss Fareway ist außerordentlich schön, Sir, außerordentlich einnehmend. Finden Sie nicht?«

»Das finde ich auch«, antwortete ich. Und ich warf ihm einen verstohlenen Blick zu und bemerkte, dass er errötet war und nachdenklich wirkte. Ich erinnere mich lebhaft daran, da das zwiespältige Gefühl aus höchster Freude und stechendem Schmerz, das dieser geringe Umstand mir bereitete, der erste Eindruck in einer langen, langen Reihe solcher zwiespältiger Eindrücke war, die mein Haar langsam ergrauen ließen.

Ich hatte es gar nicht nötig, so zu tun, als wäre ich kleinmütig; stattdessen tat ich so, als wäre ich in jeder Hinsicht älter, als ich in Wirklichkeit war (weiß Gott! mein Herz war damals nur zu jung!), und gab vor, ein noch ausgeprägterer Einsiedler und Bücherwurm zu sein, als ich es ohnehin geworden war, und nahm allmählich in meinem Umgang mit Adelina ein immer väterlicheres Gebaren an. Zudem gestaltete ich meinen Unterricht weniger phantasievoll als früher und distanzierte mich von den Dichtern und Philosophen, achtete sorgfältig darauf, sie in ihrem eigenen Licht aufzuzeigen und mich als ihren niederen Diener in meinem eigenen Schatten. Mehr noch, ich achtete auch auf meine Erscheinung; nicht dass ich je in dieser Hinsicht sonderlich adrett gewesen wäre, doch nun war ich besonders nachlässig.

Während ich mich mit der einen Hand niederdrückte, arbeitete ich hart daran, Mr. Granville mit der anderen zu erheben; seine Aufmerksamkeit auf die Themen zu lenken, von denen ich nur zu gut wusste, dass sie Adelina interessierten, und formte ihn so (belächeln oder missverstehen Sie diesen Ausdruck nicht, unbekannter Leser dieser Zeilen, denn ich habe gelitten!), dass er mehr Ähnlichkeit mit mir in meinem einzigen starken Charakterzug aufwies. Und allmählich, allmählich, während ich sah, dass er diese von mir ausgeworfenen Köder aufschnappte, merkte ich immer mehr, dass die Liebe ihn voranzog und sie von mir wegzog.

So verging ein Jahr nach dem anderen, und jeder Tag in der Reihe dieser Jahre trug zu meiner Mischung aus höchster Freude und stechendem Schmerz bei. Und dann kamen diese beiden, sobald sie volljährig waren und nach dem Gesetz selbstständig handeln durften, Hand in Hand zu mir (inzwischen war mein Haar vollkommen weiß) und flehten mich an, ich möge sie miteinander verbinden. »Und es ist wahrhaftig, lieber Hauslehrer«, sagte Adelina, »auch angemessen, dass Sie das tun, denn wir hätten niemals miteinander gesprochen, wenn Sie nicht gewesen wären, und hätten uns ohne Sie danach nicht so oft getroffen.« Was natürlich alles tatsächlich stimmte, denn ich hatte meine zahlreichen Geschäfte und Besprechungen dazu genutzt, Mr. Granville ins Herrenhaus mitzunehmen und mit Adelina im Vorzimmer von Mylady zurückzulassen.

Ich wusste, dass Mylady Einwände gegen eine solche Heirat haben würde, vielmehr gegen jede Heirat, die etwas anderes war als ein Austausch ihrer Tochter gegen vertraglich festgelegte Ländereien, Güter oder Gelder. Aber als ich die beiden anschaute und mit überströmenden Augen sah, dass sie beide jung und schön waren, und in dem Wissen, dass sie einander an Geschmack und Errungenschaften ähnelten, die jede Jugend und Schönheit überdauern, und in Betracht ziehend, dass Adelina jetzt über ein eigenes Vermögen verfügte, und weiterhin in Betracht ziehend, dass Mr. Granville, obwohl er im Augenblick arm war, doch aus einer guten Familie stammte, die niemals in Preston in einem Keller gelebt hatte, sowie in dem Glauben, dass ihre Liebe fortdauern würde, da keiner am anderen irgendwelche Ungereimtheiten zu entdecken hatte, erklärte ich ihnen meine Bereitschaft, das zu tun, worum Adelina ihren lieben Hauslehrer gebeten hatte, und sie als Mann und Frau in die strahlende Welt mit ihren goldenen Toren hinauszuschicken, die auf sie wartete.

Es war ein Sommermorgen, als ich noch vor der Sonne aufstand, um mich für die Krönung meines Werkes durch diese Handlung zu sammeln; und da ich nah am Meer wohnte, wanderte ich zu den Felsen am Strand hinunter, um dort die Sonne in all ihrer Majestät zu sehen.

Die Ruhe über der See und am Firmament, der geordnete Rückzug der Sterne, das stille Versprechen des kommenden Tages, der rosige Schein am Horizont und auf den Wassern, die unaussprechliche Herrlichkeit, die dann hervorbarst, all das stimmte meine Gedanken nach den Disharmonien der Nacht neu ein. Es schien mir, als sagte mir alles, was ich betrachtete, und als hörte ich im Meer und in den Lüften: »Tröste dich, du Sterblicher, damit, dass dein Leben so kurz ist. Unsere Vorbereitungen für das, was danach folgen soll, dauern schon unvorstellbare Zeiten an und werden noch so weiterandauern.«

Ich traute die beiden. Ich wusste, dass meine Hand kalt war, als ich sie auf ihre ineinander verschlungenen Hände legte, aber die Worte, mit denen ich diese Handlung zu begleiten hatte, vermochte ich ohne Zögern auszusprechen, und ich hatte meinen Frieden gemacht.

Sobald sie von meinem Haus und dem Ort unseres schlichten Frühstücks weit genug entfernt waren, war die Zeit gekommen, das zu tun, was ich ihnen versprochen hatte – Mylady von der Sache in Kenntnis setzen.

Ich ging zum Herrenhaus hinauf und fand Mylady in ihrem üblichen Geschäftsraum vor. Sie hatte an diesem Tag zufällig eine ungewöhnlich hohe Anzahl von Aufträgen, die sie mir anvertrauen wollte, und hatte meine Hände bereits mit Papieren gefüllt, ehe ich nur ein Wort hervorbringen konnte.

»Mylady«, begann ich dann, als ich neben ihrem Tisch stand.

»Nun, was gibt es?«, antwortete sie rasch und blickte hoch.

»Nicht viel, würde ich gern hoffen, nachdem Sie sich vorbereitet und die Sache ein wenig überdacht haben.«

»Mich vorbereitet und die Sache ein wenig überdacht! *Sie* scheinen sich jedenfalls nur unvollkommen vorbereitet zu haben, Mr. Silverman.« Dies sagte sie überaus veräcthlich, als ich unter ihrem starren Blick meine übliche Verlegenheit verspürte.

Darauf meinte ich ausnahmsweise zu meiner Entschuldigung: »Lady Fareway, ich habe für mich nur anzumerken, dass ich versucht habe, meine Pflicht zu tun.«

»Für sich anzumerken?«, wiederholte Mylady. »Dann waren auch noch andere betroffen, nehme ich an. Wer sind die?«

Ich wollte gerade antworten, als sie sich mit einer raschen Bewegung, die mich innehalten ließ, zur Glocke bewegte und fragte: »Nun, wo ist denn Adelina?«

»Ich bitte um Nachsicht! Nur ruhig, Mylady. Ich habe sie heute Morgen mit Mr. Granville Wharton getraut.«

Sie kniff die Lippen zusammen, schaute mich durchdringender denn je an, hob dann die rechte Hand und schlug mir fest auf die Wange.

»Geben Sie mir diese Papiere zurück! Geben Sie mir diese Papiere zurück!« Sie riss sie mir aus den Händen und warf sie heftig auf den Tisch. Dann setzte sie sich wütend auf ihren großen Sessel, verschränkte die Arme und traf mich mitten ins Herz mit dem unverhofften Vorwurf: »Sie selbstsüchtiger Schurke!«

»Das hier, bitte sehr«, fuhr sie mit äußerster Verächtlichkeit fort und deutete mit dem Finger auf mich, als wäre sonst noch jemand da, der es sehen konnte, »dies hier, bitte sehr, ist der selbstlose Gelehrte, der außer seinen Büchern nichts im Kopf hat! Das hier, bitte sehr, ist der schlichte Geselle, den jeder bei einem Geschäft übervorteilen kann! Das hier, bitte sehr, ist Mr. Silverman! Nicht von dieser Welt, nein, er nicht! Er ist ja zu schlicht für die List dieser Welt. Er besitzt zu viel ehrliche Zielstrebigkeit, als dass er den Betrügereien der Welt gewachsen wäre. Was hat er Ihnen dafür gegeben?«

»Wofür? Und wer?«

»Wie viel?«, fragte sie, beugte sich in ihrem großen Sessel vor und klopfte in beleidigender Geste mit den Fingern der Rechten auf die Handfläche der linken Hand. »Wie viel zahlt Ihnen Mr. Granville Wharton dafür, dass Sie ihm Adelinas Geld verschafft haben? Wie hoch ist der Prozentsatz, den Sie von Adelinas Vermögen einstreichen? Wie sahen die Vertragskonditionen aus, die Sie diesem Jungen vorgeschlagen haben, wenn Sie, Hochwürden George Silverman, mit Lizenz zum Trauen von Paaren, sich verpflichteten, ihm dieses Mädchen zuzuführen? Sie haben gewiss gute Bedingungen für sich selbst ausgehandelt, wie immer sie ausgesehen haben mögen. Er hätte Ihrer Geldgier sicher nicht viel entgegenzusetzen gehabt.«

Verwirrt, entsetzt, benommen von dieser grausamen Wendung, konnte ich kein Wort hervorbringen. Aber ich versichere Ihnen, ich habe unschuldig ausgesehen, da ich es war.

»Jetzt hören Sie mir zu, Sie listiger Scheinheiliger«, sagte Mylady, deren Wut immer noch anwuchs, während sie sie äußerte, »lauschen Sie meinen Worten, Sie gerissener Intrigant, die Sie diesen Plan mit dem geübten doppelten Gesicht durchgeführt haben, das ich bei Ihnen niemals vermutet hätte. Ich hatte eigene Pläne für meine Tochter, Pläne für eine Familienverbindung, Pläne für ein großes Vermögen. Die haben Sie durchkreuzt, Sie haben mich übervorteilt, aber ich lasse mir nicht meine Pläne durchkreuzen und mich übervorteilen, ohne mich zu rächen. Haben Sie die Absicht, Ihre Pfründe noch einen weiteren Monat innezuhaben?«

»Halten Sie es für möglich, Lady Fareway, dass ich sie nach Ihren so verletzenden Worten noch eine Stunde innehaben kann?«

»Sie geben sie also zurück?«
»Ich habe sie im Geiste bereits vor einigen Minuten zurückgegeben.«
»Weichen Sie mir nicht aus, Sir. Haben Sie sie zurückgegeben oder nicht?«
»Bedingungslos und völlig; und ich wünschte, ich hätte mich ihr niemals, niemals auch nur genähert.«
»*Diesem* Wunsch stimme ich von ganzem Herzen zu, Mr. Silverman! Aber lassen Sie sich eines sagen, Sir. Wenn Sie die Pfründe nicht zurückgegeben hätten, dann hätte ich sie Ihnen abgenommen. Und obwohl Sie sie zurückgegeben haben, werden Sie mich nicht so leicht abschütteln, wie Sie meinen. Ich werde Sie mit dieser Geschichte verfolgen. Ich werde Ihre schändliche Verschwörung um des Geldes willen allen bekannt machen. Sie haben damit Geld verdient, aber Sie haben sich gleichzeitig damit auch eine Feindin gemacht. Sie werden immer gut darauf achten, dass das Geld Ihnen nicht verloren geht; und ich werde gut darauf achten, dass die Feindin Ihnen nicht verloren geht.«
Darauf erwiderte ich schließlich: »Lady Fareway, ich glaube, mein Herz ist gebrochen. Ehe ich gerade eben in diesen Raum getreten bin, wäre mir die Möglichkeit einer so gemeinen Boshaftigkeit, wie Sie sie mir zugeschrieben haben, niemals in den Sinn gekommen. Ihr Verdacht ...«
»Verdacht! Pah!«, erwiderte sie entrüstet. »Gewissheit.«
»Ihre Gewissheit, Mylady, wie Sie es nennen, Ihr Verdacht, wie ich es nenne, ist grausam und ungerecht und entbehrt jeglicher Grundlage in den Tatsachen. Mehr kann ich nicht sagen, außer dass ich weder für meinen eigenen Gewinn noch zu meinem Vergnügen gehandelt habe. Ich habe bei dieser Angelegenheit überhaupt nicht an mich gedacht. Noch einmal, ich glaube, mein Herz ist gebrochen. Falls ich unbeabsichtigt mit einem rechtschaffenen Motiv etwas

Falsches getan haben sollte, so ist dies wahrhaftig eine große Strafe.«

Dies quittierte sie mit einem weiteren und noch entrüsteteren »Pah!«, und ich verließ ihr Zimmer (ich glaube, ich habe mich mit den Händen hinausgetastet, obwohl meine Augen geöffnet waren) und hegte beinahe den Verdacht, dass meine Stimme einen abstoßenden Klang hatte und ich ein abstoßendes Wesen war.

Es wurde ein großer Aufruhr veranstaltet, der Bischof wurde eingeschaltet, ich erhielt einen strengen Tadel und entging nur knapp meiner Suspendierung. Jahrelang hing eine Wolke über mir, und mein Name war befleckt.

Aber mein Herz brach nicht, falls ein gebrochenes Herz auch den Tod bedeutet, denn ich überlebte es.

Sie hielten zu mir, Adelina und ihr Mann, durch die ganze Angelegenheit hindurch. Diejenigen, die mich im College gekannt hatten, und sogar die meisten, die mich dort nur dem Namen und Ruf nach gekannt hatten, hielten auch zu mir. Nach und nach verbreitete sich die Überzeugung, dass ich zu dem, was man mir zur Last legte, nicht fähig gewesen wäre. Schließlich gab man mir eine Stelle im College an einem abgeschiedenen Ort, und dort schreibe ich gerade meine Erklärung. Ich schreibe sie zur Sommerszeit am offenen Fenster, der Kirchhof davor gleichermaßen Ruhestatt der gesunden Herzen, der verwundeten Herzen und der gebrochenen Herzen. Ich schreibe dies zur Erleichterung meines Geistes, ohne vorherzusehen, ob es je einen Leser findet oder nicht.

Erstmals erschienen Januar-März 1868 in »The Atlantic Monthly«.

Geburten: Mrs. Meek, ein Sohn

Mein Name ist Meek. Tatsächlich bin ich Mr. Meek. Dieser Sohn ist von mir und Mrs. Meek. Als ich die Anzeige in der *Times* gesehen habe, fiel mir die Zeitung aus der Hand. Ich hatte die Annonce zwar selbst aufgegeben und dafür bezahlt, aber sie sah so edel aus, dass es mich überwältigte.

Sobald ich mich wieder gefasst hatte, brachte ich die Zeitung hinauf zu Mrs. Meek an ihr Bett. »Maria Jane«, sagte ich (ich meine damit Mrs. Meek), »du bist jetzt eine Persönlichkeit des öffentlichen Lebens.« Wir lasen den Bericht über unser Kind mehrere Male mit überaus heftigen Gefühlen; und ich schickte den Jungen, der bei uns Stiefel und Schuhe putzt, zum Zeitungsbüro, um fünfzehn Exemplare zu erwerben. Es gab keine Ermäßigung für die Abnahme solcher Mengen.

Es ist kaum nötig zu erwähnen, dass wir unser Kind erwartet hatten. Eigentlich hatten wir es nun schon verhältnismäßig zuversichtlich einige Monate erwartet. Mrs. Meeks Mutter, die bei uns wohnt – und auf den Namen Bigby hört –, hatte alle Vorkehrungen für seine Aufnahme in unseren trauten häuslichen Kreis getroffen.

Ich hoffe und glaube, dass ich ein ruhiger Mann bin. Ich will noch weiter gehen. Ich *weiß*, dass ich ein ruhiger Mann bin. Meine Gemütsart ist eher ängstlich, meine Stimme war nie laut, und was meine Statur betrifft, so bin ich seit meiner Kindheit klein. Ich hege den höchsten Respekt für Maria Janes Mama. Sie ist eine außerordentlich bemerkenswerte

Frau. Ich ehre Maria Janes Mama. Meiner Meinung nach würde sie eine Stadt allein, nur mit einem Küchenbesen bewaffnet, stürmen und erobern. Ich habe es nie erlebt, dass sie in irgendeiner Sache einem sterblichen Menschen nachgegeben hätte. Sie ist so angelegt, dass sie selbst das tapferste Herz in Angst und Schrecken versetzen kann.

Und doch – aber ich will nicht vorgreifen.

Das erste Anzeichen, dass vonseiten der Mama Maria Janes irgendwelche Vorkehrungen getroffen wurden, bemerkte ich eines Nachmittags vor einigen Monaten. Ich kam früher als gewöhnlich vom Büro zurück und stellte, als ich mich ins Esszimmer begeben wollte, ein Hindernis hinter der Tür fest, das es mir unmöglich machte, diese völlig zu öffnen. Es war ein Hindernis einer recht weichen Art. Als ich zum Zimmer hereinschaute, stellte ich fest, dass es eine weibliche Person war.

Die besagte Person stand in der Ecke hinter der Tür und trank Sherrywein. Nach dem nussigen Duft dieses Getränks zu schließen, der bereits das ganze Zimmer durchströmte, hegte ich keinen Zweifel, dass sie schon ihr zweites Glas leerte. Sie trug eine schwarze Haube umfangreichen Ausmaßes und war von ausladender Gestalt. Ihre Miene war streng und unzufrieden. Die Worte, denen sie Ausdruck verlieh, als sie mich gewahrte, waren folgende: »Oh, machen Sie, dass Sie wegkommen, Sir, bitte; ich und Mrs. Bigby, wir wollen hier keine Herren dabeihaben!«

Diese weibliche Person war Mrs. Prodgit.

Ich zog mich selbstverständlich unverzüglich zurück. Ich war ziemlich verletzt, aber ich machte keinerlei Bemerkung darüber. Ob ich als Folge des Gefühls, gestört zu haben, nach dem Abendessen Zeichen von Niedergeschlagenheit zeigte, vermag ich nicht mit Gewissheit zu sagen. Aber Maria Janes Mama sagte, ehe sie sich zur Ruhe begab, mit leiser, aber klarer Stimme und mit vorwurfsvoller Miene, die mich völlig niederschmetterte: »George Meek, Mrs. Prodgit ist die Amme Ihrer Frau.«

Ich hege keinen Groll gegen Mrs. Prodgit. Ist es denn wahrscheinlich, dass ich, der ich dies mit Tränen in den Augen niederschreibe, eines Gefühls der Feindseligkeit gegenüber einer weiblichen Person fähig sein könnte, die für das Wohlbefinden von Maria Jane so notwendig ist? Ich bin zu dem Zugeständnis bereit, dass das Schicksal vielleicht seine Hand im Spiel hatte und nicht Mrs. Prodgit; aber es ist unbestreitbar wahr, dass Letztere Verzweiflung und Verheerung in meine bescheidene Wohnstätte brachte.

Nach ihrem ersten Erscheinen waren wir glücklich; wir waren manchmal überaus glücklich. Aber wann immer die Tür des Wohnzimmers aufging und »Mrs. Prodgit!« angekündigt wurde (und sie wurde oft angekündigt), folgten Kummer und Elend auf dem Fuß. Ich konnte Mrs. Prodgits Aussehen nicht ertragen. Ich hatte das Gefühl, alles andere als erwünscht zu sein und in Mrs. Prodgits Gegenwart nichts verloren zu haben. Zwischen Maria Janes Mama und Mrs. Prodgit war ein schreckliches, stillschweigendes Einvernehmen – ein finsteres Geheimnis und eine Verschwörung, die mich zu einem zu meidenden Wesen machte. Ich schien etwas furchtbar Böses getan zu haben. Wann immer Mrs. Prodgit nach dem Abendessen auftauchte, zog ich mich in mein Ankleidezimmer zurück – wo die Temperatur in der Winterzeit überaus niedrig ist – und saß da und schaute auf meinen frostigen Atem, der in Wolken vor mir aufstieg, und auf mein Stiefelregal; ein nützliches Möbelstück, aber meiner Meinung nach kein besonders erbaulicher Gegenstand. Die Länge der Konsultationen, die mit Mrs. Prodgit unter diesen Umständen abgehalten wurden, will ich gar nicht zu beschreiben versuchen. Ich möchte nur anmerken, dass Mrs. Prodgit stets Sherrywein konsumierte, während diese Beratungen im Gange waren; dass diese immer damit endeten, dass Maria Jane in unglücklicher Stimmung auf dem Sofa lag; und dass mich Maria Janes Mama stets, wenn ich wieder herbeigerufen wurde, mit einem Ausdruck trostlosen Triumphs empfing, der mir nur zu deutlich zu verstehen gab: »Da, George Meek! Da sehen Sie es, mein Kind Maria Jane ist in den Abgrund gestürzt, und ich hoffe, jetzt sind Sie es zufrieden!«

Ich übergehe ausnahmslos jenen Zeitraum, der zwischen dem Tag lag, an dem Mrs. Prodgit ihre Einwände gegen die Anwesenheit von Männern aussprach, und der ewig unvergesslichen Mitternachtsstunde, in der ich sie in einer Droschke zu meinem bescheidenen Zuhause brachte, mit einer sehr großen Kiste auf dem Dach und einem Bündel und einer Hutschachtel sowie einem Korb zwischen den Beinen des Kutschers. Ich habe keinerlei Einwände dagegen, dass Mrs. Prodgit (angestiftet und unterstützt von Mrs. Bigby, von der ich nie vergessen kann, dass sie die Mutter von Maria Jane ist) mein unauffälliges Heim völlig mit Beschlag belegte. In den tiefsten Tiefen meiner Brust lauert vielleicht doch der Gedanke, dass ein Mann, der Besitz ergreift, kaum so schrecklich sein kann wie eine Frau, noch dazu Mrs. Prodgit; aber ich muss viel ertragen, und ich hoffe, dass ich es kann und auch tue. Beleidigungen und Ablehnung verletzen meine Gefühle; aber ich kann sie klaglos erdulden. Es wird sich vielleicht langfristig bemerkbar machen; man mag mich von Pontius zu Pilatus hetzen, weit über meine Kräfte hinaus; trotzdem möchte ich vermeiden, dass es in der Familie zu unguten Worten kommt.

Doch die Stimme der Natur erhebt sich laut zugunsten von Augustus George, meinem zarten Söhnchen. Für ihn würde ich gern einige wenige klagende Alltagsworte aussprechen. Ich bin überhaupt nicht zornig; ich bin sanftmütig – aber elend.

Ich möchte wissen, warum, als mein Kind Augustus George in unser trautes Heim aufgenommen wurde, ein Vorrat an Nadeln angeschafft wurde, als wäre der kleine Neuling ein Verbrecher, der unverzüglich der Folter zugeführt werden solle, und kein anbetungswürdiger Säugling? Ich möchte wissen, warum man in solcher Hast diese Nadeln aus allen Richtungen in seinen unschuldigen Körper stach? Ich wünsche zu erfahren, warum man von Augustus George Licht und Luft wie Gift fernhält? Warum, frage ich, wird mein harmloser Säugling so mit Baumwollköper und Kattun, mit winzigen Laken und Decken in ein Korbbettchen gezwängt, dass ich ihn nur irgendwo tief unter dem rosa Verdeck dieser kleinen Bademaschine schnaufen höre (und wen wundert's?) und niemals auch nur ein so winziges seiner Merkmale wie seine Nase genauer betrachten kann?

Erwartet man von mir, der Vater eines französischen Haarknotens zu sein, da die Bürsten aller vereinten Nationen zu Werke gehen, um Augustus George zu kratzen und zu striegeln? Will man mir weismachen, es sei seiner empfindlichen Haut wirklich bestimmt, durch die vorzeitige und unablässige Nutzung jener ehrfurchtgebietenden kleinen Werkzeuge überall mit Ausschlag überzogen zu werden?

Ist mein Sohn eine Muskatnuss, dass man ihn mit den steifen Kanten scharfer Rüschen raspeln muss? Bin ich der Vater eines Musselin-Jungen, dass seine weiche Oberfläche ständig gewellt und in kleine Falten gelegt werden muss? Oder besteht mein Kind aus Papier oder Leinen, dass seine weichen Arme und Beine mit den Eindrücken der feinsten Stärk- und Bügelkunst der Wäscherin ringsum bedruckt werden, wie ich es ständig beobachte? Die Stärke dringt bis in die Seele vor; wen wundert's, dass er weint?

War beabsichtigt, dass Augustus George Gliedmaßen haben sollte oder als Torso geboren würde? Ich gehe davon aus, dass Gliedmaßen beabsichtigt waren, da sie ja die gewöhnliche Ausstattung sind. Warum dann werden die Gliedmaßen meines armen Kindes gebunden und gefesselt? Will man mir weismachen, es gäbe eine Analogie zwischen Augustus George und Jack Sheppard*?

Man analysiere Rizinusöl in jedem Chemischen Untersuchungsinstitut, auf das man sich einigen kann, und teile mir mit, welche Ähnlichkeit, auch im Geschmack, es mit jener natürlichen Nahrung aufweist, die Augustus George zu verabreichen Maria Janes Stolz und Pflicht ist! Und doch beschuldige ich Mrs. Prodgit (angestiftet und unterstützt von Mrs. Bigby), seit der Stunde seiner Geburt meinem unschuldigen Sohn systematisch Rizinusöl aufzuzwingen. Wenn diese Arznei mit ihrer effektiven Wirkung Augustus George innere Turbulenzen verursacht, beschuldige ich Mrs. Prodgit (angestiftet und unterstützt von Mrs. Bigby), ihm dann in ihrem Wahn völlig widersinnig Opium zu verabreichen, um den Sturm zu beruhigen, den sie selbst heraufbeschworen hat! Was soll all das bedeuten?

Wenn die Tage der ägyptischen Mumien wirklich vorbei sind, wie kann es Mrs. Prodgit wagen, für meinen Sohn Mengen von Flanell und Leinen zu verlangen, mit denen ich mein bescheidenes Dach zudecken könnte? Wundere ich mich, wozu sie es benötigt? Nein! Heute Morgen habe ich vor einer Stunde den folgenden qualvollen Anblick

---

* Jack Sheppard war ein berüchtigter englischer Einbrecher und Dieb des frühen 18. Jahrhunderts in London, dem mehrere Ausbrüche aus dem Gefängnis gelangen.

erlitten. Ich sah meinen Sohn – Augustus George – in den Händen von Mrs. Prodgit und auf den Knien von Mrs. Prodgit, wie er angezogen wurde. In jenem Augenblick befand er sich in vergleichsweise natürlichem Zustand; er hatte nichts an außer einem außerordentlich kurzen Hemdchen, das in bemerkenswertem Missverhältnis zu seiner sonstigen Oberbekleidung stand. Von Mrs. Prodgits Schoß zum Boden hing ein langes, schmales Band – ich würde sagen, von mehreren Metern. Nun sah ich, wie Mrs. Prodgit den Körper meines harmlosen Säuglings in dieses Band fest einrollte, ihn dabei um und um drehte, dass einen Augenblick sein argloses Gesicht nach oben schaute, den nächsten sein kahler Hinterkopf, bis diese unnatürliche Tat vollbracht war und die Bandage mit einer Nadel gesichert wurde, von der ich jeden Grund habe, anzunehmen, dass sie in den Körper meines einzigen Kindes eindrang. In dieser Aderpresse verbringt er die gegenwärtige Phase seines Lebens. Kann ich dies alles wissen und noch lächeln?

Ich fürchte, ich habe mich hinreißen lassen, mich sehr heftig auszudrücken, aber ich bin zutiefst aufgewühlt. Nicht um meinetwillen, sondern wegen Augustus George. Ich wage es nicht, dazwischenzutreten. Wird es sonst jemand tun? Eine Veröffentlichung? Ein Arzt? Ein Vater? Irgendwer? Ich beklage mich nicht, dass Mrs. Prodgit (angestiftet und unterstützt von Mrs. Bigby) mir Maria Janes Gefühle völlig entfremdet hat und ein unüberwindliches Hindernis zwischen uns darstellt. Ich beklage mich auch nicht, dass man mir keine Beachtung schenkt. Ich *will* gar nicht, dass man mir Beachtung schenkt. Aber Augustus George ist ein Erzeugnis der Natur (anders kann ich es mir nicht vorstellen), und ich verlange, dass man ihn zumindest mit einem fernen Bezug zur Natur behandeln sollte. Meiner Meinung nach besteht Mrs. Prodgit von Anfang bis

Ende nur aus Konventionen und Aberglauben. Haben denn alle Mediziner Angst vor Mrs. Prodgit? Wenn nicht, warum nehmen sie sich die Frau dann nicht vor und erziehen sie?

P S: Maria Janes Mama brüstet sich, selbst Kenntnisse auf diesem Gebiet zu besitzen, und sagt, sie hätte sieben Kinder außer Maria Jane großgezogen. Aber woher weiß ich, dass sie sie nicht viel besser hätte großziehen können? Maria Jane ist alles andere als kräftig, leidet unter Kopfschmerzen und einem nervösen Magen. Außerdem lese ich in den Statistiktabellen, dass eines von fünf Kindern im ersten Lebensjahr stirbt, und eines von drei innerhalb der ersten fünf. Das sieht nicht gerade so aus, als könnten wir da keine Verbesserungen vornehmen, denke ich!

P P S: Augustus George hat Krämpfe.

Erstmals erschienen im Februar 1851 in »Household Words«.

Der Laternenanzünder

»Wenn Sie von Murphy und Francis Moore sprechen, meine Herren«, sagte der Laternenanzünder, der den Vorsitz übernommen hatte, »dann möchte ich sagen, dass keiner von denen je mehr mit den Sternen zu tun hatte als Tom Grig.«

»Und was hatte *der* mit ihnen zu tun?«, erkundigte sich der Laternenanzünder, der das Amt des Stellvertreters innehatte.

»Überhaupt nichts«, erwiderte der andere, »rein gar nichts.«

»Sie wollen also sagen, dass Sie Murphy nicht glauben?«, erkundigte sich der Laternenanzünder, der die Debatte begonnen hatte.

»Ich will damit sagen, dass ich Tom Grig glaube«, antwortete der Vorsitzende. »Ob ich an Murphy glaube oder nicht, das ist eine Sache, die ich mit meinem Gewissen abmachen muss; und ob Murphy an sich selbst glaubt oder nicht, das ist eine Sache, die er mit seinem Gewissen abmachen muss. Meine Herren, ich trinke auf Ihr Wohl!«

Der Laternenanzünder, der der Gesellschaft diese Ehre angedeihen ließ, saß im Kaminwinkel eines gewissen Gasthauses, das seit unvordenklicher Zeit die Anlaufstelle der Laternenanzünder ist. Er saß inmitten eines Kreises von Laternenanzündern und war der Kazike*, will sagen der Fürst des Stammes.

---

* Bezeichnung für einheimische Anführer oder Adelige in Mittel- und Südamerika.

Falls meine geneigten Leser das Glück hatten, einmal die Beerdigung eines Laternenanzünders mitzuerleben, so werden sie nicht überrascht sein, wenn sie nun erfahren, dass Laternenanzünder ein seltsames und primitives Völkchen sind; dass sie starr an alten Zeremonien und Gebräuchen festhalten, die vom Vater zum Sohn weitergereicht wurden, seit die erste öffentliche Laterne im Freien entzündet wurde; dass sie untereinander heiraten und ihre Kinder schon im Säuglingsalter einander versprechen; dass sie keine Komplotte oder Verschwörungen anzetteln (denn wer hätte je von einem verräterischen Laternenanzünder gehört?); dass sie keine Verbrechen gegen die Gesetze ihres Landes begehen (da kein Fall eines mörderischen oder einbrecherischen Laternenanzünders bekannt ist); dass sie, kurz gesagt, trotz ihres scheinbar flüchtigen und ruhelosen Charakters ein höchst moralisches und nachdenkliches Völkchen sind: da sie so viele traditionelle Bräuche haben wie die Juden und als Zunft, wenn schon nicht so alt wie die Berge, dann doch mindestens so alt wie die Straßen sind. Einer ihrer Glaubenssätze ist, dass das erste schwache Aufleuchten einer wahren Zivilisation mit der ersten Straßenlaterne einherging, die auf öffentliche Kosten betrieben wurde. Sie führen ihre Existenz und ihr hohes öffentliches Ansehen in gerader Linie auf die heidnische Mythologie zurück und behaupten, dass die Geschichte des Prometheus selbst nur eine nette Fabel ist, deren wahrer Held ein Laternenanzünder ist.

»Meine Herren«, sagte der vorsitzende Laternenanzünder, »ich trinke auf Ihr Wohl!«

»Und vielleicht, Sir«, meinte der Stellvertreter, hielt sein Glas in die Höhe, erhob sich ein wenig von seinem Stuhl und setzte sich wieder hin, um anzuzeigen, dass er das Kompliment entgegennahm und erwiderte, »vielleicht geruhen

Sie sich noch mehr herabzulassen und uns zu verraten, wer Tom Grig war und wie es kam, dass er Ihrer Meinung nach etwas mit Francis Moore, dem Arzt, zu tun hatte.«

»Hört, hört, hört!«, riefen die Laternenanzünder allgemein.

»Tom Grig, meine Herren«, sagte der Vorsitzende, »war einer von uns; und es geschah etwas, das einer öffentlichen Persönlichkeit in unserem Geschäft nicht oft geschieht, dass nämlich sein Wie-nennt-man-das-gleich dargestellt wurde.«

»Sein Porträt?«, fragte der Stellvertreter.

»Nein«, antwortete der Vorsitzende, »nicht sein Porträt.«

»Vielleicht seine Silhouette?«, schlug der Stellvertreter vor. »Nein, nicht seine Silhouette.« – »Seine Beine?« – »Nein, nicht seine Beine.« Auch nicht seine Arme, nicht seine Hände, nicht seine Füße, nicht seine Brust, die alle von irgendwo vorgeschlagen wurden.

»Vielleicht seine Nativität*?«

»Genau, das war's«, sagte der Vorsitzende, der bei diesem Vorschlag aus seiner nachdenklichen Haltung aufschreckte. »Seine Nativität, die hat Tom sich darstellen lassen, meine Herren.«

»Als Gipsbild?«, fragte der Stellvertreter.

»Ich weiß nicht genau, wie das gemacht wird«, erwiderte der Vorsitzende. »Aber ich nehme an, ja.«

Und dann hielt er inne, als wäre das alles, was er zu sagen hatte; darauf erhob sich ein Gemurmel unter der Gesellschaft, das sich schließlich zu einer Bitte verdichtete, die vom Stellvertreter vorgetragen wurde: Er möge weitersprechen. Da dies genau das war, was der Vorsitzende beabsichtigte, grübelte er noch eine kleine Weile, nahm jene

---

* Geburtshoroskop.

angenehme Zeremonie vor, die gemeinhin als »sich die Kehle befeuchten« bezeichnet wird, und fuhr folgendermaßen fort: »Tom Grig, meine Herren, war, wie ich bereits sagte, einer von uns; und ich darf noch weitergehen und sagen, er war eine Zierde für uns, und eine solche, wie sie nur die gute alte Zeit des Öls und der Baumwolle hervorbringen konnte. In Toms Familie, meine Herren, waren alle Laternenanzünder.«

»Aber doch nicht die Damen, will ich hoffen?«, fragte der Stellvertreter.

»Begabt genug wären sie gewesen, Sir«, erwiderte der Vorsitzende, »und sie wären es auch geworden, wenn es nicht die Vorurteile in der Gesellschaft gegeben hätte. Lassen Sie die Frauen ihre Rechte haben, Sir, und Toms weibliche Familienmitglieder wären jede Einzelne von ihnen im Amt. Aber diese Emanzipation ist noch nicht gekommen und war es auch damals noch nicht, und folglich haben die Frauen sich in den Schoß der Familie zurückgezogen, Essen gekocht, Kleider geflickt, auf die Kinder aufgepasst, ihre Ehemänner getröstet und sich allgemein um den Haushalt gekümmert. Es ist eine harte Sache für die Frauen, meine Herren, dass sie auf einen solchen Handlungsbereich eingeschränkt sind, eine sehr harte.

Ich weiß alles über Tom, meine Herren, weil nämlich sein Onkel mütterlicherseits mein ganz besonderer Freund gewesen ist. Sein Schicksal (das von Toms Onkel) war ein trauriges. Das Gas war sein Tod. Als man zum ersten Mal darüber sprach, lachte er nur. Er war nicht wütend; er lachte über die Leichtgläubigkeit der menschlichen Natur. ›Genauso gut könnte man davon sprechen‹, meinte er, ›eine nicht enden wollende Reihe von Glühwürmchen zu benutzen‹, und dann lachte er wiederum, teils über seinen eigenen Witz, teils über die armselige Menschheit.

Mit der Zeit zog die Angelegenheit jedoch Kreise, und das Experiment wurde gemacht, und die Gaslaternen beleuchteten Pall Mall. Toms Onkel ging hin, um es sich anzusehen. Ich habe mir sagen lassen, dass er in jener Nacht vor Schwäche vierzehnmal von der Leiter fiel und dass er sicherlich noch öfter heruntergefallen wäre, bis er sich umgebracht hätte, hätte sein letzter Sturz nicht in einer Schubkarre geendet, die in seine Richtung fuhr und ihn menschenfreundlich nach Hause brachte. ›Ich sehe voraus‹, sagte Toms Onkel schwach und ging zu Bett, während er so sprach, ›ich sehe voraus‹, sagte er, ›dass unser Beruf verschwindet. Nie mehr Runden bei Tag machen, um die Lichter zu putzen, nie mehr Öl auf die Hüte und Hauben der Damen und Herren heruntertröpfeln, wenn einen der Übermut packt. Eine Gaslaterne kann jeder niedere Wicht anzünden. Dann ist alles vorbei.‹ In diesem Geisteszustand verfasste er eine Bittschrift an die Regierung und bat um – wie nennt man das doch gleich, was die den Leuten geben, wenn es endlich herauskommt, dass sie nie zu irgendetwas nutze waren und zu viel fürs Nichtstun bezahlt bekommen haben?«

»Eine Entschädigung?«, schlug der Stellvertreter vor.

»Genau«, sagte der Vorsitzende. »Eine Entschädigung. Sie haben ihm aber keine gegeben, und dann hat ihn plötzlich die Heimatliebe ergriffen, und er ging herum und erzählte, das Gas wäre der Todesstoß für sein Vaterland und es wäre nichts als ein Komplott der Radikalen, um den Öl- und Baumwollhandel auf immer zu zerstören, und dass die Wale nun irgendwohin schwimmen und sich selbst umbringen würden, aus bloßem Groll und Verdruss, dass sie niemand mehr jagte. Endlich wurde er schlicht und einfach verrückt, nannte seine Tabakspfeife ein Gasrohr, dachte, dass seine Tränen Lampenöl wären, und erging sich über allerlei

Unsinn, bis er sich eines Nachts an einem Laternenpfahl in der Saint Martin's Lane aufknüpfte, und das war sein Ende.

Tom liebte ihn, meine Herren, aber er überlebte die Sache. Er vergoss ein paar Tränen an seinem Sarg, betrank sich sehr, hielt am Abend auf der Polizeiwache eine Grabrede und musste am nächsten Morgen fünf Shilling Strafe dafür zahlen. Manchen Männern machen derlei Dinge nichts aus. Tom war einer von denen. An jenem Nachmittag ging er auf eine neue Runde: so klar im Kopf und so fieberfrei wie Pastor Mathew* persönlich.

Toms neue Runde, meine Herren, war – ich kann nicht genau sagen, wo, weil er das niemals verraten hat; aber ich weiß, dass sie durch eine ruhige Gegend der Stadt führte, wo es einige seltsame alte Häuser gab. Ich habe mir immer gedacht, dass es irgendwo in der Nähe des Canonbury Tower in Islington gewesen sein muss, aber das ist nur meine Meinung. Wo immer es auch war, er ging auf seine Runde, mit einer brandneuen Leiter, einem weißen Hut, Jacke und Hose aus dunklem Hollandleinen, einem blauen Halstuch und einem Zweig von voll erblühtem Goldlack im Knopfloch. Tom hatte stets ein elegantes Aussehen, und ich habe es mir von den besten Kennern sagen lassen, dass man ihn, wenn er an jenem Tag seine Leiter zu Hause gelassen hätte, durchaus für einen Lord hätte halten können.

Er war immer fröhlich, unser Tom, und ein so ausgezeichneter Sänger, dass er, wenn es bei uns irgendwelche Förderung für heimische Talente gäbe, sicherlich in der Oper gelandet wäre. Er stand auf seiner Leiter und sang in einer Manier vor sich hin, die man sich leichter vorstellen als beschreiben kann, als er hörte, wie die Uhr fünf schlug,

---

* Theobald Mathew, katholischer Geistlicher, der 1838 den Verein der Abstinenzler gründete.

und plötzlich einen alten Herrn mit einem Fernrohr in der Hand sah, wie der ein Fenster hochschob und ihn sehr genau anschaute.

Tom wusste nicht, was im Kopf dieses alten Herrn vorging. Er meinte, höchstwahrscheinlich murmelte der vor sich hin: ›Das ist ein neuer Laternenanzünder – ein gut aussehender junger Bursche –, soll ich ihm etwas zum Trinken ausgeben?‹ Und während er dies noch für möglich hielt, blieb er ganz reglos, gab vor, sich besonders gründlich um den Docht zu kümmern, und schaute den alten Herrn von der Seite an, nahm aber scheinbar keine Notiz von ihm.

Meine Herren, das war einer der seltsamsten und geheimnisvollsten Burschen, die Tom je unter die Augen gekommen waren. Er war schludrig und unsauber gekleidet, trug ein weites Gewand mit einer Art Bettdeckenmuster und eine Kappe gleicher Art auf dem Kopf, und ein langes, altes Wams mit Rockschößen, ohne Hosenträger, ohne Gürtel und mit sehr wenigen Knöpfen; kurz gesagt, ohne all jene kunstfertigen Dinge, die unsere Gesellschaft zusammenhalten. An diesen Zeichen und daran, dass er nicht rasiert und nicht sonderlich sauber war, sowie an einer leicht weltfremden Weisheit auf den Gesichtszügen erkannte Tom, dass dieser alte Herr ein Naturwissenschaftler sein musste. Er hat mir oft gesagt, wenn er sich hätte vorstellen können, die gesamte Royal Society* auf einen einzigen Mann einzudampfen, dann hätte er gemeint, das hätte die Person dieses alten Herrn sein können.

Der alte Herr führte also das Fernrohr ans Auge, schaute ringsum, sah niemanden sonst, starrte Tom wieder an und rief sehr laut: ›Hallo!‹

---

* 1660 gegründete britische Gelehrtengesellschaft zur Pflege der Naturwissenschaften.

›Hallo, Sir‹, erwiderte Tom von seiner Leiter, ›und noch einmal hallo, da wir gerade davon sprechen.‹

›Das ist einmal eine außergewöhnliche Erfüllung‹, meinte der alte Herr, ›einer Vorhersage der Planeten.‹

›Wirklich?‹, fragte Tom. ›Freut mich zu hören.‹

›Junger Mann‹, sagte der alte Herr, ›Sie kennen mich nicht.‹

›Sir‹, antwortete Tom, ›ich habe nicht die Ehre; aber es wäre mir trotzdem ein Vergnügen, auf Ihr Wohl zu trinken.‹

›Ich lese‹, rief der alte Mann, ohne Toms Höflichkeit zu bemerken, ›ich lese das, was geschehen wird, in den Sternen.‹

Tom dankte ihm für diese Mitteilung und bat ihn, ihm zu erklären, ob im Laufe dieser Woche irgendetwas Besonderes in den Sternen geschehen würde; aber der alte Herr berichtigte ihn und erklärte ihm, dass er in den Sternen läse, was auf dem trockenen Land geschehen würde, und dass er mit allen Himmelskörpern vertraut wäre.

›Ich hoffe, es geht ihnen allen gut, Sir‹, meinte Tom, ›allen miteinander.‹

›Still!‹, rief da der alte Herr. ›Ich habe das Buch des Schicksals mit ungewöhnlichem und wunderbarem Erfolg konsultiert. Ich bin bewandert in den großartigen Wissenschaften Astrologie und Astronomie. Hier in meinem Haus habe ich alle möglichen Gerätschaften für die Beobachtung der Planetenbahnen und -bewegungen. Vor sechs Monaten schöpfte ich aus dieser Quelle das Wissen, dass sich mir genau Schlag fünf Uhr am heutigen Nachmittag ein Fremder vorstellen würde – der vom Schicksal bestimmte Ehemann meiner jungen und allerliebsten Nichte –, der in Wirklichkeit von nobler und hoher Herkunft ist, dessen Geburt aber von Ungewissheit und Geheimnis verschleiert ist. Sagen Sie mir nicht, dass das bei Ihnen nicht der Fall ist‹, meinte der alte Herr, der es so eilig hatte, zu sprechen, dass er seine Worte kaum schnell genug hervorbrachte, ›denn ich weiß es besser.‹

Meine Herren, Tom war so überrascht, als er ihn das sagen hörte, dass er sich nur mit Mühe auf der Leiter halten konnte und sich am Laternenpfahl festklammern musste. Tatsächlich umgab ein Geheimnis seine Geburt. Seine Mutter hatte es stets zugegeben. Tom hatte nie gewusst, wer sein Vater war, und einige Leute waren sogar so weit gegangen, anzudeuten, dass selbst *sie* in diesem Punkt ihre Zweifel hegte.

Während er sich also in diesem Zustand des Erstaunens befand, ging der alte Herr vom Fenster weg, kam aus der Haustür gestürzt, rüttelte an der Leiter, und Tom glitt ihm wie ein reifer Kürbis in die Arme.

›Lassen Sie sich umarmen‹, sagte der alte Herr, schlug seine Arme um Tom und sengte sich dabei beinahe sein altes Bettdeckengewand an Toms Fackel an. ›Sie sind ein Mann von edler Gestalt. Alles kommt zusammen und beweist nur, wie genau meine Beobachtungen sind. Sie hatten geheimnisvolle Eingebungen?‹, fragte er. ›Ich weiß, Sie hatten Vorahnungen von zukünftiger Größe, stimmt's?‹, fragte er.

›Ja, ich glaube schon‹, erwiderte Tom – Tom war einer von denen, die sich alles einreden können, was sie wollen –, ›ich habe oft geglaubt, dass ich nicht die niedere Person bin, für die man mich hält.‹

›Sie hatten recht‹, rief der alte Herr und drückte ihn noch einmal an sich. ›Kommen Sie herein. Meine Nichte erwartet uns.‹

›Sieht die junge Dame annehmbar aus, Sir?‹, fragte Tom, der nicht sofort auf die Sache eingehen wollte, weil er sich überlegte, sie würde gewiss Piano spielen und Französisch sprechen und auch sonst alle möglichen Fertigkeiten aufweisen.

›Sie ist wunderschön!‹, rief der alte Herr, der vor lauter Übereifer schweißgebadet war. ›Sie hat eine anmutige Haltung, eine vollkommene Gestalt, eine süße Stimme, eine Miene, die vor Lebendigkeit und Ausdruck strahlt; und ihre Augen‹, sagte er und rieb sich die Hände, ›sind wie die eines scheuen Rehs.‹

Tom nahm an, damit könnte gemeint sein, was man in seinen Kreisen einen ›Silberblick‹ nannte, und erkundigte sich angesichts dieses vermuteten Defekts, ob die junge Dame Geld hätte.

›Sie hat fünftausend Pfund‹, rief der alte Herr. ›Aber was halten Sie davon? Was halten Sie davon? Ein Wort in Ihr Ohr: Ich bin auf der Suche nach dem Stein der Weisen. Ich habe ihn beinahe gefunden – noch nicht ganz. Der macht alles zu Gold; das vermögen solche Steine wahrhaftig.‹

Tom fand natürlich, dass das einiges an Vermögen war; und er sagte, wenn der alte Herr es bekäme, dann hoffte er, er würde sorgfältig darauf achten, es in der Familie zu halten.

›Gewiss‹, sagte der, ›natürlich. Fünftausend Pfund. Was sind schon fünftausend Pfund für uns? Was fünf Millionen?‹, meinte er. ›Was sind fünf Millionen? Geld bedeutet uns nichts. Wir werden es gar nicht schnell genug ausgeben können.‹

›Wir werden sehen, was sich machen lässt, Sir‹, sagte Tom.

›Das tun wir‹, antwortete der alte Herr. ›Ihr Name?‹

›Grig‹, erwiderte Tom.

Der alte Herr umarmte ihn wiederum sehr fest; und ohne ein weiteres Wort zu sprechen, zerrte er ihn so aufgeregt hinter sich ins Haus, dass Tom gerade eben noch seine Fackel und seine Leiter packen und in den Flur stellen konnte.

Meine Herren, ich denke, selbst wenn Tom nicht ohnehin für seine Wahrheitsliebe bekannt gewesen wäre, hätten Sie ihm geglaubt, als er sagte, das alles sei wie ein Traum gewesen. Es gibt keine bessere Methode, wie ein Mann herausfinden kann, ob er wirklich schläft oder wach ist, als um etwas Essen zu bitten. Wenn er träumt, meine Herren, dann setzt man ihm etwas vor, dem es an Geschmack fehlt, darauf können Sie sich verlassen.

Tom erklärte dem alten Herrn seine Zweifel und meinte, wenn es im Haus etwas kalten Braten gäbe, würde es ihn sehr beruhigen, seinen Zustand daran sofort zu überprüfen. Der alte Herr ließ eine Wildpastete, einen kleinen Schinken und eine Flasche sehr alten Madeira kommen. Beim ersten Mundvoll Pastete und dem ersten Glas Madeira schmatzte Tom mit den Lippen und rief: ›Ich bin wach – hellwach‹, und um zu beweisen, dass das stimmte, meine Herren, machte er mit beidem reinen Tisch.

Als Tom seine Mahlzeit beendet hatte (von der er später nie ohne Tränen in den Augen sprach), umarmte ihn der alte Herr noch einmal und sagte: ›Edler Fremder! Wir wollen meine junge und liebreizende Nichte aufsuchen.‹ Tom, der vom Wein ein wenig belebt war, erwiderte: ›Der edle Fremde ist nicht abgeneigt!‹ Worauf der alte Herr ihn bei der Hand nahm und in das Wohnzimmer führte; und während er die Tür öffnete, rief er: ›Hier ist Mr. Grig, der Günstling der Planeten!‹

Ich werde mich nicht daran versuchen, weibliche Schönheit zu beschreiben, meine Herren, denn jedem von uns schwebt bei diesem Wort ein Musterexemplar vor, das seinem eigenen Geschmack am besten entspricht. In diesem Wohnzimmer, von dem ich spreche, waren zwei junge Damen; und wenn jeder der anwesenden Herren sich zwei eigene Musterexemplare an ihrer statt vorstellt und die

Freundlichkeit hätte, sie zur höchsten Vollkommenheit aufzupolieren, dann bekäme er eine schwache Ahnung von ihrer ungewöhnlichen Strahlkraft.

Neben diesen beiden jungen Damen war noch ihre Zofe anwesend, die Tom unter anderen Umständen als wahre Venus erschienen wäre; und neben ihr stand ein langer, dünner, trübselig blickender junger Herr, halb Mann, halb Junge, der einen kindischen Anzug trug, der ihm an Armen und Beinen viel zu kurz war, und der laut Toms Vergleich wie eine jener wächsernen Puppen vor der Tür einer Schneiderwerkstatt aussah, zu groß geraten und etwas heruntergekommen. Nun stampfte dieser Jüngling mit dem Fuß auf und schaute Tom sehr grimmig an, und Tom schaute grimmig zurück – denn, um der Wahrheit die Ehre zu geben, meine Herren, hegte Tom mehr als nur einen Verdacht, dass der Jüngling, als sie das Zimmer betreten hatten, gerade eine der jungen Damen geküsst hatte; und soweit Tom wusste, müssen Sie verstehen, hätte das ja *seine* junge Dame sein können – und das war doch nicht angenehm.

›Sir‹, sagte Tom, ›ehe wir weitermachen, hätten Sie die Güte, mir mitzuteilen, wer dieser junge Feuersalamander‹ – Tom nannte ihn aus Erbitterung so, müssen Sie wissen, meine Herren – ›wer dieser junge Feuersalamander wohl sein mag?‹

›Das, Mr. Grig‹, sagte der alte Herr, ›ist mein kleiner Junge. Er wurde Galileo Isaac Newton Flamstead* getauft. Scheren Sie sich nicht um ihn. Der ist noch ein Kind.‹

›Und ein sehr feines Kind dazu‹, sagte Tom – immer noch erbittert, werden Sie bemerken –, ›für sein Alter, und sicher so gut wie fein, da habe ich keinen Zweifel. Wie geht

---

* Nach den Astronomen und Physikern Galileo Galilei, Sir Isaac Newton und Sir John Flamstead.

es dir, mein Lieber?‹ Und mit diesen freundlichen und herablassenden Worten streckte Tom die Hand aus und tätschelte ihm den Kopf, zitierte dazu zwei Zeilen über kleine Jungen aus Doktor Watts'* Kirchenliedern, die er in der Sonntagsschule gelernt hatte.

An der gerunzelten Stirn des Jünglings und daran, wie die Zofe den Kopf nach hinten warf, und daran, dass die jungen Damen ihnen den Rücken zukehrten und am anderen Ende des Zimmers miteinander tuschelten, war sehr leicht abzulesen, meine Herren, dass niemand außer dem alten Herrn den edlen Fremden gut aufzunehmen gewillt war. Wahrhaftig hörte Tom klar und deutlich, wie die Zofe von ihrem Herrn sagte, dass er zwar vorgebe, die Sterne gut lesen zu können, sie aber nicht glaube, dass er auch nur ihr Alphabet kenne, dass er zumindest nicht weiter als bis zu Wörtern von einer Silbe vorgedrungen sei; aber Tom, dem das einerlei war (denn er war nach dem Madeira sehr belebt), schaute mit freundlicher Miene auf die jungen Damen, warf jeder von ihnen eine Kusshand zu und fragte den alten Herrn: ›Welche ist welche?‹

›Dies‹, erwiderte der alte Herr und führte die hübscheste herbei, wenn man denn überhaupt eine hübscher als die andere nennen konnte, ›dies ist meine Nichte, Miss Fanny Barker.‹

›Wenn Sie mir erlauben, Miss‹, sagte da Tom, ›als edlem Fremden und Günstling der Planeten, mich auch so zu verhalten.‹ Mit diesen Worten küsste er die junge Dame höchst freundlich, wandte sich wieder dem alten Herrn zu, hieb ihm kräftig auf die Schulter und meinte: ›Wann soll es denn nun sein, mein guter Kamerad?‹

---

* Dr. Isaac Watts (1674–1748), Theologe, Logiker und Verfasser englischer Kirchenlieder.

Die junge Dame errötete so heftig und ihre Lippe bebte so sehr, meine Herren, dass Tom wirklich dachte, sie würde zu weinen beginnen. Aber sie hielt ihre Gefühle im Zaum und sagte, sich zu dem alten Herrn wendend: ›Lieber Onkel, obwohl du die vollkommene Verfügungsgewalt über meine Hand und mein Vermögen hast und obwohl du es sicher gut meinst, wenn du beides so vergibst, möchte ich dich fragen, ob du nicht denkst, dies könnte ein Fehler sein?‹, sagte sie. ›Dass sich die Sterne irren müssen? Ist es nicht möglich, dass der Komet sie gestört hat?‹

›Die Sterne‹, erwiderte der alte Herr, ›könnten keinen Fehler machen, selbst wenn sie es versuchten. Emma‹, sagte er zu der anderen jungen Dame.

›Ja, Papa‹, antwortete sie.

›Am gleichen Tag, an dem deine Base Mrs. Grig wird, wirst du mit dem begabten Mooney vereint. Bitte keine Vorwürfe – keine Tränen. Nun, Mr. Grig, lassen Sie sich in jene heiligen Hallen, in jene philosophische Zufluchtsstätte führen, wo mein Freund und Partner, der begabte Mooney, von dem ich gerade gesprochen habe, jetzt eben im Begriff ist, jene Entdeckungen voranzutreiben, die uns reich an dem kostbaren Metall und zu Herrschern der Welt machen werden. Kommen Sie, Mr. Grig‹, sagte er.

›Von Herzen gern‹, erwiderte Tom, ›und viel Glück dem begabten Mooney, sage ich – nicht so sehr um seinetwillen, als um unserer selbst willen, die wir es verdienen!‹ Tom warf den Damen wiederum Handküsse zu und folgte dem alten Herrn aus dem Zimmer; wobei er noch die Genugtuung hatte, beim Zurückblicken wahrzunehmen, dass sie alle miteinander an den Armen und Beinen des Galileo Isaac Newton Flamstead hingen, um ihn daran zu hindern, dem edlen Fremden nachzustürzen und ihn in Stücke zu reißen.

Meine Herren, Toms zukünftiger Schwiegervater nahm ihn bei der Hand, und nachdem er eine kleine Lampe entzündet hatte, geleitete er ihn über einen gepflasterten Hof hinter dem Haus in einen sehr großen, dunklen, finsteren Raum: angefüllt mit allerlei Flaschen, Globen, Büchern, Teleskopen, Krokodilen, Alligatoren und anderen wissenschaftlichen Instrumenten aller Art. Mitten in diesem Raum befand sich ein Herd oder Brennofen mit etwas, das Tom als Topf bezeichnete, das aber meiner Meinung nach wohl ein Schmelztiegel war, in dem es brodelte. In einer Ecke führte eine Art Leiter durch die Decke zum Dach; und diese Leiter deutete der alte Herr hinauf, als er flüsterte: ›Die Sternwarte. Mr. Mooney hält gerade eben Ausschau nach der genauen Zeit, wann uns alle Reichtümer dieser Erde zufallen werden. Es wird notwendig sein, dass er und ich an diesem stillen Ort Ihre Nativität erstellen, ehe die Stunde kommt. Schreiben Sie den Tag und die Minute Ihrer Geburt auf dieses Stück Papier und überlassen Sie das Übrige mir.‹

›Sie wollen doch nicht sagen‹, sprach Tom, während er tat, worum man ihn gebeten hatte, und das Papier zurückreichte, ›dass ich hier lange warten muss, oder? Das ist ein ziemlich gruseliger Ort.‹

›Still!‹, versetzte der alte Herr. ›Das sind heilige Hallen. Leb wohl!‹

›Warten Sie‹, meinte Tom. ›Wie eilig Sie es haben! Was ist denn das in der großen Flasche da drüben?‹

›Ein Kind mit drei Köpfen‹, erwiderte der alte Herr, ›und alles andere in guter Proportion.‹

›Warum werft ihr das nicht weg?‹, wollte Tom wissen. ›Warum hebt ihr solch unangenehme Dinge hier auf?‹

›Es wegwerfen!‹, rief der alte Herr. ›Wir benutzen es in der Astrologie ständig. Es ist ein Zauber.‹

›Hätte ich nicht für zauberhaft gehalten‹, meinte Tom. ›so wie es aussieht. *Müssen* Sie unbedingt gehen, Donnerwetter!‹

Der alte Herr gab ihm keine Antwort, sondern stieg so geschäftig wie eh und je die Leiter hinauf. Tom schaute seinen Beinen nach, bis nichts mehr von ihm zu sehen war; und dann setzte er sich zum Warten hin und fühlte sich (wie er stets zu sagen pflegte) so unwohl, als würde man ihn gleich zum Freimaurer machen und erhitzte bereits die Brandeisen dafür*.

Tom wartete so lange, meine Herren, dass er schon meinte, es müsste mindestens auf Mitternacht zugehen, und ihm war elendiglicher und einsamer zumute als je zuvor in seinem Leben. Er versuchte allerlei, um sich die Zeit zu vertreiben, aber sie war ihm niemals so langsam verronnen. Zunächst nahm er das Kind mit den drei Köpfen in näheren Augenschein und überlegte, was für ein Trost es für seine Eltern gewesen sein musste. Dann schaute er durch ein langes Fernrohr, das aus dem Fenster ragte, sah aber nichts Besonderes, was wohl daran lag, dass am anderen Ende noch der Deckel darauf steckte. Dann kam er zu einem Skelett in einer Vitrine, das mit folgendem Etikett versehen war: ›Skelett eines Herrn – präpariert von Mr. Mooney‹ –, da konnte er bloß hoffen, dass Mr. Mooney nicht die Angewohnheit hatte, Herren ohne deren vorherige Zustimmung solchermaßen zu präparieren. Hundertmal mindestens schaute er in den Topf, wo sie den Stein der Weisen auf die richtige Beschaffenheit eindampf-

---

* Anspielung auf eine irrtümliche Annahme, dass die Initiationsriten der Freimaurer mit Brandzeichen verbunden waren. Der Irrtum könnte sich daraus ergeben haben, dass das Freimaurerzeichen manchmal als Brandzeichen für Vieh verwendet wurde.

ten, und fragte sich, ob es vielleicht beinahe so weit wäre. Wenn es so weit ist, überlegte sich Tom, dann lasse ich mir für Sixpence Sardinen kommen und verwandle sie in einem ersten Experiment in Goldfische. Außerdem hatte er sich entschlossen, meine Herren, sich ein Landhaus und einen Park zuzulegen und auf einem Teil davon über eine Meile hinweg eine doppelte Reihe Gaslaternen aufzustellen und jeden Abend mit einer auf Hochglanz polierten Mahagonileiter und zwei livrierten Dienern hinter sich dort hinauszugehen und sie nur zu seinem Vergnügen anzuzünden.

Schließlich tauchten endlich die Beine des alten Herrn wieder auf der Leiter auf, die zum Dach führte, und er kam langsam heruntergestiegen und brachte den begabten Mooney mit. Dieser Mooney, meine Herren, war von noch wissenschaftlicherer Erscheinung als sein Freund, und er hatte, wie Tom oft auf sein Ehrenwort erklärt hat, das schmutzigste Gesicht, das wir uns in diesem unvollkommenen Erdenleben nur vorstellen können.

Meine Herren, Sie sind sich alle darüber im Klaren, dass ein Wissenschaftler, wenn er nicht zerstreut ist, gar nichts wert ist. Mr. Mooney war so zerstreut, dass er, als der alte Herr ihn aufforderte ›Schütteln Sie Mr. Grig die Hand‹, doch tatsächlich sein Bein herstreckte. ›Was für ein Gehirn, Mr. Grig!‹, rief da der alte Herr voller Entzücken. ›Das ist Philosophie! Das ist Nachdenken! Stören Sie ihn nicht‹, sagte er, ›denn das ist wirklich erstaunlich!‹

Tom hatte durchaus nicht den Wunsch, ihn zu stören, da er nichts Besonderes zu sagen hatte; aber Mooney war so lange ungewöhnlich erstaunlich, dass der alte Herr ungeduldig wurde und sich wohl entschlossen hatte, ihm einen elektrischen Schock zu versetzen, um ihn wachzurütteln. ›Denn Sie müssen wissen, Mr. Grig‹, sagte er, ›dass wir zu diesem Zweck immer eine stark aufgeladene Batterie bereithalten.‹ Da man nun zu diesem Mittel gegriffen hatte, meine Herren, und der begabte Mooney mit einem lauten Brüllen wiederbelebt war, war er kaum zu sich gekommen, als er und der alte Herr Tom voller Mitleid betrachteten und reichlich Tränen vergossen.

›Mein lieber Freund‹, sagte da der alte Herr zum Begabten, ›präpariere ihn.‹

›Verflixt‹, rief da Tom und wich zurück, ›nichts dergleichen, wirklich. Kein Präparieren durch Mr. Mooney, wenn ich bitten darf.‹

›Leider, leider!‹, erwiderte der alte Herr. ›Sie verstehen uns nicht. Mein Freund, berichte ihm von seinem Schicksal. Ich kann es nicht.‹

Der Begabte räusperte sich und gab Tom nach vielen Bemühungen zu verstehen, dass man seine Nativität sorgfältig aufgestellt hätte und dass er genau an diesem Tag in zwei Monaten und um fünfunddreißig Minuten, siebenundzwanzig und fünf Sechstel Sekunden nach neun Uhr morgens sein Leben aushauchen würde.

Meine Herren, ich überlasse es Ihrem Urteil, was Toms Gefühle anlässlich dieser Ankündigung gewesen sein mögen, am Vorabend seiner Hochzeit und ungeahnter Reichtümer. ›Ich glaube‹, antwortete er mit bebender Stimme, ›dass es bei der Berechnung einen Fehler gegeben haben muss. Würden Sie mir den Gefallen tun, sie noch einmal zu erstellen?‹

›Da gibt es keinen Fehler‹, erwiderte da der alte Herr. ›Sie wurde von Francis Moore, einem Arzt, offiziell bestätigt. Hier ist die Vorhersage für morgen in zwei Monaten.‹ Und er zeigte ihm die Seite, wo auch wirklich diese Worte standen: ›Das Ableben einer hochgestellten Persönlichkeit ist für etwa diese Zeit zu erwarten.‹

›Was‹, ergänzte der alte Herr, ›eindeutig Sie sind, Mr. Grig.‹

›Zu eindeutig‹, sagte Tom, sank auf einen Stuhl und gab eine Hand dem alten Herrn, die andere dem Begabten. ›Die Sonne ist für Tom auf ewig untergegangen!‹

Nach dieser rührenden Anmerkung brach der Begabte wiederum in Tränen aus, und die beiden anderen mischten ihre Tränen mit darein, so als gehörten sie alle – wenn ich diesen Ausdruck gebrauchen darf – zur Firma Zerstreut, Weltfremd & Compagnie. Aber der alte Herr erholte sich als Erster, bemerkte, dass es nun umso mehr Grund für eine schleunige Eheschließung gäbe, auf dass Toms hervorragende Art an nachfolgende Generationen weitergegeben würde; und nachdem er den Begabten gebeten hatte, Mr. Grig während seiner zeitweiligen Abwesenheit zu trösten, zog er sich zurück, um unverzüglich mit seiner Nichte die Vorbereitungen dafür zu treffen.

Und nun, meine Herren, ereignete sich etwas Außergewöhnliches und Bemerkenswertes; denn wie Tom da noch melancholisch auf dem einen Stuhl saß und der Begabte melancholisch auf einem anderen, wurden zwei Türen heftig aufgerissen und die beiden jungen Damen stürmten herein, und die eine kniete sich in liebevoller Haltung zu Toms Füßen hin und die andere zu denen des Begabten. Bisher war dabei, was Tom betraf – und wie er immer zu sagen pflegte –, nichts Seltsames; aber Sie werden Ihre Meinung ändern, wenn ich Ihnen jetzt zu verstehen gebe, dass Toms junge Dame bei dem Begabten kniete und die junge Dame des Begabten bei Tom.

›Hallo! Halt!‹, rief da Tom, ›da stimmt was nicht. Ich brauche in meinen quälenden Umständen den Trost einer mitfühlenden Frau, aber wir haben uns in der Person geirrt. Partnertausch, Mooney.‹

›Ungeheuer!‹, rief da Toms junge Dame und klammerte sich an den Begabten.

›Miss!‹, sagte Tom. ›Wo bleiben Ihre Manieren?‹

›Ich schwöre dir ab!‹, rief Toms junge Dame. ›Ich entsage dir. Ich werde niemals die Deine. Du‹, sagte sie zu dem Begabten, ›bist der Gegenstand meiner ersten und allumfassenden Leidenschaft. Du warst so sehr mit deinen hehren Visionen beschäftigt, dass du meine Liebe nicht wahrgenommen hast; aber, vollends zur Verzweiflung getrieben, lege ich nun alle weibliche Zurückhaltung ab und gestehe dir meine Liebe. O grausamer, grausamer Mann!‹ Und mit diesem Vorwurfe bettete sie ihren Kopf an die Brust des Begabten und schlang auf zärtlichste Art ihre Arme um ihn, meine Herren.

›Und ich‹, sagte da die andere junge Dame in einer Art Verzückung, die Tom zusammenfahren ließ, ›ich schwöre hiermit ebenfalls dem mir versprochenen Ehemann ab. Hör mich an, du Kobold!‹ Dies war an den Begabten gerichtet. ›Hör mich an! Ich verachte dich zutiefst. Das närrische Gespräch dieses einen Abends hat meine Seele mit Liebe erfüllt – aber nicht zu dir. Sondern zu dir, zu dir, junger Mann‹, rief sie Tom zu. ›Wie Monk Lewis* einmal so fein beobachtet hat: Thomas, Thomas, ich bin dein, Thomas, Thomas, du bist mein: dein für ewig, mein für ewig.‹ Und mit diesen Worten wurde auch sie sehr zärtlich.

Tom und der Begabte sahen einander, wie Sie sehr wohl glauben mögen, meine Herren, recht verlegen an und voller Gedanken, die den beiden jungen Damen nicht gerade schmeichelten. Was den Begabten betrifft, so habe ich Tom

---

* Anspielung auf den gotischen Roman »The Monk« von Matthew Gregory Lewis, in dem eine ähnliche Liebeserklärung gemacht wird.

oft sagen hören, dass er sich sicher war, der hätte einen Anfall gehabt, einen innerlichen.

›Sprich mit mir! Oh, sprich mit mir!‹, rief nun Toms junge Dame dem Begabten zu.

›Ich will mit niemandem sprechen‹, antwortete der, als er endlich seine Stimme wiedergefunden hatte, und versuchte, sie von sich zu stoßen. ›Ich glaube, ich gehe jetzt besser. Ich habe – ich habe Angst‹, sagte er und schaute sich um, als hätte er etwas verloren.

›Kein einziger liebevoller Blick!‹, rief sie. ›Hör mich an, wenn ich dir erkläre …‹

›Ich weiß gar nicht, wie man liebevoll blickt‹, versetzte er ganz verdattert. ›Erkläre nichts. Ich will niemanden hören.‹

›So ist's recht!‹, rief da der alte Herr (der anscheinend gelauscht hatte). ›So ist's recht! Höre nicht auf sie. Emma heiratet dich morgen, mein Freund, ob sie will oder nicht, und *sie hier* wird Mr. Grig heiraten.‹

Meine Herren, diese Worte waren kaum über seine Lippen gekommen, da kam auch schon Galileo Isaac Newton Flamstead (der anscheinend auch gelauscht hatte) hereingestürzt und wirbelte herum wie der Kreisel eines Riesenkindes. ›Lass sie doch. Lass sie doch. Ich bin wild; ich bin wütend. Ich erlaube es ihr. Nach all dem hier heirate ich niemals irgendjemanden – niemals. Es ist einfach nicht sicher. Sie ist die falscheste unter den falschen Schlangen‹, rief er dann und raufte er sich das Haar und knirschte mit den Zähnen, ›und ich werde als Junggeselle leben und sterben!‹

›Der Kleine‹, merkte der Begabte gewichtig an, ›wenn auch noch zart an Jahren, hat weise gesprochen. Man hat mich dazu gebracht, über die Frauen nachzudenken, und ich werde nicht das Abenteuer eingehen, mich auf die gefährlichen Gewässer des Ehestandes hinauszuwagen.‹

›Was!‹, rief da der alte Herr, ›meine Tochter nicht heiraten? Du willst das nicht, Mooney? Nicht einmal, wenn ich sie zwinge? Du willst nicht? Du willst nicht?‹

›Nein‹, antwortete Money, ›ich will nicht. Und wenn mich noch jemand fragt, dann laufe ich weg und komme niemals wieder.‹

›Mr. Grig‹, sagte da der alte Herr, ›den Sternen muss man gehorchen. Sie haben sich doch nicht anders entschlossen, nur wegen einer kleinen mädchenhaften Torheit – was, Mr. Grig?‹

Tom, meine Herren, war auf der Hut, und er war sich ziemlich sicher, dass all dies ein Vorwand und eine List der Zofe war, um ihn von seinen Absichten abzubringen. Er hatte gesehen, wie sie sich versteckt hatte und um die beiden Türen herumgesprungen war, und hatte beobachtet, dass ein geflüstertes Wort von ihr den Feuersalamander unverzüglich beruhigt hatte. Also, dachte sich Tom, ist dies ein Komplott – aber das geht mit mir nicht.

›Was, Mr. Grig?‹, fragte der alte Herr noch einmal.

›Nun, Sir‹, meinte Tom und deutete auf den Schmelztiegel, ›wenn die Suppe beinahe so weit ist …‹

›Eine weitere Stunde bringt die Erfüllung all unserer Bemühungen‹, erwiderte der alte Herr.

›Sehr gut‹, sagte Tom mit trauriger Miene. ›Es ist nur für zwei Monate, aber dann bin ich doch lieber der reichste Mann der Welt für diese kurze Zeit. Ich bin nicht wählerisch, ich nehme sie, Sir. Ich nehme sie.‹

Der alte Herr war entzückt, festzustellen, dass Tom bei seiner Meinung geblieben war, und während er die junge Dame nach und nach zu ihm herzog und ihre Hände mit einiger Gewalt ineinanderlegte, explodierte plötzlich der Schmelztiegel mit großem Getöse; alle schrien, der Raum war von Rauch erfüllt, und Tom, der nicht wusste, was als Nächstes noch geschehen würde, warf sich in Boxerpose und sagte: ›Komm schon, wenn du Manns genug bist!‹, ohne sich damit an irgendjemanden Besonderen zu wenden.

›Die Arbeit von fünfzehn Jahren!‹, rief der alte Mann, rang die Hände und schaute zum Begabten herunter, der die Stücke einsammelte, ›in einem einzigen Augenblick zerstört!‹ Und man sagte mir übrigens, meine Herren, dass genau dieser Stein der Weisen schon mindestens hundert Mal entdeckt worden wäre, gäbe es da nicht diesen unglückseligen Umstand, dass die Gerätschaft stets in die Luft fliegt, wenn der Versuch um Haaresbreite vor dem Erfolg steht.

Tom wurde ganz bleich, als er hörte, was für unerfreuliche Dinge der alte Herr äußerte, und er stammelte, dass er, wenn alle Beteiligten damit einverstanden wären, gern wüsste, was genau geschehen wäre und welche Veränderung dies für die Aussichten der versammelten Gesellschaft gebracht hätte.

›Im Augenblick haben wir einen Fehlschlag erlitten, Mr. Grig‹, antwortete der alte Herr und wischte sich die Stirn. ›Und ich bedaure es umso mehr, als ich die fünftausend Pfund meiner Nichte in diese großartige Spekulation investiert habe. Aber seien Sie nicht niedergeschlagen‹, fügte er besorgt hinzu, ›in weiteren fünfzehn Jahren, Mr. Grig …‹

›Oh!‹, rief Tom und ließ die Hand der jungen Dame sinken. ›Haben sich die Sterne sehr deutlich für diese Verbindung ausgesprochen, Sir‹?

›Ja, das haben sie‹, antwortete der alte Herr.

›Das tut mir leid‹, antwortete Tom, ›denn so geht's mitnichten.‹

›So geht's mit was?‹, rief der alte Herr.

›Nichten, Sir‹, erwiderte Tom wütend. ›Ich verbitte mir das Aufgebot.‹ Und mit diesen Worten – genau den Worten, die er verwendet hat – setzte er sich auf einen Stuhl, legte seinen Kopf auf den Tisch und überlegte mit heimlichem Schmerz, was an jenem Tag in zwei Monaten geschehen würde.

Tom hat immer gesagt, meine Herren, dass die Zofe das listigste kleine Biest wäre, das er je gesehen hatte; und er hat es, als er fortreiste, um sich in den Kolonien zu betätigen, auch schriftlich hinterlassen, er wäre sich sicher, dass sie und der Feuersalamander den Stein der Weisen absichtlich in die Luft gesprengt hätten, um ihn um sein Vermögen zu bringen. Ich glaube, dass Tom recht hatte, meine Herren; aber ob das nun stimmt oder nicht, jedenfalls trat die Zofe in diesem Augenblick vor und sagte: ›Darf ich sprechen, Sir?‹, und nachdem der alte Mann geantwortet hatte: ›Ja, du darfst‹, fuhr sie fort und sagte: ›Die Sterne haben zweifellos in jeder Hinsicht recht, aber Tom ist nicht der richtige Mann.‹ Und dann sagte sie: ›Erinnern Sie sich nicht, Sir, dass Sie, als die Uhr heute Nachmittag fünf schlug, Master Galileo mit Ihrem Fernrohr auf den Kopf geschlagen und ihm gesagt haben, er solle Ihnen aus dem Weg gehen?‹ – ›Ja, daran erinnere ich mich‹, sagte der alte Herr. ›Dann‹, erklärte die Zofe, ›würde ich sagen, er ist der Mann, und die Prophezeiung hat sich erfüllt.‹ Der alte Herr kam über diese Worte ins Taumeln, als hätte ihm jemand einen Schlag vor die Brust versetzt, und rief: ›Aber! Der ist doch noch ein Junge!‹ Daraufhin, meine Herren, schrie der Feuersalamander, dass er am nächsten Fest Mariä Verkündigung einundzwanzig würde, und beklagte sich, sein Vater wäre immer so sehr mit der Sonne beschäftigt, um die sich die Erde dreht, dass er nie Notiz von seinem Sohn genommen hätte, der sich um ihn dreht, und dass er seit seinem vierzehnten Lebensjahr keine neuen Kleider bekommen hätte und dass man ihn wahrhaftig erst aus den Hemdchen und Hosen aus Nankingstoff*

---

* Gelber Baumwollstoff.

befreit hätte, als er sich schon sehr unwohl darin fühlte; und er sprach noch viele weitere Familienangelegenheiten mit ähnlichem Sinn und Zweck an. Der langen Rede kurzer Sinn, meine Herren, alle redeten auf einmal und weinten auf einmal und erinnerten den alten Herrn daran, dass, was die edle Familie des Zukünftigen betraf, doch der Großvater des alten Mannes beinahe Lord Mayor von London geworden wäre, hätte er nicht ein Jahr zuvor beim Abendessen das Zeitliche gesegnet; und sie bewiesen ihm mit allen möglichen Argumenten, dass, wenn Vetter und Base heirateten, die Prophezeiung in jeder Weise erfüllt würde. Endlich war der alte Herr ziemlich überzeugt, gab klein bei und verband ihre Hände und ließ seine Tochter heiraten, wen sie wollte; und sie waren alle recht erfreut, und der Begabte war so erfreut wie ein jeder von ihnen.

Inmitten dieser kleinen Familiengesellschaft, meine Herren, saß derweilen Tom, so elendiglich, wie man sich nur vorstellen kann. Aber nachdem alles andere abgesprochen war, sagte die Tochter des alten Herrn, ihr seltsames Verhalten wäre eine kleine List der Zofe gewesen, um die Liebhaber zu entsetzen, die er für sie ausgewählt hatte, und würde der liebe Vater ihr vergeben? Und wenn er das tun wollte, dann würde er vielleicht der Zofe einen Ehemann suchen – und schaute bei diesen Worten ungewöhnlich starr zu Tom hin. Da sagte die Zofe, o je, sie könnte es nicht ertragen, wenn Mr. Grig denken sollte, sie wollte, dass er sie heiratete, und dass sie sogar bereits so weit gegangen wäre, den letzten Laternenanzünder abzulehnen, der sich nun dem gedruckten Wort verschrieben hätte (da er sich als Plakatkleber verdingt hatte); und dass sie hoffte, Mr. Grig würde von ihr nicht annehmen, sie wüsste sich sonst nicht mehr zu helfen, da ihr im Augenblick der Bäcker sehr viel Aufmerksamkeit widmete und der Fleischer geradezu wild den Hof machte. Und ich weiß nicht, wie viel mehr sie noch gesagt hätte, meine Herren (denn, wie Sie wissen, ist diese Gattung junge Frau nicht auf den Mund gefallen), wäre nicht der alte Herr plötzlich dazwischengefahren und hätte gefragt, ob Tom sie nehmen würde, wenn er dazu noch zehn Pfund bekäme, gewissermaßen als Entschädigung für seine verlorene Zeit und die Enttäuschung und als eine Art Bestechung, damit er die Geschichte für sich behielte.

›Das ist einerlei, Sir‹, antwortete Tom, ›ich bin nicht mehr lange auf dieser Welt. Acht Wochen Ehe, besonders mit dieser jungen Frau, könnten mich mit meinem Schicksal versöhnen. Ich glaube‹, sagte er, ›danach könnte ich leichten Herzens dahinscheiden.‹ Und mit diesen Worten umarmte er sie mit einem sehr jämmerlichen Gesicht und stöhnte so, dass es ein Herz aus Stein erweicht hätte – selbst eines aus dem Stein der Weisen.

›Meiner Treu!‹, rief da der alte Herr, ›das erinnert mich – dieser Wirrwarr hat es mich vergessen lassen –, da war eine Zahl verkehrt. Er wird ein gesegnetes Alter erreichen – mindestens siebenundachtzig!‹

›Wie viel?‹, rief Tom.

›Siebenundachtzig!‹, wiederholte der alte Herr.

Ohne ein weiteres Wort fiel Tom dem alten Herrn um den Hals, warf seinen Hut in die Höhe, machte einen Luftsprung, trotzte der Zofe und verwies sie an den Fleischer.

›Sie wollen sie nicht heiraten!‹, rief der alte Herr empört.

›Und dann so lange leben?‹, erwiderte Tom. ›Da würde ich lieber eine Meerjungfrau mit einem feinen Kamm und Spiegel heiraten.‹

›Dann tragen Sie die Folgen‹, sagte der andere.

Und mit diesen Worten – und ich bitte Sie, Ihre freundliche Aufmerksamkeit darauf zu lenken, denn das ist Ihrer Aufmerksamkeit wert – befeuchtete der alte Herr den Zeigefinger seiner rechten Hand mit der Flüssigkeit, die aus dem Schmelztiegel auf den Boden gespritzt war, und zeichnete Tom ein kleines Dreieck auf die Stirn. Das Zimmer verschwamm vor seinen Augen, und dann befand er sich wieder auf der Polizeiwache.«

»Er befand sich *wo*?«, rief der Stellvertreter im Namen der versammelten Gesellschaft.

»Auf der Wache«, sagte der Vorsitzende. »Es war spät nachts, und er befand sich wieder auf derselben Polizeiwache, von der man ihn am Morgen herausgelassen hatte.«

»Ist er dann nach Hause gegangen?«, fragte der Stellvertreter.

»Die Leute auf der Wache hatten etwas dagegen«, erwiderte der Vorsitzende, »und so blieb er die Nacht über dort und trat am Morgen vor den Friedensrichter, der dem Schaden noch den Spott hinzufügte. ›Nun, da Sie wieder hier sind, möchten wir Sie um fünf weitere Shilling bitten, wenn Sie das Geld irgend entbehren könnten.‹ Tom erklärte ihm, man hätte einen Zauber über ihn verhängt, aber das nutzte ihm nichts. Seinen Auftraggebern erzählte er dasselbe, aber auch die glaubten ihm nicht. Das ist ihn sehr hart angekommen, meine Herren, wie er oft gesagt hat, denn wie konnte man denn annehmen, dass er hingehen und eine solche Geschichte erfinden würde? Sie schüttelten den Kopf und meinten, er würde alles Mögliche sagen, nur nicht seine Gebete – und das stimmte; daran besteht kein Zweifel. Das war der einzige Tadel an seinem moralischen Charakter, von dem ich je gehört habe.«

Erstmals erschienen 1841 in »The Pic Nic Papers«, ursprünglich als Theaterstück 1838 veröffentlicht.

Der Signalwärter

»Hallo! Hallo, da unten!«

Als er eine Stimme hörte, die ihn so anrief, stand er an der Tür seiner Signalbude, die Fahne in der Hand um ihre kurze Stange aufgerollt. Man hätte gedacht, angesichts der Art des Terrains hätte er keinen Zweifel hegen dürfen, aus welcher Richtung diese Stimme kam. Aber anstatt hochzuschauen, wo ich am oberen Rand des steilen Einschnitts weit oben über seinem Kopf stand, drehte er sich herum und schaute die Gleise entlang. Es war etwas Bemerkenswertes an der Art, wie er dies tat, wenn ich auch um alles in der Welt nicht hätte sagen können, was es war. Aber ich wusste, dass es bemerkenswert genug war, um meine Aufmerksamkeit zu erregen, obwohl seine Gestalt verkürzt erschien und überschattet war, wie er da unten in dem tiefen Graben stand und ich hoch über ihm aufragte und so in die Glut eines flammendroten Sonnenuntergangs eingetaucht war, dass ich mir die Augen mit der Hand beschatten musste, ehe ich ihn überhaupt sah.

»Hallo! Hallo, da unten!«

Nachdem er die Gleise entlanggeschaut hatte, drehte er sich noch einmal um seine eigene Achse, hob die Augen und sah meine Gestalt hoch über sich.

»Gibt es hier einen Pfad, auf dem ich zu Ihnen herunterkommen kann, um mit Ihnen zu reden?«

Er schaute zu mir hinauf, ohne zu antworten, und ich schaute zu ihm hinunter, ohne ihn zu bald mit einer Wiederholung meiner müßigen Frage zu bedrängen.

Genau in diesem Augenblick war ein undeutliches Beben in der Erde und der Luft zu verspüren, das schnell in ein gewaltiges Pulsieren überging und in einen sich nähernden Ansturm, der mich zurückweichen ließ, als besäße er die Macht, mich nach unten zu reißen. Als der Dampf, der von diesem Schnellzug zu mir hinaufstieg, an mir vorübergezogen war und nun über die Landschaft hinwegstrich, blickte ich erneut nach unten und sah, wie der Mann die Fahne, die er gezeigt hatte, als der Zug vorbeifuhr, wieder einrollte.

Ich wiederholte meine Anfrage. Nach einer Pause, in der er mich mit starrer Aufmerksamkeit anzublicken schien, deutete er mit der aufgerollten Fahne auf eine Stelle auf meiner Höhe, aber in etwa zweihundert oder dreihundert Metern Entfernung. Ich rief zu ihm hinab: »Gut!« und machte mich auf den Weg zu diesem Punkt. Dort fand ich, als ich mich genau umschaute, einen unebenen Pfad ausgekerbt, der im Zickzack hinab verlief und dem ich folgte.

Der Einschnitt war außerordentlich tief und ungewöhnlich steil. Man hatte ihn durch einen feuchtkalten Stein gehauen, der, je weiter ich nach unten kam, immer klammer und nasser wurde. Aus diesen Gründen blieb mir auf meinem langen Weg Zeit genug, mich an die einzigartige Gebärde des Zögerns oder der Widerwilligkeit zu erinnern, mit der er mir den Pfad gezeigt hatte.

Als ich den Zickzackweg weit genug hinuntergestiegen war, um den Mann wieder zu erblicken, sah ich, dass er zwischen den Schienen auf den Gleisen stand, über die gerade noch der Zug vorübergefahren war, und eine Haltung angenommen hatte, als wartete er darauf, dass ich erschiene. Die Linke hatte er am Kinn, und sein linker Ellbogen ruhte auf der rechten Hand, die quer über seiner Brust lag.

Seine Haltung atmete eine solche Erwartung und Wachsamkeit, dass ich einen Augenblick stehen blieb und ihn verwundert betrachtete.

Dann setzte ich meinen Weg nach unten fort, und als ich auf die Ebene der Gleise gelangte und mich ihm näherte, bemerkte ich, dass er ein klein gewachsener Mann mit dunklem Teint, einem schwarzen Bart und ziemlich schweren Augenbrauen war. Sein Dienstposten lag an einem der einsamsten und trostlosesten Orte, die ich je gesehen hatte. Zu beiden Seiten ragten triefnasse Wände aus rauem Gestein auf, die ihm jegliche Aussicht raubten, bis auf einen schmalen Streifen des Himmels; der Blick in die eine Richtung war nur eine krumme Verlängerung dieses Kerkers; die kürzere Perspektive in der anderen Richtung endete bei einem tristen roten Licht und dem noch tristeren Eingang zu einem pechschwarzen Tunnel, dessen massive Bauweise etwas Barbarisches, Bedrückendes und Abweisendes hatte. So wenig Sonnenlicht gelangte zu diesem Flecken, dass ein erdiger, gruftähnlicher Geruch in der Luft hing; und es pfiff so viel kalter Wind hindurch, dass das Frösteln mir bis in die Knochen drang, als hätte ich bereits die natürliche Welt verlassen.

Ehe er sich überhaupt regte, war ich schon so nah zu ihm herangekommen, dass ich ihn hätte berühren können. Selbst da wandte er seine Augen nicht von den meinen ab, trat einen Schritt zurück und hob die Hand.

Dies sei ein wirklich einsamer Posten, den er innehätte (sagte ich), und er hätte meine Aufmerksamkeit erregt, als ich von oben auf ihn herabblickte. Besucher wären hier wohl eine Seltenheit, nähme ich an; aber doch wohl, hoffte ich, keine unwillkommene Seltenheit? In mir sähe er nichts als einen Mann, der sein ganzes Leben lang in enger Beschränkung eingeschlossen gewesen war und nun, da er endlich befreit sei, ein neu erwachtes Interesse an diesen großartigen Werken hegte. Solcher Art sprach ich mit ihm; aber ich bin mir keinesfalls sicher, welche Worte ich genau wählte; denn abgesehen davon, dass ich ohnehin nur sehr ungern Gespräche anfange, hatte der Mann etwas, das mich einschüchterte.

Er richtete einen überaus seltsamen Blick auf das rote Licht in der Nähe des Tunneleingangs und schaute es gründlich von allen Seiten an, als fehlte etwas, und blickte dann zu mir hin.

Das Licht unterstand auch seiner Obhut? Oder nicht?

Er antwortete mit leiser Stimme: »Wissen Sie nicht, dass dem so ist?«

Mir kam der grausige Gedanke, während ich auf seine starren Augen und das finstere Gesicht blickte, dass er vielleicht ein Gespenst sei und kein Mensch. Seither grüble ich darüber nach, ob sein Gehirn vielleicht gestört gewesen sein mag.

Nun trat ich meinerseits einen Schritt zurück. Aber bei dieser Bewegung bemerkte ich in seinen Augen eine kaum verhohlene Furcht vor mir. Das verjagte den grausigen Gedanken sofort.

»Sie schauen mich an«, sagte ich mit gezwungenem Lächeln, »als hätten Sie Angst vor mir.«

»Ich hatte Zweifel«, erwiderte er, »ob ich Sie schon einmal gesehen habe.«

»Wo?«

Er deutete auf das rote Licht, das er angeschaut hatte.

»Dort?«, fragte ich.

Mich noch immer voller Wachsamkeit beobachtend, antwortete er (beinahe tonlos): »Ja.«

»Mein guter Mann, was sollte ich denn dort tun? Wie dem auch sei, ich war nicht dort, darauf können Sie Gift nehmen.«

»Ich denke, das kann ich«, gab er zurück. »Ja, ich bin mir sicher, das kann ich.«

Sein Verhalten entspannte sich, genau wie auch das meine. Er beantwortete all meine Bemerkungen bereitwillig und in wohlgesetzten Worten. Hatte er hier viel zu tun? Ja, das heißt, er hatte genug Verantwortung zu tragen; aber hier wurde von ihm Genauigkeit und Wachsamkeit verlangt, und eigentliche Arbeit – körperliche Betätigung – gab es kaum. Das Signal umzustellen, hier eine Lampe zu putzen, dort eine Eisenkurbel zu drehen, das war alles, was er in dieser Hinsicht zu tun hatte. Und was die vielen langen und einsamen Stunden betraf, von denen ich so viel Aufhebens zu machen schien, da konnte er nur sagen, dass die Routine seines Lebens nun einmal diese Form angenommen und dass er sich inzwischen daran gewöhnt hatte. Er hatte hier unten eine Fremdsprache gelernt – wenn man denn von Sprachenlernen sprechen konnte, da er sie nur lesen konnte und sich lediglich grobe Vorstellungen von ihrer Aussprache gemacht hatte. Er hatte sich auch mit Brüchen und Dezimalzahlen beschäftigt und es mit ein wenig Algebra versucht; aber er war, wie schon als kleiner Junge, immer noch nicht sonderlich gut im Umgang mit Zahlen. War es denn nötig, dass er sich im Dienst ständig in diesem engen Kanal voller feuchter Luft aufhielt, und durfte er nie zwischen diesen hohen Felswänden heraus in den Sonnenschein hinaufsteigen? Nun, das hing ganz von den Zeiten und den Umständen ab. Unter gewissen Bedingungen war weniger Betrieb auf der Strecke als unter anderen, und das Gleiche galt auch für gewisse Stunden des Tages und der Nacht. Bei schönem Wetter nutzte er diese Gelegenheiten, um sich ein wenig aus diesen tiefen Schatten zu erheben; aber da er ja jederzeit von seiner elektrischen Glocke herbeigerufen werden konnte und in solchen Augenblicken dann mit doppelter Ängstlichkeit auf sie lauschte, war die Erleichterung nicht so ausgeprägt, wie ich vermuten würde.

Er nahm mich in seine Signalbude mit, wo es ein Kaminfeuer gab sowie einen Schreibtisch für ein offizielles Buch, in das er verschiedene Eintragungen machen musste, ein telegrafisches Instrument mit Wählscheibe, Zifferblatt und Zeigern und der kleinen Glocke, von der er eben gesprochen hatte. Nachdem ich in der Annahme, dass er mir die Anmerkung verzeihen würde, gesagt hatte, dass er offensichtlich eine gute Bildung genossen hatte und vielleicht (ich hoffte, das sagen zu dürfen, ohne ihn zu beleidigen) gar für diesen Posten zu gebildet war, bemerkte er, dass es in großen Menschengruppen selten an Beispielen für ein derartiges leichtes Missverhältnis fehlte; dass er gehört hatte, dass derlei in Fabriken, bei der Polizei und sogar in jener letzten Zuflucht der Verzweifelten, der Armee, vorkam, und dass er wusste, dass dem gewiss mehr oder weniger unter den Mitarbeitern jeder großen Eisenbahngesellschaft so sei. Er hatte, als er jung war (wenn ich das glauben konnte, da er jetzt in dieser Bude saß – ihm fiel es schwer), Physik studiert und Vorlesungen gehört; aber er hatte ein liederliches Leben geführt, seine Chancen schlecht genutzt, war vom rechten Weg abgekommen und gestrauchelt und hatte sich nie wieder aufgerafft. Darüber beschwerte er sich nicht. Er hatte sich die Suppe eingebrockt, und nun musste er sie auslöffeln. Es war viel zu spät, noch etwas zu ändern.

Alles, was ich hier knapp zusammengefasst habe, sagte er in sehr ruhiger Manier und wandte dabei seinen schwermütigen, dunklen Blick mal mir, mal dem Kaminfeuer zu. Er streute ab und zu das Wort »Sir« ein, insbesondere, als er sich auf seine Jugendzeit besann – als versuchte er mir zu verstehen zu geben, dass er nichts zu sein vorgeben wollte als das, was ich hier vor mir sah. Mehrere Male wurde er von der kleinen Glocke unterbrochen, musste Botschaften ablesen und Antworten schicken.

Einmal musste er vor der Tür stehen und eine Fahne schwenken, als ein Zug vorüberfuhr, und dem Lokomotivführer irgendeine mündliche Mitteilung machen. Ich beobachtete, dass er in der Erledigung seiner Pflichten bemerkenswert exakt und pflichtbewusst war, seinen Redefluss mitten im Wort unterbrach und schwieg, bis das, was er zu tun hatte, getan war.

Mit einem Wort: Ich hätte diesen Mann als den allerbesten und zuverlässigsten Mann bezeichnet, den man in dieser Funktion nur einstellen konnte, wäre nicht der Umstand gewesen, dass er sich, während er mit mir redete, zweimal mit bleicher Miene unterbrach, sein Gesicht der kleinen Glocke zuwandte, die *nicht* geläutet hatte, die Tür der Hütte öffnete (die sonst geschlossen war, um die ungesunde Feuchtigkeit auszusperren) und auf das rote Licht in der Nähe des Tunneleingangs starrte. Beide Male kehrte er mit der unergründlichen Miene zum Kamin zurück, die ich bemerkt, aber nicht zu deuten gewusst hatte, als wir noch so weit voneinander entfernt waren.

Als ich aufstand, um ihn zu verlassen, sagte ich: »Sie könnten mich beinahe glauben machen, dass ich in Ihnen einen zufriedenen Menschen kennengelernt habe.«

(Leider muss ich zugeben, dass ich dies nur sagte, um ihn aufs Glatteis zu führen.)

»Ich denke, das war ich auch«, erwiderte er mit der leisen Stimme, in der er seine ersten Worte an mich gerichtet hatte, »aber nun bin ich beunruhigt, Sir, ich bin beunruhigt.«

Wenn er gekonnt hätte, er hätte diese Worte zurückgenommen. Nun hatte er sie aber einmal ausgesprochen, und ich ging rasch darauf ein.

»Worüber? Was macht Ihnen Sorgen?«

»Es ist sehr schwer zu erklären, Sir. Es fällt mir sehr, sehr schwer, darüber zu sprechen. Sollten Sie irgendwann noch einmal hier zu Besuch kommen, will ich versuchen, es Ihnen zu erzählen.«

»Aber ich habe bestimmt vor, Ihnen einen weiteren Besuch abzustatten. Sagen Sie mir, wann soll ich hier sein?«

»Ich beende morgen in der Frühe meinen Dienst und komme um zehn Uhr nachts wieder her, Sir.«

»Ich komme um elf.«

Er dankte mir und ging mit mir zusammen zur Tür hinaus. »Ich zeige meine weiße Laterne, Sir«, sagte er dann mit seiner seltsam leisen Stimme, »bis Sie den Weg nach oben gefunden haben. Wenn Sie ihn gefunden haben, rufen Sie nicht! Und wenn Sie oben angelangt sind, rufen Sie nicht!«

Sein Gebaren ließ mir den Ort gleich kälter erscheinen, aber ich erwiderte nichts als: »Nun gut.«

»Und wenn Sie morgen Nacht herunterkommen, rufen Sie nicht! Lassen Sie mich Ihnen zum Abschied eine Frage stellen. Was hat Sie veranlasst, heute Abend ›Hallo! Hallo, da unten!‹ zu rufen?«

»Weiß der Himmel«, antwortete ich. »Ich habe so etwas in der Art gerufen …«

»Nicht so etwas in der Art, Sir. Das waren die genauen Worte. Die sind mir vertraut.«

»Zugegeben, das waren die Worte. Ich habe sie zweifellos gesagt, weil ich Sie dort unten gesehen habe.«

»Aus keinem anderen Grund?«

»Welchen anderen Grund könnte ich dafür denn gehabt haben?«

»Sie hatten nicht das Gefühl, dass sie Ihnen von einer übernatürlichen Stimme eingeflüstert wurden?«

»Nein.«

Er wünschte mir eine gute Nacht und hielt seine Laterne in die Höhe. Ich ging neben den Schienen her (mit dem sehr unguten Gefühl, dass hinter mir vielleicht ein Zug heranfuhr), bis ich den Pfad gefunden hatte. Der Aufstieg war leichter als der Abstieg, und ich gelangte ohne Zwischenfall zu meinem Gasthaus zurück.

Pünktlich für meine Verabredung setzte ich in der folgenden Nacht den Fuß auf den ersten Abschnitt des Zickzackpfades, als die Uhren in der Ferne gerade elf schlugen.

Er wartete mit seiner weißen Laterne unten auf mich. »Ich habe nicht gerufen«, sagte ich, als wir einander näher kamen, »darf ich jetzt sprechen?«

»Gewiss, Sir.«

»Dann wünsche ich einen guten Abend, und hier ist meine Hand.«

»Guten Abend, Sir, und hier ist meine.«

Mit diesen Worten gingen wir Seite an Seite zu seiner Signalbude, traten ein, schlossen die Tür und setzten uns ans Kaminfeuer.

»Ich bin zu dem Schluss gekommen, Sir«, hub er an, beugte sich zu mir herüber, sobald wir saßen, und seine Stimme war kaum mehr als ein Flüstern, »dass Sie mich nicht zweimal fragen sollen, was mich beunruhigt. Ich habe Sie gestern Abend für einen anderen gehalten. Das beunruhigt mich.«

»Dieser Irrtum?«

»Nein. Dieser andere.«

»Wer ist es?«

»Ich weiß es nicht.«

»Er ähnelt mir?«

»Ich weiß es nicht. Ich habe sein Gesicht nie gesehen. Den linken Arm hält er vor das Gesicht, und der rechte winkt – sehr heftig. So etwa.«

Ich verfolgte seine Bewegung mit den Augen; es war ein aufgeregtes Gestikulieren eines Arms, mit äußerster Leidenschaft und Heftigkeit: Um Gottes willen, aus dem Weg!

»In einer mondhellen Nacht«, sagte der Mann, »saß ich einmal hier, als ich eine Stimme rufen hörte: ›Hallo! Hallo, da unten!‹ Ich schreckte auf, schaute aus jener Tür und sah diesen Jemand bei dem roten Licht in der Nähe des Tunnels stehen und winken, so wie ich es Ihnen gerade gezeigt habe. Die Stimme schien vom Rufen heiser und schrie: ›Achtung! Achtung!‹ Und dann wieder ›Hallo! Hallo, da unten!‹ Ich nahm meine Laterne, drehte sie auf Rot und rannte auf die Gestalt zu, während ich rief: ›Was ist los? Was ist geschehen? Wo?‹ Die Gestalt stand unmittelbar vor der Schwärze des Tunnels. Ich ging so nah heran, dass ich mich fragte, warum sie den Ärmel vor die Augen hielt. Ich rannte hin und hatte schon die Hand ausgestreckt, um den Ärmel wegzuziehen, als sie verschwunden war.«

»In den Tunnel?«, fragte ich.

»Nein. Ich lief in den Tunnel hinein, wohl fünfhundert Meter. Ich blieb stehen, hielt die Laterne über den Kopf und sah die Zahlenmarkierungen, die die genaue Entfernung anzeigen, und ich sah die Nässe, die sich in Flecken über die Wand ausbreitete und durch das Tunnelgewölbe sickerte. Ich rannte wieder heraus, schneller als ich hineingerannt war (denn der Ort erfüllte mich mit tödlichem Schrecken), und ich suchte rings um das rote Signallicht mit meiner roten Laterne, und ich stieg die eiserne Leiter zur Brüstung oben am Signal hinauf, und ich kam wieder herunter und lief hierher zurück. Ich telegraphierte in beide Richtungen. ›Es wurde Alarm ausgelöst. Stimmt etwas nicht?‹ Die Antwort kam aus beiden Richtungen: ›Alles in Ordnung.‹«

Ich widerstand dem eisigen Finger, der mir über das

Rückgrat zu streichen schien, und erklärte ihm, dass diese Gestalt eine Täuschung seiner Sinne gewesen sein musste; dass Gestalten, die ihren Ursprung in einer Erkrankung jener zarten Nerven haben, die für die Funktion des Auges verantwortlich sind, meines Wissens schon häufig Patienten heimgesucht hätten, von denen einige sich der Natur ihres Leidens bewusst geworden seien und es sogar durch Experimente an sich selbst bewiesen hätten. »Und was einen eingebildeten Schrei angeht«, fuhr ich fort, »so lauschen Sie doch nur einen Augenblick dem Wind in dieser unnatürlichen Schlucht, während wir hier so leise sprechen, und lauschen Sie der wilden Harfe, in die er die Telegraphendrähte verwandelt hat.«

Das wäre alles schön und gut, versetzte er, nachdem wir eine Weile still gelauscht hatten, und er müsste ja wahrhaftig einiges über den Wind und die Drähte wissen – er, der so oft lange Winternächte hier allein Wache gehalten hatte.

Aber er wollte doch anmerken dürfen, dass er mit seiner Erzählung noch nicht zu Ende war.

Ich bat ihn um Verzeihung, und er fügte langsam, während er meinen Arm berührte, diese Worte hinzu: »Nicht sechs Stunden nach der Erscheinung geschah jenes unvergessliche Unglück auf der Strecke, und kaum zehn Stunden später wurden die Toten und Verwundeten durch den Tunnel an der Stelle vorbeigebracht, wo die Gestalt gestanden hatte.«

Ein unangenehmer Schauder kroch mir den Rücken herunter, aber ich kämpfte dagegen an, so gut ich konnte. Es ließe sich nicht leugnen, erwiderte ich, dass dies ein bemerkenswertes Zusammentreffen von Umständen war, das sich sicherlich tief in seine Gedanken eingraben musste. Aber es sei doch unbezweifelbar, dass ständig bemerkenswerte Zufälle geschahen, und die musste man in Betracht ziehen, wenn man sich mit einem solchen Thema beschäftigte.

Wenn ich auch sicherlich zugeben müsse, fügte ich hinzu (denn ich meinte zu sehen, dass er zum Widerspruch ansetzte), dass vernünftig denkende Menschen bei der alltäglichen Planung des Lebens dem Zufall nicht viel Bedeutung beimaßen.

Wiederum bat er, anmerken zu dürfen, dass er noch nicht zum Ende gekommen war.

Und ich bat ihn erneut um Verzeihung, dass ich mich zu einer Unterbrechung hatte hinreißen lassen.

»Das«, sagte er, während er mir wiederum die Hand auf den Arm legte und mit leeren Augen über die Schulter schaute, »geschah vor nur einem Jahr. Sechs oder sieben Monate verstrichen, und ich hatte mich von der Überraschung und dem Schock erholt, als ich eines Morgens bei Anbruch des Tages hier bei der Tür stand und auf das rote Licht schaute und das Gespenst erneut sah.« Er hielt inne und starrte mich an.

»Hat es etwas gerufen?«

»Nein. Es war stumm.«

»Hat es den Arm geschwenkt?«

»Nein. Es lehnte am Pfahl des Signals und hatte beide Hände vors Gesicht geschlagen. So etwa.«

Wieder folgte ich seinen Bewegungen mit den Augen. Es war eine Geste tiefer Trauer. Ich habe derlei Haltung bei Steinfiguren auf Grabmälern gesehen.

»Sind Sie zu ihm hingegangen?«

»Ich bin hereingegangen und habe mich hingesetzt, teils um meine Gedanken zu sammeln, teils weil ich einer Ohnmacht nahe war. Als ich wieder zur Tür ging, war der helle Tag angebrochen, und das Gespenst war verschwunden.«

»Aber es folgte nichts nach? Es geschah nichts weiter?«

Er berührte meinen Arm zwei- oder dreimal mit dem Zeigefinger und nickte dabei jedes Mal gespenstisch.

»An eben diesem Tag bemerkte ich, als ein Zug aus dem Tunnel kam, an einem Waggonfenster auf meiner Seite etwas, das wie ein wirres Knäuel aus Händen und Köpfen aussah, und irgendetwas winkte mir. Ich sah es gerade noch rechtzeitig, um dem Lokomotivführer das Zeichen zum Halten zu geben. Er sperrte den Dampf ab und zog die Bremsen an, aber der Zug kam erst an die einhundertfünfzig Meter oder mehr von hier zum Stehen. Ich rannte dem Zug hinterher, und während ich näher kam, hörte ich schreckliche Schreie. Eine wunderschöne junge Dame war gerade eben in einem der Abteile gestorben und wurde hier hereingebracht und auf den Boden zwischen uns gelegt.«

Unwillkürlich schob ich meinen Stuhl ein wenig zurück, als ich meinen Blick von den Dielen, auf die er gedeutet hatte, zu ihm wandte.

»Es ist wahr, Sir. Wahr. Genau wie es geschehen ist, so erzähle ich es Ihnen.«

Mir fiel nichts ein, was ich dazu sagen könnte, und mein Mund war sehr trocken. Der Wind und die Telegraphendrähte nahmen die Geschichte in einem langen, trauernden Wehklagen auf.

Er fuhr fort. »Nun, Sir, hören Sie sich dies an und urteilen dann, wie beunruhigt mein Geist ist. Das Gespenst kam vor einer Woche wieder. Seither ist es ab und an sporadisch hier erschienen.«

»Am Signal?«

»Am Notsignal.«

»Was scheint es da zu tun?«

Er wiederholte, womöglich mit noch größerer Leidenschaft und Heftigkeit, das aufgeregte Gestikulieren im

Sinne von »um Gottes willen, aus dem Weg!«, das er mir schon vorher gezeigt hatte.

Dann fuhr er fort: »Ich finde keinen Frieden und keine Ruhe mehr davor. Es ruft mich, viele Minuten nacheinander und mit gequältem Ton: ›Da unten! Achtung! Achtung!‹ Es steht da und winkt mir zu. Es läutet meine kleine Glocke …«

Hier hakte ich ein. »Hat es gestern Abend Ihre Glocke geläutet, als ich hier war und Sie zur Tür gingen?«

»Zweimal.«

»Nun, ich verstehe«, sagte ich, »wie Ihre Phantasie Sie foppt. Meine Augen waren auf die Glocke gerichtet, und meine Ohren waren offen für ihr Läuten, aber so wahr ich lebe, sie hat *nicht* geläutet. Nein, auch zu keiner anderen Zeit, außer wenn sie im natürlichen Ablauf physikalischer Vorgänge von einer Station angeläutet wurde, die sich mit Ihnen in Verbindung setzen wollte.«

Er schüttelte den Kopf. »Ich habe mich darin noch nie geirrt, Sir. Ich habe nie das Läuten des Gespenstes mit dem eines lebendigen Menschen verwechselt. Das Geisterläuten ist eine seltsame Schwingung in der Glocke, die sonst nichts auszulösen vermag, und ich habe noch nicht festgestellt, dass diese dem Auge sichtbar ist. Es wundert mich nicht, dass Sie es nicht gehört haben. Ich aber habe es gehört.«

»Und schien das Gespenst da zu sein, als Sie hinausblickten?«

»Es *war* da.«

»Beide Male?«

Er antwortete mit Bestimmtheit: »Beide Male.«

»Kommen Sie jetzt mit mir zur Tür und halten Ausschau nach ihm?«

Er biss sich auf die Unterlippe, als wollte er das lieber nicht tun, erhob sich aber. Ich öffnete die Tür und stand auf der Eingangsstufe, während er in der Türöffnung stehen blieb. Da war das Notsignal. Da war der düstere Tunneleingang. Da waren die hohen, nassen Felswände des Bahneinschnitts. Und da waren die Sterne darüber.

»Sehen Sie es?«, fragte ich ihn und beobachtete dabei sein Gesicht ganz genau.

Seine Augen traten hervor vor Anstrengung, aber vielleicht nicht mehr als die meinen, während ich den Blick angelegentlich auf den gleichen Fleck gerichtet hatte.

»Nein«, antwortete er. »Es ist nicht da.«

»Einverstanden«, meinte ich.

Wir gingen wieder hinein, schlossen die Tür und setzten uns hin. Ich überlegte, wie ich am besten meinen Vorteil nutzen konnte, wenn es denn einer war, als er in einer so nüchternen und sachlichen Art das Gespräch wieder aufnahm, als ginge er davon aus, dass es zwischen uns keinen ernstlichen Disput über die Fakten geben konnte, sodass ich mich auf einmal in der schwächsten Position befand.

»Inzwischen haben Sie sicher vollkommen begriffen, Sir«, meinte er, »dass das, was mich so furchtbar beunruhigt, die Frage ist: Was bedeutet das Gespenst?«

Ich sei nicht sicher, erwiderte ich ihm, ob ich das vollkommen begriffen hätte.

»Wovor warnt es mich?«, fügte er nachdenklich hinzu, hielt die Augen auf das Kaminfeuer gerichtet und wandte sie nur manchmal mir zu. »Was ist die Gefahr? Wo ist die Gefahr? Irgendwo an der Strecke lauert Gefahr. Ein schreckliches Unglück wird geschehen. Ein drittes Mal ist es nicht zu bezweifeln, nach allem, was sich bisher ereignet hat. Aber gewiss ist es doch grausam, wie es mich heimsucht. Was soll ich nur machen?«

Er zog sein Taschentuch hervor und wischte sich die Schweißperlen von der heißen Stirn.

»Wenn ich ›Gefahr‹ telegraphiere, in einer oder in beide Richtungen, dann kann ich keinen Grund dafür angeben«, fuhr er fort und wischte sich die Handflächen. »Ich würde in Schwierigkeiten geraten und nichts ausrichten. Sie würden mich für verrückt halten. Ich denke, es würde etwa so ablaufen: Meldung: ›Gefahr! Achtung!‹ Antwort: ›Welche Gefahr? Wo?‹ Meldung: ›Ich weiß es nicht. Aber um Gottes willen Vorsicht!‹ Sie würden mich versetzen. Was sonst könnten sie machen?«

Die Qualen seines Geistes waren außerordentlich erbarmungswürdig anzusehen. Es war die seelische Marter eines gewissenhaften Mannes, den eine unzumutbare Verantwortung für das Leben anderer bis zum Äußersten bedrückte.

»Als das Gespenst zum ersten Mal unter dem Notsignal stand«, fuhr er fort, strich sich das dunkle Haar aus der Stirn zurück und rieb sich in einer Geste äußerster, fieberhafter Qual wieder und wieder die Schläfen, »warum hat es mir da nicht gesagt, wo der Unfall sich ereignen würde – wenn er denn geschehen musste? Warum hat es mir nicht mitgeteilt, wie man ihn verhindern konnte – wenn er denn verhindert werden konnte? Als es beim zweiten Erscheinen sein Gesicht verbarg, warum hat es mir stattdessen nicht gesagt: ›Sie wird sterben. Sie sollen sie zu Hause festhalten.‹? Wenn es bei diesen beiden Gelegenheiten nur gekommen ist, um mir zu zeigen, dass seine Warnung zutraf, und mich so auf die dritte vorzubereiten, warum warnt es mich nun nicht deutlicher? Oh, der Herr stehe mir bei! Einem armen Signalwärter an diesem einsamen Posten! Warum geht es nicht zu jemandem, der so vertrauenswürdig ist, dass man ihm Glauben schenkt, und der Handlungsgewalt besitzt?«

Als ich ihn in diesem Zustand sah, begriff ich, dass es mir nun um des armen Mannes und um der öffentlichen Sicherheit willen oblag, seinen Geist zu beruhigen. Deswegen ließ ich alle Fragen nach Wirklichkeit und Schein zwischen uns außer Acht und sagte ihm, dass jemand, der seine Pflicht gründlich tat, gute Arbeit leistete, dass er sich zumindest damit trösten könne, dass er verstand, was seine Pflicht sei, wenn er auch diese verwirrenden Erscheinungen nicht verstand. Mit diesen Bemühungen hatte ich weit mehr Erfolg als mit meinem Versuch, ihm seine Überzeugung mit Vernunftgründen auszureden. Er beruhigte sich; die Tätigkeiten, die zu seinem Dienst gehörten, verlangten im Laufe der Nacht seine Aufmerksamkeit immer mehr, und ich verließ ihn gegen zwei Uhr morgens. Ich hatte ihm angeboten, die ganze Nacht über bei ihm zu bleiben, aber davon wollte er nichts wissen.

Dass ich mehr als einmal zu dem roten Licht zurückblickte, während ich den Pfad hinaufstieg, dass mir das rote Licht gar nicht gefiel und dass ich sehr schlecht geschlafen hätte, wenn mein Bett darunter gestanden hätte, will ich nicht verhehlen. Genauso wenig gefiel mir die Abfolge der Ereignisse bei dem Unfall und bei dem Tod des Mädchens. Auch das will ich nicht verhehlen.

Doch was meine Gedanken am meisten beschäftigte, war die Überlegung, wie ich mich verhalten sollte, nachdem ausgerechnet mir das alles enthüllt worden war. Ich hatte Beweise, dass der Mann intelligent, wachsam, gewissenhaft und genau war; aber wie lange würde er das bleiben in diesem Geisteszustand? Er war zwar in einer untergeordneten Position, hatte aber doch eine außerordentlich wichtige Vertrauensstellung inne, und würde ich (zum Beispiel) mein eigenes Leben davon abhängig machen, dass er seinen Pflichten weiterhin mit gewohnter Genauigkeit nachkam?

Da ich mich des Gefühls nicht erwehren konnte, dass es so etwas wie Verrat wäre, wenn ich das, was er mir anvertraut hatte, seinen Vorgesetzten bei der Bahngesellschaft weiterleitete, ohne zuerst deutliche Worte mit ihm zu sprechen und ihm einen Mittelweg vorzuschlagen, beschloss ich schließlich, ihm meine Begleitung zum klügsten Arzt anzubieten, den wir in unserer Gegend hatten (und ansonsten sein Geheimnis im Augenblick zu wahren), um dessen Fachmeinung einzuholen. Er hatte mir mitgeteilt, dass sich am nächsten Abend seine Schichtzeiten ändern würden, dass er eine oder zwei Stunden nach Sonnenaufgang abgelöst würde und bald nach Sonnenuntergang wieder Dienst hatte. Ich hatte mich entsprechend zu meinem nächsten Besuch mit ihm verabredet.

Der nächste Abend war wunderbar, und ich machte mich früh auf den Weg, um ihn zu genießen. Die Sonne war noch nicht ganz untergangen, als ich den Feldweg in der Nähe des tiefen Einschnitts überquerte. Ich würde meinen Spaziergang noch um eine Stunde ausdehnen, sagte ich mir, eine halbe Stunde hin und eine halbe Stunde zurück, und dann wäre es Zeit, meinen Signalwärter in seiner Bude zu besuchen.

Ehe ich losschlenderte, trat ich zur Kante und schaute beinahe mechanisch hinunter von der Stelle, von wo aus ich ihn zum ersten Mal wahrgenommen hatte. Ich kann die Erregung nicht beschreiben, die mich erfasste, als ich nahe beim Eingang des Tunnels die Gestalt eines Mannes sah, der den linken Ärmel vor die Augen hielt und leidenschaftlich mit dem rechten Arm winkte.

Der namenlose Schrecken, der mich ergriffen hatte, verging bereits im nächsten Augenblick, denn schon sah ich, dass diese Erscheinung wirklich ein Mann war und dass ein wenig entfernt eine kleine Gruppe anderer Männer stand, an die er diese Geste zu richten schien. Das Notsignal war noch nicht angezündet. An seinem Fuß war aus einigen

Holzstützen und Planen eine kleine niedrige Hütte errichtet, die mir völlig neu war. Sie sah kaum größer aus als ein Bett.

Mit dem unwiderstehlichen Gefühl, dass etwas nicht stimmte – und mit einer aufflackernden schuldbewussten Furcht, dass sich Unheilvolles ereignet hatte, weil ich den Mann dort allein gelassen hatte und niemanden zu ihm hatte schicken lassen, der ihn beaufsichtigen oder seine Fehler korrigieren würde –, stieg ich den Zickzackweg hinunter, so schnell ich nur konnte.

»Was ist los?«, fragte ich die Männer.

»Der Signalwärter ist heute Morgen umgekommen, Sir.«

»Nicht der Mann, der zu diesem Posten gehört?«

»Doch, Sir.«

»Nicht der Mann, den ich kenne?«

»Sie werden ihn erkennen, Sir, wenn Sie ihn kannten«, sagte der Mann, der für die anderen sprach, nahm feierlich den Hut ab und hob ein Ende der Plane hoch, »denn sein Gesicht ist sehr gefasst.«

»Oh, wie ist das geschehen? Wie ist das geschehen?«, fragte ich und wandte mich von einem zum anderen, nachdem man die Plane wieder gesenkt hatte.

»Er wurde von einer Lokomotive erfasst, Sir. Keiner in England beherrschte seine Arbeit besser. Aber irgendwie war er noch auf den Gleisen. Es war gerade heller Tag geworden. Er hatte das Licht angezündet und stand mit der Laterne in der Hand da. Als die Lokomotive aus dem Tunnel kam, stand er mit dem Rücken zu ihr, und sie hat ihn erfasst. Der Mann dort drüben war der Lokomotivführer und hat uns gezeigt, wie es geschehen ist. Zeig es dem Herrn, Tom.«

Der Mann, der raue, dunkle Kleidung trug, ging zu seinem vormaligen Platz am Eingang des Tunnels zurück.

»Ich kam im Tunnel gerade um die Kurve, Sir«, sagte er, »und sah ihn am Ausgang stehen, wie durch ein Vexierglas. Es war keine Zeit mehr, die Geschwindigkeit zu drosseln, und ich wusste ja, wie vorsichtig er war. Da er mein Pfeifen nicht zu beachten schien, sperrte ich den Dampf ab, als wir auf ihn zurasten, und schrie ihm zu, so laut ich konnte.«

»Was haben Sie gerufen?«

»Ich habe geschrien: ›Da unten! Achtung! Achtung! Um Gottes willen aus dem Weg!‹«

Ich fuhr zusammen.

»Ah, es war schrecklich, Sir! Ich habe nicht aufgehört, das zu rufen. Ich habe mir den Arm vor die Augen gehalten, weil ich es nicht mit ansehen konnte, und ich habe bis zuletzt mit dem anderen Arm gewinkt; aber es hat nichts genutzt.«

Ohne meine Erzählung unnötig dadurch in die Länge zu ziehen, dass ich mich einem der seltsamen Umstände mehr widme als den anderen, möchte ich doch zum Ende auf den seltsamen Umstand hinweisen, dass die Warnung des Lokomotivführers nicht nur die Worte enthalten hatte, von denen mir der unglückselige Signalwächter berichtet hatte, dass sie ihn heimsuchten, sondern auch die Worte, die ich selbst – nicht er – nur in Gedanken der von ihm nachgeahmten Geste zugeordnet hatte.

Erstmals erschienen 1866 in »Mugby Junction«, der Weihnachtsausgabe von »All the Year Round«.

Die sieben armen Reisenden

Kapitel 1

In der alten Stadt Rochester

Genau genommen waren es nur sechs arme Reisende; aber da ich ebenfalls ein Reisender bin, wenn ich mich auch zur Ruhe gesetzt habe, und da ich so arm bin, dass ich nur hoffen kann, nicht ärmer zu werden, habe ich die Zahl auf sieben erhöht. Dieses Wort der Erklärung ist unbedingt notwendig, denn wie steht auf dem Schild über der zierlichen alten Tür?

> RICHARD WATTS, Esquire
> hat mit Testament vom 22. Aug. 1579
> diese Wohltätige Einrichtung
> für sechs arme Reisende gegründet,
> die, wenn sie keine Schurken oder Verwalter sind,
> hier gratis eine Nacht
> Logis und gastliche Aufnahme
> und Fourpence pro Kopf bekommen sollen.

Es war in dem uralten Städtchen Rochester in Kent, von allen Tagen im Jahr ausgerechnet an einem Heiligabend, als ich da stand und die Inschrift über der besagten zierlichen alten Tür las. Ich war in der benachbarten Kathedrale herumspaziert und hatte mir das Grabmal von Richard Watts angeschaut, aus dem das Bildnis des werten Herrn Richard wie eine Gallionsfigur an einem Schiff herausragte, und hatte das Gefühl, dass ich mich, nachdem ich dem Kirchendiener sein Scherflein gegeben hatte, unbedingt nach

Watts' Wohltätiger Einrichtung erkundigen musste. Da der Weg dorthin sehr kurz und sehr einfach war, war ich auch glücklich bis zu der Inschrift und der zierlichen alten Tür gelangt.

Nun, sagte ich mir, während ich auf den Türklopfer blickte, weiß ich ja, dass ich kein Verwalter bin; ich frage mich, ob ich ein Schurke bin!

Obwohl mein Gewissen mir ein, zwei hübsche Gesichter vor Augen führte, für deren Reize ein moralischer Goliath weniger empfänglich gewesen wäre, als ich es gewesen war, der ich in dieser Hinsicht nur ein Däumling bin, kam ich doch insgesamt zu dem Schluss, kein Schurke zu sein. Also begann ich diese Einrichtung irgendwie auch als mein Eigentum anzusehen, das mir und verschiedenen Miterben zu gleichen Teilen von dem ehrwürdigen Herrn Richard Watts hinterlassen worden war, und trat einen Schritt auf die Straße zurück, um mein Erbe zu begutachten.

Ich stellte fest, dass es ein ordentliches weißes Haus von gesetztem und ehrwürdigem Aussehen war, mit der hier bereits dreimal erwähnten zierlichen alten Tür (in einem Türbogen), sehr hübschen kleinen, niedrigen Sprossenfenstern und einem Dach mit drei Giebeln. Die ruhige High Street von Rochester ist voll solcher Giebel, mit alten Balken und Querbalken, in die seltsame Gesichter geschnitzt sind. Sie wird merkwürdig von einer seltsamen alten Uhr geziert, die aus einem würdevollen Gebäude aus roten Backsteinen über den Gehsteig herausragt, als hätte die Zeit selbst hier ihre Geschäftsräume und hätte ihr Schild herausgehängt. Um der Wahrheit die Ehre zu geben, die Zeit hat hier in Rochester wirklich ein gutes Stück Arbeit geleistet, damals in den Tagen der Römer und der Sachsen und der Normannen und bis in die Zeit von König Johann hinein, als die raue Burg – ich werde gar nicht erst versuchen, zu erklären, wie viele Hunderte von Jahren sie damals alt war – verlassen und Jahrhunderte lang Wind und Wetter ausgesetzt war, die so an den dunklen Öffnungen in ihren Mauern genagt haben, dass die Ruine aussieht, als hätten ihr die Krähen und Dohlen die Augen ausgepickt.

Ich war sehr angetan, sowohl von meinem Eigentum als auch von seiner Lage. Während ich es mit wachsender Zufriedenheit musterte, erspähte ich an einem der oberen Sprossenfenster, das offen stand, eine ehrbare Gestalt von adretter und matronenhafter Erscheinung, deren Blick fragend auf mich gerichtet war. Sie erkundigte sich so schlicht: »Möchten Sie das Haus sehen?«, dass ich laut »Ja, bitte gern« antwortete. Und es war noch kaum eine Minute vergangen, als schon die Tür aufging und ich den Kopf einzog und zwei Stufen zum Eingang hinunterging.

»Hier«, sagte die matronenhafte Gestalt und führte mich in einen niedrigen Raum rechter Hand, »sitzen die Reisenden beim Kamin und kochen sich, was sie mit ihren Fourpence zum Abendessen kaufen.«

»Oh! Dann bekommen sie keine Bewirtung?«, fragte ich. Denn mir ging die Inschrift über der Tür durch den Kopf, und ich wiederholte sie im Stillen noch einmal wie eine Melodie: »Unterkunft und gastliche Aufnahme und Fourpence pro Kopf.«

»Sie haben ja das Kaminfeuer«, erwiderte die Matrone, eine außerordentlich höfliche Frau, die, soweit ich das sehen konnte, nicht gerade übermäßig gut bezahlt wurde, »und diese Kochgerätschaften. Und das, was da auf dem Schild geschrieben steht, das sind die Regeln für ihr Verhalten hier. Sie bekommen ihre Fourpence, wenn sie sich beim Verwalter auf der anderen Straßenseite ihre Einlasskarte geholt haben – denn ich lasse sie nicht selbst ein, sie müssen erst ihre Einlasskarte holen –, und manchmal kauft sich einer ein Stück Speck und ein anderer einen Hering und ein anderer ein Pfund Kartoffeln oder was auch immer. Manchmal legen auch zwei oder drei von ihnen ihre Fourpence zusammen und machen sich so ihr Abendessen, wo doch im Augenblick die Lebensmittel so teuer sind.«

»Das stimmt wirklich«, sagte ich. Ich hatte mich im Zimmer umgesehen und bewunderte den gemütlichen Kamin am anderen Ende, von wo man aus dem niedrigen Fenster mit den Steinpfosten einen Blick auf die Straße erhaschen konnte, und die Balkendecke. »Das ist alles sehr angenehm«, sagte ich.

»Unbequem«, erwiderte die matronenhafte Gestalt.

Das hörte ich gern, denn es zeigte ein lobenswertes Bemühen, die Absichten von Master Richard Watts nicht gerade geizig auszulegen. Aber der Raum war wirklich für seine Zwecke so gut ausgestattet, dass ich ihrer abschätzigen Bemerkung recht begeistert widersprach.

»Nein, Madam«, sagte ich, »ich bin sicher, es ist im Winter warm und im Sommer kühl. Es wirkt gemütlich und einladend, ein wohltuender Ort zum Ausruhen. Es hat einen bemerkenswert schönen Kamin, dessen Schein, wenn er an einem Winterabend auf die Straße fällt, ganz Rochester das Herz erwärmen könnte. Und was die Bequemlichkeit der sechs armen Reisenden angeht …«

»Ich meinte doch nicht die«, erwiderte die matronenhafte Gestalt. »Ich rede von der Unbequemlichkeit für mich und meine Tochter, die wir abends kein anderes Zimmer haben, wo wir sitzen können.«

Das stimmte allerdings, aber es gab noch ein feines Zimmer von ähnlicher Größe auf der anderen Seite des Eingangs. Also trat ich hinüber und fragte durch die geöffneten Türen beider Räume, wofür denn dieser genutzt wurde.

»Das«, antwortete die Matrone, »ist das Besprechungszimmer. Wo sich die Herren zusammensetzen, wenn sie herkommen.«

Also, ich hatte von der Straße außer denen im Erdgeschoss noch sechs Fenster im Obergeschoss gezählt. Nachdem ich im Kopf eine erstaunte Berechnung angestellt hatte, erwiderte ich: »Also schlafen die sechs armen Reisenden oben?«

Meine neue Freundin schüttelte den Kopf. »Die schlafen«, sagte sie, »in zwei kleinen äußeren Galerien hinten, wo ihre Betten immer gestanden haben, seit die Wohltätige Einrichtung gegründet wurde. So unbequem, wie sich die Dinge für mich im Augenblick gestalten, werden die Herren wohl bald einen Teil des Hinterhofs nehmen und dort ein kleines Zimmer für sie einrichten, wo sie sitzen können, ehe sie zu Bett gehen.«

»Und dann sind die sechs armen Reisenden«, bemerkte ich, »völlig aus dem Haus?«

»Völlig aus dem Haus«, stimmte mir die matronenhafte Gestalt zu und rieb sich behaglich die Hände. »Was für alle Parteien wohl viel besser ist und viel bequemer.«

Mich hatte in der Kathedrale ein wenig die Bestimmtheit befremdet, mit der das Bildnis von Master Richard Watts aus seinem Grabmal hervorbarst, aber nun begann ich mir zu überlegen, dass man durchaus erwarten könnte, dass dieses Bildnis in einer stürmischen Nacht über die High Street kommen und hier Aufruhr verursachen könnte.

Wie dem auch sei, ich behielt diesen Gedanken für mich und begleitete die Matrone zu den kleinen Galerien hinten im Haus. Ich sah, dass sie winzig waren wie die Galerien in den alten Gasthöfen, und sie waren blitzsauber.

Während ich sie noch betrachtete, gab mir die Matrone

zu verstehen, dass jeden Abend vom Anfang bis zum Ende des Jahres die vorgeschriebene Anzahl armer Reisender hierherkam und dass die Betten stets belegt waren. Unter meinen diesbezüglichen Fragen und ihren Antworten gelangten wir wieder zum Besprechungszimmer, das für die Würde »der Herren« so unverzichtbar war und wo sie mir die gedruckten Bilanzen der Wohltätigen Einrichtung zeigte, die beim Fenster hingen. Denen entnahm ich, dass der größere Teil des vom Ehrenwerten Master Richard Watts für die Aufrechterhaltung dieser Stiftung hinterlassenen Erbes zum Zeitpunkt seines Todes nichts als Sumpfland gewesen war, das aber im Laufe der Zeit trockengelegt und bebaut worden war und erheblich an Wert zugenommen hatte. Ich stellte ebenfalls fest, dass etwa der dreizehnte Teil der jährlichen Einkünfte für die in der Inschrift über der Tür bestimmten Zwecke verwendet wurde; der Rest wurde großzügig für Registergerichte, Rechtskosten, Geldeintreiber, Verwalter, Pfändungsgebühren und andere Verwaltungsanhängsel ausgegeben, die allesamt den sechs armen Reisenden höchst zuträglich waren. Kurz gesagt, ich machte die nicht völlig neue Entdeckung, dass man eine Einrichtung wie diese im lieben alten England mit der fetten Auster in einer amerikanischen Geschichte vergleichen kann; von der hatte anscheinend auch ein ganzer Haufen Leute sehr gut gelebt.

»Und bitte, Madam«, sagte ich, und ich war mir bewusst, dass sich meine Miene erhellte, als mir dieser Gedanke kam, »könnte ich einen dieser Reisenden sehen?«

»Nun!«, erwiderte sie unschlüssig, »nein!«

»Auch nicht heute Abend zum Beispiel?«, fragte ich nach.

»Nun!«, antwortete sie mit mehr Gewissheit, »nein. Niemand hat je darum gebeten, sie zu sehen, und niemand hat sie je gesehen.«

Da ich mich nicht so leicht von einem Plan abbringen lasse, wenn ich ihn einmal gefasst habe, drängte ich die gute Frau, es sei schließlich Heiligabend; Weihnachten sei nur einmal im Jahr – was leider nur zu wahr ist, denn wenn das ganze Jahr Weihnachten wäre, dann könnten wir diese Erde zu einem völlig anderen Ort machen; ich sei von dem Verlangen ergriffen, diesen Reisenden ein Abendessen und ein anständiges Glas heißen Weihnachtspunsch* zu spendieren; mein Ruhm erschalle laut im ganzen Land, weil ich meisterlich heißen Weihnachtspunsch braute; ich würde mich, wenn es mir denn gestattet würde, dieses Festmahl auszurichten, an die Regeln der Vernunft und Nüchternheit und an anständige Tageszeiten halten; mit einem Wort: ich selbst sei durchaus in der Lage, gleichzeitig fröhlich und weise zu sein, und könnte im Notfall dafür sorgen, dass dies auch anderen gelänge, und das, obwohl ich nie eine Medaille und einen Orden dafür bekommen hatte und weder ein Klosterbruder noch ein Volksredner, noch ein Apostel, noch ein Heiliger oder Prophet irgendeiner Religion sei. Schließlich setzte ich mich zu meiner großen Freude durch. Es wurde abgemacht, dass um neun Uhr an jenem Abend ein Truthahn und ein Roastbeef auf dem Tisch dampfen sollten und dass ich heute als der schwache und unwürdige Vertreter von Master Richard Watts dem Weihnachtsmahl der sechs armen Reisenden als Gastgeber vorsitzen sollte.

Ich ging zu meinem Gasthaus zurück, um die nötigen Anweisungen für den Truthahn und das Roastbeef zu geben, und den ganzen restlichen Tag über konnte ich mich auf nichts so recht konzentrieren, weil ich immer an

---

* (engl.) Wassail – ein heißes Getränk aus Ale mit Wein, Zucker, Gewürzen und manchmal Obst.

die armen Reisenden denken musste. Wenn der Wind hart gegen das Fenster stürmte – es war ein kalter Tag, und dunkle Graupelschauer wechselten sich mit Zeiten wilder Helligkeit ab, als stürbe der Tag unter Zuckungen –, stellte ich mir vor, wie sie auf verschiedenen kalten Straßen ihrer Schlafstätte zustrebten, und war entzückt bei dem Gedanken, wie wenig sie vorausahnten, was für ein Abendessen sie dort erwartete. Ich malte mir in Gedanken ihre Porträts aus und gönnte mir hier und da ein bisschen schmückendes Beiwerk. Ich gab ihnen wehe Füße, ich machte sie hundemüde, ich ließ sie Pakete und Bündel schleppen, ich ließ sie an Wegweisern und Meilensteinen stehen bleiben und, auf ihre krummen Stöcke gestützt, nachlesen, was dort geschrieben stand, ich ließ sie in die Irre gehen, und ich füllte ihre fünf Sinne mit der Vorahnung, vielleicht die ganze Nacht draußen liegen und erfrieren zu müssen. Ich nahm meinen Hut, ging nach draußen und stieg bis oben auf die alte Burg, schaute über die windgepeitschten Berge, die sich zum Medway hinabsenken, beinahe in dem Glauben, ich könnte in der Ferne schon einige meiner Reisenden ausmachen. Nachdem es dunkel geworden war und man die Glocke der Kathedrale in der nun unsichtbaren Kirchturmspitze – als ich sie das letzte Mal erblicken konnte, eine Art Laube aus frostigem Raureif –, fünf, sechs, sieben schlagen hörte, da war ich so voller Gedanken an meine Reisenden, dass ich nichts essen konnte und mich gezwungen sah, sie auch noch in den rotglühenden Kohlen meines Feuers zu beobachten. Um diese Zeit sollten sie schon alle eingetroffen sein, hatten ihre Einlasskarten und waren ins Haus gegangen. Da wurde mein Vergnügen nur durch die Überlegung gestört, dass vielleicht einige Reisende zu spät gekommen waren und man sie ausgesperrt hatte.

Als die Glocke der Kathedrale acht geschlagen hatte, konnte ich ein köstliches Aroma von Truthahn und Roastbeef riechen, das zum Fenster meines angrenzenden Schlafzimmers hinaufstieg, welches an genau der Stelle auf den Hof des Gasthofes hinausging, wo die Lichter der Küche ein großes Teilstück der Burgmauer beleuchteten. Jetzt war es höchste Zeit, meinen Weihnachtspunsch zu brauen; ich hatte die Zutaten beisammen (die ich nebst ihrem Verhältnis und ihrer Mischung mitzuteilen mich weigern muss, da sie mein einziges Geheimnis sind, das ich je wahren konnte) und bereitete ein herrliches Gebräu. Nicht in einer Schüssel, denn eine Schüssel ist, wenn sie nicht auf dem Regalbrett steht, eine Sache, die einen sehr ängstlich machen kann, da sie doch dazu neigt, schnell abzukühlen und überzuschwappen, sondern in einem braunen Tonkrug, der, sobald er gefüllt war, mit einem groben Tuch zugedeckt wurde. Da es nun beinahe Schlag neun war, machte ich mich auf zu Watts' Wohltätiger Einrichtung, meine braune Schönheit in den Armen tragend. Ben, dem Kellner, würde ich Unsummen von Gold anvertrauen, aber es gibt Saiten in eines Menschen Herzen, die nie ein anderer anrühren darf, und in meinem Herzen sind die von mir gebrauten Getränke diese Saiten.

Die Reisenden waren alle versammelt, das Tischtuch war aufgelegt, und Ben hatte ein großes Holzscheit mitgebracht und so kunstreich auf das Feuer geschichtet, dass ein, zwei Berührungen mit dem Schüreisen nach dem Abendessen uns im Nu ein loderndes Feuer bescheren würden. Nachdem ich meine braune Schönheit in einer warmen Ecke des Kamins, innerhalb des Kamingitters, abgestellt hatte, wo sie alsbald zu zirpen begann wie eine zarte Grille und gleichzeitig die Aromen reifer Weinberge, würziger Wälder und herrlicher Orangenhaine verströmte – wie gesagt, nachdem ich meine Schönheit so abgestellt hatte, dass ihre Sicherheit und ständige Verbesserung garantiert war, machte ich mich mit meinen Gästen bekannt, indem ich ringsum Hände schüttelte und sie herzlich willkommen hieß.

Die Gesellschaft setzte sich folgendermaßen zusammen: Erstens ich. Zweitens ein außerordentlich ehrbarer Mann mit dem rechten Arm in der Schlinge, von dem ein gewisser angenehmer Holzgeruch ausging, aus dem ich schloss, dass er etwas mit Schiffsbau zu tun hatte. Drittens ein kleiner Leichtmatrose, fast ein Kind noch, mit einem üppigen dunklen Haarschopf und tiefen, beinahe weiblich aussehenden Augen. Viertens ein schäbiger, aber vornehmer Herr in einem fadenscheinigen schwarzen Anzug und anscheinend in sehr schlechten Umständen, der einen leicht starren, misstrauischen Blick hatte; die fehlenden Knöpfe an seiner Weste waren durch rotes Band* ersetzt, und ein Bündel außerordentlich zerfetzter Papiere stak aus einer inneren Brusttasche hervor. Fünftens ein Mann, der im Ausland geboren war, aber Englisch sprach, sein Pfeifchen im Hutband trug und keine Zeit verlor, mir in leichten, schlichten und einnehmenden Worten zu erzählen, er sei ein Uhrmacher aus Genf, der zumeist zu Fuß über den gesamten Kontinent reiste und sich als Geselle verdingte und neue Länder sah – und vielleicht (dachte ich) auch ab und zu die eine oder andere Uhr schmuggelte. Sechstens eine kleine Witwe, die einmal sehr hübsch gewesen war und noch recht jung war, deren Schönheit aber ein großes Unglück zerstört hatte und die erstaunlich schüchtern, ängst-

---

* Rotes Band wurde zum Bündeln offizieller Rechtsdokumente verwendet, eine Anspielung auf den Beruf des heruntergekommenen Herrn.

lich und zurückhaltend schien. Siebtens und letztens ein Reisender von der Art, wie sie mir aus meiner Kindheit vertraut, heute aber beinahe ausgestorben sind – ein Hausierer, der mit Büchern handelte und eine Reihe von Pamphleten und Gedichtbänden bei sich führte und der sich gleich brüstete, er könne an einem Abend mehr Verse aufsagen, als er in einem ganzen Jahr verkaufe.

Alle diese Personen habe ich in der Reihenfolge genannt, wie sie später am Tisch saßen. Ich führte den Vorsitz, und die matronenhafte Gestalt saß mir gegenüber. Wir nahmen unverzüglich Platz, denn das Abendessen war zusammen mit mir in der folgenden Prozession eingetroffen:

Ich selbst mit dem Krug.

Ben mit Bier.

Ein unachtsamer Junge mit gewärmten Tellern. Ein weiterer unachtsamer Junge mit gewärmten Tellern.

Der Truthahn.

Ein weibliches Wesen, das die Soßen trug, die vor Ort erhitzt werden sollten.

Das Roastbeef.

Ein Mann mit einem Tablett auf dem Kopf, auf dem sich Gemüse und verschiedene andere Beilagen befanden.

Ein freiwilliger Knecht aus dem Gasthaus, der grinste und keinerlei Hilfe war.

Während wir wie ein Komet durch die High Street jagten, zogen wir einen langen Schweif von Düften hinter uns her, sodass die Leute stehen blieben und verwundert schnupperten. Wir hatten zuvor an der Ecke des Wirtshaushofes einen schielenden jungen Mann zurückgelassen, der was mit der Expressabteilung zu tun hatte und mit der Eisenbahnpfeife vertraut war, die Ben stets in der Tasche mit sich trug, und der die Anweisung hatte, sobald er diese Pfeife hörte, in die Küche zu flitzen, sich den heißen Plum-pudding* und die Mince Pies** zu schnappen und sie eilends zu Watts' Wohltätiger Einrichtung zu bringen, wo sie (wurde ihm weiterhin mitgeteilt) von dem weiblichen Wesen mit der Soße entgegengenommen würden, die Brandy zum Übergießen und Flambieren haben würde.

All diese Dinge wurden genau wie verabredet und äußerst pünktlich ausgeführt. Nie habe ich einen feineren Truthahn, ein feineres Roastbeef oder eine so verschwenderische Fülle von allerlei Soßen gesehen; und meine Reisenden wurden allem, was man ihnen vorsetzte, wunderbar gerecht. Mein Herz freute sich, als ich sah, wie ihre von Wind und Frost verhärteten Gesichter beim Klappern der Teller, Messer und Gabeln weicher wurden und im Schein des Feuers und der Hitze der Mahlzeit immer milder dreinschauten. Während ihre Hüte und Mützen und Umhänge an Haken an der Wand, ein paar kleine Bündel auf dem Boden in einer Ecke und drei oder vier unten schon völlig ausgefranste Wanderstöcke in einer anderen Ecke dieses gemütliche Zimmer wie mit einer goldenen Kette mit der unwirtlichen Außenwelt verbanden.

Als das Abendessen vertilgt war, wurde meine braune Schönheit auf den Tisch gehoben, und ich wurde allgemein gebeten, »die Kaminecke zu nehmen«; was mir mehr als deutlich machte, wie sehr meine Freunde hier das Kaminfeuer zu schätzen wussten – denn seit den Tagen, als ich Ecken noch mit Little Jack Horner*** in Verbindung brachte,

---

* Eine Art Serviettenkloß mit Nierentalg, Nüssen und Trockenfrüchten, der vor allem zu Weihnachten, mit Brandy flambiert, serviert wird.
** Kleine Mürbteigpasteten, mit einer gehackten, gewürzten Fruchtmischung gefüllt.
*** Little Jack Horner sat in a corner ... (Der kleine Jack Horner saß in der Ecke) ist ein sehr bekannter Kinderreim.

hatte ich nicht mehr so ehrfürchtig von ihnen sprechen hören. Als ich jedoch ablehnte, zog Ben, der sämtliche Instrumente der Geselligkeit zur Vollkommenheit spielt, den Tisch zur Seite und bat alle meine Reisenden, sich zu beiden Seiten rechts und links von mir hinzusetzen und so einen Halbkreis um das Kaminfeuer zu bilden, in dessen Mitte ich mit meinem Stuhl saß, wobei sie die Sitzordnung beibehielten, die wir bei Tisch gehabt hatten. Er hatte bereits auf seine ruhige Art den beiden unachtsamen Jungen diese oder jene Ohrfeige verpasst, bis er sie unmerklich aus dem Raum befördert hatte, und dann hatte er nach einem kleinen Scharmützel mit dem weiblichen Wesen mit den Soßen auch sie auf die High Street bugsiert, verschwand selbst ebenfalls und schloss leise die Tür hinter sich.

Jetzt war die Zeit gekommen, den Schürhaken beim Holzscheit in Aktion zu bringen. Ich klopfte dreimal darauf, als wäre es ein verzauberter Talisman, und schon brach eine leuchtende Heerschar von fröhlich Feiernden hervor und flog den Kamin hinauf – nicht ohne zuvor noch einen feurigen Ländler zu tanzen – und verschwand auf Nimmerwiedersehen. Inzwischen füllte ich im flackernden Licht, das unsere Lampen in den Schatten stellte, die Gläser und reichte sie meinen Reisenden – Weihnachten, Heiligabend, meine Freunde, als die Hirten, die auf ihre Art auch nur arme Reisende waren, den Chor der Engel singen hörten: »Friede auf Erden. Und den Menschen ein Wohlgefallen!«

Ich weiß nicht, wer von uns der Erste war, der meinte, wir sollten einander an den Händen fassen, während wir da saßen, oder ob einer von uns es den anderen voraustat, um dem Trinkspruch alle Ehre zu tun, jedenfalls machten wir es. Und dann tranken wir auf das Andenken des guten Master Richard Watts. Und ich wünschte, dass sein Geist unter diesem Dach niemals schlechter behandelt wurde als damals von uns.

Es war die Zauberstunde für das Geschichtenerzählen gekommen. »Unser ganzes Leben, liebe Reisende«, sagte ich, »ist eine Geschichte, die mehr oder weniger verständlich ist, im Allgemeinen eher weniger; aber wir werden sie in klarerem Licht lesen können, wenn sie einmal zu Ende ist. Ich jedenfalls bin heute Abend so zwischen Dichtung und Wahrheit hin- und hergerissen, dass ich kaum weiß, was das eine und was das andere ist. Soll ich uns die Zeit vertreiben, indem ich eine Geschichte erzähle, während wir hier sitzen?«

Sie antworteten alle mit Ja. Ich hatte ihnen nicht viel zu erzählen, aber ich war ja durch meinen eigenen Vorschlag gebunden. Deswegen schaute ich erst eine Weile auf die dampfende Spirale, die sich aus meiner braunen Schönheit in die Luft kräuselte und durch die ich, ich hätte es beinahe schwören können, das Bildnis des Master Richard Watts wesentlich milder gestimmt als sonst sehen konnte, und dann legte ich los.

Kapitel 2

Die Geschichte von Richard Doubledick

Im Jahre 1799 kam ein Verwandter von mir zu Fuß in diese Stadt Chatham gehumpelt. Ich sage in diese Stadt, denn wenn jemand von den Anwesenden haargenau weiß, wo Rochester aufhört und wo Chatham anfängt, dann hat er mir einiges voraus. Mein Verwandter war ein armer Reisender, der keinen Viertelpenny in der Tasche hatte. Er saß in genau diesem Zimmer hier am Feuer und schlief eine

Nacht in einem Bett, das heute Nacht von jemandem aus dieser Gesellschaft hier belegt wird.

Mein Verwandter kam nach Chatham, um sich hier bei einem Kavallerieregiment anwerben zu lassen, falls ihn ein Kavallerieregiment haben wollte; wenn nicht, dann um König Georges Shilling von jedem Korporal oder Sergeanten zu nehmen, der ihm eine Kokarde an den Hut heften würde*. Seine Absicht war, rasch erschossen zu werden; aber er hatte sich überlegt, dass er genauso gut in den Tod reiten könnte, als sich die Mühe des Marschierens zu machen.

Der Taufname meines Verwandten war Richard, aber besser war er als Dick bekannt. Seinen Nachnamen hatte er unterwegs fallenlassen und sich den Zunamen Doubledick zugelegt. Er wurde also als Richard Doubledick geführt, Alter: zweiundzwanzig, Größe: fünf Fuß zehn Zoll, Geburtsort: Exmouth, in dessen Nähe er sein ganzes Leben lang nicht einmal gekommen war. Es gab aber in Chatham keine Kavallerie, als er mit je einem halben Schuh an den staubigen Füßen über die Brücke hier gehumpelt kam, und so ließ er sich bei einem Regiment der Linientruppen anwerben und war es froh, sich zu betrinken und alles zu vergessen.

Sie müssen wissen, dass dieser Verwandte von mir ganz in die Irre gegangen war und ein sehr zügelloses Leben geführt hatte. Er trug das Herz am rechten Fleck, aber es war völlig verhärtet. Er war mit einer braven und wunderschönen jungen Frau verlobt gewesen, die er mehr geliebt hatte, als sie – oder vielleicht sogar er – geglaubt hätte; aber in einer bösen Stunde hatte er ihr guten Grund gegeben, feier-

---

* Bei der Anwerbung erhielt im 18. und 19. Jahrhundert der angeworbene Soldat den »Shilling des Königs« und eine Kokarde als »Rekrutierungsgeschenk«.

lich zu ihm zu sagen: »Richard, ich werde niemals einen anderen Mann heiraten. Ich werde um deinetwillen ledig bleiben, aber Mary Marshalls Lippen« – sie hieß Mary Marshall – »werden auf Erden nie wieder ein Wort an dich richten. Und jetzt geh, Richard! Möge der Himmel dir verzeihen!« Das hat ihn vollends erledigt. Das hat ihn hierher nach Chatham gebracht. Das hat aus ihm den Gemeinen Richard Doubledick gemacht, der sich rasch erschießen lassen wollte.

In den Kasernen von Chatham gab es im Jahre 1799 keinen liederlicheren und leichtsinnigeren Soldaten als den Gemeinen Richard Doubledick. Er trieb sich mit dem Abschaum jedes Regimentes herum, er war so selten nüchtern, wie es nur ging, und er wurde ständig wegen irgendetwas bestraft. Bald war der gesamten Kaserne klar, dass der Gemeine Richard Doubledick in naher Zukunft sicherlich auch ausgepeitscht werden würde.

Nun war der Hauptmann von Richard Doubledicks Kompanie ein junger Herr, der kaum fünf Jahre älter war als er und dessen Augen einen Ausdruck hatten, der auf den Gemeinen Richard Doubledick eine bemerkenswerte Wirkung ausübte. Es waren strahlende, schöne, dunkle Augen – das, was man im Allgemeinen als lachende Augen bezeichnet, und selbst wenn sie ernst blickten, so waren sie eher ruhig als streng –, aber es waren die einzigen Augen in seiner eingeengten Welt, die der Gemeine Richard Doubledick überhaupt nicht ertragen konnte. Völlig unbeeindruckt von schlechten Berichten und Strafen, allem und jedem trotzig die Stirn bietend, musste er nur wissen, dass ihn diese Augen kurz anblickten, und schon schämte er sich. Er konnte Hauptmann Taunton nicht einmal auf der Straße grüßen wie jeden anderen Offizier. Die bloße Möglichkeit, dass der Hauptmann ihn ansehen könnte, war ihm ein Vorwurf, verwirrte und bestürzte ihn. In seinen schlimmsten Zeiten wäre er lieber umgekehrt und hätte jeden Umweg auf sich genommen, als diesen beiden schönen, dunklen, strahlenden Augen zu begegnen.

Eines Tages, als der Gemeine Richard Doubledick aus der Arrestzelle kam, in der er die letzten achtundvierzig Stunden gesessen hatte und in deren Abgeschiedenheit er einen guten Teil seiner Zeit verbrachte, wurde ihm befohlen, sich in Hauptmann Tauntons Quartier zu begeben. In dem matten und schmutzigen Zustand eines gerade aus dem Arrest entlassenen Mannes stand ihm der Sinn weniger denn je danach, vor dem Hauptmann zu erscheinen, aber er war noch nicht so verrückt, dass er Befehle verweigert hätte, und ging folglich zu der Häuserreihe hinauf, die oberhalb des Exerzierplatzes lag und wo die Offiziere untergebracht waren; während er dahin lief, drehte und wendete er in den Händen einen Strohhalm, der zum schmückenden Mobiliar der Arrestzelle gehört hatte.

»Kommen Sie herein!«, rief der Hauptmann, nachdem Richard mit den Fingerknöcheln an die Tür geklopft hatte. Der Gemeine Richard Doubledick nahm die Mütze vom Kopf, tat einen Schritt vor und war sich sehr deutlich bewusst, dass er im Blickfeld der dunklen, strahlenden Augen stand.

Eine stumme Pause folgte. Der Gemeine Richard Doubledick hatte den Strohhalm in den Mund gesteckt, wo er ihm, auf die Hälfte gefaltet, in die Luftröhre geriet und ihn beinahe erstickt hätte.

»Doubledick«, sagte der Hauptmann, »wissen Sie, wo Sie hingehen?«

»Zum Teufel, Sir?«, erwiderte Doubledick zögernd.

»Ja«, antwortete der Hauptmann. »Und zwar sehr schnell.«

Der Gemeine Richard Doubledick wendete den Strohhalm aus der Arrestzelle im Mund und brachte nur ein jammervolles zustimmendes Grunzen hervor.

»Doubledick«, sagte der Hauptmann, »seit ich als Junge von siebzehn Jahren in den Dienst Seiner Majestät getreten bin, habe ich zu meinem Bedauern manch einen vielversprechenden Mann diesen Weg einschlagen sehen, aber nie hat es mir solche Schmerzen bereitet, jemanden diese schändliche Reise antreten zu sehen, wie bei Ihnen, seit Sie zum Regiment gestoßen sind.«

Der Gemeine Richard Doubledick bemerkte, wie sich ein Schleier über den Boden breitete, auf den er schaute; er merkte auch, dass die Beine am Frühstückstisch des Hauptmanns krumm wurden, als sähe er sie durch Wasser.

»Ich bin nur ein gemeiner Soldat, Sir«, meinte er. »Es ist nicht von Bedeutung, was aus so einem armen Hund wird.«

»Sie sind ein Mann«, erwiderte der Hauptmann mit ernster Entrüstung, »von einiger Bildung und hervorragenden Eigenschaften; und wenn Sie das sagen und meinen, was Sie sagen, dann sind Sie schon tiefer gesunken, als ich geglaubt hätte. Wie tief das sein muss, das lasse ich Sie selbst beurteilen, nach allem, was ich über Ihre Schande weiß und was ich hier vor mir sehe.«

»Ich hoffe, dass ich bald erschossen werde, Sir«, sagte der Gemeine Richard Doubledick, »und dann sind das Regiment und die Welt insgesamt mich los.«

Die Tischbeine wurden nun sehr krumm. Doubledick, der aufblickte, um sich zu beruhigen, schaute in die Augen, die einen so starken Einfluss auf ihn hatten. Er hielt sich die Hand vor Augen, und die Brust in seiner Strafjacke schwoll ihm so an, dass er meinte, es müsste sie zerreißen.

»Es wäre mir lieber«, sagte der junge Hauptmann, »etwas Gutes in Ihnen zu sehen, als dass ich hier auf diesem Tisch fünftausend Guineas als Geschenk für meine liebe Mutter sähe. Haben Sie eine Mutter?«

»Ich bin dankbar, dass ich sagen kann, sie ist tot, Sir.«

»Wenn Ihr Lob«, erwiderte der Hauptmann, »im ganzen Regiment von Mund zu Mund erschallte, im ganzen Heer, im ganzen Land, dann würden Sie sich wünschen, sie hätte es erlebt und könnte voller Stolz und Freude sagen: ›Das ist mein Sohn.‹«

»Verschonen Sie mich, Sir«, sagte Doubledick. »Sie hätte niemals etwas Gutes über mich gehört. Sie hätte niemals Stolz und Freude dabei empfunden, sich als meine Mutter zu bekennen. Liebe und Mitgefühl, das hat sie vielleicht empfunden und würde es auch weiter empfinden, das weiß ich, aber nicht – verschonen Sie mich, Sir! Ich bin ein gebrochener, unglücklicher Mann und Ihnen ganz preisgegeben!« Und er drehte sein Gesicht zur Wand und erhob flehentlich die Hand.

»Mein Freund«, hub der Hauptmann an.

»Gott segne Sie, Sir!«, schluchzte der Gemeine Richard Doubledick.

»Sie befinden sich an einem Wendepunkt Ihres Schicksals. Wenn Sie Ihren Weg noch eine Weile unverändert weiterverfolgen, dann wissen Sie, was geschehen muss. Ich weiß sogar besser, als Sie sich vorstellen können, dass Sie danach verloren sind. Kein Mann, der solche Tränen vergießt, könnte diese Striemen ertragen.«

»Das glaube ich Ihnen vollkommen, Sir«, antwortete der Gemeine Richard Doubledick mit leiser, bebender Stimme.

»Aber ein Mann kann in jeder Position seine Pflicht tun«, fuhr der junge Hauptmann fort, »und dabei kann er Respekt vor sich selbst erwerben, auch wenn sein Fall so unglücklich und so sehr selten sein sollte, dass er sich niemand anderes Respekt erwirbt. Ein gemeiner Soldat, ein armer

Hund, wie Sie ihn genannt haben, hat in den stürmischen Zeiten, in denen wir leben, den Vorteil, dass er seine Pflicht stets vor einem Heer von mitfühlenden Beobachtern tut. Zweifeln Sie daran, dass er dies tun kann, um von einem ganzen Regiment, einem ganzen Heer, einem ganzen Land hochgelobt zu werden? Ändern Sie Ihren Weg, solange Sie noch Ihre Vergangenheit zurückerobern können, und versuchen Sie es.«

»Das werde ich! Ich bitte nur um einen einzigen Zeugen, Sir!«, rief Richard, dessen Herz beinahe zerbarst.

»Ich verstehe. Ich werde ein aufmerksamer und getreuer Zeuge sein.« Ich habe es aus dem Mund von Richard Doubledick selbst gehört, dass er dann auf ein Knie sank, diesem Offizier die Hand küsste und als ein neuer Mann aus dem Blick der dunklen, strahlenden Augen trat.

In jenem Jahr 1799 standen die Franzosen in Ägypten, in Italien, in Deutschland, wo nicht? Napoleon Bonaparte hatte ebenso begonnen, gegen uns in Indien Aufruhr anzuzetteln, und die meisten Männer konnten bereits die Vorzeichen der großen Übel lesen, die kommen sollten. Im darauf folgenden Jahr, als wir mit Österreich eine Allianz gegen ihn schlossen, diente Hauptmann Tauntons Regiment in Indien. Und es gab keinen besseren Unteroffizier in diesem Regiment – nein, nicht in der ganzen Linientruppe – als Korporal Richard Doubledick.

1801 stand die indische Armee an der ägyptischen Küste. Das nächste Jahr war das Jahr der Verkündigung des kurzen Friedens, und sie wurden zurückgerufen. Es war inzwischen Tausenden von Männern wohlbekannt, dass, wo immer Hauptmann Taunton mit den dunklen, strahlenden Augen sie hinführte, an seiner Seite stets, unverrückbar wie ein Fels, treu wie die Sonne und tapfer wie Mars, mit Sicherheit, solange sein Herz lebendig schlug, jener berühmte Soldat, der Sergeant Richard Doubledick, zu finden war.

1805 war nicht nur das große Jahr von Trafalgar, sondern auch ein Jahr harter Kämpfe in Indien. In diesem Jahr sah man solche Wundertaten, die von einem Ersten Unteroffizier begangen wurden, der sich allein durch eine dichte Menschenmenge kämpfte, die Fahne des Regiments zurückeroberte, die man den Händen eines armen, ins Herz getroffenen Jungen entrissen hatte, und seinen verwundeten Hauptmann rettete, der in einem wahren Dschungel aus Pferdehufen und Säbeln zu Boden gegangen war – solche Wundertaten, sage ich, die von diesem tapferen Ersten Unteroffizier begangen wurden, dass man ihn dafür zum Träger jener Regimentsfahne berief, die er zurückerobert hatte; und Fähnrich Richard Doubledick hatte von der Pike auf gedient. Dieses Regiment, in jeder Schlacht heftig mitgenommen, aber immer mit den tapfersten Männern verstärkt – denn der Ruhm, dass man der alten, von unzähligen Schüssen durchlöcherten Regimentsfahne folgen durfte, die Fähnrich Richard Doubledick gerettet hatte, beflügelte alle –, kämpfte sich durch den Spanischen Krieg bis zur Belagerung von Badajoz im Jahre 1812. Immer und immer wieder hatte man ihm in allen britischen Rängen zugejubelt, bis den Männern beim bloßen Klang der donnernden britischen Stimme, die ihr Lob so laut erschallen ließ, die Tränen in die Augen traten; und es gab keinen Trommlerjungen, der nicht die Legende kannte, dass, wohin immer die beiden Freunde gingen, Major Taunton mit den strahlenden dunklen Augen und Fähnrich Richard Doubledick, der ihm treu ergeben war, ihnen die Tapfersten der englischen Armee wild entschlossen folgten.

Eines Tages in Badajoz – nicht beim großen Sturm, sondern bei der Abwehr eines wütenden Ausfalls der Belagerten auf unsere Männer, die in den Gräben arbeiteten, die nicht standgehalten hatten – preschten die beiden Offiziere gemeinsam, Auge in Auge mit dem Feind, gegen eine Gruppe französischer Infanterie vor, die erbitterten Widerstand leistete. Die Franzosen wurden von einem Offizier angeführt, der sie ermunternd antrieb – ein mutiger, attraktiver, stattlicher Offizier von fünfunddreißig, den Doubledick flüchtig erblickte, beinahe nur einen Moment, den er aber gut sah. Er bemerkte besonders, wie dieser Offizier das Schwert schwenkte und seine Männer mit einem schneidenden und erregten Ruf anfeuerte, als sie seinem Befehl Folge leisteten und schossen und Major Taunton zu Boden fiel.

Nach weiteren zehn Minuten war alles vorüber, und Doubledick kehrte an die Stelle zurück, wo er den besten Freund, den je ein Mensch hatte, auf einem Mantel auf den nassen Lehm gebettet hatte. Major Tauntons Uniform war an der Brust geöffnet, und auf seinem Hemd sah man drei kleine Blutstropfen.

»Lieber Doubledick«, sagte er. »Ich sterbe.«

»Um des lieben Himmels willen, nein!«, rief da der andere, kniete sich neben ihn hin und legte ihm den Arm um den Hals, um den Kopf anzuheben. »Taunton! Mein Retter, mein Schutzengel, mein Zeuge! Liebster, treuester und freundlichster unter den Menschen! Taunton! Um Gottes willen!«

Die strahlenden dunklen Augen – nun in dem bleichen Antlitz so sehr, sehr dunkel – lächelten ihn an, und die Hand, die er dreizehn Jahre zuvor geküsst hatte, legte sich ihm nun freundlich auf die Brust.

»Schreiben Sie meiner Mutter. Sie werden Ihre Heimat wiedersehen. Sagen Sie ihr, wie wir Freunde geworden sind. Es wird sie trösten, so wie es mich tröstet.«

Er sprach nicht mehr, deutete nur matt auf sein Haar, das im Wind flatterte. Der Fähnrich verstand ihn. Er lächelte wieder, als er das sah, und, indem er sanft sein Gesicht zu dem stützenden Arm drehte, als wollte er sich zur Ruhe betten, starb er, die Hand noch auf die Brust gelegt, in der er die Seele wiedererweckt hatte.

Kein Auge blieb an jenem tieftraurigen Tag beim Anblick von Fähnrich Richard Doubledick trocken. Er begrub seinen Freund auf dem Feld und wurde ein einsamer, trauernder Mann. Jenseits seiner Pflichten schien er nur noch zwei Sorgen im Leben zu haben – die eine, das kleine Päckchen mit Haar sorgfältig zu bewahren, das er Tauntons Mutter geben sollte; die andere, den französischen Offizier zu treffen, der die Männer angetrieben hatte, in deren Feuer Taunton gefallen war. Nun begann eine neue Legende bei unseren Truppen die Runde zu machen; und die besagte, wenn er und der französische Offizier einander das nächste Mal Auge in Auge gegenüberstünden, würde es Wehklagen in Frankreich geben.

Der Krieg ging weiter – und währenddessen blieb stets das genaue Bild des französischen Offiziers auf der einen Seite und seine körperliche Wirklichkeit auf der anderen –, bis die Schlacht von Toulouse gefochten wurde. In den Rapports, die nach Hause geschickt wurden, tauchten die folgenden Worte auf: »Schwer, aber nicht lebensgefährlich verwundet, Leutnant Richard Doubledick.«

Im Mittsommer des Jahres 1814 kam Leutnant Richard Doubledick, nun ein wettergebräunter Soldat von siebenunddreißig Jahren, als Verletzter nach England zurück. Er führte das Päckchen mit den Haaren bei sich, trug es nah am Herzen. Manch einen französischen Offizier hatte er seit jenem Tag gesehen. In manch einer schrecklichen Nacht hatte er, als er mit seinen Männern und Laternen nach Verwundeten suchte, französische Offiziere von ihren Leiden erlöst, aber das Bild vor seinem geistigen Auge und die Wirklichkeit waren nie zusammengekommen.

Obwohl er sich schwach fühlte und Schmerzen litt, verlor er keine Zeit, um sich nach Frome in Somersetshire zu begeben, wo Tauntons Mutter lebte. »Er war der einzige Sohn seiner Mutter, und sie war eine Witwe«[*], wie es freundliche Worte ausdrücken, die einem ganz von selbst in den Sinn kommen.

Es war ein Sonntagabend, und die Dame saß an ihrem ruhigen Gartenfenster und las in der Bibel; sie las sich selbst mit bebender Stimme gerade genau die folgende Stelle vor, wie ich es ihn habe erzählen hören. Er hörte die Worte: »Jüngling, ich sage dir, steh auf!«[**]

Er musste an dem Fenster vorübergehen, und die strahlenden dunklen Augen seiner schlimmsten Zeiten schienen ihn anzublicken. Ihr Herz sagte ihr, wer er war; sie kam rasch zur Tür und fiel ihm um den Hals.

»Er hat mich vor dem Untergang gerettet, wieder einen Menschen aus mir gemacht, mich aus Schmach und Schande zurückgeholt. Oh, Gott möge ihn ewig dafür segnen! Das wird Er! Das wird Er!«

»Ja, das wird Er«, antwortete die Dame. »Ich weiß, dass er im Himmel ist.« Dann weinte sie erbärmlich. »Aber oh, mein liebster Junge, mein liebster Junge!«

Seit jener Stunde, als der Gemeine Richard Doubledick sich in Chatham hatte anwerben lassen, hatte der Gemeine, der Korporal, der Sergeant, der Erste Unteroffizier, der Fähnrich oder Leutnant nie einem anderen Menschen als seinem Erretter seinen wahren Namen oder den von Mary

---

[*] Lukas 7, 12. Der Jüngling zu Nain.
[**] Lukas 7, 14.

Marshall genannt oder auch nur ein Wort über seine Lebensgeschichte verloren. Diese frühere Begebenheit in seinem Leben war abgeschlossen. Er hatte den festen Entschluss gefasst, seine Sühne sollte sein, dass er unerkannt lebte; er wollte den Frieden, der sich längst über seine alten Missetaten gelegt hatte, nicht mehr stören; mochte es entdeckt werden, wenn er tot war, dass er gerungen und gelitten und niemals vergessen hatte; und dann, wenn sie ihm vergeben und Glauben schenken konnten – nun, dann wäre es noch rechtzeitig genug, rechtzeitig genug!

Aber in jener Nacht, als er sich an die Worte erinnerte, die er zwei Jahre lang im Herzen bewahrt hatte, »Sagen Sie ihr, wie wir Freunde geworden sind. Es wird sie trösten, wie es mich tröstet«, da erzählte er alles. Mit der Zeit kam es ihm so vor, als hätte er in reifen Jahren seine Mutter wiedergewonnen; es schien ihr allmählich, als hätte sie in ihrer Trauer einen Sohn gefunden. Während seines Aufenthaltes in England wurde der stille Garten, in den er sich als Fremder langsam und unter Schmerzen hineingeschleppt hatte, sein ganzes Zuhause; als er sich im Frühling wieder zu seinem Regiment gesellen konnte, verließ er den Garten und dachte, dies sei tatsächlich das erste Mal, dass er mit dem Segen einer Frau sein Gesicht wieder der alten Regimentsfahne zuwandte!

Er folgte der Fahne – inzwischen so zerlumpt, vernarbt und durchstochen, dass sie kaum noch zusammenhalten wollte – nach Quatre-Bras und Ligny. Er stand neben ihr, in der ehrfurchtsvollen Stille vieler Männer, schattenhaft zu sehen durch den Dunst und den Nieselregen eines nassen Junivormittags auf dem Feld von Waterloo. Und bis zu dieser Stunde hatte er nie die Gelegenheit gehabt, das Bild des französischen Offiziers, das vor seinem geistigen Auge stand, mit der Wirklichkeit zu vergleichen.

Das berühmte Regiment griff früh in dieser Schlacht in den Kampf ein und erlitt den ersten Rückschlag in seinen vielen ereignisreichen Jahren, als man sah, wie er zu Boden fiel. Aber es preschte weiter vor, um ihn zu rächen, und ließ Leutnant Richard Doubledick, kaum bei Bewusstsein, hinter sich zurück.

Durch Schlammgruben und Regenpfützen, tiefe Gräben entlang, die einmal Straßen gewesen waren und nun zertreten und durchpflügt waren von Artillerie, schweren Wagen, dem Trampeln von Männern und Pferden, der mühseligen Vorwärtsbewegung aller geräderten Fahrzeuge, die verwundete Soldaten tragen konnten, herumgestoßen zwischen Sterbenden und Toten, so von Blut und Schlamm entstellt, dass man sie kaum als menschliche Gestalt erkennen konnte, völlig unberührt vom Stöhnen der Männer und dem Schreien der Pferde, die, gerade eben erst aus ihren friedlichen Alltagsgeschäften gerissen, den Anblick der Nachzügler am Straßenrand nicht ertragen konnten, die nie wieder ihre beschwerliche Reise aufnehmen würden, tot für alle lebendigen Sinne, die ihr je eigen gewesen waren, und doch lebendig – so wurde die Gestalt, die einmal Leutnant Richard Doubledick gewesen war, von dessen Ruhm England widerhallte, nach Brüssel gebracht. Dort bettete man sie sanft in ein Lazarett, und dort lag sie Woche um Woche, die langen hellen Sommertage hindurch, bis die Ernte, die der Krieg verschont hatte, reif geworden und eingeholt war.

Immer und immer wieder ging die Sonne auf und versank über der überfüllten Stadt, immer und immer wieder lagen die Mondnächte still über der Ebene von Waterloo; und all diese Zeit war für das, was einmal Leutnant Richard Doubledick gewesen war, nichts als eine große Leere. Jubelnde Truppen marschierten in Brüssel ein und marschierten wieder heraus; Brüder und Väter, Schwestern, Mütter und Ehefrauen kamen in Scharen herbeigeeilt, zogen ihr Los der Freude oder des Schmerzes und reisten wieder ab; so viele Male am Tag läuteten die Glocken, so oft veränderten sich die Schatten der großartigen Gebäude, so viele Lichter wurden in der Dämmerung entzündet, so viele Füße eilten hier und da auf den Gehsteigen vorüber, so viele Stunden Schlaf und kühlere Nachtluft folgten den Tagen – doch unberührt von all dem lag ein marmornes Antlitz auf einem Bett, wie das Antlitz einer liegenden Statue auf dem Grabmal des Leutnants Richard Doubledick.

Mühevoll kämpfte sich schließlich durch einen langen schweren Traum von verwirrtem Raum und verwirrter Zeit, immer wieder mit schwachen Blicken auf Feldschere, die er kannte, und auf Gesichter, die ihm in der Jugend vertraut gewesen waren – das liebste und freundlichste unter diesen, das von Mary Marshall, mit einer Besorgnis, die der Wirklichkeit mehr als alles andere zu ähneln schien – Leutnant Richard Doubledick ins Leben zurück. In das wunderschöne Leben eines ruhigen Herbstabends bei Sonnenuntergang, ins friedliche Leben eines frischen, stillen Zimmers mit einem großen, offenstehenden Fenster und dahinter mit einem Balkon, auf dem sich die Blätter regten und Blumen süß dufteten, und wiederum dahinter mit vollem Blick auf einen klaren Himmel und die Sonne, die ihre goldenen Strahlen auf sein Bett goss.

Alles war so ruhig und so wunderschön, dass er meinte, er sei in eine bessere Welt hinübergegangen. Und er fragte mit matter Stimme: »Taunton, sind Sie bei mir?«

Ein Gesicht beugte sich über ihn. Nicht Tauntons, das seiner Mutter.

»Ich bin gekommen, um Sie zu pflegen. Wir haben Sie

viele Wochen lang gepflegt. Sie wurden vor langer Zeit hierhergebracht. Erinnern Sie sich an nichts?«

»An gar nichts.«

Die Dame küsste ihn auf die Wange, hielt ihm die Hand und tröstete ihn.

»Wo ist das Regiment? Was ist geschehen? Lassen Sie mich Mutter zu Ihnen sagen. Was ist geschehen, Mutter?«

»Ein großer Sieg, mein Lieber. Der Krieg ist vorbei, und das Regiment war das tapferste auf dem Schlachtfeld.«

Seine Augen glühten, seine Lippen bebten, er schluchzte, und Tränen rannen ihm übers Gesicht. Er war sehr schwach, zu schwach, um die Hand zu rühren.

»War es jetzt gerade dunkel?«, fragte er schließlich.

»Nein.«

»Es war nur für mich dunkel? Etwas ging fort, wie ein schwarzer Schatten. Aber als es ging, und die Sonne – oh, die liebe Sonne, wie schön sie ist! – mein Gesicht berührte, da meinte ich, eine leichte weiße Wolke zur Tür hinausgleiten zu sehen. Ist wirklich nichts zur Tür hinausgegangen?«

Sie schüttelte den Kopf, und nach einer kleinen Weile schlief er ein, während sie ihm noch die Hand hielt und ihn tröstete.

Von jenem Tag an erholte er sich. Langsam, denn er hatte eine schwere Kopfverletzung davongetragen und Schusswunden am Leib erlitten, aber jeder Tag brachte einen kleinen Fortschritt. Als er wieder genügend Kräfte gesammelt hatte, um im Bett liegend Gespräche zu führen, bemerkte er schon bald, dass ihn Mrs. Taunton immer wieder zu seiner eigenen Geschichte zurückbrachte. Dann erinnerte er sich an die letzten Worte seines Retters und dachte: »Es tröstet sie.«

Eines Tages erwachte er erfrischt aus dem Schlaf und bat sie, ihm vorzulesen. Aber der Vorhang seines Bettes, der das Licht milderte und den sie immer aufzog, sobald er erwachte, damit sie ihn von ihrem Tisch neben seinem Bett sehen konnte, an dem sie saß und arbeitete, blieb geschlossen, und eine Frauenstimme sprach, die nicht die ihre war.

»Kannst du es ertragen, eine Fremde zu sehen?«, fragte sie leise. »Möchtest du eine Fremde sehen?«

»Eine Fremde!«, wiederholte er. Die Stimme weckte alte Erinnerungen in ihm, an die Zeiten vor dem Gemeinen Richard Doubledick.

»Jetzt eine Fremde, aber früher einmal keine Fremde«, sagte die Stimme, deren Tonfall ihn erregte. »Richard, mein lieber Richard, so viele Jahre verloren, mein Name ist ...«

Er rief ihren Namen aus: »Mary«, und sie hielt ihn in den Armen, und sein Kopf lag an ihrem Busen.

»Ich breche mein übereiltes Gelübde nicht, Richard. Es spricht dies nicht Mary Marshalls Mund. Ich habe einen anderen Namen.«

Sie war verheiratet.

»Ich habe einen anderen Namen, Richard. Hast du ihn je gehört?«

»Niemals!«

Er schaute ihr ins Gesicht, das so nachdenklich und schön war, und war verwundert über das Lächeln unter Tränen.

»Denk noch einmal nach, Richard. Bist du sicher, dass du meinen neuen Namen nie gehört hast?«

»Niemals!«

»Wende den Kopf nicht zu mir her, lieber Richard. Lass ihn da liegen, während ich dir meine Geschichte erzähle. Ich liebte einen großzügigen, edlen Mann, liebte ihn von ganzem Herzen, liebte ihn Jahr um Jahr, liebte ihn treu und ergeben, liebte ihn ohne Hoffnung auf Wiederkehr, liebte ihn, wusste aber nichts von seinen besten Eigenschaften –

wusste nicht einmal, ob er noch lebte. Er war ein tapferer Soldat. Er wurde von Tausenden und Abertausenden geliebt und verehrt, als die Mutter seines lieben Freundes mich fand und mir zeigte, dass er mich in all seinen Triumphen niemals vergessen hatte. Er wurde in einer großen Schlacht verwundet. Er wurde, dem Tode nah, hierher nach Brüssel gebracht. Ich kam her, um über ihn zu wachen und ihn zu pflegen, und ich wäre zu diesem Zwecke mit Freuden bis an die finstersten Enden der Erde gegangen. Als er niemanden sonst erkannte, erkannte er doch mich. Als er am meisten litt, ertrug er seine Leiden, kaum murrend, zufrieden, den Kopf da auszuruhen, wo jetzt dein Kopf ruht. Als er dem Tode nah war, hat er mich geheiratet, damit er mich noch seine Ehefrau nennen konnte, ehe er starb. Und der Name, mein Liebster, den ich in jener vergessenen Nacht annahm ...«

»Jetzt weiß ich es!«, schluchzte er. »Die schattenhafte Erinnerung wird stärker. Sie kommt zurück. Ich danke dem Himmel, dass meine Gedanken wieder hergestellt sind! Meine liebe Mary, küsse mich; wiege dieses müde Haupt in den Schlaf, sonst vergehe ich vor Dankbarkeit. Seine letzten Worte sind wahr geworden. Ich sehe meine Heimat wieder!«

Nun! Sie waren glücklich. Es war eine lange Zeit der Genesung, aber sie waren immer glücklich. Der Schnee war geschmolzen und die Vögel sangen in den blätterlosen Hecken des ersten Frühjahrs, als diese drei zum ersten Mal miteinander ausfahren konnten und die Leute sich um die offene Kutsche versammelten, um Hauptmann Richard Doubledick zuzujubeln und zu gratulieren.

Doch selbst dann war es notwendig, dass der Hauptmann, anstatt nach England zurückzukehren, seine Erholung im Klima Südfrankreichs vollendete. Sie fanden einen

Ort an der Rhône, einen kurzen Ritt von der alten Stadt Avignon entfernt und noch in Sichtweite ihrer zerstörten Brücke, der alles bot, was sie sich nur wünschen konnten; sie lebten dort zusammen sechs Monate; dann kehrten sie nach England zurück. Mrs. Taunton, die nach weiteren drei Jahren ihr Alter zu spüren begann – wenn auch nicht so sehr, dass ihre strahlenden dunklen Augen matt wurden – und sich daran erinnerte, dass der Klimawechsel ihren Kräften sehr gut bekommen war, entschloss sich, für ein Jahr in diese Gegend zurückzukehren. So fuhr sie denn mit einem getreuen Diener, der oft ihren Sohn in den Armen getragen hatte; und gegen Ende des Jahres sollte Hauptmann Richard Doubledick dort zu ihr stoßen und sie nach Hause zurückbegleiten.

Sie schrieb regelmäßig an ihre Kinder (wie sie sie nun nannte), und sie schrieben ihr. Sie begab sich in die Gegend von Aix, und dort wurde sie auf einem Schloss in der Nähe des Bauernhauses, das sie angemietet hatte, mit einer Familie vertraut, die aus diesem Teil Frankreichs stammte. Die innige Vertrautheit begann damit, dass sie oft in den Weinbergen ein hübsches Kind traf, ein Mädchen mit einem außerordentlich mitleidigen Herzen, das es nie müde wurde, die Geschichten der einsamen englischen Dame von ihrem armen Sohn und den grausamen Kriegen anzuhören. Die anderen Familienmitglieder waren so liebenswürdig wie das Kind, und mit der Zeit lernte sie sie so gut kennen, dass sie die Einladung annahm, den letzten Monat ihres Auslandsaufenthaltes unter ihrem Dach zu verbringen. Alle diese Neuigkeiten schrieb sie nach Hause, nach und nach, wie sie sich von Zeit zu Zeit ergaben, und endlich fügte sie ein höfliches Schreiben des Schlossherrn bei, in dem er anlässlich seines bevorstehenden Besuchs in der Nachbarschaft um die Ehre der Gesellschaft von *cet homme si justement célèbre, Monsieur le Capitaine* Richard Doubledick* bat.

Hauptmann Doubledick, inzwischen ein kräftiger, gutaussehender Mann in den besten Jahren und ein wenig breiter in der Brust und in den Schultern als je zuvor, schickte eine höfliche Antwort und folgte ihr dann nach. Als er nach drei Jahren Frieden durch die weite Landschaft reiste, segnete er die besseren Zeiten, die nun für die Welt angebrochen waren. Das Getreide stand golden und war nicht mit unnatürlichem Rot getränkt; es war in Garben gebunden und würde gegessen und nicht von Männern in tödlichem Zweikampf zertrampelt werden. Der Rauch stieg von friedlichen Herdstätten auf, nicht von brennenden Ruinen. Die Karren waren mit den schönsten Früchten der Erde beladen und nicht mit Verwundeten und Toten. Für ihn, der so oft das schreckliche Gegenteil gesehen hatte, war dies alles wahrhaft herrlich; und so kam er an einem tiefblauen Abend in milder Stimmung in dem Schloss bei Aix an.

Es war ein Schloss von wahrhaft alter, gespenstischer Art mit runden Türmen und Wasserspeiern und einem hohen, mit Blei gedeckten Dach und mehr Fenstern als Aladins Palast. Die Fensterläden waren nach der Hitze des Tages alle geöffnet, und man konnte hier und da einen Blick auf die langen Wände und Flure im Inneren erhaschen. Dann gab es noch ungeheuer ausgedehnte Außengebäude, die teilweise verfallen waren, Unmengen von dunklen Bäumen, Terrassen mit Gärten und Balustraden, Wasserbecken, deren Strahlen zu schwach für Wasserspiele und zu verschmutzt waren, um zu funktionieren;

---

* (franz.) dieses zu Recht so berühmten Mannes, Herrn Hauptmann Richard Doubledick.

Statuen, Unkraut und ein Dickicht von eisernen Geländern, die genau wie die Büsche gewuchert und in alle möglichen wilden Formen verwachsen schienen. Die Eingangstür stand offen, wie das auf dem Land oft so ist, wenn die Hitze des Tages vergangen ist; und der Hauptmann sah weder Glocke noch Türklopfer und trat ein.

Er kam in eine hohe steinerne Halle, die nach dem grellen Licht einer Tagesreise unter südlicher Sonne erfrischend kühl war. An allen vier Seiten verlief eine Galerie, die zu den Zimmerfluchten führte; und sie war von oben erhellt. Immer noch war keine Glocke zu sehen.

»Wahrhaftig«, sagte der Hauptmann zögernd, beschämt über den dröhnenden Klang seiner Stiefel, »das ist ein gespenstischer Anfang!«

Er fuhr zusammen und merkte, wie sein Gesicht erbleichte. Auf der Galerie, auf ihn herunterblickend, stand der französische Offizier – der Offizier, dessen Bild er nun so lange schon vor seinem geistigen Auge bewahrt hatte. Jetzt endlich konnte er dies Bild mit dem Original vergleichen – wie ähnlich war es doch in allen Zügen!

Der Offizier bewegte sich und verschwand, und Hauptmann Richard Doubledick hörte, wie seine Schritte rasch in die Halle herunterkamen. Er trat durch einen Torbogen. Und plötzlich strahlte ein heller Blick auf dem Antlitz, sehr ähnlich wie in jenem fatalen Moment.

Monsieur le Capitaine Richard Doubledick? Entzückt, ihn hier zu empfangen! Und tausend Entschuldigungen! Die Bediensteten waren alle draußen an der frischen Luft. Es fand ein kleines Fest im Garten statt. Tatsächlich war es der Festtag seiner kleinen Tochter, der kleinen, geliebten Schutzbefohlenen von Madame Taunton.

Er war so freundlich und aufrichtig, dass Monsieur le Captaine Richard Doubledick ihm seine Hand nicht vorenthalten konnte. »Es ist die Hand eines tapferen Engländers«, sagte der französische Offizier und hielt sie umfangen, während er sprach. »Ich konnte einen jeden tapferen Engländer respektieren, sogar als meinen Feind, wie viel mehr als meinen Freund! Ich bin auch Soldat.«

Er erinnert sich nicht an mich, so wie ich mich an ihn erinnere, er hat sich mein Gesicht nicht so eingeprägt an jenem Tag, wie ich mir seines eingeprägt habe, dachte Hauptmann Richard Doubledick. Wie soll ich es ihm sagen?

Der französische Offizier geleitete seinen Gast in den Garten und stellte ihn seiner Gattin, einer reizenden und wunderschönen Frau, vor, die mit Mrs. Taunton in einem absonderlichen, altmodischen Pavillon saß. Seine Tochter, deren hübsches junges Gesicht vor Freude strahlte, kam gerannt und umarmte ihn; und ein kleiner Junge purzelte zwischen den Orangenbäumen die breite Treppe herunter und robbte auf die Beine seines Vaters zu. Eine Schar von Kindern, die zu Besuch waren, tanzte zu fröhlicher Musik, und alle Bediensteten und Bauern aus der Umgebung des Schlosses taten es ihnen gleich. Es war ein Anblick unschuldigen Glücks, den man für den Gipfel all der friedlichen Szenen hätte halten können, die den Hauptmann auf seiner Reise so milde gestimmt hatten.

Er schaute all dies mit überaus bestürztem Herzen an, bis eine laute Glocke ertönte und der französische Offizier ihn bat, ihn in seine Zimmer führen zu dürfen. Sie stiegen zur Galerie hinauf, von wo der Offizier heruntergeschaut hatte; und Monsieur le Capitaine Richard Doubledick wurde herzlich willkommen geheißen in einem großen äußeren Gemach und einem kleineren weiter innen, mit Uhren und Stoffbehängen und Kaminen und Bronzehunden und Kacheln und Kühlvorrichtungen und Eleganz und Weitläufigkeit.

»Sie waren in Waterloo«, sagte der französische Offizier.

»Ja, das war ich«, sagte Hauptmann Richard Doubledick. »Und in Badajoz.«

Als er allein war und noch immer den Klang seiner eigenen strengen Stimme in den Ohren hatte, setzte er sich hin und überlegte: Was soll ich machen, und wie soll ich es ihm sagen? Zu jener Zeit waren leider schon viele bedauerliche Duelle zwischen englischen und französischen Offizieren ausgetragen worden, die sich aus dem letzten Krieg ergeben hatten; und diese Duelle und wie er der Gastfreundschaft dieses Offiziers entgehen könnte – dem waren die vordringlichsten Gedanken des Hauptmanns Richard Doubledick gewidmet.

Er überlegte, und darüber verging die Zeit, in der er sich zum Abendessen hätte umkleiden sollen, als Mrs. Taunton durch die Tür zu ihm sprach und ihn fragte, ob er ihr den Brief geben könnte, den er ihr von Mary mitgebracht hatte. Vor allem seiner Mutter, überlegte der Hauptmann, wie soll ich es ihr erzählen?

»Ich hoffe, du schließt mit unserem Gastgeber Freundschaft«, sagte Mrs. Taunton, die er rasch einließ, »die ein Leben lang anhalten wird. Er hat ein so gutes Herz und ist so großzügig, Richard, dass ihr einander einfach hoch schätzen müsst. Wenn er verschont geblieben wäre«, sagte sie und küsste (nicht ohne Tränen) das Medaillon, in dem sie sein Haar trug, »dann hätte er ihn mit der ihm eigenen Großherzigkeit zu schätzen gewusst und wäre wahrhaft froh gewesen, dass die bösen Zeiten vorbei sind, die einen solchen Mann zu seinem Feind gemacht haben.«

Sie verließ das Zimmer; der Hauptmann ging zuerst zum einen Fenster, von wo er das Tanzen im Garten sehen konnte, dann zu einem anderen, von wo er auf die liebliche Aussicht und die friedlichen Weinberge blicken konnte.

»Geist meines verstorbenen Freundes«, sagte er, »ist es um deinetwillen, dass mir diese besseren Gedanken in den Kopf kommen? Bist du es, der mir auf dem ganzen Weg zum Treffen mit diesem Mann gezeigt hat, welch ein Segen die geänderten Zeiten sind? Bist du es, der mir deine tief getroffene Mutter geschickt hat, die mir in die wütende Hand fiel? Kommt von dir das Flüstern, dass dieser Mann nur seine Pflicht getan hat, wie du die deine – und ich die meine, durch deine Anleitung, die mich hier auf Erden gerettet hat – und dass er nicht mehr als seine Pflicht getan hat?«

Er setzte sich, den Kopf in den Händen vergraben, und als er sich wieder erhob, fasste er den zweiten entscheidenden Entschluss seines Lebens – weder dem französischen Offizier noch der Mutter seines verstorbenen Freundes, noch einer anderen Menschenseele auch nur ein Sterbenswörtchen von dem zu sagen, was er wusste. Und als er an jenem Abend beim Essen mit seinem Glas mit dem französischen Offizier anstieß, vergab er ihm insgeheim im Namen des Göttlichen Verzeihers aller Missetaten.

Hier beendete ich meine Geschichte als erster armer Reisender. Wenn ich sie jedoch heute erzählt hätte, dann hätte ich hinzufügen können, dass seither die Zeit gekommen ist, in der der Sohn von Major Richard Doubledick und der Sohn des französischen Offiziers, die Freunde sind wie ihre Väter vor ihnen, Seite an Seite mit ihren jeweiligen Nationen für die gleiche Sache gekämpft haben wie lang getrennte Brüder, die bessere Zeiten wieder vereint, fest zusammengefügt haben.

Kapitel 3

Die Straße

Nachdem meine Geschichte zu Ende und der Weihnachtspunsch ausgetrunken war, brach unsere Gesellschaft auf, als die Glocke der Kathedrale zwölf Uhr schlug. Ich verabschiedete mich an diesem Abend noch nicht von meinen Reisenden, denn es war mir der Gedanke gekommen, dass ich um sieben Uhr am Morgen zusammen mit heißem Kaffee noch einmal auftauchen wollte.

Als ich die High Street entlangging, hörte ich die Stadtmusikanten in der Ferne und machte mich auf die Suche nach ihnen. Sie spielten in der Nähe eines der alten Stadttore an der Ecke einer wunderschönen, altmodischen Häuserzeile aus rotem Backstein, in der, wie mich der Klarinettist freundlicherweise wissen ließ, die niederen Chorherren wohnten. Über den Türen befanden sich seltsame kleine Vorbauten, ähnlich wie die Schalldeckel über den alten Kanzeln; und ich dachte mir, ich würde gern einen der niederen Chorherren sehen, wie er aus seinem obersten Fenster schaute und uns das Vergnügen einer kleinen Weihnachtspredigt über die armen Gelehrten von Rochester gönnte, wobei er seinen Predigttext den Worten seines Herrn bezüglich des Fressens der Häuser der Witwen* entnahm.

Der Klarinettist war so redselig und meine Neigungen waren (wie immer) von so vagabundierender Tendenz, dass ich die Stadtmusikanten über eine frei liegende Wiese namens The Vines begleitete und mich – im französischen

---

* Lukas 20, 47: Sie [die Pharisäer] fressen die Häuser der Witwen ...

Sinne* – an der Aufführung zweier Walzer, zweier Polkas und dreier irischer Melodien beteiligte, ehe ich überhaupt wieder an mein Gasthaus dachte. Aber ich kehrte dorthin zurück und fand in der Küche einen Fiedler vor und Ben sowie den schielenden Jungen und zwei Zimmermädchen, die mit äußerster Lebhaftigkeit um den großen Holztisch kreisten.

Ich hatte eine sehr schlimme Nacht. Am Truthahn oder am Roastbeef kann es nicht gelegen haben – und der Weihnachtspunsch steht auch außer Frage –, aber ich erlitt mit jedem Versuch, Schlaf zu finden, jämmerlichen Schiffbruch. Ich schlief keine Sekunde; und welche närrische Richtung auch meine Gedanken einschlugen, überall störte sie das Bildnis des Masters Richard Watts empfindlich.

Mit einem Wort: Ich konnte dem Ehrenwerten Master Richard Watts nur entgehen, indem ich um sechs Uhr in stockfinsterer Nacht aus dem Bett stieg und mich, wie es meine Art ist, in so viel kaltes Wasser stürzte, wie für diesen Zweck nur aufzutreiben war. Die Luft draußen auf der Straße war trüb und kalt genug, als ich hinausging, und die eine Kerze in unserem Speisezimmer in Watts' Wohltätiger Einrichtung brannte so halbherzig, als hätte auch sie eine schlechte Nacht hinter sich. Aber meine Reisenden hatten alle tief und fest geschlafen, und sie machten sich so begeistert, wie ich es mir nur wünschen konnte, über den heißen Kaffee und die Berge von Butterbroten her, die Ben wie Bretter auf dem Holzplatz aufgeschichtet hatte.

Während es noch kaum Tag war, traten wir alle zusammen auf die Straße und schüttelten einander die Hände. Die Witwe ging mit dem kleinen Matrosen nach Chatham,

---

* Hier ist das Französische »assister à un concert« (ein Konzert anhören) gemeint.

wo er ein Dampfschiff nach Sheerness finden wollte; der Rechtsanwalt schritt mit außerordentlich wissendem Blick seines Weges, ohne sich die Mühe zu machen, seine Absichten kundzutun; zwei weitere wanderten an der Kathedrale und der alten Burg vorüber in Richtung Maidstone; und der Hausierer, der mit Büchern handelte, begleitete mich über die Brücke. Was mich betrifft, so wollte ich durch die Wälder von Cobham wandern, auf meinem Weg nach London so weit gehen, wie ich nur mochte.

Als ich zu dem Zauntritt und dem Fußweg kam, der von der Hauptstraße abzweigte, sagte ich meinem letzten armen Reisenden Lebewohl und ging allein weiter. Und nun begannen die Nebel sich aufs Schönste zu lichten und die Sonne begann zu scheinen; und als ich durch die klirrend kalte Luft schritt und überall den Raureif glitzern sah, da hatte ich das Gefühl, als teilte die ganze Natur mit mir die Freude über diesen großen Geburtstag. Auf meinem Weg durch die Wälder verstärkte die Weichheit meiner Schritte auf dem moosigen Boden und den braunen Blättern noch die heilige Weihnachtsstimmung, von der ich mich überall umgeben fühlte. Die weiß bereiften Stämme kreisten mich ein, und ich überlegte, dass der Begründer aller Zeiten niemals seine gütige Hand erhoben hatte, außer um zu segnen und zu heilen, nur in dem einen Fall des einen unwissenden Kreuzesstammes nicht. Bei Cobham Hall gelangte ich in das Dorf und zum Friedhof, wo die Toten in aller Stille ruhten, »in der sicheren und gewissen Hoffnung«, die die Weihnachtszeit nährt. Welche Kinder konnte ich spielen sehen, die ich nicht lieben musste, mich an den erinnernd, der die Kindlein so geliebt hatte! Kein Garten, an dem ich vorüberkam, war nicht mit dem heutigen Tag im Einklang, denn ich erinnerte mich daran, dass sein Grab in einem Garten lag und dass sie »meinte, es sei der Gärtner«, und zu ihm sprach: »Herr, hast du ihn weggetragen, so sage mir, wo du ihn hingelegt hast; dann will ich ihn holen.«* Mit der Zeit kam der ferne Fluss mit den Schiffen in volle Sicht, und mit ihm Bilder der armen Fischer, die ihre Netze geflickt hatten und aufgestanden und ihm nachgefolgt waren; Bilder davon, wie er von einem Boot aus die Leute lehrte und man dieses Boot wegen der großen Menschenmenge ein wenig vom Strand weggerudert hatte; Bilder von einer majestätischen Gestalt, die über das Wasser schritt, in der Einsamkeit der Nacht. Selbst mein Schatten vor mir auf dem Boden sprach beredt von Weihnachten, denn legten nicht die Leute ihre Kranken dahin, wo die Schatten der Männer, die ihn gehört und gesehen hatten, im Vorübergehen auf sie fallen würden?

So umgab mich Weihnachten nah und fern, bis ich nach Blackheath gekommen war und im Greenwich Park die lange Allee mit den knorrigen Bäumen entlanggeschritten war und unter brausendem Dampf durch den wieder hereinziehenden Nebel auf die Lichter von London zugefahren wurde. Hell leuchteten sie, aber nicht so hell wie mein eigenes Kaminfeuer und die strahlenden Gesichter ringsum, als wir zusammenkamen, um den Tag zu feiern. Und dort erzählte ich vom ehrenwerten Master Richard Watts und von meinem Abendessen mit den sechs armen Reisenden, die weder Schurken noch Verwalter waren, und von dieser Stunde an bis jetzt habe ich keinen von ihnen jemals wiedergesehen.

Erstmals erschienen 1854 in »The Seven Poor Travellers«, der Weihnachtsausgabe von »Household Words«.

---

* Ostermorgen, Johannes 20, 15.

Doktor Marigold

Ich bin ein Billiger Jakob*, und der Name meines lieben Vaters war Willum Marigold. Manche vermuteten zu seinen Lebzeiten, sein Name wäre William, aber mein Vater ist immer steif und fest dabei geblieben, nein, er wäre Willum. Und was diesen Punkt betrifft, will ich mich damit zufriedengeben, das Argument folgendermaßen zu betrachten: Wenn ein Mann in einem freien Land nicht seinen eigenen Namen wissen darf, wie viel weniger darf er ihn dann in einem Land der Sklaverei wissen? Wenn man nun meint, dieses Argument mit dem Instrument des Geburtenregisters betrachten zu wollen, so ist Willum Marigold auf die Welt gekommen, ehe die Geburtenregister groß bekannt waren – und er hat sie auch vorher verlassen. Sie wären zudem nicht gerade seine Sache gewesen, wenn sie zufällig vor ihm aufgetaucht wären.

Ich bin auf der Landstraße Ihrer Majestät der Königin geboren, nur dass es damals eine Landstraße Seiner Majestät des Königs war. Ein Arzt wurde von meinem lieben Vater zu meiner lieben Mutter gerufen, als meine Geburt auf einer Gemeindeweide stattfand; und da dies ein sehr freundlicher Herr war, der kein Honorar, sondern nur ein Teetablett akzeptierte, wurde ich Doktor genannt, aus Dankbarkeit und als Kompliment für diesen Herrn. Da haben Sie mich nun. Doktor Marigold.

* Händler, der Waren minderer Qualität auf Märkten anbietet.

Gegenwärtig bin ich ein Mann mittleren Alters von recht breiter Statur, in Cordhosen, mit einer Weste mit Ärmeln, deren Schnüre* fast immer im Eimer sind. Flicke sie, so oft du willst, die reißen wie die Violinsaiten. Da warst du im Theater, und du hast dir einen der Geigenspieler angesehen, der seine Geige malträtierte, nachdem er ihr gelauscht hatte, als flüstere sie ihm das Geheimnis zu, sie wäre leider nicht ganz in Ordnung, und dann hast du gehört, wie die Saite gerissen ist. Genauso geht es mit den Schnüren meiner Weste, und darin können sich eine Weste und eine Geige doch sehr gleichen. Ich halte große Stücke auf einen weißen Hut, und ich trage gern einen weißen Schal locker und lose um den Hals geschlungen. Sitzen ist meine liebste Körperhaltung. Wenn ich eine Vorliebe für persönliche Schmuckstücke habe, so sind das Perlmuttknöpfe. Da haben Sie mich wieder, in voller Lebensgröße.

Dass der Arzt das Teetablett angenommen hat, lässt Sie vielleicht erraten, dass schon mein Vater vor mir ein Billiger Jakob war. Da haben Sie recht. Das war er. Es war ein sehr schönes Tablett. Darauf war eine große Dame abgebildet, die einen sich schlängelnden Kiesweg hinaufschritt, um in eine kleine Kirche zu gehen. Zwei Schwäne hatten sich auf ähnliche Weise verirrt und hegten die nämliche Absicht. Wenn ich sie eine große Dame nenne, dann meine ich das nicht hinsichtlich ihrer Breite, denn da bestand sie meine Prüfung nicht, machte das aber mehr als genug mit ihrer Höhe wett; ihre Höhe und ihre Schlankheit waren – na ja, kurz gesagt, die machten sie beide so groß.

Ich habe dieses Tablett oft gesehen, nachdem ich der unschuldig lächelnde Grund (wahrscheinlich eher der schrei-

---

* Westen wurden im frühen 19. Jahrhundert eng geschnürt, übernahmen oft die Funktion eines Korsetts.

ende) Grund dafür war, dass der Arzt es in seinem Sprechzimmer an die Wand gelehnt auf einen Tisch gestellt hatte. Wann immer mein lieber Vater und meine liebe Mutter sich in dieser Gegend aufhielten, steckte ich meinen Kopf (ich habe meine liebe Mutter sagen hören, dass flachsblonde Locken darauf wuchsen, während man mein Haar heute wohl kaum von einem alten Kaminbesen unterscheiden kann, bis man zum Stiel kommt und feststellt, dass ich es bin) beim Doktor zur Tür herein, und der Doktor freute sich stets, mich zu sehen, und sagte: »Aha, mein Kollege! Komm nur, mein kleiner Doktor! Was hältst du von einem Sixpence-Stück?«

Man kann nicht ewig leben, werden Sie feststellen, und weder mein Vater noch meine Mutter konnten das. Wenn man nicht ganz abtritt, wenn die Zeit gekommen ist, dann verabschiedet man sich Stück für Stück, und zwei zu eins ist der Kopf der erste Teil, der geht. Mein Vater verlor nach und nach den Verstand, und meine Mutter den ihren. Es war harmlos, aber es hat die Familie, bei der ich sie untergebracht hatte, sehr verstört. Das alte Paar hatte sich zwar aus dem Geschäft zurückgezogen, blieb aber ganz und gar der Tätigkeit des Billigen Jakobs verschrieben, und die beiden verkauften alles, was die Familie hatte. Wann immer der Tisch zum Abendessen gedeckt war, begann mein Vater, mit den Tellern und Schüsseln zu klappern, wie wir das in unserer Branche machen, wenn wir Geschirr zum Verkauf anbieten, nur hatte er den Bogen nicht mehr so raus wie früher und ließ sie meist fallen und zerbrach sie. Da die alte Dame es gewohnt war, im Wagen zu sitzen und dem alten Herrn auf dem Tritt die Gegenstände einen nach dem anderen zum Verkauf herauszureichen, reichte sie ihm nun jeden Gegenstand, der der Familie gehörte, und dann verfügten die beiden nach ihrem eigenen Gutdünken darüber.

vom Morgen bis zum Abend. Endlich stieß der alte Herr, der im gleichen Zimmer wie die alte Dame bettlägerig war, seinen gewohnten Ruf aus, ohne jedes Stocken, nachdem er zwei Tage und Nächte geschwiegen hatte: »Herbei mit euch, liebe Freunde alle, im Dorf beim Verein der Nachtigallen, beim Schild des Wirtshauses *Sense und Kohl,* wo sicherlich alle sangen mit Schalle, doch's fehlte an Stimmen und Ohren wohl – nun herbei mit euch, liebe Freunde alle, hier seht ihr das lebensgroße Modell eines verschlissenen Billigen Jakobs, mit keinem einzigen Zahn im Maul, mit Schmerzen in allen Knochen: so lebensecht, dass es beinahe genauso gut wäre wie er, wenn es nicht besser wäre, genauso schlecht, wenn es nicht schlechter wäre, und genauso neu, wenn es nicht verbraucht wäre. Ihr Gebot für das lebensechte Modell des alten Billigen Jakobs, der in seinen Jahren so viel Gunpowder-Tee* mit den Damen getrunken hat, dass es dem Kupferkessel einer Waschfrau den Deckel wegsprengen würde, und der es so viele Meilen höher gebracht hat als der Mond, wie null Komma null nichts, geteilt durch die Staatsschuld, nichts im Sinn mal der Armensteuer, drei im Sinn, zwei übertragen. Nun, meine Eichenholzherzen und Strohmänner, was sagen Sie, was ist Ihnen das Ganze wert? Zwei Shilling, einen Shilling, Tenpence, Eightpence, Sixpence, Fourpence, Twopence? Wer hat da Twopence gesagt? Der Herr mit dem Vogelscheuchenhut? Ich schäme mich für den Mann mit dem Vogelscheuchenhut. Ich schäme mich wirklich für ihn, weil es ihm so am Gemeinsinn fehlt. Jetzt will ich Ihnen mal sagen, was ich mit Ihnen mache. Nur her mit Ihnen. Ich gebe Ihnen noch ein funktionsfähiges Modell einer alten Frau

---

* Grüner Tee, dessen Blätter zu Kügelchen gerollt werden und der daher Schießpulver ähnelt.

obendrein, die den alten Billigen Jakob vor so langer Zeit geheiratet hat, dass ich auf mein Wort und meine Ehre schwören könnte, dass die Hochzeit auf der Arche Noah gefeiert wurde, ehe das Einhorn sich einmischen und das Aufgebot verbieten konnte, indem es eine Melodie auf seinem Horn blies. Also, kommen Sie! Kommen Sie! Was bieten Sie mir für beide? Ich sage Ihnen, was ich mache. Ich bin Ihnen nicht böse, dass Sie so zurückhaltend sind. Her mit Ihnen! Wenn Sie mir ein Gebot machen, das nur ein kleines gutes Licht auf Ihre Stadt wirft, dann gebe ich Ihnen noch ganz umsonst eine Wärmpfanne dazu, und ich leihe Ihnen lebenslang eine Röstgabel. Kommen Sie schon; was sagen Sie zu diesem großartigen Angebot? Sagen wir zwei Pfund, sagen wir dreißig Shilling, sagen wir ein Pfund, sagen wir zehn Shilling, sagen wir fünf, sagen wir zwei Shilling und Sixpence? Sie sagen nicht einmal zwei Shilling und Sixpence? Sie sagen zwei und Threepence? Nein. Sie bekommen das Ganze nicht für zwei Shilling und Threepence. Dann schenke ich es Ihnen lieber, wenn Sie nett genug aussehen. He da! Missis! Wirf den alten Mann und die alte Frau auf den Karren, spann das Pferd an und fahr sie weg und begrabe sie.« Das waren die letzten Worte von Willum Marigold, meinem lieben Vater, und sie wurden von ihm und seiner Frau, meiner lieben Mutter, noch am gleichen Tag in die Tat umgesetzt, und ich muss es ja wissen, denn ich folgte den Särgen als Trauernder.

Mein Vater war zu seiner Zeit ein wunderbarer Künstler im Geschäft des Billigen Jakobs gewesen, wie seine letzten Worte sicherlich bezeugt haben. Aber ich übertreffe ihn noch. Das sage ich nicht, weil ich es bin, sondern weil es allgemein von allen, die eine Möglichkeit zum Vergleich hatten, so anerkannt wurde. Ich habe hart daran gearbeitet. Ich habe mich an anderen öffentlichen Rednern gemessen –

Parlamentsabgeordneten, Parteioratoren, Predigern, Rechtsanwälten –, und wo ich sie für gut befand, habe ich mir ein bisschen von ihren Einfällen abgeguckt, und wo ich sie für schlecht befand, habe ich es sein lassen. Nun will ich Ihnen mal was sagen. Ich werde bis zum Grab beteuern, dass von allen Betätigungen, denen in Großbritannien übel mitgespielt wird, der des Billigen Jakobs am übelsten mitgespielt wird. Warum sind wir kein eingetragener Beruf? Warum haben wir keine Privilegien? Warum sind wir gezwungen, eine Hausiererlizenz zu erwerben, während derlei von den politischen Klinkenputzern nicht erwartet wird? Wo ist denn der Unterschied zwischen uns? Außer dass wir Billige Jakobs und die Herren politische Klinkenputzer Teure Jakobs sind, sehe ich keinen Unterschied, höchstens zu unseren Gunsten.

Denn, schauen Sie mal! Nehmen wir an, es ist Zeit für eine Wahl. Ich stehe an einem Samstagabend auf dem Marktplatz auf dem Tritt meines Karrens. Ich biete eine übliche Partie Diverses an. Ich sage: »Herbei, herbei, meine freien und unabhängigen Wähler, ich gebe euch ein solche Chance, wie ihr sie noch nie im Leben hattet und vorher auch nicht. Jetzt sage ich euch mal, was ich für euch tun werde. Hier sind zwei Rasierklingen, die euch kahler rasieren als die Armenbehörde; hier ist ein Bügeleisen, das sein Gewicht in Gold wert ist; hier ist eine Bratpfanne, die derart mit dem Aroma von Beefsteaks getränkt ist, dass ihr euer ganzes restliches Leben lang nur Brot und Schmalz darin braten müsst und es euch satt macht wie gutes Fleisch; hier ist ein echtes Chronometer in einem so massiven Silbergehäuse, dass ihr damit eine Tür einschlagen könnt, wenn ihr einmal spät von einer geselligen Zusammenkunft heimkehrt; und hier ist ein halbes Dutzend Essteller, auf denen ihr wie auf Zimbeln spielen könnt, um das Baby zu bezaubern, wenn es quengelig ist. Halt! Und ich füge noch einen anderen Artikel hinzu, und den gebe ich euch gratis und umsonst, und das ist ein Nudelholz; und wenn das Baby das nur in den Mund bekommt, wenn die Zähnchen sprießen und wenn es nur einmal sein Zahnfleisch damit reibt, dann brechen sie doppelt so schnell durch, mit einem Lachen, als hätte man es gekitzelt. Noch mal Halt! Ich füge euch noch etwas hinzu, denn eure Visagen gefallen mir nicht, und ihr seht mir nicht aus, als würdet ihr etwas kaufen, wenn ich dabei nicht einen Verlust mache, und weil ich lieber einen Verlust mache, als heute Abend gar kein Geld einzunehmen, ist hier ein Spiegel, damit ihr mitkriegt, wie hässlich ihr ausschaut, wenn ihr nicht bietet! Was sagt ihr jetzt? Kommt schon! Sagt da jemand ein Pfund? Nein, Sie nicht, denn Sie haben es nicht. Sie sagen zehn Shilling? Nicht Sie, denn Sie schulden sicherlich mehr an Raten. Na gut, dann sage ich euch, was ich mache. Ich staple das alles auf den Tritt meines Karrens – da sind sie! Rasiermesser, Chronometer, Essteller, Nudelholz – und alles ist zu haben für vier Shilling, und ich gebe euch noch Sixpence für eure Mühe!« Das bin ich, der Billige Jakob. Aber am Montagmorgen kommt auf den gleichen Marktplatz der Teure Jakob auf seiner Wahltribüne – *seinem* Karren –, und was sagt der? »Nun, meine freien und unabhängigen Wähler, ich gebe euch eine solche Chance« (er fängt genauso an wie ich) »wie ihr sie noch nie in eurem Leben hattet, und das ist die Chance, mich ins Parlament zu entsenden. Nun sage ich euch, was ich für euch tun werde. Hier sind die Interessen dieser herrlichen Stadt, die über den gesamten Rest des zivilisierten und nicht zivilisierten Erdballs erhoben ist. Hier sind eure Eisenbahnstrecken, genehmigt, und die eurer Nachbarn werden nicht gebaut. Hier ist Arbeit für alle eure Söhne im Postamt. Hier ist Britannia, die euch lächelt. Hier sind die Augen Europas, die auf euch ruhen. Hier sind allgemeiner Wohlstand für euch, der Bauch immer voller Fleisch, goldene Weizenfelder, heitere heimische Herde und Applaus eurer eigenen Herzen, alles in einer Partie, und die Partie bin ich. Nehmt ihr mich so, wie ich hier stehe? Nein? Nun, dann sage ich euch, was ich für euch mache. Kommt schon! Ich füge noch alles hinzu, worum ihr bittet. Da! Kirchensteuer, Abschaffung der höheren Malzsteuer, keine Malzsteuer, umfassende Bildung bis zum höchsten Grad oder umfassende Unwissenheit bis zum niedrigsten Grad, völlige Abschaffung der Prügelstrafe in der Armee oder ein Dutzend Streiche für jeden gemeinen Soldat einmal im Monat, Männerunrechte oder Frauenrechte – sagt mir einfach, was es sein soll, nehmt es oder lasst es bleiben, und ich bin ganz eurer Meinung, und dann gehört die ganze Partie euch, zu euren Bedingungen. Da! Ihr nehmt sie immer noch nicht? Nun, dann sage ich euch, was ich für euch mache. Kommt schon! Ihr seid solche freien und unabhängigen Wähler, und ich bin so stolz auf euch – ihr seid wirklich ein so edler und aufgeklärter Wahlkreis, und ich habe einen solchen Ehrgeiz, die Ehre und Würde zu erringen, euer Parlamentsabgeordneter zu sein, was bei Weitem die höchste Höhe ist, zu der sich die Flügel des menschlichen Geistes emporschwingen können – und das eine sage ich euch, was ich für euch machen werde. Ich gebe euch noch alle Gasthäuser in eurer herrlichen Stadt lizenzfrei dazu. Seid ihr dann zufrieden? Nein? Ihr wollt das Ganze immer noch nicht? Nun, dann sage ich euch, ehe ich das Pferd anspannen lasse und wegfahre und der zweitherrlichsten Stadt, die sich finden lässt, mein Angebot unterbreite, was ich für euch tun werde. Nehmt das Ganze, und ich verstreue noch zweitausend Pfund auf den Straßen eurer herrlichen Stadt, dass sie jeder aufsammeln kann. Reicht nicht? Also, seht mal. Weiter gehe ich nicht. Gut, zweitausendfünfhundert. Und ihr wollt immer noch nicht? Hallo, Missis! Spann das Pferd an – nein, warte einen Augenblick, ich möchte euch nicht für eine solche Kleinigkeit den Rücken zuwenden, ich mache zweitausendsiebenhundertfünfzig Pfund draus. Da! Nehmt das Ganze zu euren Bedingungen, und ich zähle zweitausendsiebenhundertfünfzig Pfund auf den Tritt meines Karrens, dass sie in der Stadt verteilt werden und jeder, der will, sie aufsammeln kann. Was sagt ihr dazu? Ach, kommt schon! Besser kriegt ihr es nicht, aber vielleicht viel schlechter. Ihr nehmt es? Hurra! Verkauft! Und ich habe meinen Sitz im Parlament!«

Diese Teuren Jakobs balbieren die Leute schrecklich über den Löffel, wir Billigen Jakobs dagegen nicht. Wir sagen ihnen die Wahrheit ins Gesicht, wir verachten es, uns bei ihnen einzuschmeicheln. Und was die abenteuerliche Art angeht, die Partien unendlich aufzublähen, da übertreffen sie uns weit. Es ist die Meinung in der Branche der Billigen Jakobs, dass man über ein Gewehr bessere Sprüche klopfen kann als über jeden andren Artikel auf dem Karren, mit Ausnahme von Brillen vielleicht. Ich schwadroniere oft eine Viertelstunde über ein Gewehr und habe das Gefühl, dass ich ewig weiterreden könnte. Aber wenn ich den Leuten erzähle, was das Gewehr kann und wen oder was es schon alles umgelegt hat, dann gehe ich nicht halb so weit wie die Teuren Jakobs, wenn sie ihre Reden schwingen und ihre Kanonen anpreisen – ihre großen Kanonen, ihre Oberen, die sie überhaupt erst dazu angestachelt haben, es bei uns zu versuchen. Außerdem betreibe ich mein Geschäft nur für mich; ich werde nicht wie die auf den Marktplatz befohlen. Und meine Gewehre wissen nicht, was ich zu ihrem Lob und Preis sage, die Kanonen der Teuren Jakobs sehr wohl, und alle miteinander sollten sie sich von ganzem Herzen grämen und schämen. Das sind einige meiner Argumente, um zu beweisen, dass dem Beruf des Billigen Jakobs in Großbritannien übel mitgespielt wird, und um mich darüber zu ereifern und zu erhitzen, wenn ich nur an die fraglichen anderen Jakobs denke, die sich so großartig fühlen, dass sie meinen, auf uns herabsehen zu müssen.

Ich habe meiner Frau vom Tritt meines Karrens aus den Hof gemacht. O ja. Sie war eine junge Frau aus Suffolk, und es war auf dem Marktplatz von Ipswich genau gegenüber vom Laden des Getreidehändlers. Ich hatte sie damals am Samstag zuvor an einem Fenster bemerkt und höchste Bewunderung verspürt. Ich hatte Gefallen an ihr gefunden und mir gesagt: Wenn sie noch nicht vergeben ist, nehme ich diese Partie. Am Samstag darauf habe ich meinen Karren am gleichen Platz aufgestellt und war in blendender Laune, hielt die Menge die ganze Zeit am Lachen und brachte meine Waren flott an den Mann. Als Letztes nahm ich eine kleine, in Papier eingewickelte Partie aus meiner Westentasche, und ich sagte es folgendermaßen (während ich zu dem Fenster aufblickte, wo sie war): »Also, meine blühenden englischen Maiden, hier ist ein Gegenstand, der letzte Gegenstand, der heute Abend zum Verkauf steht und den ich nur euch, den wunderhübschen kleinen Wonneklößen aus Suffolk anbiete, die vor Schönheit nur so überfließen, und ich nehme von keinem lebenden Mann ein Angebot an, und wenn es tausend Pfund wären. Was ist es also? Nun, ich sage euch, was es ist. Es besteht aus feinem Gold, und es ist nicht zerbrochen, wenn es auch in der Mitte ein Loch hat, und es ist fester als jede Fessel, die je geschmiedet wurde, wenn es auch kleiner als jeder meiner zehn Finger ist. Wieso zehn? Nun, als meine Eltern mir mein Vermögen vererbten, das sage ich euch ehrlich, da gab es zwölf Laken, zwölf Handtücher, zwölf Tischtücher, zwölf Messer, zwölf Gabeln, zwölf Esslöffel und zwölf Teelöffel, aber an meinen Fingern fehlten zwei zum Dutzend, und es hat sich seither nichts daran gebessert. Kommt schon, nur ich verrate es euch. Es ist ein Reif aus massivem Gold, in eine Papillote aus Silberpapier eingewickelt, die ich höchstpersönlich aus den schimmernden Locken der immer noch wunderschönen alten Dame in der Threadneedle Street* in der City von London gezupft habe; ich würde es euch nicht sagen, wenn ich nicht noch das Silberpapier hätte, um es zu beweisen; sonst würdet ihr's mir nicht einmal jetzt glauben. Was ist es sonst noch? Es ist eine Männerfalle und eine Handschelle, der Pranger der Gemeinde und ein Fußeisen, alles in Gold und alles in einem. Und was sonst noch? Es ist ein Ehering. Und jetzt sage ich euch, was ich damit mache. Ich biete diese Partie nicht für Geld an; aber ich habe die Absicht, sie der nächsten von euch Schönheiten zu geben, die lacht, und ich besuche sie dann morgen um Punkt halb zehn mit dem Glockenschlag, und ich hole sie zu einem Spaziergang ab, damit wir das Aufgebot bestellen können.«

Sie lachte, und man reichte ihr den Ring hoch. Als ich am nächsten Morgen vorsprach, sagte sie: »O je! Nie im Leben bist das du, du hast das doch nicht ernst gemeint?«

»Doch, ich bin es, und ich meine es ernst.«

Also haben wir geheiratet, nachdem das Aufgebot dreimal verlesen worden war – was übrigens typisch Billiger Jakob ist und nur wieder zeigt, wie sehr die Praktiken der Billigen Jakobs die Gesellschaft durchdrungen haben.

Sie war keine schlechte Ehefrau, aber sie hatte ein verflix-

---

* Die alte Dame der Threadneedle Street: scherzhafte Bezeichnung für die Bank von England.

tes Temperament. Wenn sie sich von diesem einen Artikel hätte trennen können, dann hätte ich sie mit keiner anderen Frau in England tauschen mögen. Nicht, dass ich sie je getauscht hätte, denn wir lebten zusammen, bis sie starb, und zwar dreizehn Jahre lang. Nun, meine Damen und Herren und edlen Zuhörer, ich weihe Sie nun in ein Geheimnis ein, wenn Sie es mir auch nicht glauben werden. Dreizehn Jahre Temperament in einem Palast wäre selbst für die Besten unter Ihnen eine schwere Prüfung, dreizehn Jahre Temperament in einem Karren aber wäre selbst für die Geduldigsten unter Ihnen die Hölle. In einem Karren ist man so eng beieinander. Unter Ihnen sind Tausende von Paaren, die in Häusern, die fünf und sechs doppelte Treppen hoch sind, so gut miteinander auskommen wie Speiseöl über einen Wetzstein rinnt, die aber in einem Karren schnurstracks zum Scheidungsgericht rumpeln würden. Ob das Ruckeln es schlimmer macht, kann ich nicht entscheiden; aber in einem Karren kommt es zu einem nach Hause und bleibt da. Gewalt in einem Karren ist so *gewaltig*, und Ärger in einem Karren ist so *ärgerlich*.

Wir hätten ein so angenehmes Leben führen können! Ein geräumiger Karren, die großen Artikel draußen aufgehängt, das Bett darunter befestigt, wenn wir unterwegs waren, ein Eisentopf und ein Kessel, ein Ofen für das schlechte Wetter und ein Schornstein für den Rauch, ein Hängeregal und ein Schrank, ein Hund und ein Pferd. Was will man mehr? Man fährt auf ein Rasenstück an einem grünen Sträßchen, man fesselt dem guten alten Pferd die Vorderbeine und lässt es grasen, man zündet sein Feuer auf der Asche der letzten Besucher an, und dann kocht man sich sein Stew, und man würde nicht mal den Kaiser von Frankreich zum Vater haben wollen. Aber wenn man ein Temperament im Karren hat, das einem Beschimpfungen und die härtesten Artikel im Sortiment an den Kopf wirft, wo ist man dann? Lassen Sie ruhig Ihren Gefühlen freien Lauf.

Mein Hund wusste genauso gut wie ich, wenn ihre Stimmung umschlug. Ehe es aus ihr herausbrach, jaulte er und machte sich aus dem Staub. Woher er das wusste, war mir ein Rätsel; aber das sichere Wissen darum weckte ihn aus dem tiefsten Schlaf, und dann jaulte er und machte sich aus dem Staub. Zu diesen Zeiten wünschte ich, ich wäre er.

Das Schlimmste war, dass uns eine Tochter geboren wurde, und ich liebe Kinder von ganzem Herzen. Wenn sie ihre Wutanfälle hatte, schlug sie das Kind. Das wurde so entsetzlich, als das Kind vier oder fünf Jahre alt wurde, dass ich viele Male mit der Peitsche über der Schulter neben dem Kopf des alten Pferdes einherlief und sogar noch ärger schluchzte und weinte, als es die kleine Sophy tat. Denn wie konnte ich es verhindern? Derlei kann man bei einem solchen Temperament – und in einem Karren – nicht versuchen, ohne dass es zu Streit kommt. Es liegt in der natürlichen Größe und Beschaffenheit eines Karrens, die Dinge zum Streit kommen zu lassen. Und dann war das arme Kind noch mehr erschreckt als zuvor, zudem wurde es gewöhnlich schlimmer gequält, und seine Mutter beschwerte sich bei den nächsten Leuten, die wir trafen, und schon ging das Gerücht herum: »Hier ist ein Lump von einem Billigen Jakob, der wieder einmal seine Frau geschlagen hat.«

Die kleine Sophy war ein so tapferes Kind! Sie wuchs heran und gewann ihren Vater recht lieb, obwohl er nur so wenig tun konnte, um ihr zu helfen. Sie hatte eine wunderbare Fülle schimmernden schwarzen Haars, das sich ganz natürlich um ihren Kopf lockte. Es ist mir heute noch erstaunlich, dass ich nicht völlig verrückt wurde, wenn ich sie vor dem Karren vor ihrer Mutter weglaufen sah und ihre

Mutter sie bei diesem Haar packte und daran zu Boden zerrte und sie schlug.

Sie war ein so tapferes Kind, habe ich gesagt! Ah, und mit gutem Grund!

»Nimm es dir beim nächsten Mal nicht so zu Herzen, lieber Vater«, flüsterte sie mir zu, und ihr Gesichtchen war noch gerötet, ihre strahlenden Augen noch feucht, »wenn ich nicht laut schreie, dann weißt du, dass mir nichts Schlimmes geschehen ist. Und selbst wenn ich schreie, dann nur, damit Mutter einhält und aufhört.«

Was habe ich die kleine Seele nicht – um meinetwillen – klaglos ertragen sehen!

Doch in anderer Hinsicht kümmerte sich ihre Mutter wunderbar um sie. Ihre Kleider waren immer sauber und adrett, und ihre Mutter arbeitete unermüdlich daran. So ungereimt sind die Dinge. Dass wir bei ungesundem Wetter im Marschland unten waren, halte ich für den Grund dafür, dass Sophy ein schlimmes schleichendes Fieber bekam; jedenfalls bekam sie es, und als sie es hatte, wandte sie sich für immer von ihrer Mutter ab und war durch nichts dazu zu bringen, sich von der Hand ihrer Mutter berühren zu lassen. Sie zitterte und sagte: »Nein, nein, nein«, wenn die Mutter ihre Hand anbot, und sie barg ihr Gesicht an meiner Schulter und umklammerte meinen Hals noch fester.

Meine Geschäfte als Billiger Jakob waren schlechter gelaufen, als ich es je gekannt hatte; es war eins zum anderen gekommen (nicht zuletzt die Eisenbahnen, die schließlich alles in Stücke schneiden werden, denke ich), und mir war das Geld ausgegangen. Aus diesem Grund wären wir eines Abends in der Zeit, als es der kleinen Sophy so schlecht ging, entweder mit dem Essen und Trinken wirklich in die Klemme geraten, oder ich musste den Karren zum Verkauf bereit aufstellen, was ich gemacht habe.

Ich konnte das liebe Kind nicht dazu bringen, sich hinzulegen oder mich loszulassen, und ich brachte es nicht übers Herz, das auch nur zu versuchen, und also trat ich, sie an meinen Hals geklammert, auf den Tritt des Karrens. Die Leute lachten alle, als sie uns so sahen, und ein besonders törichter Bauernlümmel (den ich dafür hasste) rief ein Gebot: »Twopence für die Kleine!«

»Nun, ihr Einfaltspinsel«, sagte ich und hatte das Gefühl, mein Herz wäre ein schweres Gewicht am Ende einer zerrissenen Schnur, »ich lasse euch wissen, dass ich euch heute das Geld aus den Taschen zaubern werde und dass ich euch so viel mehr gebe als die Ware wert ist, dass ihr hernach nie mehr euren Samstagslohn abholt, ohne zu hoffen, dass ihr mich trefft und ihn bei mir ausgeben könnt, was euch niemals gelingen wird, und warum nicht? Weil ich habe mein Vermögen gemacht, indem ich meine Waren im großen Stil für fünfundsiebzig Prozent weniger verkauft habe, als ich dafür bezahlt habe, und folglich werde ich nächste Woche ins Oberhaus erhoben, mit dem Titel Herzog von Billig und Marquis Jakoboralural. Jetzt sagt mir, was ihr heute Abend wollt, und ihr sollt es bekommen. Aber zuerst, soll ich euch verraten, warum dieses kleine Mädchen an meinem Hals hängt? Ihr wollt es nicht wissen? Dann will ich es euch sagen. Sie gehört zu den Elfen. Sie ist eine Wahrsagerin. Sie kann mir mit einem einzigen Flüstern alles über euch verraten und kann mir stecken, ob ihr eine Partie kaufen werdet oder es sein lasst. Also, wollt ihr eine Säge? Nein, sagt sie, die wollt ihr nicht, weil ihr zu tölpelhaft seid, um sie zu benutzen. Ansonsten wäre hier eine Säge, die ein lebenslanger Segen für einen Handwerker wäre, für vier Shilling, drei Shilling und Sixpence, drei, zwei und Sixpence, zwei achtzehn Pence. Aber keiner von euch soll sie bekommen um keinen Preis, wegen eurer wohlbekannten Ungeschicklichkeit, denn das wäre gleichbedeutend mit Totschlag. Der nämliche Einwand gilt für diesen Satz von drei Hobeln, die ich euch auch nicht geben werde, bietet also bloß nicht für sie. Jetzt frage ich sie, was ihr wollt.« (Dann flüsterte ich: »Dein Kopf brennt so heiß, dass ich fürchte, er schmerzt dich sehr, mein Liebes.« Und sie antwortete, ohne ihre schweren Augen zu öffnen: »Nur ein wenig, Vater.«)

»Oh! Diese kleine Wahrsagerin sagt mir, dass ihr eine Kladde wollt. Warum habt ihr das denn nicht erwähnt? Hier ist sie. Seht sie euch an. Zweihundert wunderbar feine, satinierte Seiten aus Velinpapier* – wenn ihr mir nicht glaubt, zählt sie nach, schon mit Linien versehen, zum gleichen Preis, ein ewiger, gespitzter Bleistift dazu, mit dem ihr eure Zahlen niederschreiben könnt, und ein Federmesser mit zwei Klingen, mit dem ihr sie wieder fortkratzen könnt, ein Buch mit gedruckten Tabellen, mit denen ihr eure Einkünfte berechnen könnt, und ein Klappstuhl, auf dem ihr sitzen könnt, wann immer euch danach ist! Halt! Und noch ein Schirm, der den Mondschein abhält, wenn euch danach ist, es in pechschwarzer Nacht zu tun. Nun frage ich euch nicht, wie viel ihr für das Ganze bezahlen wollt, vielmehr wie wenig. Wie wenig, was meint ihr? Schämt euch nicht, sagt es ruhig, denn meine Wahrsagerin weiß es schon.« (Dann tat ich wieder so, als flüsterte ich, und küsste sie und sie küsste mich.) »Nun, sie sagt, dass ihr meint, so wenig wie drei und Threepence! Ich hätte es nicht glauben mögen, nicht einmal von euch, wenn sie es mir nicht gesagt hätte! Drei Shilling und Threepence! Und noch ein Satz gedruckter Tabellen dazu, die eure Einkünfte auf vierzigtausend im Jahr berechnen! Mit einem Einkommen von vierzigtau-

---

* Gleichmäßig strukturiertes glattes Papier, das mit besonders feinmaschigen Kupferdrahtsieben geschöpft wird.

send im Jahr, da knausert ihr wegen drei und Sixpence? Na ja, dann sage ich euch meine Meinung. Ich verachte die Sixpence so sehr, dass ich nur die drei Shilling nehme. Da! Für drei Shilling, drei Shilling, drei Shilling! Verkauft! Reichen Sie dem Glücklichen die Sachen.«

Da überhaupt niemand geboten hatte, schauten sich alle um und grinsten einander an, während ich das Gesicht der kleinen Sophy berührte und fragte, ob sie sich schwach oder schwindelig fühlte. »Nicht sehr, Vater. Es ist bald vorbei.«

Als ich mich wieder von den hübschen, geduldigen Augen abwandte, die nun geöffnet waren, und über meinen brennenden Talgtopf hinweg nichts als Grinsen sah, fuhr ich in meinem Billigen-Jakob-Ton fort. »Wo ist der Fleischer?« (Mein kummervolles Auge hatte gerade etwas außerhalb der Menge einen fetten jungen Fleischer ausgemacht.) »Sie sagt, heute Abend hat der Fleischer das große Los gezogen. Wo ist er?« Alle schoben den errötenden Fleischer nach vorn, und es gab einen lauten fröhlichen Aufschrei, und der Fleischer fühlte sich verpflichtet, in die Tasche zu greifen und die Partie zu kaufen. Wen man so aus der Menge hervorhebt, der fühlt sich im Allgemeinen verpflichtet, die Partie zu kaufen – das geht in vier von sechs Fällen gut. Darauf folgte eine andere Partie, das Gegenstück zur Vorherigen, die ich Sixpence billiger verkaufte, was auch immer große Freude bereitet. Dann hatten wir die Brille. Das ist kein besonders profitabler Artikel, aber ich setzte sie auf und sah, um wie viel der Schatzkanzler die Steuer vermindert, und ich sah, was der Liebste der jungen Frau mit dem Schultertuch zu Hause anstellt, und ich sah, was der Bischof zu Abend speiste, und vieles mehr, das fast immer die Laune der Leute hebt; und je besser ihre Laune, desto besser ihre Gebote. Dann hatten wir die Partie für die

Damen – die Teekanne, die Teedose, die gläserne Zuckerdose, ein halbes Dutzend Löffel, ein Warmbierbecher* –, und immer schob ich ähnliche Vorwände vor, um ein, zwei Blicke auf mein armes Kind zu werfen oder ein, zwei Worte an Sophy zu richten. Während die Menschenmenge von der zweiten Partie für Damen gefesselt war, spürte ich, wie sie sich ein wenig auf meiner Schulter aufrichtete, um über die dunkle Straße zu blicken.

»Was beunruhigt dich, mein Liebling?«

»Nichts, Vater. Ich bin gar nicht beunruhigt. Aber sehe ich da drüben nicht einen hübschen Kirchhof?«

»Ja, meine Liebe.«

»Küss mich zweimal, lieber Vater, und lege mich zur Ruhe auf dem Gras dieses Kirchhofs, das so weich und grün ist.«

Ich wankte in den Karren zurück, ihr Kopf war auf meine Schulter gesackt, und ich sagte zu ihrer Mutter: »Rasch. Mach die Tür zu! Lass es diese lachenden Leute nicht sehen!«

»Was ist los?«, rief sie.

»O Frau, Frau«, antwortete ich ihr, »du wirst die kleine Sophy nie mehr bei den Haaren packen, denn sie ist dir fortgeflogen!«

Vielleicht waren das harschere Worte, als ich beabsichtigt hatte; aber von jener Zeit an verlegte sich meine Frau aufs Grübeln und saß im Karren oder schritt stundenlang mit verschränkten Armen und zu Boden gesenktem Blick nebenher. Wenn die Wut sie packte (was viel seltener als früher geschah), packte sie sie auf neuartige Weise, und sie

---

* Doppelhenkeliger Becher, in dem Wöchnerinnen und Rekonvaleszenten eine Mischung aus warmem Bier, Brot, Zucker, Eiern und Gewürzen gereicht wurde.

stieß sich selbst so arg umher, dass ich gezwungen war, sie festzuhalten. Es wurde auch nicht gerade besser dadurch, dass sie gelegentlich ein Gläschen trank, und einige Jahre lang fragte ich mich, während ich neben dem Kopf des Pferdes meines Weges einherstapfte, ob es wohl auf den Straßen viele Karren geben mochte, in denen so viel traurige Einsamkeit herrschte wie in meinem, obgleich man zu mir als dem König unter den Billigen Jakobs aufblickte. So schleppte sich unser Leben kummervoll dahin, bis wir an einem Sommerabend, als wir gerade von weiter westlich in England nach Exeter kamen, eine Frau sahen, die ein Kind grausam prügelte, das schrie: »Schlag mich nicht! O Mutter, Mutter, Mutter!« Da hielt sich meine Frau die Ohren zu und rannte davon wie eine Wilde, und am nächsten Tag fischte man sie aus dem Fluss.

Nun waren ich und mein Hund die ganze Gesellschaft, die noch im Karren übrig geblieben war; und der Hund lernte, kurz zu bellen, wenn die Leute nicht bieten wollten, und noch einmal zu bellen und mit dem Kopf zu nicken, wenn ich ihn fragte: »Wer hat da eine halbe Krone geboten? Sind Sie der Herr, Sir, der eine halbe Krone geboten hat?« Er wurde ungeheuer beliebt, und ich werde immer glauben, dass er sich ganz allein aus seinem Kopf beigebracht hatte, zu knurren, wenn jemand in der Menge eine so geringe Summe wie Sixpence bot. Aber er kam in die Jahre, und eines Abends, als ich gerade York mit der Brille entzückte, dass sich die Leute vor Lachen krümmten, da krümmte er sich auf dem Tritt neben mir aus eigenem Grund, und das erledigte ihn.

Da ich von Natur aus eine empfindsame Seele bin, hatte ich danach schrecklich einsame Gefühle. Ich konnte sie bezwingen, wenn es ans Verkaufen ging, hatte ich doch einen Ruf aufrechtzuerhalten (ganz zu schweigen von meiner

Person), aber wenn ich für mich allein war, warfen sie mich nieder und überwältigten mich. So ist das oft mit uns Menschen, die in der Öffentlichkeit stehen. Wenn Sie uns auf dem Tritt des Karrens sehen, dann würden Sie beinahe alles, was Sie haben, geben, um mit uns zu tauschen. Sehen Sie uns anderswo, dann würden Sie noch etwas dazugeben, um das Geschäft rückgängig zu machen. Unter diesen Umständen machte ich die Bekanntschaft eines Riesen. Ich wäre vielleicht zu hochmütig gewesen, um ein Gespräch mit ihm anzufangen, wenn nicht meine einsamen Gefühle gewesen wären. Denn es ist die allgemeine Regel für uns Leute, die durchs Land reisen, dass wir die Grenze ziehen, wenn es ums Verkleiden geht. Wenn ein Mann sich nicht unverkleidet auf seine Fähigkeiten verlassen kann, um sich seinen Lebensunterhalt zu verdienen, dann denken wir gewöhnlich, wir seien etwas Besseres als er. Und dieser Riese trat als Römer verkleidet auf.

Er war ein kraftloser junger Mann, was ich der Entfernung zwischen seinen Extremitäten zuschreibe. Er hatte einen kleinen Kopf und noch weniger drin, er hatte schwache Augen und schwache Knie, und insgesamt konnte man ihn nicht anschauen, ohne das Gefühl zu bekommen, dass er einfach für seine Gelenke und sein Hirn viel zu viel war. Aber er war ein liebenswerter und schüchterner junger Mann (seine Mutter vermietete ihn und gab die gesamten dadurch erzielten Einnahmen für sich aus), und wir wurden miteinander bekannt, als er zu Fuß von einem Jahrmarkt zum anderen ging, um seinem Pferd eine kleine Pause zu gönnen. Man nannte ihn Rinaldo di Velasco, und sein richtiger Name war Pickleson.

Dieser Riese namens Pickleson vertraute mir unter dem Siegel der Verschwiegenheit an, dass er nicht nur eine schwere Bürde für sich selbst war, sondern dass die Grausamkeit seines Herrn gegenüber einer Stieftochter, die taubstumm war, ihm das Leben zu einer schweren Bürde machte. Ihre Mutter war tot, und sie hatte keine Seele auf Erden, die sich auf ihre Seite stellte, und sie wurde äußerst übel behandelt. Sie reiste mit im Wohnwagen seines Herrn, nur weil man sie nirgends sonst lassen konnte, und dieser Riese namens Pickleson ging sogar so weit, zu glauben, dass sein Herr oft versuchte, sie unterwegs zu verlieren. Er war ein sehr kraftloser junger Mann, und er brauchte wer weiß wie lange, um diese Geschichte herauszubekommen, aber schließlich gelangte sie doch durch seinen stockenden Kreislauf bis zu seiner obersten Extremität.

Als ich diese Geschichte vom Riesen namens Pickleson hörte und auch vernommen hatte, dass das arme Mädchen wunderschönes, langes dunkles Haar hatte und oft daran gezerrt und geschlagen wurde, da konnte ich den Riesen vor Tränen, die in meinen Augen standen, kaum noch sehen. Nachdem ich sie fortgewischt hatte, schenkte ich ihm Sixpence (denn er wurde so kurz gehalten, wie er lang war), und er gab sie für zweimal Threepence Gin und Wasser aus, was ihn so aufmunterte, dass er das beliebte komische Lied »Bibber, zitter, ist's nicht kalt?«* sang – eine Lachnummer, die als Römer abzuziehen ihn sein Herr mit allen anderen Methoden völlig vergeblich zu überreden versucht hatte.

Sein Herr hieß Mim, ein sehr grober Mann, den ich flüchtig kannte. Ich ging also als einfacher Bürger auf diesen Jahrmarkt und ließ meinen Karren draußen vor der

---

* Viktorianisches Music-Hall-Lied »The Man that Couldn't Get Warm« mit dem Refrain: »Shivery Shakey, oh, dear! Oh, crimini jimini! isn't it cold? Shivery Shakey, oh, dear! Oh, the man that couldn't get warm.« (Bibber, zitter, o je! O jemine, ist es nicht kalt? Bibber, zitter, o je! Oh, der Mann, der immer fror.)

Stadt stehen und schaute mich hinter den Wohnwagen um, während die Vorstellung lief, und endlich sah ich da, gegen ein schlammverkrustetes Wagenrad gelehnt und schlummernd, das arme Mädchen, das taubstumm war. Auf den ersten Blick hätte ich beinahe glauben mögen, sie sei der Schau wilder Tiere entsprungen; aber auf den zweiten bildete ich mir eine bessere Meinung von ihr, und ich dachte, wenn man sich mehr um sie kümmerte und sie freundlicher behandelte, dann würde sie vielleicht wie mein Kind werden. Sie war in genau dem Alter, in dem meine Tochter gewesen wäre, wenn ihr hübsches Köpfchen an jenem unglückseligen Abend nicht auf meine Schulter gesunken wäre.

Kurz gesagt, ich sprach unter vier Augen mit Mim, während er draußen zwischen zwei von Picklesons Auftritten den Gong schlug, und sagte zu ihm: »Sie fällt Ihnen schwer zur Last; was nehmen Sie für sie?«

Mim fluchte gotteslästerlich. Wenn man diesen Teil der Antwort weglässt, der bei Weitem der längste war, dann war sie: »Ein Paar Hosenträger.«

»Nun sage ich Ihnen«, erwiderte ich, »was ich für Sie mache. Ich gehe Ihnen ein halbes Dutzend der feinsten Hosenträger im Karren holen, und dann nehme ich sie mit.«

Da sagte Mim (wieder gotteslästerlich): »Das glaube ich, wenn ich die Ware sehe, keinen Augenblick vorher.«

Ich beeilte mich, so gut ich konnte, damit er es sich nicht noch einmal anders überlegte, und der Handel wurde abgeschlossen, was Picklesons Geist so sehr erleichterte, dass er zu seiner kleinen Hintertür herauskam und uns zum Abschied zwischen den Karrenrädern mit Flüsterstimme »Bibber, zitter« zum Besten gab.

Es brachen glückliche Zeiten für uns beide an, als Sophy und ich im Karren zu reisen begannen. Ich gab ihr sofort den Namen Sophy, damit sie in allem wie meine eigene Tochter würde. Wir schafften es schon bald, einander zu verstehen, durch die Güte des Himmels, sobald sie begriff, dass ich es ehrlich und freundlich mit ihr meinte. Nach sehr kurzer Zeit hatte sie mich auf wunderbare Weise lieb gewonnen. Sie können sich nicht vorstellen, wie es ist, wenn jemand einen auf wunderbare Weise lieb gewinnt, es sei denn, die einsamen Gefühle, von denen ich vorher erzählt habe, haben Sie auch so niedergedrückt und überwältigt wie mich damals.

Sie hätten gelacht – oder das Gegenteil getan, je nach Ihrer natürlichen Veranlagung –, wenn Sie gesehen hätten, wie ich versuchte, Sophy zu unterrichten. Zunächst halfen mir dabei – Sie würden es nie erraten – die Meilensteine. Ich hatte ein paar große Alphabete in einer Schachtel, alle Buchstaben, jeder auf einem separaten Stückchen Bein, und wenn wir, sagen wir mal, nach WINDSOR fuhren, gab ich ihr diese Buchstaben in genau der Reihenfolge, und dann zeigte ich ihr bei jedem Meilenstein dieselben Buchstaben noch einmal in selbiger Reihenfolge und deutete auf die königliche Wohnstätte. Ein anderes Mal gab ich ihr KARREN und schrieb danach mit Kreide dieselben Buchstaben auf den Karren. Wieder ein anderes Mal gab ich ihr DOKTOR MARIGOLD und hefte ein Schild mit den Buchstaben an meine Weste. Die Leute, die uns sahen, starrten uns ein bisschen an und lachten, aber was kümmerte es mich, wenn sie dabei den Gedanken verstand? Sie verstand ihn nach viel Geduld und Mühe, und danach kamen wir prächtig miteinander aus, das können Sie mir glauben! Zunächst neigte sie ein wenig dazu, mich für den Karren und den Karren für die königliche Wohnstätte zu halten, aber das legte sich schon bald.

Wir hatten auch unsere Zeichen, und die waren Hunderte an der Zahl. Manchmal saß sie da und schaute mich an und überlegte angestrengt, wie sie mir etwas Neues mitteilen sollte – wie sie mich nach dem fragen sollte, was sie erklärt haben wollte –, und dann war sie (oder vielleicht dachte ich das nur, aber was tut's?) so sehr wie mein Kind mit den paar zusätzlichen Jahren, dass ich schon beinahe glaubte, sie wäre es tatsächlich, und versuchte mir zu berichten, was sie oben im Himmel angestellt hatte und was sie seit jenem unglückseligen Tage, als sie uns wegflog, alles gesehen hatte. Sie hatte ein hübsches Gesicht, und jetzt, da niemand ihr mehr am schimmernden dunklen Haar zerrte und da alles in Ordnung war, lag in ihrem Aussehen etwas so Rührendes, dass es den Karren außerordentlich friedlich und sehr ruhig, wenn auch nicht melancholisch machte (Nota bene: In unseren Verkaufssprüchen lassen wir dieses Wort gewöhnlich wie »lemonkomisch« klingen und ernten stets einen Lacher damit.).

Wie sie lernte, jeden meiner Blicke zu verstehen, war wirklich erstaunlich. Wenn ich abends Waren verkaufte, dann saß sie, unsichtbar für die Leute draußen, im Karren und schaute mir begierig in die Augen, wenn ich einmal zu ihr hereinsah, und reichte mir genau den Gegenstand oder die Gegenstände, die ich haben wollte. Und dann klatschte sie in die Hände und jauchzte vor Freude. Und mich, da ich sie so strahlen sah und mich daran erinnerte, wie sie war, als ich sie zuerst erblickt hatte, verhungert und geprügelt und zerlumpt, wie sie da schlafend an das schlammverkrustete Karrenrad gelehnt saß, machte das so von Herzen froh, dass ich höhere Höhen des Ruhms erklomm denn je, und ich setzte Pickleson (nämlich Mims reisenden Riesen namens Pickleson) mit einer Fünfpfundnote in mein Testament ein.

Dieses Glück im Karren dauerte an, bis sie sechzehn Jahre alt war. Um diese Zeit beschlich mich das Gefühl, dass ich ihr gegenüber meine Schuldigkeit nicht ganz getan hätte, und ich überlegte, dass sie besseren Unterricht haben sollte, als ich ihn ihr geben konnte. Es führte zu vielen Tränen auf beiden Seiten, als ich begann, ihr meine Ansichten zu erläutern; aber Recht muss Recht bleiben, und daran kann man weder mit Tränen noch mit Lachen etwas ändern.

Also nahm ich ihre Hand in die meine und ging eines Tages mit ihr in die Einrichtung für Taubstumme in London, und als ein Herr kam, um mit uns zu sprechen, sagte ich zu ihm: »Jetzt sage ich Ihnen, was ich mache, Sir. Ich bin nur ein Billiger Jakob, aber ich habe in den letzten Jahren trotzdem etwas für harte Zeiten auf die hohe Kante gelegt. Dies ist meine einzige (adoptierte) Tochter, und tauber oder stummer, als sie ist, geht es nicht. Bringen Sie ihr so viel bei, wie es in der kürzesten Trennungszeit nur möglich ist – sagen Sie mir den Preis dafür –, und dann lege ich das Geld auf den Tisch. Ich werde keinen einzigen Viertelpenny abziehen, Sir, sondern es gleich hier auf den Tisch des Hauses zählen, und ich würde Ihnen noch dankbar ein Pfund dazugeben, wenn Sie es annehmen. Da!«

Der Herr lächelte und meinte dann: »Nun ja«, sagte er, »zunächst muss ich wissen, was sie schon alles gelernt hat. Wie verständigen Sie sich mit ihr?«

Da zeigte ich es ihm, und sie schrieb in Druckbuchstaben viele Namen von Dingen und so weiter auf; und wir führten eine lebhafte Konversation, Sophy und ich, über eine kleine Geschichte in einem Buch, das der Herr ihr zeigte und das sie lesen konnte.

»Das ist außerordentlich«, sagte der Herr. »Ist es möglich, dass Sie ihr einziger Lehrer gewesen sind?«

»Ich bin ihr einziger Lehrer gewesen, Sir«, antwortete ich. »Außer ihr selbst.«

»Dann«, meinte der Herr, und nie hat jemand mir angenehmere Worte gesagt, »sind Sie ein sehr schlauer Bursche und ein guter Kerl.«

Das teilte er auch Sophy mit, die ihm die Hände küsste, in die ihren klatschte und darüber lachte und weinte.

Wir besuchten den Herrn insgesamt viermal, und als er meinen Namen aufschrieb und mich fragte, wie um alles in der Welt es gekommen war, dass ich Doktor hieß, stellte sich heraus, dass er, ob Sie's glauben oder nicht, der liebe Neffe (mütterlicherseits) desselben Arztes war, nach dem ich benannt wurde. Das machte unseren Umgang noch leichter, und er sagte zu mir: »Nun, Marigold, sagen Sie mir, was soll Ihre adoptierte Tochter noch lernen?«

»Ich möchte, Sir, dass sie so wenig wie möglich von der Welt abgeschnitten ist, trotz ihrer Beeinträchtigung, und dass sie daher alles, was geschrieben steht, mit vollkommener Leichtigkeit und mit Vergnügen lesen kann.«

»Mein lieber Mann«, protestierte der Herr und riss die Augen weit auf, »nun, das kann ja nicht einmal ich!«

Ich begriff seinen Scherz und belohnte ihn mit einem Lachen (da ich wusste, wie einem zumute ist, wenn es ausbleibt) und berichtigte meine Aussage entsprechend.

»Was soll nachher mit ihr geschehen?«, fragte der Herr mit etwas zweifelndem Blick. »Soll sie mit Ihnen durchs Land ziehen?«

»Im Karren, Sir, aber nur im Karren. Sie wird im Karren ein zurückgezogenes Leben führen, müssen Sie verstehen. Ich würde nie daran denken, ihr Gebrechen der Öffentlichkeit vorzuführen. Ich würde sie nicht um alles Geld der Welt ausstellen.«

Der Herr nickte und schien einverstanden zu sein.

»Nun«, sagte er, »können Sie sich zwei Jahre von ihr trennen?«

»Um ihr diesen Dienst zu tun – ja, Sir.«

»Da wäre noch eine andere Frage«, meinte der Herr und schaute zu ihr hin. »Kann sie sich zwei Jahre von Ihnen trennen?«

Ich weiß nicht, ob das nun an sich schwerer war (denn das andere fiel mir schwer genug), jedenfalls war es schwerer zu vollbringen. Schließlich war sie beschwichtigt, und unsere Trennung war beschlossene Sache. Wie sie uns erschüttert hat, als sie schließlich kam und ich sie eines Abends im Dunkeln an der Tür zurückließ, will ich nicht erzählen. Aber eines weiß ich: Wenn ich an jene Nacht denke, dann kann ich an dieser Einrichtung nie ohne ein Stechen im Herzen und einen Kloß im Hals vorübergehen; und ich könnte Ihnen nicht mit meiner gewöhnlichen Laune die besten Partien vorlegen – nein, nicht mal das Gewehr, und auch nicht die Brille –, selbst wenn mir der Staatssekretär des Innenministeriums fünfhundert Pfund Belohnung zahlte und noch die Ehre dazugäbe, dass ich anschließend meine Beine unter seinen Mahagonitisch strecken dürfte.

Und doch war die Einsamkeit, die dann folgte, nicht die alte Einsamkeit, denn sie war befristet, wie lange ich auch warten musste; und weil ich, wenn ich niedergeschlagen war, daran denken konnte, dass sie zu mir gehörte und ich zu ihr. Da ich immer Pläne für ihre Rückkehr schmiedete, kaufte ich nach wenigen Monaten einen weiteren Karren, und was meinen Sie, was hatte ich mit dem vor? Ich werde es Ihnen sagen. Ich plante, ihn mit Regalbrettern und Büchern für ihre Lektüre auszustatten, und einen Sessel hineinzustellen, in dem ich sitzen und ihr beim Lesen zusehen und daran denken konnte, dass ich ihr erster Lehrer gewesen war. Da ich mit diesen Arbeiten keine Eile hatte, ließ ich die Einrichtungen kunstreich unter meiner eigenen Aufsicht zusammenbauen, und da war ihr Bett in einem Alkoven mit Vorhängen, und da war ihr Lesepult, und da war ihr Schreibtisch, und dort waren ihre Bücher, Reihe um Reihe, mit Bildern und ohne Bilder, gebunden und nicht gebunden, mit Goldschnitt und schlicht, so wie ich sie landauf, landab, im Norden und Süden und Westen und Osten über Berg und Tal in Wind und Wetter für sie in verschiedenen Partien zusammenfand. Und als ich so viele Bücher zusammengetragen hatte, wie ordentlich in den Karren passten, kam mir ein neuer Plan in den Kopf, der, wie sich herausstellte, meine Gedanken ziemlich beschäftigte und meine Zeit ausfüllte und mir über die Hürde der zwei Jahre half.

Ohne eine raffgierige Natur zu sein, habe ich doch Freude daran, Dinge zu besitzen. Ich hätte zum Beispiel nichts dafür übrig, mit Ihnen als Partner meinen Karren als Billiger Jakob zu teilen. Nicht, dass ich Ihnen misstraue, aber ich weiß eben lieber, dass er ganz mir gehört. Höchstwahrscheinlich würden Sie genauso gern lieber wissen, dass er ganz Ihnen gehört. Nun! Es begann eine Art Eifersucht in meine Gedanken zu kriechen, wenn ich mir überlegte, dass all diese Bücher von anderen Menschen gelesen worden waren, lange ehe sie von ihr gelesen wurden. Das schien irgendwie ihre Position als Eigentümerin der Bücher zu mindern. Also kam mir die Frage in den Kopf: Könnte ich nicht ein neues Buch machen lassen, nur für sie, das sie als Allererste lesen würde?

Er gefiel mir, dieser Gedanke; und da ich nie ein Mann war, der Gedanken lange schlummern ließ (man muss stets die ganze Familie von Gedanken aufwecken, die man hat, und ihre Schlafmützen verbrennen, sonst kann man als Billiger Jakob nichts werden), machte ich mich gleich an die Arbeit. Da ich ja die Angewohnheit hatte, so viel durchs Land zu reisen und hier eine literarische Person finden musste, mit der ich einen Handel abschließen konnte, und dort eine literarische Person, mit der ich einen Handel abschließen konnte, gerade wie sich die Gelegenheiten ergaben, kam mir der Plan, dass dieses Buch eine recht gemischte Partie sein sollte – wie Rasiermesser, Bügeleisen, Chronometer, Essteller, Nudelholz und Spiegel – und nicht als einzelner Artikel angeboten werden sollte – wie die Brille oder das Gewehr. Und sobald ich zu diesem Schluss gelangt war, gelangte ich auch schon zum nächsten, den ich Ihnen ebenfalls anvertrauen will.

Ich hatte es oft bedauert, dass sie mich nicht auf meinem Karrentritt hören konnte. Nicht, dass ich eitel wäre, aber Sie stellen ja Ihr Licht auch nicht gern unter den Scheffel. Was ist der ganze gute Ruf wert, wenn man der Person, von der man sich am meisten wünscht, dass sie ihn zu schätzen weiß, nicht erklären kann, worauf er beruht? Ist er dann Sixpence, Fivepence, Fourpence, Threepence, Twopence, einen Penny, einen Halfpenny oder einen Viertelpenny wert? Nein, ist er nicht. Nicht einmal einen Viertelpenny. Nun gut. Mein Schluss war, dass ich ihr Buch mit einem Bericht über mich beginnen würde. Damit sie sich, indem sie ein, zwei Geschichten über mich auf dem Karrentritt las, eine Vorstellung von meinen Verdiensten machen konnte. Ich war mir darüber im Klaren, dass ich mir nicht gerecht werden konnte. Ein Mann kann ja sein Auge nicht beschreiben (zumindest weiß ich nicht, wie ich das anfangen sollte) und auch seine Stimme nicht, noch die Geschwindigkeit seiner Rede, noch die Behendigkeit seiner Aktionen, noch seine allgemeine gepfefferte Wesensart. Aber er kann seine Redewendungen aufschreiben, wenn er ein öffentlicher Redner ist – und ich habe es sagen hören, dass er das oft tut, ehe er sie ausspricht.

Nun! Nachdem ich diesen Entschluss gefasst hatte, stellte sich die Frage nach einem Namen. Wie sollte ich dieses heiße Eisen in Form hämmern? So. Die schwierigste Erklärung, die ich ihr je geben musste, war die, wie es geschehen war, dass ich Doktor heiße und doch keiner bin. Schließlich hatte ich das Gefühl, dass es mir selbst mit äußerster Mühe nicht gelungen war, das richtig in ihre Gedanken hineinzubekommen. Da ich mich auf ihre Fortschritte in den zwei Jahren verließ, überlegte ich, dass ich damit rechnen durfte, dass sie es verstehen würde, wenn sie es, von meiner eigenen Hand niedergeschrieben, lesen würde. Dann, dachte ich mir, würde ich es mit ihr mit einem kleinen Scherz versuchen und sehen, wie sie damit zurechtkam, woraus ich vollends beurteilen könnte, wie gut sie es verstanden hatte. Zuerst hatten wir das Missverständnis entdeckt, in das wir verfallen waren, als sie mich bat, ihr eine Arznei zu verschreiben, weil sie mich für einen Doktor im medizinischen Sinne hielt; also dachte ich mir: Nun, wenn ich dieses Buch meine Rezepturen nenne und wenn sie begreift, dass meine Rezepturen nur für ihre Unterhaltung und ihr Interesse bestimmt sind und sie auf angenehme Weise zum Lachen bringen sollen, dann ist es für uns beide ein herrlicher Beweis, dass wir dieses Missverständnis überwunden haben. Der Plan gelang aufs Vollkommenste. Denn als sie das Buch sah, wie ich es zustande gebracht hatte – das gedruckte und gebundene Buch, das im Karren auf ihrem Schreibtisch lag, und als sie den Titel sah – DOKTOR MARIGOLDS REZEPTUREN –, da blickte sie mich einen Moment voller Erstaunen an, blätterte es dann durch und brach in das entzückendste Lachen aus, fühlte sich dann den Puls und schüttelte den Kopf, blätterte die Seiten um und gab vor, sie höchst aufmerksam zu lesen, küsste dann das Buch und presste es mit beiden Händen an ihren Busen. Nie im Leben war ich zufriedener!

Aber ich will nicht vorgreifen. (Ich entnehme diesen

Ausdruck den vielen Romanen, die ich für sie gekauft habe. In jedem, den ich davon aufgeschlagen habe, und ich habe wahrhaftig viele aufgeschlagen, hat der Romancier unweigerlich geschrieben: »Aber ich will nicht vorgreifen.« Da das nun einmal so ist, frage ich mich, warum er dann vorgegriffen hat und wer ihn gebeten hat, das zu tun.) Also, wie ich schon sagte, ich will nicht vorgreifen. Dieses Buch nahm all meine Freizeit in Anspruch. Es war kein Kinderspiel, all die anderen Artikel in dieser buntgemischten Partie zusammenzubekommen, aber als es dann an meinen eigenen Artikel ging! Da! Ich konnte es gar nicht glauben, wie viel Kleckserei, wie viel harte Buckelei, wie viel Geduld dazu gehörte. Das ist wieder genau wie auf dem Karrentritt. Die Leute haben ja keine Ahnung.

Endlich war es vollbracht, und die beiden Jahre waren wie all die anderen vor ihnen dahingegangen, und wohin, wer weiß das schon? Der neue Karren war fertig – außen gelb, mit Zinnoberrot abgesetzt und mit Messingbeschlägen –, das alte Pferd war davor gespannt, und ein neues und ein Junge waren für den Karren des Billigen Jakobs besorgt worden – und ich hatte mich herausgeputzt, um sie abzuholen. Es war ein strahlender, kalter Tag, die Schornsteine der Karren rauchten, die Karren waren auf einem Stück Ödland draußen in Wandsworth aufgestellt, wo man sie zwar von der Bahnstrecke der Southwestern Railway, aber nicht von der Straße aus sehen konnte (wenn man stadtauswärts rechter Hand aus dem Fenster schaut).

»Marigold«, sagte der Herr und schüttelte mir herzlich die Hand, »ich freue mich, Sie zu sehen.«

»Doch bezweifle ich, Sir«, erwiderte ich, »dass Sie sich nur halb so freuen, mich zu sehen, wie ich mich freue, Sie zu sehen.«

»Die Zeit ist Ihnen lang geworden, was, Marigold?«

»Das will ich nicht sagen, Sir, wenn ich ihre wahre Länge bedenke, aber …«

»Was für ein Auftritt, mein Lieber!«

Ah, das war es wohl! Sie war zu einer solchen Frau herangewachsen, so hübsch, so intelligent, so ausdrucksvoll! Da wusste ich, dass sie wirklich wie mein Kind sein musste, sonst hätte ich sie niemals wiedererkannt, wie sie da still bei der Tür stand.

»Sie sind gerührt«, sagte der Herr freundlich.

»Ich habe das Gefühl«, antwortete ich, »dass ich nur ein ungehobelter Bursche in einer Weste mit Ärmeln bin.«

»Und ich habe das Gefühl«, erwiderte der Herr, »dass Sie es waren, der sie aus Elend und Erniedrigung gerettet und sie mit Leuten ihrer Art zusammengebracht hat. Aber warum sprechen wir hier allein, wenn wir doch so gut mit ihr sprechen könnten? Sprechen Sie sie auf Ihre Weise an.«

»Ich bin ein so ungehobelter Kerl in einer Weste mit Ärmeln, Sir«, sagte ich, »und sie ist eine so anmutige Frau und steht so still bei der Tür!«

»Versuchen Sie doch, ob sie auf das alte Zeichen reagiert«, schlug der Herr vor.

Sie hatten das absichtlich so verabredet, um mir eine Freude zu bereiten! Denn als ich ihr das alte Zeichen machte, kam sie zu mir hergerannt, fiel auf die Knie, streckte ihre Hand zu mir aus, und Tränen der Liebe und Freude strömten ihr aus den Augen; und als ich sie bei den Händen griff und hochzog, fiel sie mir um den Hals und lag da; und ich weiß nicht, wie sehr ich mich zum Narren machte, bis wir alle drei uns niederließen, ohne einen Laut von uns zu geben, als hätte sich etwas Weiches und Angenehmes für uns über die ganze Welt gebreitet.

[Hier wurde ein Teil des Textes ausgelassen, der sich auf Skizzen bezog, die von anderen Schriftstellern beigetragen wurden; aber der geneigte Leser wird sich freuen, die folgenden Ereignisse in einer Notiz aufgeführt zu sehen.

»Jetzt sage ich Ihnen, was ich für Sie mache. Ich biete Ihnen die allgemeine, bunt zusammengewürfelte Partie, ihr eigenes Buch, das niemand außer mir je gelesen hat, wie ich es ergänzt und vervollkommnet habe, nachdem sie es zum ersten Mal gelesen hatte, achtundvierzig gedruckte Seiten, sechsundneunzig Spalten, von Whiting selbst gesetzt, noch dazu im Beaufort House*, von der Dampfpresse ausgespuckt, auf bestem Papier, mit wunderschönem grünem Umschlag, gefaltet wie sauberes Leinen, das gerade vom Stärken gekommen ist, und so hervorragend geheftet, dass es, wenn man es nur als ein Stück Handarbeit ansieht, besser ist als das Mustertuch einer Näherin, die sich auf den Prüfungswettbewerb vor der Kommission für den Staatsdienst vorbereitet – und ich biete das Ganze für wie viel an? Für acht Pfund? So viel nicht. Für sechs Pfund? Weniger. Für vier Pfund. Nun, ich würde gar nicht erwarten, dass Sie mir glauben, aber das ist die Summe. Vier Pfund! Die Fadenheftung allein kostet noch einmal die Hälfte mehr. Hier sind sie, achtundvierzig Originalseiten, sechsundneunzig Originalspalten, und alles für vier Pfund! Sie wollen noch mehr für Ihr Geld? Nehmen Sie es! Drei ganze Seiten mit spannenden Anzeigen von herausragendem Interesse bekommen Sie noch umsonst dazu. Lesen Sie die und glauben Sie alles! Noch mehr? Meine besten Wünsche für Ihre fröhlichen Weihnachten und glücklichen neuen Jahre, Ihr langes Leben und Ihren wahren

---

* Charles Whiting, Schriftsetzer von Dickens' Tagebüchern, bei der Beaufort House Press. Das Format entspricht dem der Weihnachtsausgabe von Dickens' Zeitschrift »All the Year Round«, in der auch diese Geschichte 1865 als Weihnachtsgabe erschienen ist.

Wohlstand. Die allein sind schon gute zwanzig Pfund wert, wenn sie so geliefert werden, wie ich sie sende. Nicht vergessen! Eine letzte Rezeptur habe ich noch hinzugefügt: »Lebenslänglich einzunehmen«, die Ihnen erklärt, wie der Karren zusammengebrochen ist und wo die Reise aufgehört hat. Und da finden Sie vier Pfund zu viel? Denken Sie das immer noch? Kommen Sie schon! Dann sage ich Ihnen, was ich mache. Sagen wir vier Pence, und sagen Sie es keinem weiter.«]

So war also jeder Punkt meines Plans von Erfolg gekrönt. Unser erneut vereintes Leben bedeutete uns mehr als alles, auf das wir uns so gefreut hatten. Zufriedenheit und Freude begleiteten uns, während die Räder der beiden Karren sich drehten, und sie blieben bei uns, wenn die beiden Karren anhielten. Ich war so glücklich, stolz und froh wie der Mops im Haferstroh, der sich die schwarze Schnauze für eine Abendgesellschaft noch geschwärzt und das Schwänzchen mit dem Kräuseleisen gelockt hat.

Aber eine Sache hatte ich bei meinen Berechnungen übersehen. Was hatte ich übersehen? Um Ihnen beim Raten zu helfen, sage ich: einen Faktor. Kommen Sie schon. Raten Sie und raten Sie richtig. Null? Nein. Neun? Nein. Acht? Nein. Sieben? Nein. Sechs? Nein. Fünf? Nein. Vier? Nein. Drei? Nein. Zwei? Nein. Eins? Nein. Nun, dann will ich Ihnen sagen, was ich übersehen habe. Einen völlig anderen Faktor. Da. Nun dann, sagen Sie, dann ist es ein menschlicher, sterblicher Faktor. Nein, auch kein menschlicher, sterblicher Faktor. Jetzt haben Sie sich selbst in die Ecke geboxt, und jetzt müssen Sie einfach raten, jawohl, ein unsterblicher Faktor. Das ist es so ungefähr. Warum haben Sie das denn nicht früher gesagt?

Ja. Es war ein unsterblicher Faktor, den ich bei meinen Berechnungen übersehen hatte. Kein Mann, keine Frau, sondern ein Kind. Mädchen oder Knabe? Knabe, geflügelt. »Ich bin's mit Pfeil und Bogen.«* Jetzt haben Sie's.

Wir waren unten in Lancaster, und ich hatte zwei Abende lang mehr als durchschnittliche Geschäfte gemacht (wenn ich die Leute dort auch auf Ehre nicht als schnelle Käufer bezeichnen kann) auf dem Marktplatz dort, beim Ende der Straße, wo Mr. Slys *King's Arms and Royal Hotel* steht. Mims reisender Riese namens Pickleson versuchte zufällig genau zur gleichen Zeit in der Stadt sein Glück. Er hatte die vornehme Art für sich entdeckt. Keine Spur von einem Karren. Mit feinem grünem Tuch ausgeschlagener Eingang, der einen zu Pickleson in ein Auktionslokal führte. Gedrucktes Plakat: »Liste der Freikarten beschränkt auf jenen Stolz eines jeden aufgeklärten Landes, die freie Presse. Schulklassen nach Vereinbarung. Keine der Darbietungen wird auch nur den Hauch eines Errötens auf die Wangen eines jungen Menschen bringen oder die verwöhntesten Zuschauer empören.«

Mim saß, gotteslästerlich fluchend, in einem mit rosa Kaliko verkleideten Kassenhäuschen, weil das Publikum sich so lange bitten ließ. In allen Läden waren Handzettel verteilt, die einem ernsthaft versicherten, es wäre so gut wie unmöglich, die Geschichte von David recht zu verstehen, wenn man nicht Pickleson gesehen hatte.

Ich ging also in besagtes Auktionslokal, und es war, abgesehen von Echos und Schimmel, völlig leer, mit der einzigen Ausnahme von Pickleson, der auf einem groben roten Wollteppich stand. Das passte mir gut, denn ich wollte ja unter vier Augen ein vertrauliches Wort mit ihm reden,

---

* »I says the sparrow with my bow and arrow.«: Zitat aus dem Volkslied »Who killed cock Robin?« (Wer hat das Rotkehlchen getötet?).

und das war: »Pickleson. Da ich dir viel Glück verdanke, habe ich dich mit einem Fünfpfundschein in meinem Testament bedacht; aber, um uns die Mühe zu ersparen, hier sind vier Pfund zehn auf den Tisch des Hauses, was dir doch genauso lieb sein sollte, und damit ist der Handel abgeschlossen.«

Pickleson, der bis zu dieser Bemerkung das jämmerliche Ebenbild eines langen römischen Binsenlichtes abgegeben hatte, das man niemals zum Brennen bekommen würde, leuchtete nun am oberen Ende geradezu auf und brachte seine Danksagungen auf (für seine Verhältnisse) geradezu parlamentarisch beredsame Weise zum Ausdruck. Er fügte noch hinzu, dass Mim ihm, nachdem er als Römer die Leute nicht mehr in Scharen herbeilockte, vorgeschlagen hatte, als indianischer Riese aufzutreten, den »Die Tochter des Milchmanns«* bekehrt hätte. Das hatte er, Pickleson, abgelehnt, da er mit dem nach der jungen Frau benannten Traktat nicht vertraut war und eine solche Rolle mit seinen ernsthaften Auffassungen nicht vereinbaren konnte, was zu einem heftigen Wortwechsel und zum Streichen der Bierration des unglückseligen jungen Mannes geführt hatte. All das wurde während des gesamten Gesprächs durch Mims wildes Knurren unten aus dem Kassenhäuschen bestätigt, das den Riesen wie Espenlaub erzittern ließ.

Aber was sich in den Bemerkungen des reisenden Riesen namens Pickleson auf meine gegenwärtige Erzählung bezog, war dies: »Doktor Marigold«, sagte er, und ich gebe seine Worte ohne die geringste Hoffnung wieder, ihre Kraftlosigkeit auch nur annähernd zu vermitteln, »wer ist

---

* »Die Tochter des Milchmanns«: Kurzes religiöses Traktat über die Bekehrung der Elizabeth Wallbridge, das im frühen 19. Jahrhundert weit verbreitet war.

der fremde junge Mann, der um eure Karren herumschleicht?«

»Der fremde junge *Mann*?«, erwiderte ich, da ich glaubte, er hätte sie gemeint und in seiner Kraftlosigkeit etwas verwechselt.

»Doktor«, erwiderte er mit solcher Betonung, dass sie selbst einem Mann eine Träne in die Augen getrieben hätte. »Ich bin zwar schwach, aber so schwach nun doch nicht, dass ich den Unterschied nicht kennen würde. Ich wiederhole es noch einmal, Doktor. Der fremde junge Mann.«

Es stellte sich dann heraus, dass Pickleson, der gezwungen war, sich die Beine nur dann zu vertreten, wenn man ihn nicht umsonst sehen konnte (nämlich mitten in der Nacht und bei Tagesanbruch), diesen unbekannten jungen Mann in dieser Stadt Lancaster, wo ich erst zwei Abende war, zweimal um meine Karren hatte herumstreichen sehen.

Das hat mich ziemlich bestürzt. Was es genau bedeutete, ahnte ich genauso wenig, wie Sie es jetzt ahnen, aber es hat mich ziemlich bestürzt. Jedenfalls tat ich es Pickleson gegenüber leichthin ab, und dann verabschiedete ich mich von Pickleson, nachdem ich ihm geraten hatte, sein Erbe dazu zu verwenden, seine Konstitution zu stärken und ansonsten weiterhin zu seiner Religion zu stehen. Gegen Morgen hielt ich Ausschau nach dem fremden jungen Mann und – mehr noch – erblickte denn auch den fremden jungen Mann. Er war gut gekleidet und sah gut aus. Er lungerte ganz in der Nähe meiner Karren herum und beobachtete sie, als müsste er sie bewachen, und bald nach Tagesanbruch wandte er sich ab und verschwand. Ich rief ihm etwas nach, aber er fuhr weder zusammen, noch blickte er sich um, noch schenkte er dem die geringste Beachtung.

Wir verließen Lancaster innerhalb der folgenden ein, zwei Stunden und machten uns auf den Weg nach Carlisle.

Am nächsten Morgen hielt ich bei Tagesanbruch wieder nach dem fremden jungen Mann Ausschau. Ich sah ihn nicht. Aber am Morgen danach schaute ich wieder heraus, und da war er erneut. Ich rief ihm wieder etwas hinterher, aber wie beim letzten Mal zeigte er nicht das geringste Anzeichen, dass ich ihn irgendwie gestört hätte. Das brachte mich auf einen Gedanken. Ich beobachtete ihn auf verschiedene Weise und zu verschiedenen Zeiten, die ich hier nicht näher erläutern muss, bis ich herausfand, dass dieser fremde junge Mann taubstumm war.

Diese Entdeckung bestürzte mich, denn ich wusste, dass ein Teil der Einrichtung, die sie besucht hatte, jungen Männern (unter anderem recht wohlhabenden) zugeteilt gewesen war, und ich dachte bei mir: Wenn sie ihn vorzieht, wo bleibe dann ich? Und wo ist dann alles, wofür ich gearbeitet und geplant habe?

In der Hoffnung – hier muss ich meine Selbstsüchtigkeit eingestehen –, dass sie ihn nicht vorziehen würde, machte ich mich daran, das herauszufinden. Endlich wurde ich zufällig Zeuge einer Begegnung zwischen den beiden im Freien, die ich, heimlich an einen Tannenbaum gelehnt, mit ansehen konnte, ohne dass sie es wussten. Es war für alle drei Parteien ein rührendes Treffen. Ich lauschte mit den Augen, die inzwischen den Gesprächen der Taubstummen so rasch und gut folgen konnten wie meine Ohren den Konversationen der Sprechenden. Er sollte nach China reisen und dort als Buchhalter in einem Handelshaus arbeiten wie sein Vater vor ihm. Er war in der Lage, für den Unterhalt einer Frau zu sorgen, und er bat sie, ihn zu heiraten und mit ihm zu gehen. Sie blieb beharrlich bei einem Nein. Er fragte, ob sie ihn denn nicht liebe. Ja, sie liebe ihn von ganzem Herzen; aber sie könne niemals ihren geliebten, guten, edlen, großzügigen und was weiß ich nicht alles

Vater (damit meinte sie mich, den Billigen Jakob in der Weste mit Ärmeln) enttäuschen und würde hier bei ihm bleiben, der Himmel möge ihn segnen, wenn es ihr auch das Herz brechen würde. Dann weinte sie bitterlich, und das entschied die Sache für mich.

Während ich mir noch unschlüssig darüber war, ob sie diesem jungen Mann den Vorzug gab, hatte ich eine solche unvernünftige Wut auf Pickleson verspürt, dass er von Glück sagen konnte, dass er sein Erbe schon bekommen hatte. Denn ich überlegte oft: Wenn dieser blöde Riese nicht wäre, dann müsste ich mir jetzt nicht den Kopf über diesen jungen Mann zerbrechen und mich quälen. Aber sobald ich wusste, dass sie ihn liebte, sobald ich gesehen hatte, dass sie um ihn weinte, da war es etwas anderes. Da schloss ich in Gedanken sofort Frieden mit Pickleson und nahm mich zusammen, um zu tun, was für alle das Richtige war.

Zu diesem Zeitpunkt hatte sie den jungen Mann bereits verlassen (denn es dauerte doch ein paar Minuten, bis ich mich richtig zusammengenommen hatte), und der lehnte nun an einem anderen Tannenbaum – von denen ein kleiner Hain hier stand – und hatte das Gesicht auf den Arm gelegt. Ich berührte ihn leicht am Rücken. Er blickte auf, und als er mich sah, sagte er in unserer Taubstummensprache: »Seien Sie mir nicht böse.«

»Ich bin dir nicht böse, mein lieber Junge. Ich bin dein Freund. Komm mit.«

Ich ließ ihn unten an der Treppe zum Bibliothekswagen zurück und ging allein hinein. Sie trocknete sich die Augen.

»Du hast geweint, meine Liebe.«

»Ja, Vater.«

»Warum?«

»Kopfschmerzen.«

»Nicht Herzschmerzen?«

»Ich habe Kopfschmerzen gesagt, Vater.«

»Da muss Doktor Marigold eine Arznei verordnen gegen diesen Kopfschmerz.«

Sie nahm mein Buch mit den Rezepturen und hielt es mir mit einem gezwungenen Lächeln hin, aber da sie bemerkte, dass ich mich nicht rührte und ernst dreinblickte, legte sie es behutsam wieder hin und schaute mich mit aufmerksamen Augen an.

»Da findest du die Arznei nicht, Sophy.«

»Wo ist sie dann?«

»Hier ist sie.«

Ich brachte ihren jungen Mann herein und legte ihre Hand in die seine, und meine einzigen Worte an die beiden waren: »Doktor Marigolds letzte Rezeptur. Lebenslänglich einzunehmen.«

Zur Hochzeit warf ich mich zum ersten und letzten Mal in meinem Leben in einen Überrock (blau mit glänzenden Knöpfen), und ich führte Sophy mit eigener Hand zum Altar. Da waren nur wir drei und der Herr, in dessen Obhut sie die zwei Jahre lang gewesen war. Ich richtete das Hochzeitsmahl für vier im Bibliothekskarren aus. Taubenpastete, eine gepökelte Schweinshaxe, zwei Stück Geflügel und passendes Gartengemüse. Die feinsten Getränke. Ich hielt eine Rede, und der Herr hielt eine Rede, und wir haben all unsere Witze erzählt, und das Ganze ging ab wie ein Feuerwerk. Während dieser Unterhaltung erklärte ich Sophy, dass ich den Bibliothekskarren als Wohnwagen behalten wollte, wenn ich nicht unterwegs war, und dass ich alle ihre Bücher hier für sie aufbewahren würde, genauso, wie sie jetzt da standen, bis sie wiederkam und sie holte. Und so fuhr sie mit ihrem jungen Ehemann nach China, und es war ein trauriger und schwerer Abschied, und ich habe dem Jungen, der mir geholfen hat, eine neue Dienststelle besorgt; und so waren wie damals mein Kind und meine Frau fort, und ich stapfte wieder allein, die Peitsche über die Schulter gelegt, neben dem Kopf des alten Pferdes meines Weges.

Sophy schrieb mir viele Briefe, und ich schrieb ihr viele Briefe. Gegen Ende des ersten Jahres schickte sie mir einen in zittriger Hand: »Liebster Vater, vor nicht ganz einer Woche habe ich eine allerliebste kleine Tochter bekommen, aber es geht mir schon so gut, dass sie mich diese Zeilen an Dich schreiben lassen. Liebster und bester Vater, ich hoffe, dass mein Kind nicht taubstumm ist, aber ich weiß es noch nicht.«

Als ich ihr zurückschrieb, deutete ich die Frage an; aber da Sophy sie nie beantwortete, fürchtete ich, die Antwort könnte eine traurige sein, und wiederholte die Frage nie. Lange Zeit schrieben wir uns regelmäßig, aber dann wurde unser Briefwechsel unregelmäßig, weil Sophys Ehemann an einen anderen Ort versetzt wurde und weil ich ständig unterwegs war. Aber wir dachten immer aneinander, da war ich mir sicher, Briefe oder keine Briefe.

Fünf Jahre und ein paar Monate waren vergangen, seit Sophy fortgefahren war. Ich war immer noch der König der Billigen Jakobs und mehr denn je auf der Höhe meines Ruhms. Ich hatte einen erstklassigen Herbst gehabt, und am dreiundzwanzigsten Dezember achtzehnhundertvierundsechzig war ich in Uxbridge, Middlesex, auf einmal völlig ausverkauft. Also trottete ich mit meinem alten Pferd ganz leicht und locker nach London, um dort Heiligabend und Weihnachten allein am Ofen im Bibliothekswagen zu verbringen und mich dann ringsum mit neuen Waren einzudecken, um sie wieder zu verkaufen und Geld zu verdienen.

Ich bin ein guter Koch, und ich will Ihnen sagen, was ich mir da am Heiligabend im Bibliothekswagen für mein

Essen zusammengebrutzelt hatte. Also erstmal eine Rinderpastete für eine Person, in die ich noch obendrein zwei Nierchen, ein Dutzend Austern und eine Handvoll Champignons gegeben hatte. Das ist eine Pastete, die einen Mann gut gelaunt auf die gesamte Welt schauen lässt, mit Ausnahme der beiden untersten Knöpfe seiner Weste vielleicht. Nachdem ich diese Pastete genossen und abgeräumt hatte, stellte ich die Lampe niedriger ein und saß beim Feuerschein und schaute mir an, wie er auf die Rücken von Sophys Büchern fiel. So sehr brachten Sophys Bücher Sophy selbst zu mir, dass ich meinte, ihr liebes Gesicht ganz deutlich zu sehen, ehe ich neben dem Feuer einnickte. Das ist vielleicht der Grund, warum Sophy mit ihrem taubstummen Kind im Arm während meines ganzen Nickerchens stumm neben mir zu stehen schien. Ich war bald unterwegs auf der Straße, bald nicht, an allen möglichen Orten, Norden und Süden und Westen und Osten, über Berg und Tal, in Wind und Wetter, und immer noch stand sie stumm neben mir, das stumme Kind im Arm. Selbst als ich aus dem Schlaf aufschreckte, schien sie so zu verschwinden, als hätte sie noch einen Augenblick zuvor genau dort gestanden.

Ich war wegen eines wirklichen Geräusches aus dem Schlaf aufgeschreckt, und das war ein Geräusch auf der Treppe des Karrens. Es war der leichte, eilige Schritt eines Kindes, das heraufgeklettert kam. Dieser Kinderschritt war mir einmal so vertraut gewesen, dass ich einen Augenblick lang glaubte, ich würde ein kleines Gespenst zu sehen bekommen.

Aber ein wirkliches Kind legte seine Hand auf die Türklinke, und die Klinke bewegte sich, und die Tür ging ein Stückchen auf, und ein wirkliches Kind schaute herein. Ein waches, hübsches kleines Mädchen mit großen dunklen Augen.

Das winzige Wesen schaute mich geradewegs an und nahm dann sein Strohhütchen ab, dass die dunklen Locken ihm ums Gesicht fielen. Dann machte es den Mund auf und sagte mit lieblicher Stimme: »Großvater!«

»O Gott!«, rief ich aus. »Sie kann sprechen.«

»Ja, lieber Großvater. Und ich soll dich fragen, ob es jemanden gibt, an den ich dich erinnere.«

Und schon einen Augenblick später war mir Sophy um den Hals gefallen, und das Kind auch, und ihr Ehemann schüttelte mir die Hand wie wild und mit abgewandtem Gesicht, und wir brauchten alle eine Weile, bis wir uns wieder ordentlich zusammengenommen hatten und darüber hinweg waren. Und als wir uns allmählich beruhigten und ich das hübsche Kind sah, wie es sich freute und rasch und gescheit und geschäftig mit den Zeichen mit seiner Mutter sprach, die ich ihr als Erster beigebracht hatte, da rollten mir Tränen des Glücks, doch auch des Mitleids über die Wangen.

Erstmals erschienen 1865 in »Doctor Marigold's Prescriptions«, der Weihnachtsausgabe von »All the Year Round«.

Das Gepäck

Kapitel 1

Aufzubewahren bis Abholung

Da der Schreiber dieser schlichten Zeilen Kellner ist und aus einer Familie von Kellnern stammt und gegenwärtig fünf Brüder sein eigen nennt, die alle Kellner sind, desgleichen eine einzige Schwester, die Kellnerin ist, möchte er einige wenige Worte bezüglich seines Berufs äußern und hat zunächst das Vergnügen, diese Worte Joseph, dem hochgeachteten Oberkellner im *Slamjam Café*, London, E. C. zu widmen; und gewiss gibt es niemanden, der die Bezeichnung Mensch oder höchste Ehren für seinen Verstand und sein Herz mehr verdiente, sei es als Kellner oder als Menschenwesen.

Falls nun in der öffentlichen Meinung (die freilich dazu neigt, bei vielen Themen für Verwirrung anfällig zu sein) Verwirrung darüber entstehen sollte, was der Begriff Kellner bedeutet und einschließt, mögen die vorliegenden schlichten Zeilen hier eine Erklärung dazu anbieten. Es ist vielleicht nicht allgemein bekannt, dass nicht jeder, der irgendwo bedient, ein Kellner ist. Es ist vielleicht nicht allgemein bekannt, dass jemand, der in der *Freemasons' Tavern* oder im *London* oder im *Albion* oder sonstwo als Aushilfe arbeitet, *kein* Kellner ist. Derlei Helfer werden vielleicht in Scharen für öffentliche Diners angeheuert (und man kann sie immer an ihrem schnaufenden Atem beim Servieren erkennen und daran, dass sie die Flasche wegnehmen, ehe sie halb leer ist); aber es sind *keine* Kellner. Denn man kann seinen gewöhnlichen Beruf, das Schneidern oder das

Schuhemachen oder das Börsenmakeln oder das Gemüsehandeln oder das Zeitschriftenillustrieren oder das Trödlerhandwerk oder das Verkaufen von Schnickschnack, diese Beschäftigungen kann man nicht einfach willentlich und zum Spaß für einen halben Tag oder einen Abend an den Nagel hängen und sich mit dem Kellnern versuchen. Sie denken vielleicht, das ginge, aber es geht nicht; oder Sie versteigen sich sogar so weit, zu behaupten, Sie täten es, aber Sie tun es nicht. Genauso wenig können Sie die Tätigkeit eines Butlers bei einem Gentleman niederlegen, wenn Sie dazu durch längere Unvereinbarkeit der Charaktere mit einer Köchin angeregt wurden (und hier darf angemerkt werden, dass Kochen und Unvereinbarkeit oft Hand in Hand gehen), und sich dem Kellnern widmen. Es wurde des Öfteren behauptet, dass ein Gentleman das, was er sich zu Hause widerspruchslos gefallen lässt, draußen im *Slamjam* oder einem ähnlichen Etablissement keineswegs tolerieren würde. Was kann man ergo bezüglich des Kellnerberufs daraus ableiten? Man muss dazu erzogen werden. Man muss dazu geboren sein.

Möchten Sie überhaupt wissen, wie sehr man dazu geboren sein muss, geneigter Leser oder geneigte Leserin, falls Sie dem anbetungswürdigen weiblichen Geschlecht angehören? Dann lernen Sie jetzt aus den Lebenserfahrungen eines Mannes, der in seinem einundsechzigsten Lebensjahr immer noch Kellner ist.

Er wurde – ehe seine aufkommenden Kräfte so weit gediehen waren, dass er mehr als nur öde Leere im Inneren empfinden konnte –, da wurde er also mit großer Heimlichkeit in einen Anrichteraum neben den Gesellschaftsräumen und Speisezimmern im *Admiral Nelson* gebracht, um dort ebenso heimlich jene gesunde Nahrung zu erhalten, die bereitzustellen der ganze Stolz britischer Weiblichkeit ist. Seine Mutter hat seinen Vater (selbst ein distinguierter Kellner) in größter Heimlichkeit geheiratet, denn wenn bekannt wurde, dass eine Kellnerin verheiratet war, würde das die besten Geschäfte in den Ruin treiben – das ist genauso wie auf der Bühne. Deswegen wurde er in die Speisekammer geschmuggelt, zudem – um die Sache noch schlimmer zu machen – von einer unwilligen Großmutter. Unter dem vereinten Einfluss der Aromen von Gebratenem und Gesottenem und Suppe und Gas und Malzwhisky nahm er seine erste Nahrung zu sich; seine Großmutter saß bereit, um ihn aufzufangen, sobald seine Mutter gerufen wurde und ihn prompt fallen ließ; und das Schultertuch seiner Großmutter war stets zur Hand, um seine natürlichen Klagelaute zu ersticken; sein unschuldiges Köpfchen war von ihm gänzlich wesensfremden Menagen, schmutzigen Tellern, Schüsseldeckeln und kalter Soße umgeben; seine Mutter rief über das Rohr nach Kalbfleisch und Schweinebraten, anstatt ihm Kinderreime vorzusingen. Unter diesen widrigen Umständen wurde er sehr schnell entwöhnt. Seine unwillige Großmutter, die zunehmend unwilliger wurde, als ihm sein Essen immer schlechter bekam, gewöhnte sich dann an, ihn so lange zu schütteln, bis sein ganzes Verdauungssystem sich förmlich verhedderte und ihm das Essen überhaupt nicht mehr bekam. Schließlich wurde sie dahingerafft, und sie hätte seinetwegen noch viel früher dahingerafft werden können. Als dann in rascher Folge seine Brüder auftauchten, gab seine Mutter ihren Beruf auf, gab ihre adrette Kleidung (bis dahin hatte sie sich sehr adrett gekleidet) und ihre dunklen Locken (die sich zuvor üppig gewellt hatten) auf und verfolgte seinen Vater bis spät in die Nacht, lauerte ihm in Wind und Wetter in dem schäbigen Hof auf, der zur Hintertür des *Alten Königlichen Mülleimers* führte (einem Lokal, dessen Name angeblich von Georg IV. geprägt wurde), wo sein Vater Oberkellner war. Aber mit dem *Mülleimer* ging es damals bergab, und sein Vater nahm nur wenig ein – außer in flüssiger Form. Die Besuche seiner Mutter zielten in Richtung Hauswirtschaft, und der Junge wurde darauf angesetzt, seinen Vater herauszupfeifen. Manchmal kam er auch heraus, aber im Allgemeinen nicht. Ob er nun kam oder nicht, jedenfalls war alles in seinem Leben, das nicht unmittelbar mit der öffentlich bekannten Kellnerexistenz zu tun hatte, ein großes Geheimnis und wurde von seiner Mutter als großes Geheimnis akzeptiert, und er und seine Mutter huschten über den Hof, beide äußerst geheim, und er hätte nicht einmal unter Folter zugegeben, dass er seinen Vater kannte oder dass der auf einen anderen Namen als Dick hörte (was überhaupt nicht sein Name war, obwohl man ihn unter keinem anderen kannte) oder dass er überhaupt Familie oder Kind oder Kegel hatte. Vielleicht trug die Anziehungskraft dieses Geheimnisses – im Verein mit der Tatsache, dass sein Vater im *Mülleimer* hinter einem tropfenden Wasserbehälter einen feuchten Verschlag für sich allein hatte – eine Art Kellerraum mit einem Spülstein drin und einem modrigen Geruch und einem Tellerständer und einem Flaschenständer und drei Fenstern, die weder zueinander noch zu sonst etwas passten und kein Tageslicht hineinließen –, vielleicht trug all dies dazu bei, dass der Junge in seinem jungen Hirn die Überzeugung gewann, er müsste unbedingt auch einmal Kellner werden; doch er war davon überzeugt, und ebenso all seine Brüder bis hinunter zur Schwester. Alle waren sie davon überzeugt, zum Kellnern geboren zu sein. Was fühlte er da an diesem Punkt seiner Laufbahn, als sein Vater eines Tages am helllichten Tag zu seiner Mutter heimkam – an sich für einen Kellner schon eine Wahnsinnstat – und sich in sein Bett legte (beziehungsweise ins Familienbett) und äußerte, seine Augen seien scharf gewürzte Hammelnieren? Kein Arzt hatte Erfolg, und sein Vater hauchte sein Leben aus, nachdem er in regelmäßigen Abständen einen Tag und eine Nacht lang, wenn ein kurzes Aufblitzen des Verstandes und seiner alten Gewohnheiten ihn erhellte, wiederholt hatte: »Zwei und zwei ist fünf und drei macht Sixpence.« Beerdigt wurde er auf dem Armenteil des benachbarten Friedhofs, zu Grabe getragen von so vielen altgedienten Kellnern, die es sich leisten konnten, den Morgen über von ihren schmutzigen Gläsern freizunehmen (nämlich einem), und man zierte die Trauergestalt seines Sohnes mit einem weißen Halstuch, und derselbe wurde dann aus Gründen der Mildtätigkeit im *The George and Gridiron,* einem Restaurant für Speisen vor und nach dem Theater, eingestellt. Hier fristete er sein Dasein mit dem, was er an Resten auf den Tellern fand (was allerdings nur zu oft gedankenlos völlig in Senf getunkt war) und was er in den Gläsern fand (kaum mehr als ein Tröpfchen oder ein Zitronenschnitz), schlief am Abend im Stehen ein, bis man ihn unsanft mit einer Ohrfeige weckte, und wurde tagsüber dazu angehalten, jeden einzelnen Gegenstand in der Kaffeestube zu polieren. Sein Diwan waren die Sägespäne, seine Zudecke die Zigarrenasche. Hier, wobei er oft sein schweres Herz unter seinem adrett gebundenen Halstuch verbarg (genaugenommen etwas weiter unten und ein bisschen mehr links), eignete er sich die Anfangsgründe des Wissens von einer Aushilfe, einem Burschen mit Namen Bishops, an, der von Beruf Tellerwäscher war, und bildete seinen Verstand nach und nach mit Kreide auf der Rückwand der Ecknische weiter, bis er schließlich das Tintenfass benutzte, wenn es gerade nicht in Gebrauch war, endlich das Mannesalter erreichte und der Kellner wurde, der er noch heute ist.

Ich möchte hier einige wenige respektvolle Worte bezüglich des Berufes einfügen, der so lange schon der meine und der meiner Familie ist, und bezüglich des öffentlichen Interesses daran, das allzu oft sehr gering ist. Im Allgemeinen versteht man uns nicht. Nein, wirklich, das tut man nicht. Man macht uns keinerlei Zugeständnisse. Denn, angenommen, wir zeigen jemals ein wenig trübe Mattigkeit des Geistes oder das, was man vielleicht als Gleichgültigkeit oder Apathie bezeichnen könnte. Stellen Sie sich doch selbst einmal vor, wie Sie sich fühlen würden, wenn Sie zu einer ungeheuer großen Familie gehörten, in der jedes Mitglied außer Ihnen selbst stets heißhungrig und in Eile wäre. Stellen Sie sich vor, Sie würden regelmäßig jeden Tag in den flauen Stunden, einmal um ein Uhr nachmittags und dann wieder um neun Uhr abends mit fleischlicher Nahrung vollgestopft und, je vollgestopfter Sie wären, desto heißhungriger strömten all Ihre Mitgeschöpfe herein. Stellen Sie sich vor, es wäre Ihre Aufgabe, jetzt, da Ihre Verdauung in vollem Gange ist, ein persönliches Interesse und Mitgefühl für hundert äußerst frische, erholte Herren zu entwickeln (wir wollen hier der Einfachheit halber annehmen, dass es nur hundert sind), deren Gedanken nur um Fett und Soße und geschmolzene Butter kreisen und die sich mit Hingabe darauf verlegen, Sie zu diesem Fleischstück und jenem Gericht auszufragen – und von denen jeder gerade so tut, als wären er und Sie und die Speisekarte allein auf der Welt.

Und dann sehen Sie sich an, was Sie alles wissen sollen. Sie kommen nie vor die Tür, aber die anderen scheinen zu denken, dass Sie regelmäßig überall dabei sind. »Was höre ich da von dem Unfall mit dem Ausflugszug, Christopher? Was macht die italienische Oper, Christopher? Christopher, was geht da bei der Yorkshire Bank wirklich vor?« Ebenso macht mir manch ein Ministerium mehr Ärger als der Königin. Und was nun gar Lord Palmerston* betrifft, so stünde mir wahrhaftig eine Pension zu, so oft und ständig hat man mich in den letzten Jahren mit Seiner Lordschaft in Verbindung gebracht. Und dann sehen Sie sich an, zu welchen Scheinheiligen man uns macht und zu welchen Lügen (Notlügen, hoffe ich) man uns zwingt! Warum muss man ausgerechnet einen Kellner, den seine Beschäftigung zu einem eher sesshaften Lebenswandel zwingt, für einen Pferdekenner halten und ihm ein außerordentliches Interesse an der Schulung von Pferden und an Pferderennen andichten? Und doch würde es uns um die Hälfte unseres geringen Einkommens bringen, wenn wir nicht vorgäben, diese sportlichen Vorlieben zu pflegen. Das Gleiche gilt (es ist mir unverständlich, warum!) für die Landwirtschaft. Und auch für die Jagd. Ich versichere Ihnen, so regelmäßig wie die Monate August, September und Oktober ins Land ziehen, so regelmäßig schäme ich mich im tiefsten Herzen dafür, wie ich vortäusche, es würde mich im Geringsten berühren, ob das Moorhuhn starke Flügel hat oder nicht (denn ich schere mich herzlich wenig um Flügel oder Keulen, ehe sie nicht gebraten sind!) und ob reichlich Fasane zwischen den Steckrüben zu finden sind und ob die Fasane scheu oder keck sind oder irgendetwas sonst, was Sie vielleicht in diesem Zusammenhang erwähnen möchten. Und doch werden Sie mich oder jeden anderen Kellner meines Kalibers da stehen sehen, wie ich mich an der Brüstung der Nische aufstütze und mich über einen Herrn lehne, der seine Brieftasche gezückt und die Rechnung vor sich liegen hat, und diese Themen in vertrautem Tonfall mit ihm bespreche, als hinge mein ganzes Leben davon ab.

* Henry John Temple, 3. Viscount Palmerston (1784–1865), britischer Premierminister (1855–1858 und 1859–1865).

Ich habe unser geringes Einkommen bereits erwähnt. Sehen Sie sich einmal die unvernünftigste Annahme diesbezüglich an, die Annahme, in der uns die größte Ungerechtigkeit widerfährt! Ob es nun daran liegt, dass wir immer so viel Kleingeld in der rechten Hosentasche mit uns herumtragen oder so viele Halfpenny-Stücke in unseren Frackschößen, oder ob es einfach in der menschlichen Natur liegt (was ich nur ungern glauben möchte), aber was soll denn das immerwährende Märchen, dass Oberkellner steinreich sind? Wie ist bloß dieses Märchen in die Welt gesetzt worden? Wer hat das als Erster ausgestreut, und auf welchen Tatsachen beruht diese schamlose Aussage? Tritt vor, du Verleumder, und verweise die Öffentlichkeit auf das eine, das einzige Testament eines Kellners, das bei den Doctors' Commons* hinterlegt wurde und auf das sich dieses bösartige Gerücht stützt! Und doch wird dies so allgemein nachgeschwätzt – besonders von den Geizhälsen, die den Kellnern das wenigste Trinkgeld geben –, dass jegliches Leugnen fruchtlos ist; und wir müssen um unserer Glaubwürdigkeit willen den Kopf so hoch tragen, als gingen wir ins Geschäftsleben, wenn es doch viel wahrscheinlicher ist, dass wir auf dem Weg ins Armenhaus sind. Da war einmal ein Geizhals, der oft ins *Slamjam* kam, ehe der Schreiber dieser Zeilen jenes Etablissement verließ – es ging damals um die Frage, dass er seine Assistenten aus der eigenen Tasche zum Tee oder zu Abend verpflegen sollte –, und dieser Geizhals trieb den Hohn auf die bitterste Spitze. Er überstieg mit seinem Trinkgeld nie die schwindelerregende Höhe von Sixpence und blieb sogar meist noch knauserig erdgebunden einen Penny drunter, und doch

---

* Vereinigung von Rechtsanwälten, die sich mit Zivilsachen beschäftigten.

stellte er den Schreiber dieser Zeilen als einen Besitzer von konsolidierten Staatspapieren im großen Stil dar, als Geldverleiher gegen Sicherheiten und als Großkapitalisten. Ich habe sagen hören, dass er sich anderen Gästen gegenüber des Langen und Breiten darüber ausließ, der Schreiber dieser Zeilen hätte Tausende von Pfund in Destillerien und Brauereien investiert. »Nun, Christopher«, pflegte er dann zu sagen (nachdem er nur einen winzigen Augenblick zuvor knurrend das geringstmögliche Trinkgeld gegeben hatte), »Sie halten wohl Ausschau nach einem Gasthaus, das Sie eröffnen können, was? Sie können wahrscheinlich keines finden, das zum Verkauf steht und in der Größe Ihren finanziellen Mitteln entspricht, was?« Diese Verleumdungen haben sich zu solch schwindelnden Abgründen der Falschheit entwickelt, dass der bestens bekannte und höchst geachtete Old Charles, der lange im *West Country Hotel* hervorragende Dienste leistete und von einigen für den Vater des Kellnerberufs gehalten wird, sich gezwungen sah, sich so viele Jahre in diese Abgründe zu stürzen, dass seine eigene Ehegattin (denn er hatte eine niemandem bekannte ältere Dame in dieser Eigenschaft) es glaubte! Und was war die Folge? Nachdem er auf den Schultern von sechs eigens ausgewählten Kellnern zu Grabe getragen wurde, wobei noch sechs weitere zur Ablösung bereitstanden und weitere sechs als Bahrtuchhalter verdingt waren, die alle im strömenden Regen im Gleichschritt gingen, wobei kein Auge trocken blieb und der Leichenzug nur von einem königlichen Trauerzug noch übertroffen wurde, hat man seinen Anrichteraum und seine Wohnung von oben bis unten nach seinem Vermögen durchkämmt und keines gefunden! Wie hätte man es auch finden können, wo es doch außer seiner letzten monatlichen Sammlung von Spazierstöcken, Regenschirmen und

Taschentüchern (die zufällig noch nicht veräußert war, obwohl er sich sonst sein Leben lang jeden Monat sehr pünktlich dieser Sammlung entledigt hatte) kein Vermögen gab? So ungeheuer ist jedoch die Kraft dieser allgemeinen Verleumdung, dass Old Charles' Witwe, die gegenwärtig Insassin des Armenhauses der Korkschneider in der Blue Anchor Road ist (wo man sie noch letzten Montag mit einer sauberen Haube auf einem Windsor-Lehnstuhl vor einer Tür sitzen sah), stündlich damit rechnet, dass die von ihrem John versteckten Reichtümer entdeckt werden! Doch nein, ehe er dem grausigen Pfeil des Todes erlag und auch ehe man sein lebensgroßes Porträt in Öl malte, das durch eine Sammlung bei den Stammgästen des *West Country* finanziert wurde und nun über dem Kamin in der Kaffeestube dieses Etablissements hängt, fehlte es nicht an Stimmen, die behaupteten, das, was man im Allgemeinen als die Attribute eines solchen Gemäldes bezeichnet, sollte ein Blick aus dem Fenster auf die Bank von England und eine Geldkassette auf dem Tisch sein. Und wenn nicht vernünftigere Menschen sich diesbezüglich für eine Flasche und ein Kellnerbesteck und die Haltung des Korkenziehens eingesetzt – und sich damit durchgesetzt – hätten, dann wäre er so in die Nachwelt eingegangen.

Nun komme ich zum Titel dieser Ausführungen. Nachdem ich, hoffentlich ohne irgendjemandem zu nahe getreten zu sein, die Beobachtungen zum allgemeinen Thema gemacht habe, die ich mich in einem freien Land, das stets die Vorherrschaft über die Meere innehatte, zu machen verpflichtet fühlte, werde ich mich nun der speziellen Frage widmen.

In einem bedeutsamen Abschnitt meines Lebens, als ich, nach eingereichter Kündigung in einem Hause nicht mehr angestellt war, dessen Name unerwähnt bleiben soll – denn die Frage, die mich dazu bewegte, es zu verlassen, war die eines festen Gehaltes für Kellner, und kein Haus, das sich auf diese zutiefst unenglische Handlungsweise festlegt, die von überaus großer Dummheit und Niedrigkeit zeugt, wird von mir auch nur ein Wort der Werbung erfahren – ich wiederhole, in jenem bedeutsamen Abschnitt meines Lebens, als ich in einem Haus nicht mehr angestellt war, das zu knickrig war, um die Erwähnung zu verdienen, und mich noch nicht bei jenem verdingt hatte, dem in meiner Eigenschaft als Oberkellner anzugehören ich seither die Ehre hatte*, streckte ich meine Fühler aus, was als Nächstes zu tun wäre. Damals wurden mir Vorschläge bezüglich meines gegenwärtigen Etablissements gemacht. Es waren noch besondere Bedingungen meinerseits zu stellen, und es waren dann einige Zugeständnisse meinerseits zu machen. Doch schließlich wurde eine beiderseitige Übereinkunft gefunden, und ich schlug eine neue Laufbahn ein.

Wir haben einen Übernachtungsbetrieb und einen Kaffeehausbetrieb. Wir haben keinen allgemeinen Speisebetrieb, und das wollen wir auch nicht. Folglich wissen wir, wenn reine Speisegäste vorbeikommen, wie wir sie zu bedienen haben, damit sie das nächste Mal wegbleiben. Wir haben auch Räume für Privat- oder Familienfeiern, aber hauptsächlich eine Kaffeestube. Ich und das Journal und die Schreibutensilien et cetera haben einen Platz für uns allein – einen abgetrennten Platz ein, zwei Stufen hinauf, am einen Ende des Kaffeehauses, im guten altmodischen Stil, wie ich es nenne. Der gute altmodische Stil ist, dass Sie, was immer Sie auch wollen, und sei es nur eine Waffel, diese Bitte alleinig an den Oberkellner richten müssen. Sie

---

* Name, volle Adresse und andere Einzelheiten wurden vom Herausgeber gestrichen.

müssen sich wie ein Neugeborenes seinen Hände ausliefern. Das ist die einzige Art, ein solches Geschäft zu führen, wenn nicht kontinentale Untugenden einreißen sollen. (Es wäre überflüssig, hier noch zu erwähnen, dass, wenn fremde Sprachen geplappert werden sollen, weil Englisch nicht gut genug ist, sowohl Familien als auch Gentlemen besser woanders hingingen.)

Als ich anfing, mich in diesem nach den richtigen Prinzipien und so gut geführten Haus einzuleben, bemerkte ich unter dem Bett von Zimmer 24 B (das in einem verwinkelten Gang schräg von einem Treppenhaus abgeht und gewöhnlich den anspruchsloseren Naturen angedreht wird) in einer Ecke einen Haufen Sachen. Ich fragte im Laufe des Tages unsere Hausdame: »Was sind das für Sachen in der 24 B?«

Worauf sie leichthin antwortete: »Das Gepäck von irgendwem.«

Ich blickte sie mit kaum verhohlenem Ernst an und fragte erneut: »Wessen Gepäck?«

Meinem Blick ausweichend, erwiderte sie: »Herrgott! Woher soll *ich* das wissen!«

Sie war nämlich, das sollte ich vielleicht hier erwähnen, ein weibliches Wesen von einiger Keckheit, wenn auch stets bestens mit ihrer Arbeit vertraut.

Ein Oberkellner muss entweder ganz oben oder ganz unten sein. Er muss am obersten oder untersten Ende der gesellschaftlichen Leiter stehen. In der Mitte kann er nicht stehen, sonst auch nirgends, außer an den äußersten Enden. An welchem Ende, muss er selbst entscheiden.

Bei dem erläuterten denkwürdigen Anlass gab ich Mrs. Pratchett meine Entscheidung so unmissverständlich zu verstehen, dass ich ihrer Keckheit mir gegenüber ein für alle Mal eine Ende setzte. Man soll mich hier in meinem Bericht nicht der Inkonsequenz bezichtigen, da ich doch Mrs. Pratchett als »Mrs.« bezeichnet habe, obwohl ich zuvor angemerkt habe, dass eine Kellnerin nicht verheiratet sein dürfe. Ich möchte die geneigten Leser bei allem Respekt darauf hinweisen, dass Mrs. Pratchett keine Kellnerin, sondern ein Zimmermädchen war. Nun, ein Zimmermädchen darf heiraten; und wenn es sich gar um die Hausdame handelt, dann ist sie gewöhnlich auch verheiratet oder behauptet es zumindest. Es kommt aufs Gleiche heraus, als würde man sagen: Es ist eben so. (Notabene: Mr. Pratchett ist in Australien, und seine Adresse dort lautet »Im Busch«.)

Nachdem ich Mrs. Pratchett so weit vom hohen Ross geholt hatte, wie es zur künftigen Zufriedenheit aller beteiligten Parteien nötig war, bat ich sie, sich genauer zu erklären. »Zum Beispiel«, sagte ich, um sie ein wenig zu ermutigen, »wer ist denn dieser Irgendwer?«

»Ich schwöre Ihnen bei allem, was mir heilig ist, Mr. Christopher«, antwortete Mrs. Pratchett, »dass ich nicht den leisesten Schimmer habe.«

Hätte sie nicht ihre Haubenbänder auf eine gewisse Art zurechtgezupft, so hätte ich an dieser Aussage meine Zweifel gehabt; aber diese Geste hatte etwas so Bestimmtes, dass sie einer eidesstattlichen Erklärung beinahe gleichzusetzen war.

»Dann haben Sie ihn nie gesehen?«, hakte ich nach.

»Noch auch«, bekräftigte Mrs. Pratchett, schloss die Augen und druckste, als hätte sie gerade eine ungewöhnlich große Pille zu schlucken – was ihrem Leugnen eine bemerkenswerte Betonung verlieh –, »noch auch sonst ein Bediensteter in diesem Hause. In den letzten fünf Jahren sind alle ausgetauscht worden, Mr. Christopher, und dieser Irgendwer hat sein Gepäck vor dieser Zeit hier zurückgelassen.«

Eine Nachfrage bei Miss Martin ergab (in der Sprache des Barden vom Avon) »Beweis, so stark«*. Es hatte sich also wirklich und wahrhaftig so zugetragen. Miss Martin ist die junge Dame an der Bar, die unsere Rechnungen schreibt; und obwohl sie hochmütiger ist, als ich mir in Anbetracht ihrer Position wünschen würde, benimmt sie sich stets vollkommen angemessen.

Weitere Nachforschungen führten zu der Entdeckung, dass es zu diesem Gepäck auch noch eine offene Rechnung in der Höhe von zwei Pfund sechzehn Shilling und Sixpence gab. Das Gepäck hatte nun über sechs Jahre unter dem Bettgestell in Nummer 24 B gelegen. Das ist ein Himmelbett mit einer Menge alter Vorhänge und Schabracken und hat, wie ich einmal sagte, wahrscheinlich mehr als nur die 24 Bs gesehen, was meinem damaligen Zuhörer ein herzliches Lachen entlockte.

Ich weiß nicht, warum – doch wann wissen wir das schon? –, aber dieses Gepäck beschäftigte mich sehr. Ich begann über diesen Irgendwer nachzudenken und darüber, was er inzwischen erlebt und gemacht hatte. Ich konnte mir nicht recht vorstellen, warum er so viel Gepäck gegen eine so kleine Rechnung hier hinterlassen hatte. Denn ich hatte innerhalb von ein, zwei Tagen das Gepäck in Augenschein genommen und hin und her gedreht und gewendet, und es waren die folgenden Gegenstände: ein schwarzer Handkoffer, eine schwarze Tasche, ein Reiseschreibpult, ein Necessaire, ein in Packpapier eingeschlagenes Paket, eine Hutschachtel und ein an einen Wanderstab geschnallter Regenschirm. Es war alles sehr staubig und mit Flaum be-

---

* Anspielung auf Shakespeare (aus Stratford-upon-Avon) mit einem Zitat aus Othello, III. Akt, 3. Szene: »Dinge, leicht wie Luft, sind für die Eifersucht Beweis, so stark.«

deckt. Ich ließ unseren Träger kommen, der unter das Bett kriechen und es hervorholen sollte; und obwohl er sich gewöhnlich im Staub suhlt – er bewegt sich von morgens bis abends darin und trägt eigens zu diesem Zwecke eine eng anliegende Weste mit Ärmeln aus schwarzem Wollköper –, musste er immer wieder niesen, und sein Hals war so gereizt, dass er mit einem Glas Allsopp's* vom Fass gekühlt werden musste.

Das Gepäck hat mich so sehr mit Beschlag belegt, dass ich es, anstatt es wieder zurückzubringen, nachdem es ordentlich abgestaubt und mit einem feuchten Lappen abgewischt war – zuvor war es so sehr mit Federn bedeckt gewesen, dass man hätte meinen können, es sei im Begriff, sich in Geflügel zu verwandeln und nach und nach Eier zu legen –, also, anstatt es wieder zurückzubringen, ließ ich es in eines meiner Zimmer im Untergeschoss tragen. Dort starrte ich es von Zeit zu Zeit an, bis es größer und wieder kleiner zu werden und auf mich zuzukommen und sich wieder von mir zurückzuziehen schien und alle möglichen Anstalten machte, nicht unähnlich denen, die einem im trunkenen Zustand begegnen.

Nachdem dies einige Wochen gewährt hatte – Monate, könnte ich ohne Übertreibung sagen –, überlegte ich eines Tages, ich könnte mich bei Miss Martin nach den Einzelheiten der Gesamtsumme von zwei Pfund sechzehn Shilling und Sixpence erkundigen. Sie war so freundlich, sie aus den Büchern zu besorgen – da die Rechnung ja vor ihrer Zeit geschrieben worden war –, und hier folgt nun eine ordnungsgemäße Abschrift:

---

* Allsopp's war eine große, 1740 gegründete Bierbrauerei in Burton-upon-Trent, die für ihr India Pale Ale berühmt war.

Kaffeestube

1856	Nr. 4.	Pfund	Shilling	Pence
2. Feb.	Feder und Papier	0	0	6
	Portweinpunsch	0	2	0
	Dito	0	2	0
	Feder und Papier	0	0	6
	zerbrochenes Glas	0	2	6
	Brandy	0	2	0
	Feder und Papier	0	0	6
	Anchovis-Toast	0	2	6
	Feder und Papier	0	0	6
	Übernachtung	0	3	0
3. Feb.	Feder und Papier	0	0	6
	Frühstück	0	2	6
	gek. Schinken	0	2	0
	Eier	0	1	0
	Brunnenkresse	0	1	0
	Krabben	0	1	0
	Feder und Papier	0	0	6
	Löschpapier	0	0	6
	Bote zur Paternoster Row* und zurück	0	1	6
	niemand angetroffen, erneuter Botengang	0	1	6
	Brandy (2 Shilling), scharfes Schweinekotelett (2 Shilling)	0	4	0
	Federn und Papier	0	1	0
	Bote zur Albermarle Street** und zurück	0	1	0

* Zentrum der Verlagsindustrie und des Buchhandels in London.
** Straße im Londoner Stadtteil Mayfair, wo die Geschäftsräume von John Murray, dem Verleger von Lord Byron, lagen.

1856 Nr. 4.	Pfund	Shilling	Pence
erneut (zurückgehalten), da niemand anwesend	0	1	6
Zerbrochener Salzstreuer	0	3	6
Großes Likörglas Orangenbrandy	0	1	6
Abendessen: Suppe, Fisch, Braten und Geflügel	0	7	6
Flasche Old East India Brown*			
Feder und Papier	0	0	6
Gesamtsumme	2 Pfund 16 Shilling Sixpence		

Anmerkung: 1. Januar 1857. Ging nach dem Abendessen aus dem Haus, gab die Anweisung, das Gepäck sollte aufbewahrt werden, bis danach geschickt würde. Hat nie danach geschickt.

Weit davon entfernt, Licht auf die Sache zu werfen, schien mir diese Rechnung, wenn ich meine Zweifel so ausdrücken darf, sie in einen noch gespenstischeren Schein zu tauchen. Als ich zusammen mit der Inhaberin darüber meine Vermutungen anstellte, gab sie mir zu verstehen, man hätte zu Zeiten des alten Inhabers in der Zeitung annonciert, das Gepäck würde an dem und dem Tag verkauft, um die Kosten zu decken, hätte aber keine weiteren Schritte unternommen. (Ich darf hier anmerken, dass die Inhaberin nun schon im vierten Jahr Witwe ist. Der Inhaber besaß eine jener unglückseligen Konstitutionen, in denen der Weingeist sich in Wasser verwandelt, das in dem bedauernswerten Opfer immer höher steigt.)

---

* Eine Sherry-Sorte.

Als ich also zusammen mit der Inhaberin darüber meine Vermutungen anstellte, nicht nur dieses eine Mal, sondern wiederholt, nicht nur mit der Inhaberin, sondern auch mit dem einen oder anderen, sagte die Inhaberin zu mir – ob zunächst nur im Scherz oder bereits im Ernst oder halb im Scherz und halb im Ernst ist hier nicht wichtig: »Christopher, ich mache Ihnen jetzt ein verlockendes Angebot.«

(Sollte sie dies zu Augen bekommen – und sie hat schöne blaue Augen –, dann möge sie es mir nicht übelnehmen, dass ich jetzt erwähne, dass ich, wenn ich acht oder zehn Jahre jünger gewesen wäre, ihr auch ein Angebot gemacht hätte. Ob man es hätte verlockend nennen können, mögen andere entscheiden.)

»Christopher, ich mache Ihnen jetzt ein verlockendes Angebot.«

»Welches denn, Madam?«

»Sehen Sie, Christopher. Gehen Sie die Gegenstände im Gepäck von Irgendwem durch. Sie kennen sie ohnehin auswendig, das weiß ich.«

»Ein schwarzer Handkoffer, Madam, eine schwarze Tasche, ein Reiseschreibpult, ein Necessaire, ein in Packpapier eingeschlagenes Paket, eine Hutschachtel und ein an einen Wanderstab geschnallter Regenschirm.«

»Alles genau so, wie es hinterlassen wurde. Nichts wurde geöffnet, nichts verändert.«

»Da haben Sie recht, Madam. Alles verschlossen, außer dem Paket in Packpapier, und das ist versiegelt.«

Die Inhaberin lehnte am Schreibpult von Miss Martin am Fenster der Bar, und sie tippte mit dem Finger auf das aufgeschlagene Buch, das auf dem Pult lag – sie hatte eine sehr hübsche Hand, das ist mal sicher –, und neigte ihren Kopf zu mir und lachte.

»Kommen Sie schon«, sagte sie, »Christopher. Zahlen

Sie mir die Rechnung von diesem Irgendwem, und Sie sollen das Gepäck von Irgendwem haben.«

Mir sagte dieser Gedanke augenblicklich zu, aber ich gab ein Zögern vor und wandte zunächst ein: »Es ist vielleicht das Geld nicht wert.«

»Es ist eine Tombola«, sagte die Inhaberin und verschränkte ihre Arme über dem Buch – nicht nur ihre Hände sind hübsch, diese Beobachtung trifft auch für die gesamten Arme zu. »Möchten Sie nicht zwei Pfund sechzehn Shilling und Sixpence in der Tombola riskieren? Nun, hier gibt es nicht einmal Nieten!«, meinte die Inhaberin lachend und neigte mir noch einmal den Kopf zu. »Sie gewinnen auf jeden Fall. Selbst wenn Sie verlieren, gewinnen Sie! In dieser Tombola gibt es nur Preise! Und sollten Sie eine Niete ziehen, vergessen Sie das nicht, meine Herren und Mitspieler, gehören Ihnen immer noch ein schwarzer Handkoffer, eine schwarze Tasche, ein Reiseschreibpult, ein Necessaire, ein Bogen Packpapier, eine Hutschachtel und ein an einen Wanderstab geschnallter Regenschirm!«

Der langen Rede kurzer Sinn: Miss Martin beschwatzte mich, und Mrs. Pratchett beschwatzte mich, und die Inhaberin hatte mich schon völlig beschwatzt, und alle Frauen im Haus beschwatzten mich, und selbst wenn es sechzehn Pfund zwei Shilling anstelle von zwei Pfund sechzehn Shilling gewesen wären, hätte ich noch gedacht, dass es ein gutes Geschäft wäre. Denn was kann man schon machen, wenn sie einen alle beschwatzen?

Also zahlte ich das Geld – auf den Tisch des Hauses –, und wie haben sie alle miteinander gelacht! Aber ich habe den Spieß umgedreht und zu ihnen gesagt: »Mein Name ist Blaubart. Ich mache das Gepäck von Irgendwem jetzt ganz allein in meiner geheimen Kammer auf, und kein einziges weibliches Auge wird je seinen Inhalt zu sehen bekommen!«

Ob ich es für angemessen hielt, fest zu diesem Vorsatz zu stehen, hat nichts zu sagen, genauso wenig, ob wirklich nie ein weibliches Auge zugegen war, und wenn doch, wie viele es waren, als das Gepäck schließlich geöffnet wurde. Hier geht es um das Gepäck von Irgendwem und nicht um irgendwelche Augen oder auch Nasen.

Was ich im Zusammenhang mit dem Gepäck immer noch am häufigsten vor mir sehe, ist die außergewöhnliche Menge von Papierblättern, und alle beschrieben! Und nicht unser Papier – das Papier, das auf der Rechnung auftaucht, denn unser Papier kennen wir –, also muss der Mann ständig und schon immer und überall gekritzelt haben! Und das, was er verfasst hatte, hatte er überall und in jedem Teil seines Gepäcks zusammengeknüllt und aufbewahrt. Es fand sich Geschriebenes in seinem Necessaire, Geschriebenes in seinen Stiefeln, Geschriebenes mit seinem Rasierzeug vermischt, Geschriebenes in seiner Hutschachtel, Geschriebenes sogar zwischen das Fischbeingestänge seines Regenschirms gefaltet.

Seine Kleidung – was ich davon vorfand – war nicht schlecht. Sein Necessaire war schäbig – keine Spur von einem silbernen Stopfen, offene Flakons mit gar nichts drin, wie leere kleine Hundehütten, und ein sehr findiges Zahnpulver, das sich in der irrigen Meinung, alle Ritzen und Spalten seien Lücken zwischen Zähnen, überall verstreut hatte. Der Kleidung habe ich mich ziemlich gut entledigt, bei einem Trödler unweit von St. Clement's Danes on The Strand, bei dem anscheinend die Offiziere aus der Armee meistens ihre Uniformen versetzen, wenn sie die Ehrenschulden drücken, zumindest nach den Uniformröcken und Epauletten zu urteilen, die, mit dem Rücken zur Straße, das Fenster zieren. Derselbe Mann kaufte auch als komplette Partie den Handkoffer, die Tasche, das Reiseschreibpult, das Necessaire, die Hutschachtel, den Regenschirm, den Riemen und den Wanderstab. Als ich anmerkte, eigentlich hätte ich gedacht, diese Artikel wären nicht ganz seine Sache, lispelte er: »Das ist die Großmutter eines Mannes auch nicht, Mr. Christopher; aber wenn jemand seine Großmutter herbrächte und sie mir um eine Kleinigkeit billiger anböte, als ich mit einigem Glück für sie kriegen kann, sobald ich sie geschrubbt und ausstaffiert habe – dann kaufte ich sie!«

Diese Geschäfte brachten mir meine ursprüngliche Investition wieder ein, mehr als das, es blieb mir sogar ein ordentlicher Gewinn. Nun war nur noch das Geschriebene da, und das möchte ich der aufrichtigen Aufmerksamkeit des geneigten Lesers ganz besonders empfehlen.

Ich möchte dies aus dem folgenden Grund ohne weitere Verzögerungen tun. Das heißt nämlich beziehungsweise, das bedeutet Folgendes: Ehe ich die geistigen Qualen erläutere, denen ich infolge dieses Geschriebenen anheimfiel, und ehe ich auf diese erschütternde Geschichte eine Erzählung über die wunderbare und eindrucksvolle Katastrophe folgen lasse, die von so spannender Natur und in jeder Hinsicht so unerwartet war, dass sie dem Ganzen die Krone aufsetzte und den Kelch des Unerwarteten zum Überfließen brachte, soll das Geschriebene selbst für alle zum Lesen zur Schau gestellt werden. Deswegen sollen die Schriften als Nächstes kommen. Noch ein Wort, um sie vorzustellen, dann lege ich meine Feder (ich hoffe: meine bescheidene Feder) nieder, bis ich sie schließlich wieder aufnehme, um in einer düsteren Fortsetzung einen Geist zu schildern, den etwas quält.

Dieser Irgendwer war ein unordentlicher Schreiber und hatte eine scheußliche Handschrift. Die Tinte war ihm einerlei, und er verteilte sie großzügig auf jedem noch so unwürdigen Gegenstand – auf seinen Kleidern, seinem Schreibpult, seinem Hut, dem Griff seiner Zahnbürste, seinem Regenschirm.

Es fand sich Tinte in reichlichen Mengen auf dem Teppich der Kaffeestube beim Tisch Nummer vier, und zwei Kleckse waren auch auf seiner ruhelosen Bettstatt zu sehen. Ein kurzer Blick auf das Dokument, das ich hier in Gänze wiedergegeben habe, wird zeigen, dass er am Morgen des dritten Februar 1856 seine, sage und schreibe, fünfte Feder mit Papier erworben hat. Welchem beklagenswerten Akt ungezügelter Schreibwut er die von der Bar erworbenen Materialien auch geopfert hat, so besteht doch kein Zweifel, dass die grausige Tat im Bett begangen wurde und ihre Spuren nur zu deutlich sichtbar auch lange danach noch auf dem Kissenbezug hinterlassen hat.

Er hatte keines seiner Werke mit einer Überschrift versehen. Ach! Wie sollten seine Werke denn eine Kopfzeile haben, da er doch selbst so kopflos war, und wo war wohl sein Kopf gewesen, als er solche Dinge darin speicherte? In einigen Fällen, zum Beispiel, als er sie in die Stiefel steckte, scheint er seine Schriften absichtlich verborgen zu haben, was seinen Stil auch nicht verständlicher machte. Aber seine Stiefel waren wenigstens ein Paar, das zusammenpasste – und das kann man von nicht zweien seiner Schriften behaupten. Hier folgt nun (um nicht noch mehr Beispiele anzuführen), was ich in seinen Stiefeln und in dem Paket fand.

Kapitel 2

In seinen Stiefeln

»Ah, nun gut, Monsieur Mutuel! Was weiß ich, was kann ich sagen? Ich versichere Ihnen, er nennt sich Monsieur der Engländer.«

»Pardon, aber das halte ich für unmöglich«, erwiderte Monsieur Mutuel, ein bebrillter, schniefender, gebeugter alter Herr in gewirkten Pantoffeln und mit einer Stoffmütze mit einem Schirm, einem losen blauen Gehrock, der ihm bis zu den Knöcheln fiel, einem großen, schlapp fallenden Jabot und einem dazu passenden weißen Halstuch – das heißt, weiß war die natürliche Farbe seiner Leinenwäsche am Sonntag, im Laufe der Woche dunkelte sie etwas nach.

»Es ist«, wiederholte Monsieur Mutuel, und sein liebenswertes altes Walnussschalengesicht war außerordentlich walnussschalig, als er lächelte und in das strahlende Licht des Morgens blinzelte, »es ist, meine liebe Madame Bouclet, unmöglich, denke ich!«

»He!«, rief Madame Bouclet, eine gedrungene kleine Frau von ungefähr fünfunddreißig, mit einem kleinen ärgerlichen Aufschrei und sehr viel Kopfschütteln. »Aber es ist nicht unmöglich, dass Sie ein Schwein sind!«, versetzte sie dann. »Sehen Sie doch – sehen Sie hier, lesen Sie! ›Im zweiten Stock Monsieur L'Anglais.‹ Steht das nicht so da?«

»Ja, das steht so da«, antwortete Monsieur Mutuel.

»Gut! Dann setzen Sie Ihren Morgenspaziergang fort. Scheren Sie sich davon!« Madame Bouclet entließ ihn mit einem lebhaften Schnippen ihrer Finger.

Der Morgenspaziergang von Monsieur Mutuel führte ihn über den hellsten Flecken, den die Sonne auf der Grande

Place* einer langweiligen, alten französischen Festungsstadt malte. Er unternahm diesen Morgenspaziergang mit auf dem Rücken verschränkten Händen; einen Regenschirm, ein ausdrückliches Ebenbild seiner selbst, trug er stets in der einen Hand, eine Schnupftabakdose in der anderen. So sonnte sich der alte Herr mit dem schlurfenden Gang eines Elefanten (der nun wirklich den schlechtesten Hosenschneider hat, den man in der Tierwelt findet, und der ihn augenscheinlich Monsieur Mutuel weiterempfohlen hatte) täglich, wenn es denn Sonne gab, und natürlich sonnte er gleichzeitig auch das rote Ordensband** in seinem Knopfloch; denn war er nicht ein echter uralter Franzose?

Nachdem ihm ein Mitglied des engelgleichen Geschlechts gesagt hatte, er solle seinen Morgenspaziergang fortsetzen und sich davonscheren, lachte Monsieur Mutuel sein walnussschalenartiges Lachen, zog die Mütze mit der Hand, in der er seine Schnupftabaksdose hielt, vom Kopf und streckte sie auf Armeslänge von sich, ließ sie noch geraume Zeit, nachdem er sich von Madame Bouclet verabschiedet hatte, vom Kopf und setzte seinen Morgenspaziergang fort und scherte sich davon, ritterlich wie er nun einmal war.

Der dokumentarische Beweis, auf den Madame Bouclet Monsieur Mutuel verwiesen hatte, war die Liste ihrer Pensionsgäste, die ihr eigener Neffe und Buchhalter artig geschrieben hatte, der die Feder führte wie ein Engel, und die sie zur Information der Polizei neben ihr Eingangstor gehängt hatte: »Au second, M. L'Anglais, Propriétaire«. Im zweiten Stock, Monsieur der Engländer, Mann von Vermögen. So stand es da, nichts hätte schlichter sein können.

Madame Bouclet fuhr mit dem Zeigefinger die Linie

---

* (franz): Großer Platz.
** Das rote Band der Ehrenlegion.

nach, sozusagen um ihr Fingerschnippen zum Abschied von Monsieur Mutuel zu unterstreichen und sich auf diese Weise zu beruhigen, und so stemmte sie nun mit trotziger Miene die Hand in die Hüfte, als könne sie nichts je in Versuchung bringen, dieses Fingerschnippen zu entschnippen, und spazierte hinaus auf den Platz, um zu den Fenstern von Monsieur dem Engländer hinaufzuschauen. Da dieser Ehrenmann zufällig gerade im gleichen Augenblick aus dem Fenster sah, grüßte ihn Madame Bouclet huldvoll mit einem Kopfnicken, schaute nach rechts und schaute nach links, um ihm klarzumachen, warum sie dort stand, überlegte einen Augenblick, wie jemand, der sich Rechenschaft über jemanden abgibt, den er dort nicht erwartet hätte, und trat dann wieder durch ihr Eingangstor zurück. Madame Bouclet vermietete ihr gesamtes Haus, das zum Platz hinausging, in möblierten Wohnungen oder ganzen Etagen und wohnte selbst weiter hinten im Hof in Gesellschaft von Monsieur Bouclet, ihrem Gatten (einem großartigen Billardspieler), mit einem geerbten Brauereigeschäft, einigem Federvieh, zwei Wagen, einem Neffen, einem kleinen Hund in einer großen Hundehütte, einer Weinrebe, einem Kontor, vier Pferden, einer verheirateten Schwester (mit einem Anteil am Brauereigeschäft), dem Mann und den beiden Kindern der verheirateten Schwester, einem Papagei, einer Trommel (auf der der kleine Junge der verheirateten Schwester spielte), zwei einquartierten Soldaten, einer Anzahl von Tauben, einer Querpfeife (vom besagten Neffen hinreißend gespielt), verschiedenen Bediensteten und Gehilfen, einem ständigen Aroma von Kaffee und Suppe, einer ungeheuren Ansammlung von künstlichen Felsen und hölzernen Abgründen, mindestens vier Fuß hoch, einem kleinen Brunnen und einem halben Dutzend hoher Sonnenblumen.

Nun hatte der Engländer, als er sein Appartement bezog – oder, wie man auf unserer Seite des Ärmelkanals sagen würde, seine Räume –, seinen Namen bis auf den letzten Buchstaben korrekt als LANGLEY angegeben. Aber da er die britische Angewohnheit hatte, seinen Mund auf ausländischem Boden nicht sehr weit zu öffnen, außer bei den Mahlzeiten, hatte die Brauerei nichts als »L'Anglais« verstehen können. Und so war aus ihm Monsieur der Engländer geworden, und das war er geblieben.

»Solche Leute habe ich ja noch nie gesehen!«, murmelte Monsieur der Engländer, als er aus dem Fenster schaute. »Mein Lebtag nicht.«

Das stimmte ja auch, denn er hatte nie zuvor sein Land verlassen – eine gute kleine Insel, eine enge kleine Insel, eine helle kleine Insel, eine kampflustige kleine Insel*, und voller Verdienste aller Arten, aber nicht überall ringsum auf der Welt.

»Diese Kerle«, sagte sich Monsieur der Engländer, während er sein Auge über den Platz schweifen ließ, der hier und da mit Militär gesprenkelt war, »sind so wenig Soldaten wie …« Da ihm nichts hinreichend stark für das Ende dieses Satzes erschien, ließ er ihn unvollendet.

Dies wiederum war (aus dem Blickwinkel seiner Erfahrung gesehen) strenggenommen korrekt; denn obwohl sich in der Stadt und im umliegenden Land eine sehr große Zusammenballung von Soldaten befand, hätte man jeden Tag eine große Parade und Felddienstübung abhalten können und hätte vergeblich unter ihnen allen nach einem Soldaten Ausschau gehalten, der hinter seiner lächerlichen Halsbinde beinahe erstickte, oder nach einem Soldaten,

---

* Anspielung auf das patriotische Lied »A Tight Little Island« von Charles Dibdin (1745–1814).

den seine schlecht sitzenden Schuhe lahm machten, oder nach einem Soldaten, dem Riemen und Knöpfe den Gebrauch seiner Gliedmaßen verwehrten, oder nach einem Soldaten, den man mit ausgeklügelten Methoden zur Hilflosigkeit in allen kleinen Dingen des Lebens verurteilte. Man hätte nur eine Schar flotter, aufgeweckter, aktiver, emsiger, geschickter, seltsamer, Scharmützel ausfechtender Burschen gefunden, die sich mit Geschick allem Möglichen widmen konnten, von der Belagerung bis zur Suppe, von großen Kanonen bis zu Nadel und Faden, von den Übungen mit dem Säbel bis zum Zwiebelschneiden, vom Führen von Kriegen bis zum Braten von Omeletts.

Was für eine Schar! Vom Großen Platz unter den Augen von Monsieur dem Engländer, wo ein paar ungelenke, soeben einberufene Trupps Stechschritt übten – einige Angehörige dieser Trupps immer noch, was ihren Oberkörper betraf, im bäuerlichen Verpuppungsstadium einer Bluse und nur, was ihre regimentsmäßig bekleideten Beine anging, bereits militärische Schmetterlinge –, vom Großen Platz fort bis hinaus vor die Befestigungsanlagen und viele Meilen die staubigen Straßen entlang schwärmten die Soldaten aus. Den lieben langen Tag übten die Soldaten auf den grasüberwachsenen Bollwerken Trompete und Flügelhorn; den lieben langen Tag trommelten und trommelten die übenden Soldaten in den Winkeln der ausgetrockneten Gräben. Jeden Vormittag stürzten sich Soldaten aus den großen Kasernen auf den sandbestreuten Boden des Turnplatzes in der Nähe, flogen über das hölzerne Pferd, klammerten sich an fliegende Seile, hingen kopfüber zwischen den Stangen des Barrens und katapultierten sich von hölzernen Plattformen – Spritzer, Funken, Blitze, wahre Hagel von Soldaten. An jeder Ecke der Stadtmauer, in jeder Wache, an jedem Tor, in jedem Schilderhaus, an jeder

Zugbrücke, in jedem verschilften Graben und auf jedem Binsendeich Soldaten, Soldaten, Soldaten. Und da die Stadt so ziemlich ganz aus Mauer, Wachen, Toren, Schilderhäusern, Zugbrücken, verschilften Gräben und Binsendeichen bestand, bestand die Stadt so ziemlich ganz aus Soldaten.

Was wäre diese verschlafene Stadt ohne die Soldaten gewesen, wenn man bedachte, dass sie sogar mit Soldaten derart verschlafen hatte, dass ihre Echos heiser waren, ihre zur Verteidigung gedachten Gitter und Schlösser und Riegel und Ketten alle rostig waren und das Wasser in ihren Gräben abgestanden! Seit den Tagen, als Vauban* sie in verwirrendem Ausmaß so konstruierte, dass man sie nur anschauen musste und es einem schien, als bekäme man sie über den Kopf geschlagen, weil man als Fremder unter dem Schock dieser unbegreiflichen Bauart benommen röchelte – seit den Tagen, als Vauban sie als ausdrückliche Verkörperung jedes Substantivs und Adjektivs in der Kunst des militärischen Ingenieurwesens baute und einen nicht nur in die Festung hineinführte und wieder aus ihr herausführte, dann nach rechts, nach links, in die Gegenrichtung, hier drunterdurch, da obendrüber, im Dunklen, im Schmutz, durch Torbögen, Bögen, überdachte Wege, über trockene Wege, nasse Wege, Gräben, unter Fallgittern hindurch, über Zugbrücken und Schleusen hinweg, an gedrungenen Türmen, durchbrochenen Mauern und schwerem Geschütz vorüber, als er dann aber auch noch mit den Befestigungen einen kühnen Sprung unter das benachbarte Land machte und erst drei oder vier Meilen entfernt wieder an die Oberfläche kam und dort unerklärliche Wälle und Geschützstellungen zwischen den ruhigen Beeten mit ihrem

* Sébastien le Prestre de Vauban (1633–1707), Festungsbaumeister von Ludwig XIV. von Frankreich.

Chicorée und ihrer Roten Bete hochsprengte – seit jenen Tagen hatte die Stadt tief und fest geschlafen, und Staub und Rost und Moder hatten sich über ihre schlummernden Arsenale und Magazine herabgesenkt, und das Gras war auf ihren stillen Straßen gewachsen.

Nur an Markttagen sprang ihr Großer Platz plötzlich aus dem Bett. An Markttagen schlug ein freundlicher Magier mit seinem Zauberstab auf die Steine des Großen Platzes, und sofort sprossen dort die lebhaftesten Buden und Stände empor, und es war ein Sitzen und Stehen und ein angenehmes Summen vom Schachern und Feilschen von vielen Hunderten von Zungen und eine angenehme, wenn auch seltsame Mischung von Farben – weiße Hauben, blaue Blusen und grünes Gemüse –, und endlich schien der Ritter, auf den das Abenteuer wartete, gekommen zu sein, und alle Leute von Vauban sprangen hellwach auf. Und nun kamen die Menschen über lange, in den Niederungen liegende Alleen, rumpelnd in Eselskarren mit weißen Planen, auf dem Rücken von Eseln und in Dungkarren und Wagen und in Karren und Einspännern und zu Fuß mit Schubkarren und Kiepen und über die Deiche und Gräben und Kanäle in kleinen Landbooten mit spitzem Bug, da kamen die Bauern und Bäuerinnen in Scharen und Schwärmen und brachten Dinge zum Verkauf. Da gab es Stiefel und Schuhe und Zuckerwerk und Kleidung, und hier (im kühlen Schatten des Rathauses) gab es Milch und Sahne und Butter und Käse, und hier gab es Obst und Zwiebeln und Karotten und alles, was man für die Suppe brauchte, und hier gab es Geflügel und Blumen und wütend quiekende Schweine, und hier neue Schaufeln, Äxte, Spaten und Hippen für die Arbeit auf dem Bauernhof, und hier riesige Berge von Brot, und hier ungemahlenes Korn in Säcken, und hier Puppen für die Kinder, und hier den Kuchenverkäufer, der seine Waren mit dem Schlagen und Rollen der Trommel ankündigte. Und hört nur! Die Fanfaren der Trompeten erschallten, und auf den Großen Platz rollte die »Tochter eines Arztes«, prächtig herein in ihrer offenen Kutsche, mit vier herrlich gekleideten Dienern dahinter, die Hörner, Trommeln und Zimbeln spielten, selbst mit dicken Goldketten und Ohrringen und einem blaugefiederten Hut geschmückt, mit zwei ungeheuren Schirmen aus künstlichen Rosen vor den Strahlen der bewundernden Sonne geschützt, um (aus purer Menschenfreundlichkeit) jene kleine und angenehme Dosis einer Arznei zu verteilen, die schon so viele Tausend geheilt hat! Zahnschmerzen, Ohrenschmerzen, Kopfschmerzen, Herzschmerzen, Magenschmerzen, Kraftlosigkeit, Nervenschwäche, Anfälle, Ohnmachten, Fieber, Schüttelfrost, alle werden gleichermaßen durch die kleine und angenehme Dosis Arznei der großartigen Tochter des großartigen Arztes kuriert! Und das ging so: Sie, die Tochter eines Arztes, Besitzerin der großartigen Equipage, die ihr nun bewundert, mit den alles unterstreichenden Fanfaren der Trompeten, mit Trommeln und Zimbeln, hat es euch gesagt. Am ersten Tag, nachdem ihr die kleine und angenehme Dosis eingenommen habt, spürt ihr noch keine besondere Wirkung, außer einem höchst harmonischen Gefühl unbeschreiblicher und unwiderstehlicher Freude; am zweiten Tag geht es euch so viel besser, dass ihr glaubt, man hätte euch ausgewechselt; am dritten Tag seid ihr vollkommen beschwerdefrei, was immer auch die Beschwerde war und wie lange ihr sie schon hattet, und ihr würdet gern die Tochter des Arztes aufsuchen, um euch ihr zu Füßen zu werfen, den Saum ihres Gewandes zu küssen und so viele weitere kleine und angenehme Dosen zu kaufen, wie ihr nach dem Verkauf eures gesamten Hab und Guts erwerben könntet; aber sie ist dann nirgends zu finden – wohl zu den

Pyramiden von Ägypten abgereist, um Kräuter zu sammeln –, und ihr wärt, obgleich kuriert, in tiefste Verzweiflung gestürzt. So machte die Tochter des Arztes ihre Geschäfte (und ziemlich rasch noch dazu), und so ging das Kaufen und Verkaufen und Vermischen von Zungen und Farben weiter, bis das wechselnde Sonnenlicht, das die Tochter des Arztes in den Schatten der hohen Dächer tauchte, sie daran mahnte, rasch nach Westen zu fahren und zum Abschied noch einmal wirkungsvoll ihre herrliche Equipage und ihre glänzenden Musiker im Abendlicht schimmern und glitzern zu lassen. Und nun schlug der Magier wiederum mit seinem Zauberstab auf die Steine des Großen Platzes, und schon waren die Buden abgebaut, das Sitzen und Stehen hatte ein Ende, verschwunden waren die Waren und mit ihnen die Schubkarren, die Esel, die Eselskarren und Dungwagen und alle anderen Dinge mit Rädern und Füßen, außer den langsamen Gassenkehrern mit ihren schwerfälligen Wagen und mageren Pferden, die den Kehricht einsammelten, unterstützt von den eleganten Stadttauben, die heute viel plumper waren als an Tagen ohne Markt. Während noch ein, zwei Stunden bis zum herbstlichen Sonnenuntergang dämmerten, konnten die Faulenzer vor den Stadttoren und der Zugbrücke und dem Ausfalltor und dem doppelten Graben den letzten Karren mit seiner weißen Plane in der Allee mit den länger werdenden Baumschatten immer kleiner werden sehen oder das letzte Boot, das von der letzten Marktfrau gen Heimat gepaddelt wurde, wie es sich schwarz vor dem röter werdenden, langen, schmalen Graben zwischen ihm und der Mühle abzeichnete; und während sich der vom Paddel geteilte Schaum und die Entengrütze wieder über der Spur des Bootes schlossen, konnte er sicher sein, dass die schlammige Ruhe dieses Grabens bis zum nächsten Markttag nicht mehr gestört würde.

Da es nicht einer der Tage war, an denen der Große Platz sich aus dem Bett erhob, als Monsieur der Engländer auf die jungen Soldaten herabblickte, die dort Stechschritt übten, konnten seine Gedanken ungehindert eine militärische Richtung einschlagen.

»Diese Burschen sind überall hier einquartiert«, sagte er sich, »und wenn man sie sieht, wie sie die Kaminfeuer der Leute anzünden, in den Töpfen der Leute kochen, auf die Säuglinge der Leute aufpassen, die Wiegen der Leute schaukeln, das Gemüse der Leute waschen und sich allgemein in jeder unmilitärischen Art und Weise nützlich machen, so ist das äußerst lächerlich! Solch eine Schar von Burschen habe ich noch nie gesehen – mein Lebtag nicht!«

Was auch wieder vollkommen der Wahrheit entsprach. War nicht ein gemeiner Soldat Valentin im Haus, der sich in der Familie seines Hauptmanns, eines Monsieur Capitaine de la Cour, als einzige Magd, als Diener, Koch, Verwalter und Kindermädchen betätigte, der die Böden wischte, die Betten machte, einkaufen ging, dem Hauptmann beim Ankleiden behilflich war, den Salat zubereitete und das Baby anzog, alles mit gleicher Bereitwilligkeit?

Oder, wenn man von ihm einmal absah, da er seinem Vorgesetzten treue Dienste leistete, war da nicht auch noch der gemeine Soldat Hyppolite, der bei einem Parfümeur zweihundert Yard entfernt einquartiert war und der, wenn er keinen Dienst hatte, nur zu gern den Laden führte, während die schöne Parfümeursgattin auf die Straße trat und mit einer Nachbarin plauschte oder ähnliches, und der mit einem Lachen Seife verkaufte, während er sein Kriegsschwert noch umgegürtet hatte? War da nicht Emile, der beim Uhrmacher einquartiert war und jeden Abend, nachdem er seinen Rock abgelegt hatte, das gesamte Sortiment aufzog? War da nicht Eugène, der beim Blechschmied einquartiert war und, das Pfeifchen im Mund, für den Blechschmied auf dem kleinen Hof hinter dem Laden einen Garten von vier Fuß im Quadrat beackerte und aus diesem auf den Knien und im Schweiße seines Angesichts die Früchte der Erde erntete? Um die Beispiele nicht zu sehr auszuweiten, war da nicht Baptiste, der bei dem armen Wasserträger einquartiert war und just in diesem Augenblick auf dem Gehsteig in der Sonne saß, seine Kriegerbeine weit gespreizt und einen der überzähligen Eimer des Wasserträgers dazwischen gestellt hatte, den er (zum Entzücken und Herzerwärmen des Wasserträgers, der, unter seinem Joch beladen, vom Brunnen über den Großen Platz herbeikam) außen leuchtend grün und innen leuchtend rot anstrich? Oder, um nur zum Barbier nebenan zu gehen, war da nicht Korporal Theophile …

»Nein«, sagte Monsieur der Engländer, der zum Barbier hinabschaute, »der ist im Augenblick nicht da. Aber das Kind wohl.«

Ein kleines Persönchen von einem Mädchen stand auf den Stufen des Barbierladens und schaute über den Platz. Man könnte sagen, ein Kleinkind mit der engen weißen Leinenhaube, die kleine französische Kinder auf dem Land tragen (wie die Kinder auf den niederländischen Gemälden), und in einem Kleidchen aus schlichtem Blau, das keinerlei Form besaß, außer an der Stelle, wo man es an seinem molligen kleinen Hals gebunden hatte und worüber ganz adrett der Kopf saß.

»Aber das Kind wohl.«

Danach zu urteilen, wie die pummelige kleine Hand mit den Grübchen über die Augen wischte, waren diese gerade noch zu einem Nickerchen geschlossen gewesen und noch nicht lange wieder geöffnet. Aber sie schienen so aufmerksam über den Platz zu schauen, dass der Engländer den Blick in die gleiche Richtung lenkte.

»Oh«, sagte er dann. »Ich habe es mir schon gedacht. Der Korporal ist da.«

Der Korporal, ein schneidiges Mannsbild von dreißig, vielleicht einen Hauch kleiner als mittelgroß, aber von sehr gefälliger Erscheinung – ein sonnenverbrannter Korporal mit einem braunen Spitzbart –, machte gerade kehrt und richtete geläufige Anweisungen an den von ihm geführten Trupp. An dem Korporal war wirklich nichts auszusetzen. Ein geschmeidiger, wendiger Korporal, recht vollkommen von den blitzenden dunklen Augen unter seiner bedeutungsvollen Uniformmütze bis zu den blitzend weißen Gamaschen. Er war das Bild und die Verkörperung eines Korporals in der Armee seines Landes, in der Linie seiner Schultern, der Linie seiner Taille, der breitesten Linie seiner weit gebauschten Hose und ihrer schmalsten Linie an der Wade seines Beins.

Monsieur der Engländer schaute zu, und das Kind schaute zu, und der Korporal schaute zu (Letzterer jedoch seinen Männern), bis der Drill wenige Minuten später beendet war und das militärische Rinnsal sofort eintrocknete und schnell fort war. Dann sagte Monsieur der Engländer zu sich: Schau nur! Beim Zeus! Und der Korporal, der mit weit ausgebreiteten Armen auf den Barbierladen zulief, packte das Kind, hob es hoch über seinen Kopf, dass es zu fliegen schien, ließ es wieder herunter, küsste es und verschwand mit ihm im Haus des Barbiers.

Nun hatte Monsieur der Engländer mit seiner vom rechten Weg abgekommenen, ungehorsamen und enterbten Tochter einen üblen Streit gehabt, und auch in diesem Fall gab es ein Kind. War seine Tochter kein Kind gewesen und war sie nicht so über seinem Kopf geflogen wie dieses Mädchen über dem Kopf des Korporals?

»Er ist ein« – hier folgte ein für seine Nation typisches

Schimpfwort – »Narr!«, rief der Engländer aus und schloss sein Fenster.

Aber die Fenster im Haus der Erinnerung und die Fenster im Haus der Barmherzigkeit lassen sich nicht so leicht schließen wie Fenster aus Glas und Holz. Sie fliegen unerwartet auf, sie klappern nachts, sie müssen zugenagelt werden. Monsieur der Engländer hatte versucht, sie zuzunageln, aber die Nägel vielleicht nicht tief genug hineingetrieben. Also verbrachte er einen verstörten Abend und eine noch schlimmere Nacht.

War er von Natur aus ein sanftmütiger Mann? Nein, er besaß nur sehr wenig Sanftmut, weil er diese Tugend mit Schwäche verwechselte. War er heftig und zornig, wenn man ihn verärgerte? Sehr, und außergewöhnlich ungerecht. Launisch? Übertrieben launisch. Rachsüchtig? Nun, er hatte den finsteren Gedanken gehegt, dass er seine Tochter in aller Form verfluchen sollte, wie er es öfter auf der Bühne gesehen hatte. Aber da er sich daran erinnerte, dass der wirkliche Himmel einige Schritte von dem vorgetäuschten Himmel im großen Kronleuchter des Theaters entfernt ist, hatte er das aufgegeben.

Und er war ins Ausland gegangen, um sich seine verstoßene Tochter ein für alle Male vom Leib zu schaffen. Und da war er nun.

Im Grunde war dies mehr als alles andere der Grund dafür, dass Monsieur der Engländer es so übelnahm, dass Korporal Theophile der kleinen Bebelle, dem Kind im Barbierladen, so zärtlich zugetan war. In einem unglücklichen Augenblick hatte er zufällig zu sich gesagt: »Nun, der Bursche soll verdammt sein, er ist nicht einmal ihr Vater!« Diese Aussage versetzte ihm plötzlich einen scharfen Stich, der seine Laune noch verschlechterte. Also hatte er dem Korporal, dem das natürlich völlig unbewusst war, von ganzem

Herzen und mit allem Nachdruck das für seine Nation typische Schimpfwort verpasst und für sich beschlossen, nicht mehr über einen solchen Prahlhans nachzudenken.

Aber es ergab sich, dass er den Korporal einfach nicht los wurde. Hätte der Korporal die zartesten Fasern im Herzen des Engländers gekannt, anstatt rein gar nichts über ihn zu wissen, und wäre er der starrsinnigste Korporal der Großen Französischen Armee gewesen, anstatt der zuvorkommendste zu sein, er hätte sich nicht mit entschlossenerer Unverrückbarkeit mitten in alle Gedanken des Engländers pflanzen können. Nicht nur das, er schien ihm auch ständig unter die Augen zu kommen. Monsieur der Engländer musste nur aus dem Fenster schauen, um sogleich den Korporal mit der kleinen Bebelle zu erblicken. Er brauchte nur zu einem Spaziergang aufzubrechen, und schon spazierte da vor ihm der Korporal mit Bebelle. Er musste nur angewidert nach Hause zurückkehren, da waren der Korporal und Bebelle bereits vor ihm daheim. Schaute er früh am Morgen aus dem hinteren Fenster, war da der Korporal auf dem Hinterhof des Barbiers und wusch und kleidete und bürstete Bebelle. Wenn er Zuflucht an seinem vorderen Fenster suchte, brachte der Korporal gerade sein Frühstück auf den Großen Platz und teilte es dort mit Bebelle. Immer der Korporal und immer Bebelle. Niemals der Korporal ohne Bebelle. Niemals Bebelle ohne den Korporal.

Die französische Sprache als Mittel mündlicher Verständigung war nicht gerade die Stärke von Monsieur dem Engländer, obwohl er sie gut lesen konnte. Mit den Sprachen ist es wie mit den Menschen – wenn man sie nur vom Sehen kennt, missversteht man sie leicht einmal; man muss mit ihnen reden, ehe man behaupten kann, Bekanntschaft geschlossen zu haben.

Aus diesem Grunde musste Monsieur der Engländer seine Lenden mit viel Mut schürzen, ehe er sich dazu durchringen konnte, mit Madame Bouclet einen Gedankenaustausch über diesen Korporal und diese Bebelle zu wagen. Aber als Madame Bouclet eines Morgens mit einer Entschuldigung bei ihm hereinschaute, um anzumerken, dass sie, o Himmel!, völlig verzweifelt war, weil der Lampenmacher die ihm zur Reparatur anvertraute Lampe noch nicht zurückgeschickt hatte, dass er aber wirklich ein Lampenmacher war, den die ganze Welt beschimpfte, packte Monsieur der Engländer die Gelegenheit beim Schopf.

»Madame, dieses Kind.«

»Pardon, Monsieur. Diese Lampe.«

»Nein, nein, dieses kleine Mädchen.«

»Aber Pardon!«, sagte Madame Bouclet, die verzweifelt nach dem Faden des Gesprächs angelte, »man kann doch ein kleines Mädchen nicht anzünden oder es zur Reparatur schicken?«

»Das kleine Mädchen – im Haus des Barbiers.«

»Ah!«, rief Madame Bouclet, die plötzlich die Idee mit ihrer kleinen Angelrute eingefangen hatte. »Die kleine Bebelle? Ja, ja, ja! Und ihr Freund der Korporal? Ja, ja, ja! Das ist wirklich nobel von ihm, nicht wahr?«

»Er ist nicht …?«

»Überhaupt nicht, überhaupt nicht! Er ist nicht mit ihr verwandt. Überhaupt nicht!«

»Warum ist er dann …«

»Genau!«, bekräftigte Madame Bouclet, »Sie haben ja so recht, Monsieur. Es ist so nobel von ihm. Je weniger verwandt, desto nobler. Wie Sie schon sagten.«

»Ist sie …?«

»Das Kind des Barbiers?« Madame Bouclet warf schwungvoll ihre geschickte kleine Angelrute wieder aus.

»Keineswegs, keineswegs. Sie ist das Kind von … kurz gesagt: von niemandem.«

»Und die Frau des Barbiers hat also …?«

»Zweifellos. Wie Sie schon sagten. Die Frau des Barbiers bekommt eine kleine Summe dafür, dass sie sich um die Kleine kümmert. So und so viel im Monat. Na ja, ohne Zweifel ziemlich wenig, denn wir sind hier alle arm.«

»Sie sind nicht arm, Madame.«

»Nicht an Mietern«, erwiderte Madame Bouclet mit einem Lächeln und einer anmutigen Verneigung ihres Kopfes, »nein. Aber was alles andere angeht, geht es so, so, la, la.«

»Sie schmeicheln mir, Madame.«

»Monsieur, Sie schmeicheln mir, dass Sie bei mir wohnen.«

Während Monsieur der Engländer nach Luft schnappte wie ein Fisch auf dem Trockenen und damit wohl andeuten wollte, dass er das von ihm gewählte Thema nur unter Schwierigkeiten wieder würde aufnehmen können, beobachtete Madame Bouclet ihn sehr genau und holte ihre zarte Angelrute erneut mit triumphalem Erfolg ein.

»O nein, Monsieur, gewiss nicht. Die Frau des Barbiers ist nicht grausam zu dem armen Kind, aber sie ist sehr achtlos. Ihre Gesundheit ist recht schwach, und sie sitzt den ganzen Tag da und schaut aus dem Fenster. Folglich war die arme kleine Bebelle, als der Korporal ins Haus kam, sehr vernachlässigt.«

»Es ist ein seltsamer …«, setzte Monsieur der Engländer an.

»Name? Bebelle? Da haben Sie wieder recht, Monsieur. Aber es ist ein Kosename für Gabrielle.«

»Das Kind ist also nur eine Laune des Korporals?«, fragte Monsieur der Engländer in knurrig verächtlichem Tonfall.

»Nun ja«, antwortete Madame Bouclet mit einem Verständnis heischenden Achselzucken, »irgendwas muss man ja lieben. Die menschliche Natur ist schwach.«

(»Verteufelt schwach«, murmelte der Engländer in seiner eigenen Sprache vor sich hin.)

»Und da der Korporal«, fuhr Madame Bouclet fort, »beim Barbier einquartiert ist, wo er wahrscheinlich lange bleiben wird, denn er ist dem General zugeordnet, und da er dort das arme Kind vorfand, das zu niemandem gehörte und das doch so sehr Zuwendung brauchte, und da er selbst lieben musste – nun, da haben Sie es!«

Monsieur der Engländer akzeptierte diese Deutung der Sachlage mit gleichgültiger Haltung und sagte später, als er wieder allein war, in recht verletztem Ton zu sich selbst: »Es würde mir nicht so viel ausmachen, wenn diese Leute nicht ein so« – hier folgte ein für seine Nation typisches Schimpfwort – »sentimentales Volk wären!«

Außerhalb der Stadt lag ein Friedhof, und in diesem sentimentalen Zusammenhang fügte es sich unglücklich für die Bewohner von Vauban, dass der Engländer an diesem Nachmittag einen Spaziergang dorthin machte. Gewiss, es waren dort einige wunderbare Dinge zu sehen (vom Gesichtspunkt des Engländers aus betrachtet), und mit Sicherheit hätte man in ganz Großbritannien nichts dergleichen gefunden. Ganz zu schweigen von den phantasievollen Schnörkeln der Herzen und Kreuze aus Holz und Eisen, die überall aufgepflanzt waren und den Friedhof wie den Ort eines Feuerwerks erscheinen ließen, an dem nach Einbruch der Dunkelheit ein großartiges pyrotechnisches Wunderwerk zu erwarten wäre, lagen auch viele Kränze auf den Gräbern, mit bestickten Schleifen wie zum Beispiel »Für meine Mutter«, »Meiner lieben Tochter«, »Meinem Vater«, »Für meinen Bruder«, »Meiner Schwester«, »Meinem Freund«, und diese vielen Kränze waren in so vielen

Stadien der Ausgestaltung und des Verfalls, vom Kranz von gestern mit frischen Farben und glänzenden Perlen bis zum Kranz vom Vorjahr, einem jämmerlichen, moderigen Büschel Stroh! Auf den Gräbern waren viele kleine Gärten und Grotten angelegt, in vielerlei Geschmack, mit Pflanzen und Muscheln und Gipsfiguren und Porzellankrügen und allerlei Schnickschnack! Da hingen auch viele Erinnerungszeichen, die sich selbst bei näherer Betrachtung kaum von kleinen runden Präsentiertellern unterschieden, auf denen in den leuchtendsten Farben entweder eine Dame oder ein Herr dargestellt waren, die mit einem weißen Taschentuch außerhalb jeder Proportion in einem Zustand makelloser Trauer und tiefster Betrübnis an baukünstlerisch gestalteten und prächtigen Urnen lehnten. Da waren viele hinterbliebene Gattinnen, die ihren Namen bereits auf dem Grabmal des verblichenen Ehemanns hinzugefügt hatten, mit einer Leerstelle für das Datum ihres eigenen Dahinscheidens aus dieser trübseligen Welt; und es waren viele hinterbliebene Gatten, die ihren verblichenen Ehefrauen den gleichen Dienst erwiesen hatten; und darunter müssen so viele gewesen sein, die inzwischen wieder geheiratet hatten! Kurz, es war dort vieles, was einem Fremden als bloßer Flitter und Tand erschienen wäre, wenn man nicht bemerkt hätte, dass selbst die leichteste Papierblüte, die auf dem ärmlichsten Erdhügel lag, niemals von einer groben Hand berührt wurde, sondern dort verging als etwas Heiliges!

»Hier ist nichts von der Feierlichkeit des Todes zu spüren«, hatte Monsieur der Engländer gerade sagen wollen, als dieser letzte Gedanke ihn mit milder Nachsicht berührte, und so spazierte er weiter, ohne es zu sagen. »Aber diese Leute«, beharrte er zum Ausgleich, als er das Tor hinter sich gelassen hatte, »sie sind so« – wieder mit einem für seine Nation typischen Schimpfwort ergänzt – »sentimental!«

Sein Rückweg führte am militärischen Turnplatz vorüber. Und dort kam er am Korporal vorbei, der mit großer Zungenfertigkeit jungen Soldaten beibrachte, wie sie sich auf dem Weg zum Kriegsruhm mithilfe eines Seils über reißende und tiefe Wasserläufe schwingen konnten, und der sich selbst geschickt von einer Plattform katapultierte und einhundert oder zweihundert Fuß weit flog, um sie zum Anfangen zu ermutigen. Und dort kam er auch an der kleinen Bebelle vorüber, die auf einem erhöhten Ausguck hockte (wahrscheinlich von den vorsichtigen Händen des Korporals dort hingesetzt) und mit weit aufgerissenen runden Augen das Geschehen beobachtete wie ein verwunderter blauweißer Vogel.

Wenn dieses Kind sterben sollte, überlegte er, als er ihm den Rücken kehrte und seines Weges ging, und das würde dem Burschen beinahe recht geschehen, weil er sich so sehr zum Narren macht – dann nehme ich an, würde er wohl auch einen Kranz und einen Präsentierteller auf diesem phantastischen Friedhof aufstellen.

Trotzdem spazierte der Engländer nach ein, zwei weiteren frühen Morgenstunden, in denen er aus dem Fenster schaute, auf den Großen Platz, als der Korporal und Bebelle dort umhergingen, grüßte den Korporal mit einer Berührung seines Hutes (eine gewaltige Leistung) und wünschte ihm einen guten Tag.

»Guten Tag, Monsieur.«

»Sie haben da ein recht hübsches Kind«, sagte Monsieur der Engländer, nahm das Kinn des kleinen Mädchens in die Hand und schaute in seine verwunderten blauen Augen hinunter.

»Monsieur, sie ist ein *sehr* hübsches Kind«, erwiderte

der Korporal mit einer Betonung auf seiner höflichen Verbesserung des Satzes.

»Und brav?«, erkundigte sich der Engländer.

»Und sehr brav. Das arme kleine Ding!«

»Hah!« Der Engländer beugte sich herab und tätschelte ihr die Wange, nicht ohne Verlegenheit, als ginge er in seiner Aussöhnung zu weit. »Und was für eine Medaille trägst du da um den Hals, meine Kleine?«

Da Bebelle keine andere Antwort auf den Lippen hatte als ihre pummelige rechte Faust, bot der Korporal seine Dienste als Dolmetscher an.

»Monsieur möchte wissen, was das ist, Bebelle?«

»Das ist die heilige Muttergottes«, sagte Bebelle.

»Und wer hat sie dir gegeben?«, fragte der Engländer.

»Theophile.«

»Und wer ist Theophile?«

Bebelle brach in Gelächter aus, lachte fröhlich und herzlich, klatschte in die Patschhändchen und trampelte mit den kleinen Füßen auf das Steinpflaster des Platzes.

»Er kennt Theophile nicht! Nun, dann kennt er gar niemanden! Er weiß gar nichts!« Dann, als sie merkte, dass sie einen kleinen Fauxpas begangen hatte, klammerte Bebelle ihre rechte Hand in ein bauschiges Hosenbein des Korporals, legte ihre Wange daran und küsste es.

»Monsieur Theophile, nehme ich an?«, sagte der Engländer zum Korporal.

»Das bin ich, Monsieur.«

»Sie gestatten.« Monsieur der Engländer schüttelte ihm herzlich die Hand, ehe er sich wieder abwandte. Aber er nahm es sehr übel, dass der alte Monsieur Mutuel in seinem Flecken Sonnenlicht, dem er begegnete, als er sich umgedreht hatte, ihn mit abgezogener Mütze grüßte und mit erfreuter Zustimmung anschaute. Und er murmelte in seiner eigenen Sprache vor sich hin, während er den Gruß erwiderte: »Nun, alte Walnussschale, was geht es *dich* an?«

Monsieur der Engländer verbrachte viele Wochen lang verstörte Abende und schlimmere Nächte und erlebte immerzu, dass die bereits erwähnten Fenster in den Häusern der Erinnerung und der Barmherzigkeit nach Einbruch der Dunkelheit klapperten und dass er sie nur unvollkommen vernagelt hatte. Gleichermaßen vertiefte er viele Wochen lang seine Bekanntschaft mit dem Korporal und Bebelle. Das heißt, er packte Bebelle beim Kinn und den Korporal bei der Hand und bot Bebelle Sous und dem Korporal Zigarren an und ging sogar so weit, dass er mit dem Korporal die Pfeife tauschte und Bebelle küsste. Aber all das machte er mit verlegener Miene und nahm es stets außerordentlich übel, dass Monsieur Mutuel in seinem Flecken Sonnenlicht bemerkte, was er tat. Wann immer das der Fall zu sein schien, knurrte der Engländer in seiner eigenen Sprache: »Da bist du ja wieder, alte Walnussschale! Was geht es *dich* an?«

Mit anderen Worten, es war die Beschäftigung von Monsieur dem Engländer geworden, nach dem Korporal und der kleinen Bebelle Ausschau zu halten und es übelzunehmen, dass der alte Monsieur Mutuel nach *ihm* Ausschau hielt. Eine Beschäftigung, die sich nur änderte, als an einem windigen Abend ein Feuer in der Stadt tobte, bei dem viele Wassereimer von Hand zu Hand gereicht wurden (wobei der Engländer gute Dienste leistete) und viele Trommeln geschlagen wurden – bis plötzlich der Korporal verschwand.

Und danach verschwand plötzlich Bebelle.

Sie war noch einige Tage länger zu sehen gewesen als der Korporal – leider vernachlässigt, was das Waschen und Bürsten anging –, aber sie hatte nicht geantwortet, wenn

Monsieur der Engländer sie ansprach, und hatte verängstigt geschaut und war weggerannt. Und nun schien es, dass sie für immer fortgelaufen war. Und da lag der Große Platz unter dem Fenster, öd und leer.

In seiner verlegenen und gehemmten Art stellte Monsieur der Engländer niemandem Fragen, schaute aber aus seinen vorderen Fenstern und schaute aus seinen hinteren Fenstern heraus und lungerte auf dem Platz herum und warf einen Blick in den Barbierladen hinein und machte all dies und viel mehr mit Pfeifen und Summen und tat so, als wäre ihm nichts entgangen, bis eines Nachmittags, als Monsieur Mutuels Fleckchen Sonnenlicht im Schatten lag und dieser, laut allen Regeln und Präzedenzfällen, keinerlei Recht hatte, sein rotes Band ins Freie zu tragen, aber, siehe da, trotzdem da war und auf den Engländer zukam und schon zwölf Schritte entfernt die Mütze in der Hand hatte!

Monsieur der Engländer war gerade bis zu seinem üblichen gemurmelten Tadel »Was geht es ihn …?« gelangt, als er sich gerade noch zügelte.

»Ah, es ist so traurig, es ist so traurig! Ach, es ist ein Unglück, es ist so traurig!« So sprach der alte Monsieur Mutuel und schüttelte sein graues Haupt.

»Was geht es … ich meine, ich wollte sagen, was meinen Sie damit, Monsieur Mutuel?«

»Unser Korporal. Ach, unser lieber Korporal!«

»Was ist mit ihm geschehen?«

»Sie haben es nicht gehört?«

»Nein.«

»Beim Feuer. Er war so mutig, so hilfsbereit. Ah, zu mutig, zu hilfsbereit!«

»Soll dich doch der Teufel holen!«, fuhr der Engländer ungeduldig dazwischen. »Ich bitte um Verzeihung – ich meine mich – ich bin es nicht gewöhnt, Französisch zu sprechen – sprechen Sie weiter, bitte?«

»Und ein herabstürzender Balken ...«

»Großer Gott!«, rief der Engländer aus. »Ist ein gemeiner Soldat ums Leben gekommen?«

»Nein, ein Korporal, derselbe Korporal, unser lieber Korporal. Beliebt bei all seinen Kameraden. Das Begräbnis war rührend – ergreifend. Monsieur der Engländer, Ihre Augen sind ja voller Tränen.«

»Was geht es ...«

»Monsieur der Engländer, ich ehre diese Gefühle. Ich grüße Sie mit höchstem Respekt. Ich werde mich Ihnen und Ihrem edlen Herzen nicht weiter aufdrängen.«

Monsieur Mutuel, in jedem letzten Faden seines nachgedunkelten Leinens ein Gentleman, unter dessen welken Händen jede Viertelunze schlechten Schnupftabaks in der jämmerlichen kleinen Blechdose zum Vermögen eines Gentleman wurde – Monsieur Mutuel ging weiter, die Mütze noch in der Hand.

»Ich hätte es mir nicht träumen lassen«, sagte der Engländer, nachdem er mehrere Minuten gegangen war und sich mehr als einmal die Nase geschnäuzt hatte, »als ich mich auf dem Friedhof umgeschaut habe ... ich gehe hin.«

Er ging geradewegs dorthin, und als er durch das Tor getreten war, hielt er inne und überlegte, ob er sich beim Pförtnerhäuschen nach dem Weg zum Grab erkundigen sollte. Aber er war weniger denn je in der Stimmung, Fragen zu stellen und überlegte: Ich werde etwas auf dem Grab sehen, an dem ich es erkenne.

Auf der Suche nach der letzten Ruhestätte des Korporals schritt er vorsichtig einher, einmal diesen Weg hinauf, einmal einen anderen hinunter, schaute zwischen all den Kreuzen und Herzen und Säulen und Obelisken und Grabsteinen nach einem kürzlich aufgegrabenen Fleckchen Erde. Der Gedanke, wie viele Tote hier auf dem Friedhof lagen, machte ihm zu schaffen – er hätte nicht gedacht, dass es auch nur der zehnte Teil davon wäre –, und nachdem er eine Zeitlang gegangen war und gesucht hatte, sagte er zu sich, während er eine neue Schneise von Grabmälern durchschritt: »Man könnte meinen, dass alle außer mir tot wären.«

Nicht alle. Ein lebendiges Kind lag schlafend auf der Erde. Er hatte wahrhaftig etwas auf dem Grab des Korporals gefunden, an dem er es erkennen konnte, und dieses Etwas war Bebelle.

Mit so liebevoller Hingabe hatten die Kameraden des toten Soldaten an dessen letzter Ruhestätte gearbeitet, dass sie schon jetzt ein gepflegter Garten war. Auf dem grünen Rasen dieses Gartens lag Bebelle und schlief, die Wange daran geschmiegt. Ein schlichtes, unlackiertes kleines Holzkreuz war auf dem Rasen eingepflanzt, und ihr kurzes Ärmchen hielt dieses kleine Kreuz umschlungen, wie es viele Male den Hals des Korporals umschlungen hatte. Man hatte eine winzige Flagge (die französische) ans Kopfende gesteckt und eine Lorbeergirlande hingehängt.

Monsieur der Engländer nahm den Hut ab und stand eine Weile schweigend da. Dann bedeckte er seinen Kopf wieder, beugte sich auf ein Knie und weckte sanft das Kind.

»Bebelle! Meine Kleine!«

Die Augen aufschlagend, in denen noch die Tränen glänzten, war Bebelle zunächst verängstigt; aber als sie sah, wer es war, ließ sie sich von ihm in die Arme schließen und schaute ihn unverwandt an.

»Du solltest hier nicht liegen, meine Kleine. Du musst mit mir kommen.«

»Nein, nein. Ich kann Theophile nicht verlassen. Ich will den guten lieben Theophile.«

»Wir gehen ihn suchen, Bebelle. Wir gehen ihn in England suchen. Wir gehen ihn bei meiner Tochter suchen, Bebelle.«

»Und werden wir ihn dort finden?«

»Wir werden den besten Teil von ihm dort finden. Komm mit mir, du arme, verlorene Kleine. Der Himmel soll mein Zeuge sein«, murmelte der Engländer mit leiser Stimme, als er, ehe er sich aufrichtete, den Rasen über der Brust des sanftmütigen Korporals berührte, »dass ich dankbar diese Vormundschaft übernehme.«

Es war eine weite Strecke, die das Kind ohne Hilfe zurückgelegt hatte. Schon bald war das Mädchen wieder eingeschlafen und hatte ihre Umarmung nun auf den Hals des Engländers übertragen. Der schaute auf ihre zerschlissenen Schuhe, ihre geschundenen Füße und ihr müdes Gesicht und überlegte, dass sie wohl jeden Tag hierhergekommen war.

Er wollte gerade das Grab mit der schlummernden Bebelle in den Armen verlassen, als er sich noch einmal hinabbeugte, traurig auf die Ruhestätte und dann auf die anderen Gräber ringsum blickte. »Es ist der unschuldige Brauch dieser Leute«, sagte Monsieur der Engländer mit einigem Zögern. »Ich denke, ich würde es gern machen. Es sieht ja niemand.«

Sorgfältig darauf bedacht, Bebelle nicht zu wecken, begab er sich zum Pförtnerhäuschen, wo derlei kleine Erinnerungszeichen verkauft wurden, und erstand zwei Kränze. Einen blauweißen mit glitzerndem Silber »Für meinen Freund« und einen nüchterneren in Rot, Schwarz und Gold »Für meinen Freund«. Mit diesen ging er zum Grab zurück und beugte sich erneut auf ein Knie hinunter. Nachdem er mit dem strahlenderen Kranz die Lippen des Kindes berührt hatte, führte er die Hand der Kleinen, um ihn auf das

Kreuz zu hängen; dann hängte er auch seinen Kranz dorthin. Eigentlich passten die Kränze recht gut zu dem kleinen Garten. Für meinen Freund. Für meinen Freund.

Monsieur der Engländer nahm es sehr übel, dass, als er gerade um die Straßenecke auf den Großen Platz einbog und Bebelle auf den Armen trug, der alte Mutuel gerade wieder sein rotes Ordensband ausführte. Er gab sich unendliche Mühe, dem ehrenwerten Mutuel zu entgehen, und es kostete ihn überraschend viel Zeit und Aufwand, in sein Wohnhaus zu schleichen, als wäre er ein Mann, dem das Gesetz auf den Fersen ist. Endlich glücklich dort eingetroffen, machte er Bebelles Toilette so genau wie möglich nach der Erinnerung, wie er den Korporal dabei oft beobachtet hatte, und, nachdem er ihr zu essen und zu trinken gegeben hatte, legte er sie in sein eigenes Bett. Dann schlich er aus dem Zimmer und begab sich zum Barbierladen, und nach einer kurzen Unterredung mit der Frau des Barbiers und einem Griff in seine Brieftasche und sein Visitenkartenetui kam er zurück, trug Bebelles gesamte Habseligkeiten bei sich, in einem so sehr kleinen Bündel, dass es unter seinem Arm beinahe verloren schien.

Da es mit dem gesamten Lauf der Dinge und seinem Charakter nicht vereinbar war, Bebelle feierlich davonzutragen oder gar Komplimente oder Gratulationen diesbezüglich zu erhalten, widmete er den nächsten Tag der Aufgabe, seine beiden Handkoffer heimlich und geschickt aus dem Haus zu schmuggeln und sich selbst in allem so zu verhalten, als plante er eine Flucht – außer dass er natürlich seine wenigen offenen Rechnungen in der Stadt bezahlte und einen Brief vorbereitete, den er Madame Bouclet hinterlassen wollte und in den er eine ausreichende Summe einlegte, als Entschädigung, weil er die ordentliche Kündigungsfrist nicht eingehalten hatte. Um Mitternacht würde ein Eisenbahnzug durch die Stadt kommen, und in diesem Zug würde er Bebelle mitnehmen, um in England und bei seiner Tochter, der er verziehen hatte, nach Theophile zu suchen.

Um Mitternacht im hellen Mondschein schlich sich nun Monsieur der Engländer wie ein unbewaffneter Mörder, anstatt eines Dolches Bebelle an der Brust verborgen, aus dem Haus. Still lag der Große Platz und still lagen die reglosen Gassen, geschlossen waren die Cafés, zusammengeschoben und unbeweglich ihre Billardkugeln, schläfrig die hier und da postierten Garden oder Wachsoldaten, zeitweilig in Schlaf gesunken war sogar der unstillbare Hunger des städtischen Abgabenamtes.

Monsieur der Engländer ließ den Platz hinter sich und ließ die Straßen hinter sich und ließ die von Zivilisten bewohnte Stadt hinter sich und stieg zwischen Vaubans militärischen Befestigungsanlagen bergab, die alles umschlossen. Als der Schatten des ersten schweren Torbogens und Ausfalltors auf ihn fiel und dann hinter ihm zurückblieb, als auf seine dumpfen Schritte auf dem Weg über die erste Zugbrücke ein zarteres Geräusch folgte, während er einen nach dem anderen die Gräben mit ihrem abgestandenen Wasser überquerte und dorthin gelangte, wo das Wasser floss, da waren die dunklen Schatten und die hohlen Klänge und die unheilvoll eingedämmten Strömungen seiner Seele besiegt und entschwanden in die Freiheit. Lasst es euch gesagt sein, ihr Vaubans eurer eigenen Herzen, die ihr sie mit dreifachen Mauern und Gräben umgürtet, mit Riegeln und Ketten und Stangen und hochgezogenen Zugbrücken – schleift diese Festungen, macht sie dem alles verschlingenden staubigen Erdboden gleich, ehe die Nacht hereinbricht, in der niemandes Hand arbeiten kann!

Alles verlief sehr erfolgreich, und er stieg in ein leeres Abteil des Zuges, wo er Bebelle wie auf einen Diwan auf den Sitz gegenüber betten und sie von Kopf bis Fuß mit seinem Mantel zudecken konnte. Er hatte sich gerade wieder aufgerichtet, nachdem er dieses Arrangement vervollkommnet hatte, und hatte sich in seinen eigenen Sitz zurückgelehnt und betrachtete alles mit großer Zufriedenheit, als er einer seltsamen Erscheinung am offenen Fenster seines Abteils gewahr wurde – eine gespenstische Blechdose war im Mondlicht aufgestiegen und schwebte dort.

Er lehnte sich vor und streckte den Kopf hinaus. Unten zwischen den Schwellen und Rädern und der Asche stand Monsieur Mutuel, komplett mit rotem Ordensband!

»Entschuldigen Sie, Monsieur der Engländer«, sagte Monsieur Mutuel und hielt die Dose auf Armeslänge, da der Eisenbahnwaggon so hoch und er so weit unten war, »aber ich werde dieses Döschen für immer in hohen Ehren halten, wenn Sie mit Ihrer so großzügigen Hand zum Abschied eine Prise daraus nähmen.«

Monsieur der Engländer streckte die Hand aus dem Fenster, ehe er dieser Bitte nachkam, und schüttelte dem alten Knaben – ohne ihn zu fragen, was es ihn anging – die Hand und sagte: »Adieu! Gott segne Sie!«

»Und Monsieur der Engländer, Gott segne *Sie*!«, rief Madame Bouclet, die auch zwischen den Schwellen und Rädern und der Asche stand. »Und Gott wird Sie mit dem Glück des Kindes segnen, das nun in Ihrem Schutz ist. Und Gott wird Sie zu Hause mit Ihrem eigenen Kind segnen. Und Gott wird Sie in Ihren eigenen Erinnerungen segnen. Und dies von mir!«

Er hatte kaum Zeit, ein Bouquet aus ihrer Hand aufzufangen, ehe der Zug schon durch die Nacht davonflog. Rings um das Papier, in das der Strauß eingeschlagen war, stand wacker geschrieben (zweifellos von dem Neffen, der die Feder führte wie ein Engel): »Dem Freund der Freundlosen zu Ehren.«

»Keine schlechten Leute, Bebelle«, sagte Monsieur der Engländer, der sanft den Mantel ein wenig von dem schlummernden Gesichtchen wegzog, damit er es küssen konnte, »wenn sie auch so ...«

Da er selbst im Augenblick zu »sentimental« war, um noch dieses Wort hervorbringen zu können, fügte er nichts als einen tiefen Seufzer hinzu und reiste einige Meilen durch die mondhelle Nacht, die Hand vor den Augen.

Kapitel 3

In seinem, in Packpapier eingeschlagenen Paket

Meine Werke sind wohlbekannt. Ich bin ein junger Mann im Kunstgeschäft. Sie haben meine Werke viele Male gesehen, aber die Chancen, dass Sie mich gesehen haben, stehen fünfzigtausend zu eins. Sie sagen, Sie wollen mich gar nicht sehen? Sie sagen, Sie interessieren sich für meine Werke und nicht für mich? Seien Sie sich da mal nicht so sicher. Warten Sie ab.

Wir wollen es gleich von Anfang an schwarz auf weiß festlegen, damit es hinterher nicht zu Unannehmlichkeiten oder Streitereien kommt. Und ein Freund von mir, ein Billettschreiber, der sich mit der Literatur auskennt, schaut noch einmal alles durch. Ich bin ein junger Mann im Kunstgeschäft – im bildenden Kunstgeschäft. Sie haben meine Werke immer und immer wieder gesehen, und Sie sind gewiss neugierig auf mich geworden, und Sie meinen, Sie hätten mich gesehen. Nun können Sie aber gewiss sein, dass Sie mich niemals zuvor gesehen haben, dass Sie mich jetzt nicht sehen und dass Sie mich auch niemals sehen werden. Ich denke, einfacher kann man es nicht ausdrücken – und genau das haut mich um.

Wenn je eine Persönlichkeit des öffentlichen Lebens verkannt wurde, dann bin ich das.

Ein gewisser (oder ungewisser) Philosoph hat einmal angemerkt, dass die Welt ihre größten Männer nicht kennt. Er hätte es noch deutlicher sagen können, wenn er je einen Blick in meine Richtung geworfen hätte. Er hätte es so ausdrücken können, dass die Welt zwar etwas von denen weiß, die nur scheinbar hinausgehen und doch gewinnen, aber nichts von denen, die wirklich hinausgehen und eben nicht gewinnen. Da haben wir's wieder in leicht abgewandelter Form – und das haut mich um.

Nicht, dass ich der Einzige wäre, der unter dieser Ungerechtigkeit leidet, aber mich treffen eben die mir zugefügten Verletzungen schmerzlicher als die einem anderen zugefügten. Da ich ja, wie ich bereits angemerkt habe, im Kunstgeschäft und nicht in der Philanthropiebranche tätig bin, gebe ich das unumwunden zu. Und was meine Mitverletzten angeht, von denen gibt es wahrhaftig genug. Wen lassen Sie jeden Tag in den Qualen der Prüfungen bestehen? Die glücklichen Kandidaten, denen Sie für den Rest des Lebens Herz und Nieren auf den Kopf gestellt haben? Aber nein, Sie doch nicht! Bei Ihnen bestehen nur die Büffler und Streber. Wenn Ihre Prinzipien wirklich stimmen, warum kommen Sie dann nicht morgen früh mit den Schlüsseln der Stadt auf einem Samtkissen, mit Musik und fliegenden Fahnen, fallen vor den Büfflern und Strebern auf die Knie und halten ihnen Reden und flehen sie an, sich aufzumachen und Sie zu regieren? Allerdings ist ja die Öffentlichkeit, was alle Regierungsangelegenheiten, Ihre Bilanzen und Ihre Etats angeht, wirklich und wahrhaft bestens darüber im

Bilde, wer das alles macht! Und ihr Edlen und Ehrenwerten Parlamentarier, ihr seid alle erstklassige Männer? Ja, ungefähr genauso wie eine Gans ein erstklassiger Vogel ist. Aber ich sage Ihnen eines über die Gänse: Sie werden feststellen, dass ihr natürliches Aroma ohne die rechte Fülle eine Enttäuschung ist.

Vielleicht bin ich verbittert, weil ich nicht populär bin? Aber angenommen, ich wäre populär. Angenommen, meine Werke fänden immer und überall Anklang. Angenommen, sie zögen, ob sie nun bei natürlichem oder künstlichem Licht ausgestellt werden, stets die Menschen in Scharen an. Dann werden sie also zweifellos in irgendeiner Sammlung aufbewahrt? Nein, das werden sie nicht, sie werden in keiner Sammlung aufbewahrt. Copyright? Nein, auch kein Copyright. Aber immerhin müssen sie irgendwo sein? Wieder falsch, denn oft sind sie nirgends.

Da sagen Sie: »Jedenfalls sind Sie in übler Laune, mein Freund.« Meine Antwort darauf ist: »Ich habe mich als verkannte Persönlichkeit des öffentlichen Lebens beschrieben – was es mehr als verständlich macht, dass die Milch in *dieser* Kokosnuss, meinem Schädel, reichlich sauer ist.«

Wer London kennt, ist sicherlich mit einem Ort auf der Surrey-Seite* der Themse vertraut, der »Der Obelisk«** oder allgemeiner »Das Hindernis« genannt wird. Wer London nicht kennt, ist nun, da ich den Ort erwähnt habe, jetzt auch damit vertraut. Meine Unterkunft befindet sich nicht weit von diesem Ort entfernt. Ich bin ein junger Mann von so unkomplizierter Natur, dass ich gern im Bett liegen bleibe, bis es absolut notwendig wird, aufzustehen und

---

* Südlich der Themse.
** Der Obelisk oder Kleopatras Nadel, altägyptischer Obelisk, der 1878 am Victoria Embankment errichtet wurde.

Geld zu verdienen, und dann wieder im Bett liege, bis alles ausgegeben ist.

Bei einem dieser Anlässe, als ich mich dem Broterwerb widmen musste, ging ich eines Abends nach Einbruch der Dunkelheit die Waterloo Road entlang, begleitet von einem Bekannten und Mitmieter, der seines Zeichens Gasinstallateur ist. Er ist eine sehr angenehme Gesellschaft, da er im Theater arbeitet, und er hat wirklich auch eine theatralische Ader und möchte zu gern als Othello auftreten; ob das daran liegt, dass bei seiner Arbeit Gesicht und Hände stets mehr oder weniger schwarz werden, kann ich nicht sagen.

»Tom«, meinte der, »was für ein Geheimnis hängt über dir!«

»Ja, Mr. Click«, antwortete ich – wir anderen im Haus reden ihn allgemein mit diesem Namen an, denn er wohnt im ersten Stock, nach vorn heraus, mit Teppich von Wand zu Wand, mit seinen eigenen Möbeln, wenn nicht aus Mahagoni, so doch eine täuschend echte Imitation –, »ja, Mr. Click, es hängt wirklich ein Geheimnis über mir.«

»Es zieht dich runter, verstehst du, nicht wahr«, antwortete er mir und schaute mich von der Seite an.

»Na ja, Mr. Click, es sind Umstände damit verbunden, die wirklich« – und hier entrang sich mir unwillkürlich ein Seufzer – »eine niederdrückende Wirkung haben.«

»Es gibt dir auch ein bisschen was Menschenverachtendes, wie?«, meinte er. »Nun, ich will dir was sagen. Wenn ich du wäre, dann würde ich das rasch abschütteln.«

»Wenn ich Sie wäre, dann würde ich das auch machen, Mr. Click, aber wenn Sie ich wären, würden Sie es nicht machen.«

»Ah!«, antwortete er. »Da könnte was dran sein.«

Als wir ein Stückchen weitergegangen waren, nahm er das Thema wieder auf und tippte mir an die Brust.

»Weißt du, Tom, mir scheint, als hättest du da drin das, was man in den Worten des Dichters, der die häusliche Tragödie ›Der Fremde‹* verfasst hat, einen stummen Kummer nennt.«

»Das habe ich wirklich, Mr. Click.«

»Ich hoffe doch, Tom«, sprach er mit freundschaftlich leiser Stimme, »dass es nichts mit Geld oder irgendeinem Unfall zu tun hat?«

»Nein, Mr. Click. Machen Sie sich keine Sorgen.«

»Oder gar mit Fäl …«, hier gebot sich Mr. Click Einhalt und fügte hinzu: »Auch nicht damit, dass du zum Beispiel irgendwas nachmachst?«

»Nein, Mr. Click. Ich betätige mich ganz gesetzestreu im Kunstgeschäft – im bildenden Kunstgeschäft –, aber mehr kann ich dazu nicht sagen.«

»Ah! stehst du unter einem unguten Stern oder irgendeinem anderen? Unter so was wie einem bösartigen Zauber? Einer Art finsterem Schicksal? Insgeheim nagt wohl ein elender Wurm an deinem Herzen, soweit ich das sehen kann«, forschte Mr. Click nach und beäugte mich mit einiger Bewunderung.

Ich erklärte Mr. Click, das wäre es in etwa, wenn wir schon in die Einzelheiten gingen, und ich glaube, er schien ziemlich stolz auf mich zu sein.

Unser Gespräch hatte uns einer Menschenmenge näher gebracht, deren größter Teil sich vordrängelte, um einen guten Platz in der ersten Reihe zu bekommen und irgendetwas auf dem Bürgersteig zu sehen, was sich als verschiedene, mit bunter Kreide ausgeführte Zeichnungen auf den

---

* »The Stranger« – Von Benjamin Thompson verfasste Übersetzung des Dramas »Menschenhass und Reue« von August von Kotzebue.

Pflastersteinen herausstellte, erhellt durch zwei Kerzen, die in aus Dreck geformten Haltern steckten. Die Themen umfassten einen schönen frischen Lachskopf, der angeblich gerade eben vom Fischhändler nach Hause geschickt worden war, eine mondhelle Nacht auf See (in einem Kreis), totes Wild, schnörkelige Dekorationsmotive, den Kopf eines altersgrauen Eremiten in andachtsvollem Gebet, den Kopf eines Pfeife rauchenden Vorstehhundes und einen Cherubim, dessen Fleisch die plumpen Falten des Säuglingsalters zeigte und der sich auf einem Botenflug gegen einen horizontal wehenden Wind bewegte. All diese Themen schienen mir hervorragend ausgeführt.

Auf den Knien an einer Seite dieser Galerie war eine schäbig gekleidete Person von bescheidenem Auftreten, die furchtbar zitterte (obwohl es überhaupt nicht kalt war), damit beschäftigt, den Kreidestaub vom Mond zu pusten, den Umriss des Eremitenhinterkopfs mit einem Lederlappen zu verwischen und den Abstrich von ein, zwei Buchstaben zu verstärken. Ich habe zu erwähnen vergessen, dass die Schrift einen Teil der Gesamtkomposition bildete und dass sie ebenfalls – wie mir schien – hervorragend ausgeführt war. Sie lautete, in schönen, abgerundeten Buchstaben: »Ein ehrlicher Mann ist das beste Geschöpf Gottes. 1 2 3 4 5 6 7 8 9 0. Pfund Shilling Pence. Schreibarbeit ergebenst gesucht. Ein Hoch auf die Königin. Hunger ist ein 0 9 8 7 6 5 4 3 2 1 scharfer Stachel. Tra, tra, tralala, holleri und hollero. Astronomie und Mathematik. Ich ernähre hiermit meine Familie.«

Ein Murmeln der Bewunderung für die außergewöhnliche Schönheit dieses Kunstwerks lief durch die Menge. Der Künstler setzte sich, nachdem er so letzte Hand angelegt (und die Stellen dabei verhunzt hatte), auf den Gehsteig, die Knie hoch unters Kinn gezogen, und die Halfpenny-Stücke begannen klirrend auf den Gehsteig zu regnen.

»Was für eine Schande, einen so talentierten Mann so tief gesunken zu sehen, nicht?«, sagte jemand aus der Menge zu mir.

»Was hätte der nicht alles beim Bemalen von Kutschen oder Anstreichen von Häusern leisten können!«, meinte ein anderer Mann, der das Gespräch mit dem Ersten aufnahm, weil ich es nicht getan hatte.

»Nun, allein seine Schrift ist wahrhaftig wie die des Lordkanzlers!«, fügte ein anderer Mann hinzu.

»Besser«, erwiderte noch ein anderer. »Dessen Schrift kenne ich. Der könnte seine Familie damit nicht ernähren.«

Dann bemerkte eine Frau die natürliche Flauschigkeit des Eremitenhaars und eine andere, ihre Freundin, erwähnte die Kiemen des Lachses, die man beinahe nach Luft schnappen sehen konnte. Dann trat ein älterer Herr vom Land vor und fragte den bescheidenen Mann, wie er denn seine Werke ausführte. Der bescheidene Mann zog einige Fetzen Packpapier mit farbiger Kreide darin aus der Tasche und zeigte sie ihm. Dann fragte ein Esel mit heller Gesichtshaut, sandfarbenem Haar und Brille, ob der Eremit ein Porträt wäre. Worauf der bescheidene Mann, einen traurigen Blick auf das Bild werfend, erwiderte, in gewisser Weise sei es eine Erinnerung an seinen Vater. Das veranlasste einen Jungen zu der kreischenden Frage: »Ist der Vorstehhund mit der Pfeife dann Ihre Mutter?«, worauf er unverzüglich von einem freundlichen Zimmermann mit einem Korb voller Werkzeug auf dem Rücken aus dem Blickfeld geknufft wurde.

Bei jeder neuen Frage oder Bemerkung lehnte sich die Menschenmenge eifriger vor und warf die Halfpenny-Stücke freigebiger hin, und der bescheidene Mann sammelte sie noch kleinmütiger auf. Endlich trat ein weiterer älterer Herr in die vorderste Reihe und reichte dem Künstler seine Visitenkarte, er möge morgen in sein Kontor kommen und sich etwas zum Kopieren abholen. Die Karte wurde von einem Sixpence-Stück begleitet, und der Künstler war zutiefst dankbar und las die Karte, ehe er sie sich an den Hut steckte, mehrere Male beim Licht einer seiner Kerzen durch, als wollte er sich die Adresse gut einprägen, falls die Karte verlorenginge. Die Menschenmenge verfolgte dieses letzte Geschehen mit größtem Interesse, und ein Mann aus der zweiten Reihe knurrte den Künstler mit mürrischer Stimme an: »Jetzt hast du die Chance deines Lebens, was?« Der Künstler antwortete (jedoch recht niedergeschlagen schniefend): »Ich bin dankbar und hoffe das inständig.« Worauf sich ein allgemeiner Chor von »Das wird schon« erhob und der Hagel der Halfpenny-Stücke merklich nachließ.

Ich spürte, wie mich jemand am Arm wegzog, und dann standen Mr. Click und ich allein an der nächsten Straßenecke.

»Meine Güte, Tom«, sagte Mr. Click, »was für einen schrecklichen Gesichtsausdruck du hast!«

»Hab ich das?«, antwortete ich.

»Ob du das hast?«, meinte Mr. Click. »Nun, du siehst ganz aus, als dürstete es dich nach seinem Blut.«

»Nach wessen Blut?«

»Dem des Künstlers.«

»Dem des Künstlers?«, wiederholte ich. Und dann lachte ich verzweifelt, wild, düster, zusammenhanglos, unangenehm. Ich bin mir bewusst, dass ich das tat. Ich weiß, dass ich das tat.

Mr. Click starrte mich irgendwie verstört an, sagte aber nichts, bis wir eine ganze Straße hinter uns gebracht hatten.

Dann blieb er stehen und sagte mit aufgeregt wedelndem Zeigefinger: »Thomas, ich muss jetzt ganz offen mit dir reden. Neidische Leute mag ich gar nicht. Ich weiß jetzt, welcher elende Wurm an deinem Herzen nagt; das ist nämlich der Neid, Thomas.«

»Wirklich?«, fragte ich.

»Wirklich und wahrhaftig«, antwortete er. »Thomas, hüte dich vor Neid. Er ist das grünäugige Ungeheuer*, das niemals eine glänzende Stunde verbessert hat und das auch nie tun wird, ganz im Gegenteil. Mir graust vor neidischen Männern, Thomas. Ich muss gestehen, dass ich mich vor neidischen Männern fürchte, wenn sie so neidisch sind wie du. Während du die Werke eines begabten Rivalen betrachtetest und während du das Lob für diesen Rivalen hörtest und besonders, während dein Blick auf seinen bescheidenen Blick traf, als er die Karte wegsteckte, da waren deine Gesichtszüge so bösartig, dass es schon erschreckend war. Thomas, ich habe vom Neid derjenigen gehört, die dem bildenden Kunstgeschäft nachgehen, aber ich hätte niemals geglaubt, dass er so sein könnte, wie deiner es ist. Ich wünsche dir alles Gute, aber jetzt verabschiede ich mich von dir. Und solltest du je in Schwierigkeiten geraten, weil du einen Künstlerkollegen erstochen – oder sagen wir mal, erwürgt – hast, was ich wirklich für wahrscheinlich halte, dann benenne mich besser nicht als Leumundszeugen, Thomas, sonst werde ich mich gezwungen sehen, deinem Fall vor Gericht sehr zu schaden.«

Mit diesen Worten verabschiedete sich Mr. Click von mir, und unsere Bekanntschaft war beendet.

---

* Shakespeare bezeichnet in seinem Drama »Othello« die Eifersucht als »das grünäugige Ungeheuer, das das Fleisch verhöhnt, an dem es weidet« (III. Akt, 3. Szene, Zeile 165–171).

Ich verliebte mich. Ihr Name war Henrietta. Durchaus entgegen meiner unkomplizierten Natur stand ich oft auf, um ihr nachzusteigen. Sie wohnte auch in der Nachbarschaft des Obelisken oder Hindernisses, und ich hoffte von Herzen, dass sich unserer Verbindung kein solches Hindernis in den Weg stellen würde.

Zu sagen, dass Henrietta wankelmütig war, ist gleichbedeutend mit der Aussage, dass sie eine Frau war. Zu sagen, dass sie in der Putzmacherei arbeitete, ist nur ein unzureichender Ausdruck für den Geschmack, der bei ihrem eigenen Putz zum Tragen kam.

Sie erklärte sich einverstanden, mit mir spazieren zu gehen. Lassen Sie mich der Gerechtigkeit halber sagen, dass sie dies nur auf Probe tat. »Ich bin noch nicht«, sagte Henrietta, »bereit, dich, Thomas, in einem anderen Lichte denn als Freund zu sehen; aber als Freundin bin ich bereit, mit dir spazieren zu gehen, und es ist durchaus möglich, dass daraus auch zärtlichere Gefühle sprießen könnten.«

Wir gingen spazieren.

Unter dem Einfluss von Henriettas Verführungskünsten stand ich nun täglich aus dem Bett auf. Ich betrieb mein Geschäft mit einem bis dato ungekannten Fleiß, und es kann in dieser Zeit bei denen, die mit den Straßen Londons am vertrautesten waren, nicht unbemerkt geblieben sein, dass das Angebot stark erhöht war. Aber Halt! So weit bin ich noch nicht!

Eines Abends im Oktober ging ich mit Henrietta spazieren und genoss die kühle Brise, die über die Vauxhall Bridge strich. Nach einigen langsamen Runden gähnte Henrietta häufig (so untrennbar ist die Liebe zu aufregenden Dingen mit der weiblichen Natur verbunden) und sagte: »Lass uns über Grosvenor Place, Piccadilly und Waterloo nach Hause gehen« – alle, darf ich hier zur Erhellung der Fremden und Ausländer hinzufügen, in London wohlbekannt und letzteres eine Brücke.

»Nein, nicht über Piccadilly, Henrietta«, sagte ich.

»Und warum nicht über Piccadilly, um Himmels willen?«, fragte Henrietta.

Konnte ich es ihr sagen? Konnte ich ihr die düstere Vorahnung gestehen, die mich überschattete? Konnte ich mich ihr verständlich machen? Nein.

»Ich mag Piccadilly nicht, Henrietta.«

»Aber ich«, erwiderte sie. »Jetzt ist es dunkel, und die langen Reihen von Laternen am Piccadilly sind dann so wunderschön. Ich *will* zum Piccadilly gehen!«

Natürlich gingen wir hin. Es war ein angenehmer Abend, und es waren unzählige Leute auf den Straßen unterwegs. Der Abend war frisch, aber nicht zu kalt und auch nicht feucht. Lassen Sie mich düster anmerken, dass es der bestmögliche Abend war – *für diesen Zweck*.

Als wir an der Gartenmauer des Königlichen Palastes vorbeikamen und den Grosvenor Place hinaufgingen, murmelte Henrietta: »Ich wünschte, ich wäre eine Königin!«

»Warum das, Henrietta?«

»Ich würde aus *dir* etwas Besonderes machen«, antwortete sie, verschränkte ihre Hände an meinem Arm und wandte den Kopf ab.

Daraus schloss ich, dass die zärtlicheren Gefühle zu sprießen begonnen hatten, und passte mein Verhalten dieser Überzeugung an. So begaben wir uns nun glücklich zu der verhassten Durchgangsstraße des Piccadilly. Auf der rechten Seite dieser Straße steht eine Reihe von Bäumen, dann kommen das Geländer des Green Park und ein schönes, breites, passendes Stück Bürgersteig.

»O je!«, rief Henrietta da aus. »Es hat einen Unfall gegeben!«

Ich schaute nach links und fragte: »Wo, Henrietta?«

»Da doch nicht, du Dummkopf!«, erwiderte Henrietta. »Da drüben, beim Parkgeländer. Wo die Menschenmenge ist. O nein, es ist gar kein Unfall, da gibt es etwas anderes zu sehen! Was sind das denn für Lichter?«

Sie bezog sich damit auf zwei Lichter, die ganz unten zwischen den Beinen der versammelten Zuschauer blinkten: zwei Kerzen auf dem Gehsteig.

»Oh, komm schon!«, rief Henrietta und wollte mit mir über die Straße hüpfen. Ich versuchte, sie zurückzuhalten, aber vergebens. »Lass uns mal sehen!«

Wieder Zeichnungen auf dem Bürgersteig. Mittlere Abteilung: der Vesuv beim Feuerspeien (in einem Kreis), gestützt von vier ovalen Abteilungen mit verschiedenen Darstellungen: einem Schiff im Unwetter, einer Hammelschulter in Begleitung zweier Gurken, einer goldenen Ernte mit der Kate des Pächters in der Ferne, und Messer und Gabel ganz naturgetreu; über der mittleren Abteilung einige Weintrauben und über dem Ganzen ein Regenbogen. Alles, wie mir schien, hervorragend ausgeführt.

Die Person, die bei diesen Kunstwerken weilte, unterschied sich in allen Belangen, außer der schäbigen Erscheinung, von der oben erwähnten anderen Person. Die gesamte Erscheinung und das Auftreten des Mannes zeigten Lebhaftigkeit. Obwohl er abgerissen war, gab er doch der Menge zu verstehen, dass die Armut seinen Geist nicht bezwungen hatte oder sein ehrliches Bemühen, seine Begabung nutzbringend einzusetzen, mit einem Gefühl der Scham eingefärbt hatte. Der Text, der zu dieser Komposition gehörte, war in ähnlich fröhlichem Ton gehalten. Er atmete die folgenden Gefühle: »Der Schreiber ist arm, aber nicht verzweifelt. Er richtet sich 1 2 3 4 5 6 7 8 9 0 an das britische Pfund Shilling Pence Publikum. Ein Hoch auf unsere tapfere Armee! Und auch 0 9 8 7 6 5 4 3 2 1 auf unsere mutige Marine. Britannia siegt! Der A B C D E F G Schreiber mit den schlichten Kreiden wäre dankbar für jede angemessene Beschäftigung. Britannia! Hurra!« Und der gesamte Text schien mir hervorragend ausgeführt.

Aber dieser Mann ähnelte dem Letzten in einem anderen Aspekt, wenn er auch scheinbar mit Packpapier und Löscher ein großes Theater veranstaltete und hart arbeitete, aber eigentlich nur hier und da den Abstrich eines Buchstabens verstärkte oder den losen Kreidestaub vom Regenbogen pustete oder den Umriss der Hammelkeule abdunkelte. Obwohl er all dies mit größtem Selbstvertrauen machte, machte er es (schien mir) auf höchst ignorante Weise und verhunzte alles, was er berührte, so sehr, dass ich mich, als er sich an den violetten Rauch aus der Kate des Pächters bei der goldenen Ernte machte (und dieser Rauch sah wunderbar weich aus), laut vor mich hinsagen hörte, ohne überhaupt darüber nachzudenken: »Davon lass aber die Finger, hörst du?«

»Na, erlauben Sie mal!«, sagte ein Mann neben mir in der Menge und stieß mich grob mit dem Ellbogen an, »warum haben Sie kein Telegramm geschickt? Hätten wir gewusst, dass Sie kommen, hätten wir versucht, Ihnen etwas Besseres zu bieten. Sie verstehen wohl die Arbeit des Mannes besser als er selbst, was? Haben Sie schon Ihr Testament gemacht? Sie sind ja wirklich zu schlau, um am Leben zu bleiben.«

»Gehen Sie mit dem Herrn nicht zu streng ins Gericht, Sir«, meinte der Mann, der bei den Kunstwerken weilte, mit einem Augenzwinkern, als er mich ansah. »Er ist ja vielleicht selbst Künstler. Wenn das stimmt, Sir, dann bringt er sicher Verständnis für mich auf, Sir, wenn ich« – und dabei ließ er den Worten Taten folgen und klatschte nach jeder

Veränderung forsch in die Hände, während er sich die ganze Zeit über auf seiner Komposition hin und her bewegte –, »wenn ich den Schmelz meiner Trauben etwas heller mache – das Orange meines Regenbogens ein wenig abdunkle – den i-Punkt auf meine Britannia setze – einen kleinen gelben Schimmer auf meine Gurke werfe – eine weitere Fettader in meine Hammelschulter einfüge – einen weiteren Zick-Zack-Blitz auf mein Schiff in Seenot schleudere!«

Er schien dies so ordentlich zu tun und bewegte sich dabei so geschmeidig, dass die Halfpennies nur so herabregneten.

»Vielen Dank, mein großzügiges Publikum, danke!«, rief der Professor. »Sie werden mich zu weiteren Anstrengungen beflügeln. Mein Name wird doch noch auf der Liste berühmter britischer Maler auftauchen. Mit Ihrer Ermutigung werde ich über mich hinauswachsen. Jawohl, das werde ich!«

»Besseres als diese Weintrauben werden Sie nie erreichen«, sagte Henrietta. »Oh, Thomas, diese Trauben!«

»Nichts Besseres als *das,* Lady? Ich hoffe auf die Zeit, in der ich nichts als Ihre strahlenden Augen und Ihre Lippen nach der Natur malen werde.«

»(Thomas, also so was!) Aber das dauert bestimmt lange, Sir«, meinte Henrietta errötend, »bis man so malen kann.«

»Ich bin in die Lehre gegangen, Miss«, erwiderte der junge Mann und besserte wieder flink an seiner Komposition herum, »bin in den Höhlen von Spanien und Portugal in die Lehre gegangen, ziemlich lange und noch zwei Jahre länger.«

Ein Lachen erschallte aus der Menge, und ein anderer Mann, der sich gerade zu mir vorgearbeitet hatte, meinte: »Er ist auch ein schlauer Bursche, was?«

»Der hat ein Auge dafür!«, hauchte Henrietta leise.
»Stimmt! Ein Auge braucht er dafür«, sagte der Mann.
»Klar! Braucht er!«, murmelte die Menge.
»Den brennenden Berg da, den könnte er ohne ein Auge dafür nicht hinkriegen«, erklärte der Mann. Er hatte es irgendwie geschafft, dass man ihn als Autorität akzeptierte, und alle folgten seinem Finger, als er auf den Vesuv deutete. »Diese Wirkung bei heller Beleuchtung hinzukriegen, dazu bräuchte man ein Auge; aber das einfach so beim Schein von zwei Kerzen zu schaffen – das könnte ihn beinahe sein Augenlicht kosten!«

Dieser Blender, der vorgab, kein Wort davon gehört zu haben, blinzelte nun stark mit beiden Augen gleichzeitig, als wäre die Anstrengung für seine Sehwerkzeuge zu viel, und warf dann sein langes Haar – es war sehr lang – nach hinten, als müsste er seine fiebrige Stirn kühlen. Ich schaute ihm zu, wie er das tat, als Henrietta plötzlich flüsterte: »Thomas, wie schrecklich du aussiehst!« und mich am Arm fortzog.

Eingedenk der Worte von Mr. Click, war ich verwirrt und antwortete: »Was meinst du mit schrecklich?«

»O je! Nun ja, du sahst aus«, antwortete Henrietta, »als dürstete es dich nach seinem Blut.«

Ich wollte schon antworten: »Jawohl, um ein Haar hätte ich ihm die Nase blutig geschlagen«, beherrschte mich aber noch einmal und blieb stumm.

Wir gingen schweigend nach Hause. Mit jedem Schritt des Weges verdorrten die zärtlicheren Gefühle, die gesprossen waren, wieder, und zwar sehr rasch. Mein Verhalten diesem raschen Verdorren anpassend, ließ ich den Arm schlaff herunterhängen, sodass sie ihn kaum noch umfangen konnte, und ich wünschte ihr beim Abschied so kühl eine gute Nacht, dass ich mich keineswegs von der Wahrheit entferne, wenn ich es als Krächzen bezeichne.

Im Laufe des folgenden Tages erhielt ich folgendes Schriftstück:

»Henrietta lässt Thomas wissen, dass mir nun, was Dich betrifft, die Schuppen von den Augen gefallen sind ... Ich wünsche Dir immer alles Gute, aber das Spazierengehen und wir, wir sind durch einen niemals zu überbrückenden Abgrund voneinander getrennt. Wer sich gegenüber einem ihm überlegenen Menschen so bösartig verhält – oh, dieser Blick auf ihn! –, der führt niemals, niemals
HENRIETTA
P S: ... zum Traualtar.«

Meiner unkomplizierten Natur nachgebend, verbrachte ich eine ganze Woche im Bett, nachdem ich diesen Brief erhalten hatte. Während der gesamten Zeit war London der üblichen Früchte meiner Bemühungen beraubt. Als ich meine Arbeit wieder aufnahm, musste ich feststellen, dass Henrietta den Künstler vom Piccadilly geheiratet hatte.

Habe ich wirklich Künstler gesagt? Was für ein grässliches Wort war das, wie sehr bringt es gallige Falschheit, bittern Spott zum Ausdruck! Ich ... ich ... ich ... bin der Künstler! Ich war in Wirklichkeit der Künstler vom Piccadilly, ich war der Künstler von der Waterloo Road, ich bin der einzige Künstler unter all diesen Pflaster-Kerlen, die Tag und Nacht Ihre Bewunderung erregen. Ich male die Bilder, und ich verpachte sie. Der Mann, den Sie mit den Papiertüten, mit Kreide und dem Löscher sehen, der die Abstriche der Schrift retuschiert und den Lachs abtönt, der Mann, dem Sie den Verdienst zuschreiben und Ihr Geld zuwerfen, der pachtet – jawohl! und ich lebe und kann es beteuern! –, der pachtet diese Kunstwerke von mir und bringt nichts als die Kerzen in die Vorstellung ein.

So ergeht es einem Genie in einer kommerziell denkenden Nation! Ich bin eben nicht in der Lage, so kunstvoll zu bibbern, ich bin nicht in der Lage, so lebhaft zu sein, und ich bin nicht in der Lage, die Nummer mit der erflehten Schreibarbeit abzuziehen; ich bin nur in der Lage, mir die Werke auszudenken und sie auszuführen. Weswegen Sie mich nie sehen; Sie meinen, mich zu sehen, sehen aber jemand anderen, und dieser andere ist nichts als eine kommerzielle Person. Der, den ich mit Mr. Click an der Waterloo Road gesehen habe, kann nur ein einziges Wort schreiben, und das habe ich ihm beigebracht, und es ist »Multiplikation« – was Sie ihn immer auf dem Kopf schreiben sehen werden, weil er es richtig herum nicht hinbekommt. Der, den ich mit Henrietta beim Geländer vom Green Park gesehen habe, kann nur gerade eben mit seiner Manschette und dem Löscher die beiden Enden des Regenbogens hinschmieren – wenn es hart auf hart kommt, macht er ein großes Theater darum –, aber der könnte die Wölbung des Regenbogens niemals zeichnen, und wenn sein Leben davon abhinge, genauso wenig wie ihm das Mondlicht, der Fisch, das Schiffsunglück, der Hammel, der Eremit oder irgendein anderes meiner am meisten gefeierten Kunstwerke gelingen würde.

Um auf die Weise abzuschließen, wie ich begonnen habe: Wenn je eine Persönlichkeit des öffentlichen Lebens verkannt war, dann bin ich es, und so oft Sie meine Werke gesehen haben, sehen und weiterhin sehen werden, ist stets die Wahrscheinlichkeit fünfzigtausend zu eins, dass Sie mich je zu Gesicht bekommen, es sei denn, wenn die Kerzen heruntergebrannt sind und die kommerzielle Person heimgegangen ist und Sie zufällig einen abgerissenen jungen Mann erblicken, der mit großer Ausdauer die letzten Spuren der Bilder fortwischt, damit niemand diese erneuern kann. Das bin dann ich.

Kapitel 4

Sein wundersames Ende

Sie werden inzwischen bemerkt haben, dass ich die obenstehenden Schriften verkauft habe. Aus der bloßen Tatsache, dass sie hier auf diesen Seiten gedruckt stehen, wird der Leser (darf ich hinzufügen: der geneigte Leser?) mittlerweile zu dem Schluss gekommen sein, dass ich sie an jemanden verkauft habe, der in seiner Güte …*

Nachdem ich mich von den Schriften in höchst zufriedenstellender Weise getrennt hatte – denn habe ich mich nicht, als ich die Verhandlungen mit der vorliegenden Zeitschrift eröffnete, in die Hände eines Experten begeben, von dem man mit den Worten eines anderen mit Fug und Recht sagen kann …** –, nahm ich meine gewöhnliche Arbeit wieder auf. Aber nur zu bald entdeckte ich, dass der Seelenfrieden von einer Stirn geflohen war, die bisher die verstreichende Zeit nur des Haupthaars beraubt, die sie aber innerlich ruhig und heiter gelassen hatte.

Es ist müßig, dies zu verhehlen – die Stirn, auf die ich hier anspiele, ist meine.

Ja, über diese Stirn breitete sich Unruhe wie der zobelbraune Flügel des sagenhaften Vogels***, den … den zweifellos alle belesenen Menschen mit Leichtigkeit erkennen werden. Wenn nicht, dann bin ich leider im Augenblick

---

* Der Rest dieses schmeichlerischen Satzes wurde vom Herausgeber ersatzlos gestrichen.
** Der Rest dieses schmeichlerischen Einschubs wurde vom Herausgeber ersatzlos gestrichen.
*** Anspielung auf das Gedicht »Thine Eyes Still Shined« (Deine Augen leuchteten noch) des amerikanischen Dichters Ralph Waldo Emerson (1803–1882).

nicht in der Lage, weiter auf dieses Fabelwesen einzugehen. Die Überlegung, dass die Schriften nun unweigerlich gedruckt würden und dass ER vielleicht noch lebte und sie zu Augen bekommen könnte, hockte mir wie ein ständiger Albtraum auf der matten Brust. Die Beweglichkeit meines Geistes war dahin. Flaschen brachten keine Abhilfe, ob sie nun Wein oder Arznei enthielten. Ich nahm Zuflucht zu beiden, und die Auswirkungen beider auf meine Konstitution waren vernichtend und finster.

In diesem Zustand der Niedergeschlagenheit, in den ich verfiel, als ich mir zum ersten Mal durch den Kopf gehen ließ, was ich wohl sagen würde, wenn ER – der Unbekannte – in der Kaffeestube erschiene und Genugtuung forderte, widerfuhr mir eines Vormittags im vergangenen November eine Wendung, bei der die Hände des Schicksals und des Gewissens einträchtig im Spiel gewesen sein müssen. Ich befand mich allein in der Kaffeestube und hatte gerade das Feuer geschürt, dass es nur so loderte, stand mit dem Rücken dazu und versuchte, ob nicht die Wärme mich durchdringen und einen mildernden Einfluss auf meine innere Stimme ausüben könnte, als ein junger Mann mit Mütze und einem intelligenten Gesicht, der allerdings dringend einen Haarschnitt benötigte, vor mir stand.

»Mr. Christopher, der Oberkellner?«

»Der Nämliche.«

Der junge Mann schüttelte sich das Haar aus den Augen – deren Blick es erheblich behinderte –, nahm ein Päckchen aus der Brusttasche, reichte es mir und sagte, während sein Auge (oder träumte ich das nur?) voll funkelnder Bedeutung auf mich gerichtet war: »Die Druckfahnen.«

Obwohl ich schon riechen konnte, dass meine Frackschöße vom Feuer angesengt wurden, hatte ich doch nicht die Kraft, sie fortzuziehen. Der junge Mann legte das Päckchen in meine zögernden Hände und wiederholte – um ihm Gerechtigkeit anzutun – sehr höflich: »Die Druckfahnen. A. Y. R.«

Und mit diesen Worten war er fort.

A. Y. R.? *And You Remember.** Meinte er das? *At Your Risk.*** Sollten mich diese Buchstaben daran erinnern? *Anticipate Your Retribution.**** Standen sie für diese Warnung? *Out-dacious Youth Repent?***** Aber nein, da fehlte zum Glück das O, denn der Vokal war ja hier ein A.

Ich öffnete das Päckchen und stellte fest, dass es die oben stehenden Schriften enthielt, genauso gedruckt, wie der Leser (darf ich hinzufügen: der anspruchsvolle Leser?) sie eben durchgelesen hat. Vergebens flüsterte mir eine beruhigende Stimme zu: *A. Y. R., All the Year Round******. Den Eindruck der Druckfahnen vermochte sie nicht auszulöschen. Den Beweis dafür, dass ich die Schriften verkauft hatte.

Mein Elend wuchs täglich. Ich hatte zuvor das Risiko nicht bedacht, das ich eingegangen war, ebenso die herausfordernde Öffentlichkeit nicht, in die ich mich begab, und nun war alles vollendet und gedruckt. Das Geld aufgeben und den Handel kündigen und die Veröffentlichung verhindern, das konnte ich auch nicht. Meine Familie befand sich in widrigen Umständen, Weihnachten stand vor der

---

* Und du erinnerst dich.
** Auf eigene Gefahr.
*** Erwarte deine Strafe.
**** Falsche Schreibung von »Audacious Youth Repent« (Kühner Jüngling, bereue!).
***** »All the Year Round« (Das ganze Jahr hindurch) war eine von Charles Dickens gegründete und herausgegebene literarische Zeitschrift, in der viele Romane in Fortsetzungen erschienen.

Tür, und einen Bruder im Spital und eine rheumakranke Schwester konnte ich auch nicht ganz vernachlässigen. Aber Krankheiten waren nicht die einzigen Umstände, die den Beutel eines alleinverdienenden Kellners schmälerten. Da war noch ein Bruder, dem es an Arbeit fehlte, und ein anderer Bruder, dem es an Geld fehlte, um einen Wechsel zu begleichen, und wieder ein anderer Bruder, der den Verstand verloren hatte, und ein anderer Bruder, der sich in New York verloren hatte (nicht ganz das Gleiche, wenn es auch manchem so scheint), und die hatten mich alle miteinander wirklich und wahrhaftig in höchste Verlegenheit gebracht, dass ich mich kaum noch drehen und wenden konnte. Es wurde schlimmer und schlimmer mit meinen Grübeleien, da ich ständig über »Die Druckfahnen« nachdachte und darüber, dass ich mich, wenn Weihnachten näher rückte und die Druckfahnen veröffentlicht würden, keine Stunde mehr in Sicherheit wiegen konnte, dass er mir nun jederzeit in der Kaffeestube entgegentreten und von mir im Licht des Tages und im Angesicht der Nation seine Rechte einfordern könnte.

Die eindrucksvolle und unerwartete Katastrophe, auf die ich den Leser (darf ich hinzufügen: den hochintellektuellen Leser?) in meinen ersten Anmerkungen in Andeutungen hingewiesen haben, näherte sich nun rasch.

Es war immer noch November, aber die letzten Echos der Guy Foxes* waren längst verklungen. Im Geschäft herrschte Flaute – einige Braten weniger als unser gewöhnlicher Standard, und der Weinkonsum natürlich ebenfalls

---

* Gemeint ist Guy Fawkes. Der katholische Guy Fawkes versuchte am 5. November 1605 ein Sprengstoffattentat auf das Parlament und den englischen König. An den als »Gunpowder Plot« bekannten gescheiterten Putsch wird bis heute am 5. November mit Feuerwerk und großen Feuern erinnert.

entsprechend geringer. Es herrschte eine solche Flaute, dass die Zimmer Nummer 26, 27, 28 und 31, nachdem sie ihr Abendessen um sechs Uhr verspeist hatten und über ihren jeweiligen Bierseideln eingenickt waren, in ihren jeweiligen Hansoms* zu ihren jeweiligen Nachtzügen davonfuhren und unser Gasthaus leer zurückließen.

Ich hatte mich mit der Abendzeitung an Tisch Nummer sechs gesetzt – der angenehm warm und allen anderen vorzuziehen ist – und war, in die fesselnden Themen des Tages versunken, in einen leichten Schlaf gefallen. Ich wurde durch den wohlbekannten Ruf »Herr Ober!« wieder ins wache Bewusstsein gerufen, und als ich mit »Sir!« antwortete, sah ich einen Herrn beim Tisch Nummer vier stehen. Der Leser (darf ich hinzufügen: der aufmerksame Leser?) möge bitte den Standort des Herrn bedenken, *beim Tisch Nummer vier!*

Der Mann hatte eine dieser neumodischen, nicht zusammenfaltbaren Taschen in der Hand (gegen die ich bin, weil ich nicht einsehen kann, warum man sich nicht zusammenfalten sollte, wenn es geht, wo doch alle Vorväter sich zusammengefaltet haben), und er sagte: »Ich möchte zu Abend speisen, Herr Ober. Und ich werde heute Nacht hier schlafen.«

»Sehr wohl, Sir. Was hätten Sie gern zum Abendessen?«

»Suppe, ein Stückchen Kabeljau, Austernsoße und den Braten.«

»Danke, Sir.«

Ich klingelte nach dem Zimmermädchen, und Mrs. Pratchett kam wie gewohnt herbeimarschiert und trug gesittet

---

* Zweisitzige, nach vorn offene Kutsche, bei der der Kutscher leicht erhöht außen hinter dem Fahrgast saß, von Joseph Hansom erfunden; Vorläufer des Taxis.

eine brennende Kerze im Nachtleuchter vor sich her, als wäre sie die Erste in einer langen Prozession, deren andere Teilnehmer alle unsichtbar waren.

Inzwischen war der Herr zum Kaminsims gegangen und stand unmittelbar vor dem Feuer und lehnte seine Stirn an das Kaminsims (das sehr niedrig ist, was ihn so ähnlich aussehen ließ, als wollte er bockspringen) und stieß einen ungeheuren Seufzer aus. Sein Haar war lang und recht hell, als er die Stirn an das Kaminsims lehnte, fiel es ihm wie staubiger Flaum über die Augen; und als er sich nun umwandte und den Kopf wieder hob, fiel es ihm wie staubiger Flaum über die Ohren. Damit sah er ganz wild aus, beinahe wie eine sturmgepeitschte Heidelandschaft.

»Oh! Das Zimmermädchen! Ah!« Es schien ihm etwas durch den Kopf zu gehen. »Ja, sicher. Ja. Ich gehe jetzt nicht mit nach oben, aber wenn Sie meine Tasche nehmen könnten. Mir reicht es im Augenblick, wenn ich meine Zimmernummer kenne. Könnten Sie mir die 24 B geben?«

(O Gewissen, was für eine Viper du bist!)

Mrs. Pratchett wies ihm dieses Zimmer zu und trug seine Tasche hinauf. Er ging zum Kamin zurück und fing an, auf den Fingernägeln herumzukauen.

»Herr Ober!«, sagte er und nagte zwischen den Worten weiter, »geben Sie mir« – Biss – »Feder und Papier, und in fünf Minuten« – Biss – »hätte ich gern, bitte« – Biss – »einen Boten.«

Ungeachtet seiner kühler werdenden Suppe, schrieb und verschickte er sechs Briefe, ehe er sein Abendessen anrührte. Drei Nachrichten gingen in die City, drei ins West-End. Die Briefe in die City waren für Cornhill, Ludgate-Hill und Farringdon Street bestimmt. Die fürs West-End für Great Marlborough Street, New Burlington Street und Piccadilly. An allen sechs Adressen ließ sich der Empfänger gleichermaßen verleugnen, und es gab nicht die Spur von einer Antwort. Unser Botenjunge flüsterte mir, als er mit dieser Nachricht zurückkam, zu: »Alles Buchhändler.«

Aber bis dahin hatte der Fremde bereits sein Abendessen verspeist und seine Flasche Wein geleert. Nun – man beachte die Übereinstimmung mit dem oben vollständig aufgeführten Dokument! – stieß er mit seinem unruhigen Ellbogen einen Teller mit Keksen vom Tisch (ohne ihn jedoch zu zerbrechen) und verlangte nach heißem Wasser mit Brandy.

Inzwischen völlig überzeugt, dass ER es sein musste, ließ ich meinem Schweiß ungehemmten Lauf. Als er von dem oben genannten anregenden Getränk ein wenig erhitzt war, verlangte er wiederum Feder und Papier und verbrachte die folgenden zwei Stunden mit dem Verfassen eines Manuskriptes, das er sofort nach der Vollendung dem Feuer überantwortete. Dann ging er, von Mrs. Pratchett geleitet, zu Bett. Mrs. Pratchett (die sich meiner Vorahnungen bewusst war) berichtete mir, als sie wieder herunterkam, sie hätte bemerkt, wie sein Auge alle Winkel der Korridore und Treppen durchsuchte, als forschte er nach seinem Gepäck, und sie hätte, während sie sich umwandte und die Tür zur Nummer 24 B schließen wollte, gesehen, wie er, nachdem er bereits den Überrock abgelegt hatte, tatsächlich unter dem Bett verschwand, ganz wie ein Schornsteinfeger im Kamin, ehe er seine Werkzeuge in Bewegung setzt.

Der nächste Tag – ich erspare Ihnen die Schilderungen der Schrecken dieser Nacht – war in unserem Teil von London sehr neblig, sodass es notwendig wurde, schon früh in der Kaffeestube die Gaslichter anzuzünden. Wir waren nach wie vor allein, und keine noch so fieberhaften Worte können der Sprunghaftigkeit seiner Erscheinung gerecht werden, als er sich wieder an Tisch Nummer vier niederließ, und zu allem Überfluss stimmte etwas mit dem Gaszähler nicht.

Nachdem er wiederum sein Abendessen bestellt hatte, ging er fort und war beinahe zwei Stunden außer Haus. Bei seiner Rückkehr erkundigte er sich, ob irgendwelche Antworten gekommen seien, und bestellte, nachdem man dies uneingeschränkt verneint hatte, unverzüglich Mulligatawny*, Cayennepfeffer und Orangenlikör.

Ich hatte das sichere Gefühl, dass nun der tödliche Zweikampf nahte, und außerdem das Gefühl, dass ich in allem mit ihm auf gleicher Höhe sein sollte, und beschloss daher, alles zu mir zu nehmen, was er zu sich nahm. Hinter meiner Trennwand, aber immer mit einem Auge auf den Vorhang, sprach ich also Mulligatawny, Cayennepfeffer und Orangenlikör zu. Und als er zu einem späteren Zeitpunkt wieder »Orangenlikör« sagte, bestellte ich dies auch mit leiserer Stimme bei George, meinem zweiten Assistenten (mein erster war im Urlaub), der für mich die Gänge zur Bar übernimmt.

Den ganzen grauenhaften Tag hindurch schritt er ständig in der Kaffeestube auf und ab. Er kam oft nah an meine Trennwand heran und spähte hinein, allzu offensichtlich auf der Suche nach seinem Gepäck. Halb sieben rückte heran, und ich deckte seinen Tisch. Er bestellte eine Flasche Old Brown**. Ich bestellte ebenfalls eine Flasche Old Brown. Er trank seinen. Ich trank meinen (soweit meine Pflichten dies erlaubten), Glas für Glas, genau wie er. Er schloss seine Mahlzeit mit Kaffee und einem Gläschen ab. Ich schloss mit Kaffee und einem Gläschen ab. Er döste.

---

* Stark mit Curry gewürzte, gebundene Suppe nach einem indischen Rezept.
** Eine Sherrysorte.

Ich döste. Endlich – »Herr Ober!« – bat er um seine Rechnung. Jetzt war der Augenblick gekommen, in dem wir uns im mörderischen Ringkampf umklammern mussten.

Rasch wie der Pfeil von der Sehne schoss mir meine Entscheidung durch den Kopf, mit anderen Worten: Ich hatte sie mir sozusagen zwischen zwölf Uhr und Mittag ganz genau überlegt. Und diese Entscheidung war, dass ich das Thema als Erster mit einem vollen Eingeständnis eröffnen und ihm jegliche, in meinen Kräften stehende, ratenweise Wiedergutmachung anbieten würde. Er zahlte seine Rechnung (und eine angemessene Summe Trinkgeld), während sein Auge immer noch auf der Suche nach seinem Gepäck überallhin schweifte. Ein einziges Mal trafen sich unsere Blicke, und in seinen Augen lag der glänzende Schein (ich denke, ich habe recht, wenn ich ihm diese Eigenschaft zuschreibe) des wohlbekannten Basilisken. Der Augenblick der Entscheidung war gekommen.

Mit leidlich ruhiger Hand, wenn auch mit großer Demut, legte ich ihm die Druckfahnen vor.

»Großer Gott!«, rief er aus, sprang von seinem Stuhl auf und raufte sich die Haare. »Was ist das? Gedruckt!«

»Sir«, erwiderte ich mit beruhigender Stimme und beugte mich vor, »ich gestehe bescheiden, dass ich die unglückselige Ursache dessen bin. Aber ich hoffe, Sir, wenn ich Ihnen die Umstände erläutert habe und Sie von der Unschuld meiner Absichten ...«

Zu meiner höchsten Verwunderung wurde ich mitten im Satz dadurch unterbrochen, dass er mich in beide Arme schloss und mich an sein Brustbein presste, wo, ich muss es gestehen, mein Gesicht (und insbesondere meine Nase) zeitweilig sehr darunter litten, dass er seinen Überrock hoch geknöpft trug und dessen Knöpfe ungewöhnlich hart waren.

»Ha, ha, ha!«, rief er, entließ mich mit irrem Lachen aus seiner Umarmung und packte meine Hand. »Wie ist Ihr Name, mein Wohltäter?«

»Mein Name, Sir«, – ich war ganz zerknittert und verstand nicht recht, was er tat –, »ist Christopher, und ich hoffe, Sir, dass Sie, wenn Sie meine Erklä …«

»Gedruckt!«, rief er wiederum und wühlte in den Druckfahnen herum, als wollte er darin baden. »Gedruckt!! O Christopher! Wohltäter! Nichts kann Sie je dafür entschädigen – aber welche Summe wäre denn für Sie annehmbar?«

Ich hatte einen Schritt zurück gemacht, sonst hätte ich wieder unter seinen Knöpfen zu leiden gehabt.

»Sir, ich versichere Ihnen, ich bin bereits gut dafür bezahlt worden, und ich …«

»Nein, nein, Christopher! Sagen Sie das nicht! Welche Summe wäre für Sie annehmbar, Christopher? Wären zwanzig Pfund angemessen, Christopher?«

Wie groß auch meine Überraschung war, so fand ich natürlich Worte und sagte: »Sir, ich denke nicht, dass je ein Mann geboren wurde, wenn er nicht gerade zu viel Wasser im Hirn hat, der zwanzig Pfund nicht angemessen fände. Aber … ich bin Ihnen sehr verbunden, ganz gewiss, Sir« – denn er hatte Geld aus seiner Brieftasche gezogen und mir zwei Banknoten in die Hand gedrückt –, »aber ich wüsste doch zu gern, Sir, ohne Ihnen zu nahe zu treten, womit ich diese Freigebigkeit verdient habe?«

»Dann sollen Sie wissen, lieber Christopher«, antwortete er, »dass ich seit meinen Kindertagen ohne Unterlass und ohne jeglichen Erfolg versuche, meine Werke gedruckt zu sehen. Sie sollen wissen, Christopher, dass alle noch lebenden Buchhändler – und einige bereits verstorbene – sich geweigert haben, meine Werke zu drucken. Sie sollen wissen, Christopher, dass ich ein Ries Papier nach dem anderen mit Worten beschrieben habe, die nicht gedruckt wurden. Aber Sie sollen sie lesen, mein Freund und Bruder. Haben Sie manchmal freie Tage?«

Die große Gefahr erkennend, in der ich schwebte, antwortete ich geistesgegenwärtig: »Niemals!« Und um es noch endgültiger zu machen, fügte ich hinzu: »Niemals! Nicht von der Wiege bis zur Bahre!«

»Nun«, sagte er und dachte nicht mehr darüber nach, lachte aber immer noch glucksend über seine Druckfahnen. »Aber ich bin gedruckt! Der erste hochfliegende Ehrgeiz, der in der ärmlichen Kate meines Vaters in mir aufstieg, ist endlich verwirklicht! Der goldene Bogen«, fuhr er fort, »wurde von Zauberhand berührt und hat einen vollkommenen Klang erzeugt! Wann ist all das geschehen, mein lieber Christopher?«

»Wann ist was geschehen, Sir?«

»Das hier«, sagte er und hielt es auf Armeslänge, um es zu bewundern. »Dieser Drrrruck!«

Nachdem ich ihm einen in alle Einzelheiten gehenden Bericht erstattet hatte, packte er mich wieder bei der Hand und meinte: »Lieber Christopher, es sollte Sie mit Genugtuung erfüllen, zu wissen, dass Sie ein Instrument in den Händen des Schicksals sind. Denn das *sind* Sie.«

Ein vorübergehender Anflug von Melancholie flüsterte mir ein, den Kopf zu schütteln und zu antworten: »Vielleicht sind wir das alle.«

»So meine ich das nicht«, erwiderte er. »Ich fasse meine Bemerkung nicht so allgemein, ich beschränke mich auf den speziellen Fall. Hören Sie mir genau zu, mein lieber Christopher! Bar aller Hoffnung, je durch eigenes Bemühen irgendeines der Manuskripte in meinem Gepäck loszuwerden – die ich alle, wohin ich sie auch schickte, unweigerlich zurückbekam –, habe ich vor nunmehr sieben Jahren dieses Gepäck hier hinterlassen, in dem verzweifelten Versuch, dass entweder diese mir allzu treuen Manuskripte nie wieder zu mir zurückfinden würden oder dass jemand, dem nicht so ein Fluch anhängt wie mir, sie vielleicht der Welt übergibt. Können Sie mir folgen, mein lieber Christopher?«

»So ziemlich, Sir.« Ich konnte ihm so weit folgen, dass ich mir die Meinung bildete, dass er nicht ganz richtig im Kopf war und dass der Orangenlikör, der Grog und der Old Brown in Kombination sich bemerkbar machten. (Der Old Brown steigt einem besonders in den Kopf und ist eher etwas für trinkfestere Herren.)

»Jahre sind vergangen, und diese Schriften schlummerten im Staub. Endlich wählte sich das Schicksal aus der gesamten Menschheit seinen Boten aus und schickte Sie hierher, Christopher, und siehe da! Der Schrein wurde zersprengt und der Riese freigelassen!«

Nach diesen Worten wühlte er sein Haar zu einem wilden Heuhaufen auf und stand auf Zehenspitzen da.

»Aber« – erinnerte er sich in höchster Erregung – »wir müssen jetzt die ganze Nacht zusammensitzen, mein lieber Christopher. Ich muss die Fahnen für den Druck korrigieren. Füllen Sie alle Tintenfässer und bringen Sie mir mehrere neue Federn.«

Die ganze Nacht hindurch bekleckerte er sich und bekleckerte die Druckfahnen derartig, dass, als die liebe Sonne ihn mahnte, er müsse (in einer vierrädrigen Kutsche) abfahren, kaum jemand hätte sagen können, was die Fahnen waren und was er war und was Kleckse waren. Seine letzte Anweisung war, dass ich sofort zum Kontor der vorliegenden Zeitschrift rennen und seine Korrekturen dorthin bringen sollte. Das habe ich gemacht. Höchstwahrscheinlich werden diese Korrekturen nicht im Druck erscheinen, denn ich habe bemerkt, dass, während ich noch diese abschließende Aussage zu Papier brachte, eine Nachricht vom Beauford Printing House eintraf, sie könnten alle miteinander in der Setzerei nicht schlau daraus werden. Worauf ein gewisser Herr im Kontor, den ich hier nicht näher bezeichnen will – es möge nur die Bemerkung ausreichen, dass er, auf den sicheren Fundamenten einer meerumschlungenen Insel stehend, in welchem Licht wir ihn auch immer betrachten mögen …* –, nur lachte und die Korrekturen ins Feuer warf.

Erstmals erschienen 1862 in der Weihnachtsausgabe von »All the Year Round«.

---

* Der Rest dieses schmeichlerischen Einschubs wurde vom Herausgeber ersatzlos gestrichen.

Atemberaubende Fabulierkunst

Charles Dickens als Geschichten-Erzähler

Die in diesem Band zusammengestellten Erzählungen sprühen nur so vor Leben. Atemberaubende Fabulierkunst greift auf Spannung, Gefühl, Komik und ein hervorragendes Auge für die gesellschaftlichen Bedingungen ihrer Zeit zurück, eine perfekte Kulisse für die präzise gezeichneten Personen, die durch diesen Band spazieren.

Dickens' Laufbahn als Schriftsteller begann 1829, als er Arbeit als freiberuflicher Gerichtsreporter bei den Doctors' Court Commons (Zivilgericht) fand. Von dort wechselte er in eine Anstellung bei einer Tageszeitung, dem *Morning Chronicle*, und war bereits 1832 Berichterstatter für die Debatten im House of Commons. Diese journalistische Arbeit lieferte ihm eine Fülle von Material für seine schriftstellerische Tätigkeit, und so erschien seine erste Kurzgeschichte 1833. Zunächst veröffentlichte er die Geschichten unter dem Pseudonym »Boz«, einem Namen, der sich daraus ableitete, dass er als Kind den Namen »Moses« als »Boses« ausgesprochen hatte, und fasste sie 1833–37 unter dem Titel *Sketches by Boz – Illustrative of Every-day Life and Every-day People (Skizzen von Boz zur Illustration des alltäglichen Lebens alltäglicher Menschen)* zusammen. »Der schwarze Schleier«, der das Alltägliche mit dem Außergewöhnlichen verbindet und deutlich auf seine als Reporter erworbenen Kenntnisse von medizinischer Praxis sowie Recht, Gesetz und Verbrechen verweist, erschien 1836 in dieser Anthologie. Dickens' journalistische Laufbahn gedieh weiter, und zwischen 1836 und 1839 war er Herausgeber der literarischen Zeitschrift *Bentley's Miscellany*. Gleichzeitig begann er auch, lange Romane zu schreiben, die sämtlich in Fortsetzungen in Zeitschriften – manchmal seinen eigenen – erschienen. Trotz des ungeheuren Erfolgs seiner Romane blieb Dickens stets dem Journalismus und den Kurzgeschichten treu. 1850 gründete er eine eigene Wochenzeitung, *Household Words,* die er herausgab und in großen Teilen selbst schrieb. Darauf folgte 1859 *All the Year Round,* eine Zeitschrift, die er trotz zunehmend schlechter Gesundheit bis zu seinem Tod im Jahr 1870 weiter als Herausgeber betreute.

Der Titel *Household Words* leitet sich aus der Rede zum St. Crispians-Tag in Shakespeares *Heinrich V.* ab, in der Heinrich seine Truppen vor der Schlacht von Agincourt anspornt und ihnen verspricht, nach siegreicher Schlacht würden ihre Namen geläufig sein »wie Alltagsworte«. Darin wird nicht nur Dickens' Verehrung für Shakespeare sichtbar, eine Facette seiner Kreativität, die sich in der Sprache von »In die Gesellschaft gehen« widerspiegelt, es zeigt auch, dass Dickens mit seiner Zeitschrift das Ziel verfolgte, das Alltägliche mit dem Heroischen und Großartigen zu verbinden, und ähnlich wie Heinrich V. bestrebt war, ein Gefühl für eine Nation aufzubauen. Mit seiner Zeitschrift beabsichtigte er, das ganz gewöhnliche Leben seiner Zeitgenossen aufzuzeichnen und zu kommentieren, durch seine phantasievolle Behandlung das Verständnis der Öffentlichkeit für sie zu erhöhen und sie in einen nationalen Zusammenhang zu stellen. Voller Mitgefühl betrachtete er die abgrundtiefe Armut vieler Mitmenschen, da er selbst Schande und Armut erlebt hatte, als er mit zwölf Jahren zur Arbeit in einer Schuhcremefabrik kommandiert wurde, weil sein Vater im Schuldgefängnis saß. Das Trauma dieser frühen Jahre hat Dickens nie ganz verlassen. Es spiegelt sich in seiner Themenwahl, in seinem Interesse an der Armut in den Städten und an den menschlichen Dramen hinter den Statistiken und Klischees.

Dickens' Neigung zum ganz gewöhnlichen häuslichen Leben umfasste auch seine ausgeprägte Vorliebe für populäre Unterhaltungskunst und alltäglichen Zeitvertreib. Er wirkte begeistert als Schauspieler in Laienaufführungen mit, fand großes Vergnügen am Besuch von Jahrmärkten und hatte ungeheure Freude am Geschichtenerzählen in trauter Runde. All dies spiegelt sich in der hier zusammengestellten Prosa wider. Häufig wurden diese Geschichten zu Dickens' Zeit in Gruppen für die Weihnachtsausgaben von *Household Words* und *All the Year Round* zusammengestellt. Dickens wird oft – fälschlich – zugeschrieben, er habe die britischen Weihnachtstraditionen erfunden (viele heute noch gebräuchliche Weihnachtssitten hatte tatsächlich Albert, der deutsche Ehemann von Königin Viktoria, nach England gebracht), aber Dickens hat bereits bestehende englische Weihnachtsbräuche sehr gefördert und weiterentwickelt. Dazu gehörten Familientreffen, bei denen Geschichten erzählt wurden. Oft sollten Gespenstergeschichten ein wenig Spannung in die trüben Wintertage bringen. Einige von Dickens' Weihnachtsgeschichten reflektieren die Aktivitäten, deren Teil sie waren, und hatten Familientreffen zum Thema. (*Der arme Verwandte*). Manchmal entstanden sie in Zusammenarbeit mit anderen Schriftstellern, zum Beispiel Wilkie Collins und Elizabeth Gaskell. In diesen »eingerahmten Geschichten« (z. B. *Das Gepäck*) baut Dickens den Wechsel des Erzählers in die Geschichte ein. Besondere Bedeutung kommt der Geschichte des *Signalwärters* zu, die Weihnachten 1866 veröffentlicht wurde. Als Dickens im Juni 1865 mit seiner Geliebten, der Schauspielerin Ellen Ternan, und deren Mutter aus Frankreich nach England zurückkehrte, erlebte er in Stapelford in Kent einen schweren Eisenbahnunfall mit, bei dem es 10 Tote und 49 Verletzte gab. Niemand von Dickens' Reisegesellschaft wurde verletzt, und er soll heldenhaft den Verwundeten aus dem Zug geholfen haben, ehe er erneut in den Waggon kletterte, um das Manuskript seines letzten Romans, *Our Mutual Friend (Unser gemeinsamer Freund)*, zu retten. Im »Signalwärter« treffen Dickens' Vergnügen am Gespenstischen, die traditionelle weihnachtliche Geistergeschichte und sein persönliches Trauma zusammen.

Weihnachten war auch die Zeit, in der man sich Märchen erzählte. Dickens bewunderte die Sammlungen der Brüder Grimm sehr und fügte Fassungen dieser Märchen in viele seiner Romane ein; so kann man zum Beispiel *Aschenputtel* und *Rotkäppchen* in *Bleak House* wiederfinden. 1853 veröffentlichte er in *Household Words* einen Artikel mit dem Titel *Frauds on the Fairies'* (Betrügereien an den Märchen), in dem er umreißt, warum er die Märchenform so sehr schätzte, und sagte:

»... in einer ganz auf Nützlichkeitserwägungen ausgerichteten Zeit ist es, mehr als zu jeder anderen Zeit, ungeheuer wichtig, dass man Märchen schätzt und respektiert ... jeder, der sich mit dem Thema beschäftigt, weiß sehr gut, dass eine Nation ohne Phantasie, ohne eine Spur von Romantik noch niemals eine wichtige Stellung unter der Sonne errungen hat und sie auch nie erringen wird.«

Er bewunderte die Arbeiten von Hans Christian Andersen und lud ihn 1857 zu sich nach Hause ein, woraus ein fünfwöchiger Aufenthalt wurde. In der vorliegenden Sammlung spricht *Die Geschichte des Kindes* von Dickens'

Interesse an dieser literarischen Form. Während diese Geschichte mit der Form des Künstlermärchens spielt, ohne die Perspektive eines speziellen Kindes zu zeigen, hat ihr Gegenstück, *Die Geschichte des Schuljungen* oder *Old Cheeseman*, ein glückliches Märchenende, erkundet aber zugleich den ganz besonderen sozialen Kontext eines verletzlichen, verlassenen Waisenjungen in einem Internat. Dickens hatte bereits in seinem frühen Roman *Nicholas Nickelby* die Brutalität einer Internatsschule geschildert, doch hier stellt er dem sentimentalen Verlangen nach einem glücklichen Ende die komische Distanz des völlig ungerührten Schuljungen gegenüber.

Dickens' außerordentliches Talent für Dialoge hat sicherlich erheblich dazu beigetragen, dass diese Geschichten einen so großartigen Erfolg hatten. Er hatte ein hervorragendes Ohr für die Sprache des Volkes und hat mit großem Geschick regionale Dialekte transkribiert, oft die Londoner Cockney-Sprache, und sie dazu benutzt, rasch Charaktere zu umreißen, ein Gefühl für eine bestimmte gesellschaftliche Klasse zu geben und Komik zu erzeugen. Ebenso untrüglich ist sein sicheres Gespür für Orte und die Kulissen seiner Handlungen, das sich wiederum auf die überaus präzise Beobachtung seiner Umgebung stützt.

Die hier zusammengefassten Geschichten sind gewissermaßen ein Mikrokosmos, der den ungeheuren Reichtum von Dickens' literarischem Können aufzeigt, und demonstrieren in voller Deutlichkeit sein großartiges handwerkliches Talent als Schriftsteller.

Anne Varty